国家社会科学基金重大招标项目"延安文艺与20世纪中国文学研究"成果

"十三五"国家重点图书出版规划项目

国家出版基金项目

陕西省委宣传部重大文化精品项目

陕西师范大学中国语言文学世界一流学科建设成果

国家出版基金项目
"十三五"国家重点图书
出版规划项目

延安文艺与20世纪中国文学研究
赵学勇 李继凯 主编

延安文艺的中外传播及影响

于敏 著

陕西师范大学出版总社

图书代号　SK23N2106

图书在版编目(CIP)数据

延安文艺的中外传播及影响/于敏著.—西安：陕西师范大学出版总社有限公司，2023.12
（延安文艺与20世纪中国文学研究/赵学勇，李继凯主编）
"十三五"国家重点图书出版规划项目　国家出版基金项目
ISBN 978-7-5695-3079-7

Ⅰ.①延…　Ⅱ.①于…　Ⅲ.①文艺—文化传播—文化史—研究—延安—现代　Ⅳ.①I209.941.3

中国版本图书馆CIP数据核字（2022）第117446号

延 安 文 艺 的 中 外 传 播 及 影 响
YAN'AN WENYI DE ZHONG-WAI CHUANBO JI YINGXIANG

于　敏　著

出版统筹 / 刘东风　雷永利
责任编辑 / 王文翠　刘存龙
责任校对 / 梁　菲
出版发行 / 陕西师范大学出版总社
　　　　　（西安市长安南路199号　邮编710062）
网　　址 / http://www.snupg.com
印　　刷 / 中煤地西安地图制印有限公司
开　　本 / 710 mm×1000 mm　1/16
印　　张 / 23
字　　数 / 351千
版　　次 / 2023年12月第1版
印　　次 / 2023年12月第1次印刷
书　　号 / ISBN 978-7-5695-3079-7
定　　价 / 98.00元

读者购书、书店添货或发现印装质量问题，请与本公司营销部联系、调换。
电话：（029）85307864　85303629　传真：（029）85303879

总　序

延安文艺是20世纪中国文学历史进程的重要节点。自1940年代至今，延安文艺及其相关问题的研究不断拓展深化，并于不同的历史语境及研究者的身份立场中呈现出有别甚至迥异的话语阐释与纷争局面，成为中国现当代文化史、文学史上难以绕开的学术研究领域。如果说20世纪的延安文艺研究更多为外在的各种（政治的、文化的、文学的）力量所推助，那么在拨开意识形态的迷雾后，新世纪以来的延安文艺研究则更加彰显出延安文艺自身的丰富内涵与持续性研究的宽阔空间，并不断促使延安文艺研究向更加深广的领域拓进。

延安文艺研究的重要价值和意义，首先由延安文艺本身的价值和意义所决定。在中国现当代文学的发展中，延安文艺上承"五四"、左翼时期的文学传统，下启"十七年"、"文革"及新时期至今的文学路向。这一承前启后的文学历史的"坐标"意义及其影响巨大而深远。其次，延安文艺是一种特殊空间范畴的文艺形态，它完成了将战时特殊的区域化文学实践与一般意义上的民族/国家文学的创构目标相联结的巨大的文化实验。因此，认识中国现代文化与文学，以至认识现代中国革命与社会，认识当代中国诸多文化与文学的现实问题，都离不开对延安文艺的不断认识和解读。

延安文艺研究的价值还在于其在当代中国文学话语中的元叙事作用。一方面，它所建立的文学规范显性地呈现为一种话语权威，支撑起新意识形态下文艺体系中的文学组织方式、生产方式的合法性运转；另一方面，它隐性地内化为当代文学所具有的特殊文艺传统和精神品格——作为极为重要的中国经验的组成部分，不断地渗透于中国文化建设的各个层面。

此外，延安文艺研究的价值无疑还在于其鲜明的当下性指向。作为吸收、鉴取和凝聚了中国传统民间智慧与外国文艺理论及艺术形式的大众文艺形态，延安文艺以其"新鲜活泼的、为中国老百姓所喜闻乐见的中国作风和中国气派"的艺术样式，真正意义上践行了文学与社会现实、与广大民众密切结合的时代诉求，具有鲜明的先锋性、民族性与现代性特征。新世纪以来，面对大众文化的崛起、底层书写的兴盛、民间资源的流失、全球化与本土化的对峙等中国文学亟待解决的问题，重新爬梳并清醒认知延安文艺的历史经验及其创造性转化的价值和意义，无疑能够为当代人民文艺的健康发展提供借鉴与审思的契机。

强调以历史意识和史学视角切入研究，亦即本着贴近历史语境的原则，对延安文艺做出历史的、社会的及美学的阐释和评价。历史与现实视域是评价延安文艺应持守的基本态度。坚持历史的实事求是的学术精神，注重对历史的多重把握与透视，在理解与阐释中触及历史的真实；重视现实的客观中肯的研究方法，尝试探索具有当下延伸意义的理论路径，并着力针对历史文化现象做出科学的阐释。这是本课题研究的基本出发点。

"延安文艺与20世纪中国文学研究"书系，是其同题国家社会科学基金重大招标项目的终期研究成果。课题组成员力图从新的理论视界，对延安文艺本体形态与中国新文学的历史关联和发展、延安文艺的重大历史价值和影响、延安文艺的马克思主义文艺理论的中国化理论和实践、延安文艺之于中国现当代文学精神的经验借鉴、延安时期及对后来产生广泛影响的作家作品、延安文艺的中外传播及世界影响等重要议题，进行深入、系统的研究。书系主要包括对延安文艺的文学史价值重估、本体研究、文本细读、史料钩沉等方面，且延展至对延安文艺所纳含并有突出贡献的戏曲、电影、书法等多种艺术门类作品的再读与评价，亦触及对女性主义、传播生态、族裔书写、文人心态等相关重要理论命题及实践层面的探讨。由此构成了整一的"延安文艺与20世纪中国文学研究"课题的内容结构。

深入系统地研究延安文艺与20世纪中国文学的广泛联系及深远影响，对重新认识中国现当代思想史、社会史、革命史、文化史、文学史具有重大的学术价值和意义。在每部著作的内容和结构中，最值得反复强调的是，站在学术的时代前沿，审慎地、科学地重估延安文艺的价值，着力建构延安文艺史料学与延安文艺学术史，在作家新论的基础上探究延安文学的经典化历程，在广阔的社会文化视野中考察延安文艺的发生、特征及影响，探索精英文化与民间文化的融合、新型文艺形态的创构，等等。这些都是本课题的创新和亮点。

作为马克思主义文艺理论与中国本土文艺实践和历史语境相结合的综合性、创造性转化成果，延安文艺以鲜明的时代性诠释了马克思主义理论与中国文化传统和实践经验的融合、生发与创新，成为马克思主义中国化的成功方案。延安文艺本身也以其丰富性、多样性和创新性不断地诠释、发展和丰富着马克思主义文艺理论中国化的内涵。延安文艺思想中的人民主体文艺观、革命功利主义文艺观、文学艺术源泉论、中国民众喜闻乐见的民族形式论、文艺舞台上人民群众主角论，都包含了文论方面的独特创造，充分体现了其话语体系的实践性特征。因此，正视和总结马克思主义文艺理论中国化的经验，无疑有着重大的现实意义与理论价值。

延安作家的书写行为及特殊战时环境中延安文人形象的塑造，其精神内涵丰富且意味深长，对研究现代中国知识分子的生命历程及精神史有极为重要的价值。因此，在关注延安文艺的本质特征、艺术价值、珍贵史料之外，更直接地从文艺制度、文人处境、文人性格、作家精神气质、日常生活场景、民间文化资源等层面入手，探讨延安文艺的创作经验及其在之后文学发展中的赓续与转化问题，不失为延安文艺研究中突破政治与文学的二元对立模式，凸显革命政治文化与文学文化之间的互文，积极尝试重构一种文人与政治、政治与文学之间相互独立、相互融通、相互创造关系的研究范式，有意想不到的发现。

延安文艺传播的成功经验，建基于传播主体与受众间密切且灵活的联系，既汇聚了集体智慧共同参与文艺创作，更扩展了艺术与生活的边界，在良性的深度互动中呈现出包容性、广泛性与渗透性的文艺传播效果。而域外作家的延安书写及域外延安文艺学术史的研究，使得延安文艺与20世纪中国文学研究的视野更加开阔，眼界更具开放性、包容性及参照比较的特点，对中国当代文学具有积极的书写经验的镜鉴意义。延安文艺的世界性传播，引发了海外汉学界的关注与研究。面对海外汉学界某些偏颇的批评观念，给予理性的符合历史情境的回应，且进行深刻的自我审视与反思，在融汇本土视角与国际视野的研究视域下，开启对文化身份认同、国际形象建构与世界文学追求等方面的积极探索，具有重要的理论价值。

不断深化延安文艺与20世纪中国文学的历史发展研究，旨在形成一种必要的更加宏阔的研究视野，以此拓宽认识20世纪后半叶及新世纪的中国文学、文化、艺术对延安文艺精神的继承、发展与创变，以及随之收获的历史资源和经验教训。其学术价值的重点在于，对当下文学、文化和艺术的广泛观照与深刻反思。通过考察新的历史条件下，毛泽东《在延安文艺座谈会上的讲话》与习近平《在文艺工作座谈会上的讲话》之间的精神联系，探索并回应社会主义文艺的重大问题，如世界文化发展趋势与中国经验的兼容性内涵，社会主义文艺观的当代性发展，弘扬革命文艺传统与坚持社会主义文艺的前进方向，等等。强烈的当代意识和当下观照是本课题研究的鲜明特色。

可以看到，有关延安文艺的研究目前正不断地朝着更加学理化、纵深化、精细化、历史化的方向拓进。这一研究课题的再深化，对整个20世纪中国文学话语资源及范式的清理、反思、再认识及重塑，于学科层面而言具有十分重要的意义。与此同时，在中国文化软实力全球化推进的背景下，延安文艺的相关研究亦可对当下所倡扬的"中国经验""中国智慧"进行丰富的更深意义上的补充。因而，在此基础上，我们期待一个更加开放的、深化的、互通的延安文艺研究的新局面。

赵学勇

2020年10月6日

目 录

引 言 延安文艺研究的传播视角
  一、概念及界定 / 005

  二、研究述略 / 009

第一章 延安文艺传播的环境生态
  一、环境生态与延安文艺的传播 / 025

  二、环境生态与延安文艺的传播要素 / 036

  三、环境生态与延安文艺传播的意义 / 039

第二章 延安文艺的传播主体与受众
  一、传播主体：延安知识分子 / 049

  二、受众：人民群众 / 059

第三章 延安文艺的传播媒介及路径
  一、传播媒介与传播路径 / 075

  二、传播媒介的利用 / 079

第四章　延安文艺在国统区的传播

一、延安文艺在国统区的传播及特点 / 119

二、《大众文艺丛刊》《华商报》与延安文艺传播 / 127

三、《中国文摘》与延安文艺的对外译介 / 148

第五章　延安文艺的世界传播及影响

一、毛泽东《讲话》的国际传播 / 163

二、延安作家作品在国外 / 172

三、延安文艺的世界传播经验 / 184

第六章　延安文艺体制的建构及当代实践

一、延安文艺体制的生成 / 193

二、作家身份的转变与组织建设 / 197

三、文学批评与奖励机制 / 202

第七章　延安文艺的重要传播载体

一、报纸 / 213

二、刊物 / 220

三、壁报 / 239

四、其他 / 240

第八章　延安时期重要文艺团体活动述略

一、戏剧团体及其活动 / 247

二、秧歌剧创作及演出活动 / 275

三、音乐创作及团体活动 / 280

　　四、电影团体活动 / 286

　　五、诗歌团体活动 / 295

　　六、广播电台演播活动 / 298

　　七、综合性文艺团体活动 / 299

　　八、其他文艺团体及其活动 / 327

结　语 / 331

参考文献 / 336

后　记 / 352

引言　延安文艺研究的传播视角

步入20世纪以后,传媒作为一股强劲的文化力量影响着社会文化生活的方方面面。传媒不仅推动了文学的生产与传播,改变了作家的思维观念、生存方式,而且对整个人类的精神环境生态产生了重要的影响。与此同时,传媒深刻地影响着文学消费群体的接受模式,对文化市场的形成起到直接的推助作用。文学与传媒相结合的研究视野,不仅使研究者思路更为开阔,研究对象更加丰富,还将文学研究与传播学研究贯通一体,尤其为文学研究拓展了新的空间。

延安文艺作为20世纪中国文学史上极为重要的组成部分,诞生于极其艰苦的战时环境,产生了相当重要的作用和影响。延安文艺的传播不仅影响了它所属的时代,而且对新中国成立以后的当代文艺发展路向产生了持续性的、至关重要的影响。尤其是进入21世纪以来,在大众传媒迅速发展的大环境下,研究延安文艺传播的历史形态,借鉴延安文艺的传播经验,成为延安文艺研究向着纵深延展的一个重要课题。

延安文艺传播研究,旨在从文化传播的角度出发,借助传播学的相关理论,对延安文艺的传播及其影响做全方位、多层面、多角度的历史观照,为延安文艺研究拓展一个新的领域。本研究通过对延安文艺传播系统中各个传播要素存在形态及其彼此关系的考察,梳理并勾勒延安文艺传播的历史面影、性质和独特性,进而揭示、归纳并总结延安文艺传播的历史经验和现实意义。

不同视角的建立,往往表征着看问题的不同眼界和方法。研究延安文艺的传播与影响，着眼点在于呈现历史场域中的延安文艺在传播过程中，通过哪些切实有效的方法和途径在最大程度上实现了文艺传播的目的，如何实现对最广大受众群体进行教育与鼓舞，从而抵达最直接的传播目标、获取最为显著的传播效果，这些传播经验为当今中国的文学发展以及文化建构提供了哪些有益的借鉴。

同时，考察延安文艺的具体传播实践活动、传播效果及受众效应和影响，目的在于探究延安文艺为中国文学在民族化、大众化的进程中提供了哪些值得借鉴的历史经验和省思资源；特别是对于认知新时期以来，中国文学在其发展过程中对延安文艺传统的继承与持续深化，以及新世纪中国文学对延安文艺精神的高扬，具有重要的鉴取意义。

延安文艺的形成与发展是20世纪中国文化史、思想史、革命史、文学史上的重大现象。延安文艺作为中国新文学发展过程中一个无法回避的历史存在，是中国现当代文学的重要组成部分。对延安文艺进行全方位、多层次的深入研究，不但可以客观有效地对中国现当代文学发展历程中的某些重大文学现象及重要问题加以阐释，而且能够在内在构成、历史面貌等方面对中国现当代文学予以更为全面、客观、完整的认识。

一、概念及界定

中国现代文学研究领域，一直存在着"解放区文学""延安文学""延安文艺"等诸多提法，其中，"解放区文学"这一概念被习惯性沿用。刘增杰在《中国解放区文学史》一书中使用了"解放区文学"这一概念，并认为其涵盖的范围包括"抗日根据地文学和解放战争时期文学"[1]两部分内容，这一观点获得了学术界的普遍认可。

总体来讲，虽然延安文艺（文学）和解放区文学在精神蕴含上并没有严格的本质区别，但是在研究侧重点上存在一定的差别。"延安文艺"这一概念的最早使用可追溯到1946年8月23日全国文艺界协会延安分会和陕甘宁边区文化协会在《解放日报》刊出的一篇广告性质的文章。这篇文章提出了将以"延安文艺社"的名义来创办《延安文艺》杂志的设想，并且比较明确地提出了"延安文艺"这一概念，指出之所以将刊物定名为《延安文艺》，是因为刊物要以毛泽东《在延安文艺座谈会上的讲话》（以下简称《讲话》）精神作为指导，努力实现"文艺为工农兵服务"的方针。[2]新中国成立后，丁玲在《延安

---

[1] 刘增杰主编：《中国解放区文学史》，河南大学出版社1988年版，第1页。
[2] 《"延安文艺"需要什么稿子？》，载《解放日报》1946年9月3日。

文艺研究》1984年的创刊号上,就延安文艺(文学)研究相关问题提出了自己的看法。丁玲认为:"延安文艺,是抗战时期,在党中央和毛主席直接关怀和正确领导下,向人民学习,和人民一起共同斗争的结果,是整个革命事业的一部分。它不仅仅局限于延安地区,局限于抗战时期。我们不能把它看小了,看窄了。"①这被认为是有关"延安文艺"概念及其界定的较早的重要阐释。林焕平在《延安文学刍议》一文中,提出"把解放区文学改称为延安文学",并详细地阐述了自己的观点,认为解放区文学存在一个符合现实实际且不可否认的情况,那就是解放区文学应该涵盖抗日战争时期在抗日游击根据地范围内产生的文学,以及解放战争时期在解放区范围内产生的文学这两大部分。但是,从1935年10月中共中央和中央红军到达陕北,以延安地区为中心建立陕甘宁边区,直至解放战争时期的1948年3月,这长达十三年之久的时间是中共党史上具有重要影响的延安时期。这一时期,延安作为中国共产党领导的革命的政治、思想中心而存在,并且被视为毛泽东思想的成熟之地,延安政治、文化(文学)思想是在毛泽东思想指导之下形成的,马克思主义、毛泽东思想之中的文艺观构成了延安文艺观念的基础,毛泽东《讲话》是这一文艺观念最直接、最明确的体现。延安时期,党的文艺思想的影响深入党领导的各敌后抗日民主根据地。党在延安领导的陕甘宁边区的文艺实践及文艺作品,更是对抗日战争时期、解放战争时期的各解放区文艺实践产生了重要影响。因此,"延安文学,从整体上说来,就是在延安思想指导下,表现以延安为中心的解放区的那个历史时期的革命与战争的生活"。从这一观点出发,林焕平认为,以"延安文学"代替"解放区文学"是站在马克思主义哲学的高度来确定的,也更能凸显延安文学的"政治思想性"。②袁盛勇认为,就意识形态属性而言,相对于解放区文学,延安文学显得更为准确,更能体现其内在意义,故而以"延安文学"这一概念来代替"解放区文学",也更有利于还原并揭示延安文学所具

---

① 丁玲:《研究延安文艺,继承延安文艺传统(代发刊词)》,载《延安文艺研究》1984年创刊号,第3页。
② 林焕平:《延安文学刍议》,载《文艺理论与批评》1992年第3期。

有的高度意识形态特征的历史本真。①综观上述观点，无论是从研究范围的广度，还是从思想性、意识形态的高度，都强调了使用"延安文艺（文学）"这一概念的重要意义。

就延安文艺涉及的地域范围而言，刘增杰在著作中所论及的解放区文学除涵盖延安和陕甘宁边区之外，还包括东北解放区、晋冀鲁豫解放区等抗日民主根据地。这一般被视为以延安为中心的延安文艺（文学）在地域范围上的扩大，但实际上，解放区文学与延安文艺（文学）在涵盖地域范畴的所指意义上，有着比较鲜明的区别。延安作为陕甘宁边区的中心，是延安文艺的核心发生地，其他抗日民主根据地的文学或者解放区的文学都是在延安文艺的影响下逐步生发而来的，比较典型的如东北解放区开展的文艺活动就是中国共产党有目的、有计划地引导并组织起来的，它们作为延安文艺的辐射，无论是在接受时间还是影响程度等方面，都无法与延安地区相提并论。这也就决定了延安文艺在研究过程中，尤其在涉及延安文艺传播问题的考察上，首先要将以延安为中心的陕甘宁边区文艺作为核心，在此基础上来考察延安文艺是如何向各抗日民主根据地及解放区传播并产生影响的。当然，这一范围不是也不能是一成不变的。随着抗日战争、解放战争的胜利，特别是中华人民共和国的建立，延安文艺的传播范围与影响意义逐步扩展，其概念范畴就不能仅仅局限在延安以及陕甘宁边区，而是应该包含以延安为中心的陕甘宁边区及其他民主革命根据地了。

就延安文艺形成及发展的时间范畴而言，学术界观点不一，多有争议。对于延安文学的终止时间，学者一般认为：一是1949年9月，即新中国成立前；二是1949年7月，也就是第一次中华全国文学艺术工作者代表大会召开；三是1948年3月，这是中共中央撤离陕北的时间。对于起始时间的界定，主要有以下几种意见：一是1935年10月，红军长征到达陕北。艾克恩主编的《延安文艺史》一书认为，延安文艺的时间界定为1935年10月至1949年9月，并将其划分为四个时

---

① 袁盛勇：《宿命的召唤——论延安文学意识形态化的形成》，博士学位论文，复旦大学，2004年，第7—8页。

期：第一个时期为延安文艺的开创期，时间从1935年10月到1939年12月；第二个时期为发展期，时间从1940年1月到1942年4月；第三个时期为新文艺方向的确立期，时间从1942年5月到1945年8月；第四个时期为迎接全国胜利期，时间从1945年8月到1949年9月。[1]二是1936年11月22日，中国文艺协会在陕北保安成立。袁盛勇主张，1936年11月22日，中国文艺协会在陕北保安成立可以视为延安文学史的开端，因为这是一个极具标志性意义的文学事件。[2]之所以将这一文艺生发的典型事件定为延安文学的时间上限，是因为中国共产党进入延安后虽然没有直接开展文艺运动，但是苏区文艺作为延安文学的直接源头，深刻地影响了延安文学的发展，延安文学一直在其基础上聚积前进。三是1937年1月，即以中共中央进驻延安为标志。此外，贺志强等学者认为，作为一场规模巨大且关系错综复杂的文艺运动，延安文艺主要是1936年7月到1948年3月围绕着以延安为核心区域的陕甘宁边区展开的。[3]还有学者认为，苏区文学是解放区文学的先导，应该将这一时间段的文学包含其中。党史研究方面，关于"党中央在延安十三年"的课题研究由来已久，"党中央在延安十三年"，即1935年10月党中央率中央红军长征到达陕北，一直到1948年3月党中央东渡黄河离开延安，这一表述作为主流界定[4]被称为中国共产党的延安时期，已被广泛认可和接受。

本书拟采用的延安文艺的概念范畴是从1935年10月中央红军长征到达陕北一直到1948年3月中共中央离开陕北的十三年，以延安为中心并辐射各抗日民主根据地和解放区的文学发展历程。使用"文艺"一词，是借用毛泽东《讲话》中对这一时期文学运动和各种文艺活动的指称，以及后来被文学史普遍使用的概念。

---

[1] 参见艾克恩主编：《延安文艺史》，河北教育出版社2009年版。
[2] 参见袁盛勇：《命名、起讫时间和延安文学的性质——从一个侧面论如何构建一部独立而合理的延安文学发展史》，载《延安大学学报》（社会科学版）2005年第2期。
[3] 参见贺志强、杨立民、王浑龙等：《延安文艺概论》，陕西人民出版社1992年版，第3页。
[4] 参见中国延安干部学院编：《党中央在延安13年》，中央文献出版社2010年版，第112页。

二、研究述略

延安文艺是马克思主义文艺理论中国化实践过程中取得的重大成果。[①]它是从中国无产阶级革命文学的特定历史阶段发展而来的,最终形成了以毛泽东文艺思想作为指导思想的一种新的系统的意识形态话语。延安文艺不仅对中国文学以及文化的发展产生了重大而深远的影响,而且在世界范围内产生了广泛的影响。作为一种研究对象,延安文艺研究从中共中央所在地陕甘宁边区拓展至对全国各敌后抗日民主根据地和解放区文学的研究,并成为中国新民主主义革命文艺研究的重要领域。延安文艺和延安文艺工作者群体成为中国革命文化研究的重要范畴。延安文艺研究史是与中国现代文学研究同步发展起来的,基本上呈现出了中国当代思想界的面貌变迁。由此,我们可以从政治观念、文化语境和文艺思潮等方面的变迁,以及延安文艺在世界范围的研究及传播实际,综合考察、梳理、反思延安文艺研究的历史与现状。

(一)国内研究概况

概括来讲,国内的延安文艺研究可以从三个时间段来加以考察。

第一阶段为20世纪50—70年代,以王瑶为代表的学者在新民主主义革命文化视野下的延安文艺研究,在理论准备以及实践探索方面为以后的研究做了铺垫,其研究具有历史开创性。这一时期相关的文学史著作有:蔡仪的《中国新文学史讲话》(新文艺出版社1952年版),刘绶松的《中国新文学史初稿》(作家出版社1956年版),江超中的《解放区文艺概述:1941—1947》(百花文艺出版社1958年版),王瑶的《中国新文学史稿》(上海文艺出版社1982年版),等等。从整体上来说,这一时期研究者的普遍观点是,五四新文学是中国新文学的发端,在它的影响下,延安文艺逐步发展起来。毛泽东《讲话》后所确立的文艺为工农兵服务的方针,深刻地影响了中国当代文学的内容、性质

[①] 赵学勇:《延安文艺研究:历史重评与当代性建构》,载《陕西师范大学学报》(哲学社会科学版)2012年第3期。

以及发展方向。中国现当代文学的发展过程被视为一个在扬弃中不断上升的过程，一个文学与大众、与人民结合的过程。①

第二阶段为20世纪80—90年代，国内学术界因为受到新启蒙思潮的广泛影响，把关注点集中在了文学作品的审美性、启蒙价值等方面。有关延安和解放区文学的评价问题，研究界的评价普遍不高，反而格外关注那些以往饱受批判的作品，例如丁玲的《在医院中》、王实味的《野百合花》等。20世纪90年代，对以延安文学为代表的革命文学和文化现象的"再解读"盛行开来，这种研究思路集中体现在由唐小兵编撰的《再解读：大众文艺与意识形态》等论述中。"再解读"思潮为学界拓展了研究延安文艺的空间，因为它打破了对延安文艺旧有的一元式理解，这不仅影响了延安文艺的研究，而且给中国现当代文学研究以前所未有的冲击。当然，其中也存在着一些不可回避的问题，那就是它有着自身无法摆脱的局限性。有研究者非常敏锐地指出了这一点，那就是与"重写文学史"思潮相较而言，它主要是通过对20世纪40—70年代文学体制化叙述的颠覆，揭示存在其中的某种矛盾与裂隙。但是，"再解读"思潮却忽略了这样几个问题，比如，这一时期构建文学（文化）的历史叙述时采取了何种方法或途径，建构中出现了哪些冲突又是如何调整解决的，导致叙述"无效"的最终因素是什么，等等。②

第三阶段，新世纪以来，从文学和政治的双重视角重新解读延安文艺，促使延安文艺、文化研究取得了一批重要的成果。比如论文方面，有刘增杰的《回到原初：解放区文学研究中的一个问题》（载《中国现代文学研究丛刊》1999年第4期），王富仁的《延安文学有重新加以研究的必要》（载《学术月刊》2006年第2期），袁盛勇的《民族-现代性："民族形式"论争中延安文艺观念的现代性呈现》（载《文艺理论研究》2005年第4期）、《延安时期"鲁迅

---

① 萨支山：《"延安文艺"与"当代文学"》，载《中国现代文学研究丛刊》2003年第2期。
② 贺桂梅：《"再解读"：文本分析和历史解构》，载《海南师范学院学报》（社会科学版）2004年第1期。

传统"的形成》（载《鲁迅研究月刊》2004年第2、3期）、《"党的文学"：后期延安文学观念的核心》（载《中国现代文学研究丛刊》2005年第3期）、《延安文学及延安文学研究刍议》（载《文学评论》2005年第1期），等等。此外，著作方面有，朱鸿召的《延安文人》（广东人民出版社2001年版）、《延安日常生活中的历史（1937—1947）》（广西师范大学出版社2007年版）、《延河边的文人们》（东方出版中心2010年版）、黄科安的《延安文学研究——建构新的意识形态与话语体系》（文化艺术出版社2009年版）、王培元的《抗战时期的延安鲁艺》（广西师范大学出版社1999年版）等。这些成果从延安文艺形成的原因等方面切入，并就延安文学在中国现代文学史、文化史以及思想史上的地位问题深入发掘，阐释延安文艺的内在特质及意识形态特点。有研究者认为，在20世纪40年代中国主流文学的发展中，民族主义是一种富有统摄力的意识形态，向阶级-民族主义转换是把延安文学观念推向"党的文学"观的一个重要关节点。"党的文学"是文艺整风后延安文学观念或后期延安文学观念的核心部分，也是其至为关键的存在样态。至此，延安文学观念的现代性也就由"民族形式"论争时期的民族-现代性转换为阶级-民族-现代性，换言之为党的-民族-现代性。这是"党的文学"观的内在呈现，是文艺整风后延安文学观念的独特现代性表征。在毛泽东的理论建构中，"党的文学"观的提出有其内在的逻辑必然性，因而，此前学界根据《讲话》把后期延安文学定性为"工农兵文学"是不准确的。[1]对延安文艺的研究应从更深广的层面来进行，如此其内涵的丰富性和复杂性才会逐渐得以展现。

检视延安文艺研究取得的成果时，我们可以清楚地发现，延安文艺背后蕴含着丰富的研究价值与意义。与此同时，延安文艺作为一种极为复杂的文艺思潮和文学现象，一方面与其自身发展关系密切，另一方面是由政党的政治因素以及特殊的外部环境造成的。因此，延安文艺研究不能是封闭化的研究，需要进行跨学科的综合性研究。延安文艺研究中还有一些新的研究思路和有待深入

---

[1] 参见袁盛勇：《"党的文学"：后期延安文学观念的核心》，载《中国现代文学研究丛刊》2005年第3期。

探讨的问题，比如延安文艺传播问题等，这构成了本书继续研究延安文艺的问题意识和起点。

（二）延安文艺传播的研究现状

中国两千年前就有关于传播的概念、传播活动的评价，以及关于传播技巧和传播思想的论述，但是传播学作为一门新兴学科进入中国只有三十多年的时间。中国学术界对传播学的认知与接受有着较为漫长的过程，从谨慎地接触、研究，到判定为资产阶级理论予以批判，再到批判性接受，使之服务于社会主义建设事业，可谓历经曲折。时至今日，传播学在中国已经发展成为一门生命力极强、极具张力的新兴学科，逐步成为中国学术界的有机组成部分且备受重视。尤其是随着改革开放的不断深化，中国的媒介生态发生了历史性的变革，这给传播学提供了许多新的研究视角。与此同时，传播学在与新闻学、社会学、心理学、文化人类学、政治学等学科相互影响，与经济、政治、文化、宣传、社会教育等领域交叉互渗，与中国具体国情相融合的过程中，研究中国的社会历史文化现象和现实命题，结合中国的客观实际和独特经验，凸显中国的历史文化和改革开放的现实状况，取得了丰硕成果。传播学理论运用在文学研究方面也逐渐引发关注并逐步深化。陈平原认为，在对现代文学某些特征和精神的把握方面，如果从大众传播角度入手，可以获得更为迅速的感知与把握。[1]王本朝的《中国现代文学制度研究》一书即从现代文学制度层面入手，关注现代文学的生产、传播、接受、反馈的全过程，将现代文学的存在与发展看作一个完整的传播体系。[2]这些成果，都不失为传播学理论于中国现代文学研究中的可喜收获。

1. 文学与大众传媒研究

进入20世纪，传媒作为一股强有力的文化力量影响着社会文化生活的各个领域。传媒推动了文学的生产与传播，改变了作家的思维观念、生存方式，对精神环境生态产生了重要影响。与此同时，传媒深刻地影响着文学消费群体的

---

[1] 参见陈平原：《文学的周边》，新世界出版社2004年版，第118页。
[2] 参见王本朝：《中国现代文学制度研究》，西南师范大学出版社2002年版。

接受模式，对文化市场的形成起到直接的推动作用。

　　文学同传媒相结合，不仅使研究思路更为开阔，研究对象更加丰富，还将文学研究与传播学研究贯通一体，为文学研究提供了一个新的方法。如陈平原所言："进入1990年代以后，国内外学界日益关注晚清以降大众传媒与现代文学的紧密联系，相关论著陆续涌现，且有成为新一波'显学'的潜在优势。"①在《传媒与文化领导权——当代中国的文化生产与文化认同》一书中，孟繁华认为，媒介不仅介入了文学的生产与传播，而且深刻地影响着社会文化生态与文化秩序的建构。在孟繁华看来，对现代化的追求催生了现代传媒在中国的出现，它适应了社会政治动员的需要。换句话说，中国思想文化的发展是在现代传媒推动或支配下发生变化的，将媒介视为中国思想文化发展之象征也并不为过。比如《新青年》之于五四，《解放日报》之于延安，"两报一刊"之于"文化大革命"等。故而，传媒被称为"一种新型的权力"，这一权力不仅是话语权力，更是一种"文化领导权"。②此外，何言宏在《中国书写——当代知识分子写作与现代性问题》一书中，细致梳理了《人民文学》《文艺报》《人民日报》《解放军报》以及《红旗》杂志等大量文献，以传媒为中介，通过对作协、作家身份、出版、评价等机构性质组织方式的分析，考察"文革"后文学与国家体制构建之间的深层联结，试图揭开伤痕小说、反思小说思潮中的历史迷障，进而阐明文学体制、文化主体的建构法则。③作为维系政治、经济、文化等社会活动的重要纽带，大众传媒与社会关系、现实生活密切相关，它也就成为文学文化研究的一个审视点。从上述研究中我们不难发现，以西方文化学理论，比如葛兰西的"文化领导权"理论作为文学研究的理论资源，将媒介理论与文学研究相结合，实际上也拓宽了文学的研究领域。

---

① 陈平原、山口守编：《大众传媒与现代文学》，新世界出版社2003年版，序一第3页。
② 参见孟繁华：《传媒与文化领导权——当代中国的文化生产与文化认同》，山东教育出版社2003年版。
③ 参见何言宏：《中国书写——当代知识分子写作与现代性问题》，中央编译出版社2002年版。

文学与传媒的关系随着社会文化语境的变迁会呈现出不同的特点，对两者的研究关注点也会随之发生转变。尤其是进入新时期，技术进步带动下的传播媒介发生了质的变化。视听媒介、互联网迅猛发展，带给文学前所未有的冲击。在《倾斜的文学场——当代文学生产机制的市场化转型》一书中，邵燕君以法国学者布尔迪厄的"文学场"理论为基础，分析了在市场化转型过程中，文学期刊、出版、评奖、批评、作家等众多文学生产机制环节究竟如何发生变化，以及这些变化对中国当代文学的样貌、成规及未来走向产生的内在影响。[1] 陈霖的《文学空间的裂变与转型——大众传播与20世纪90年代中国大陆文学》，将20世纪90年代的中国大陆文学作为特定的研究范围，从"大众传播与作家身份""大众传播与文学批评""文学期刊与图书出版""新闻传播与文学""影视与文学""互联网与文学"等方面对大众传播与20世纪90年代中国大陆文学之间的关系加以研究，揭示了大众传播以及大众文化对文学体制的冲击，以及冲击之下文学体制自身的调适、裂变和异化。[2] 此外，黄发有的《准个体时代的写作——20世纪90年代中国小说研究》，对文学期刊、出版、影视文化与小说的交融互渗进行了文化阐释。[3] 欧阳友权等的《网络文学论纲》一书，深入探析网络文学的文化逻辑、存在样态、主体视界、创作嬗变和接受范式等方面的问题，在什么是文学、文学为了什么的问题上促使人们进行新的思考。研究者通过对时代文化语境变化的把握，对文学的发展及其演变过程中所将面临的冲击与机遇等问题进行了探讨。[4]

概括而言，近些年，文学传播研究作为现代文学研究的热点，已经取得了相当可观的成果。尤其是通过现代文学传播的某一环节，比如大众传媒与现

---

[1] 参见邵燕君：《倾斜的文学场——当代文学生产机制的市场化转型》，江苏人民出版社2003年版。
[2] 参见陈霖：《文学空间的裂变与转型——大众传播与20世纪90年代中国大陆文学》，安徽大学出版社2004年版。
[3] 参见黄发有：《准个体时代的写作——20世纪90年代中国小说研究》，上海三联书店2002年版。
[4] 参见欧阳友权等：《网络文学论纲》，人民文学出版社2003年版。

代文学的关系、受众接受与现代文学的关系来研究现代文学，成果丰硕。前者中，有的注重考察现代传媒技术发展对近现代小说生成与品格的制约，如方晓红的《报刊、小说、市场——晚清报刊与晚清小说发展关系研究》；有的细考某一刊物或报纸副刊与文学公共空间的生成，如陈平原、旷新年等的《新青年》研究；有的分析现代生产传播方式如报刊连载对文学创作主体、文学内容与形式的影响，如陈平原的《中国小说叙事模式的转变》[①]；等等。后者中，马以鑫的《中国现代文学接受史》就是从文学传播的重要一环——受众即读者接受方面——来建构现代文学史。从文学传播过程的某个环节入手观察与研究现代文学可以说一直热度不减，产生了许多研究论文。

媒介在文学生产和发展过程中起到了非常重要的作用。媒介的力量不容忽视，但文学也有自身的发展规律。正如王富仁所提醒的——"把传播学的理论运用于中国现代文学研究，其基点就必须有一个根本的转移：它不是以媒体自身的生存和发展为基本前提，而是以中国现代文学的生成和发展为基本前提。"[②]这一点正是借助传播学进行文学研究的过程中需要格外注意的问题。

2．延安文艺的传播研究

在延安文艺研究领域，涉及传播与文学之间关系及互动的问题并没有引起学者的足够重视。直到涂武生的《〈在延安文艺座谈会上的讲话〉在国外的传播和影响》一文才从传播学角度对延安文艺加以透视。此后，出现了一些有关《讲话》传播的研究，如刘忠的《〈在延安文艺座谈会上的讲话〉在国外的译介与评价》（载《中州大学学报》2007年第3期）、蔡清富的《〈在延安文艺座谈会上的讲话〉在国民党统治区的传播》（载《中国现代文学研究丛刊》1980年第1期）等，但主要集中在《讲话》在国内外传播情况的介绍上。

具体到延安文艺的传播学研究方面，目前，利用相关传播学理论对延安文艺进行探讨的代表性文章有：李明德等的《延安文学的传播学意义初探》［载《西安交通大学学报》（社会科学版）2007年第4期］、《延安时期的戏剧传播

[①] 参见陈平原：《中国小说叙事模式的转变》，北京大学出版社2010年版。
[②] 王富仁：《传播学与中国现代文学研究》，载《读书》2004年第5期。

与文化构建》[载《西安电子科技大学学报》（社会科学版）2008年第6期］，韩晓芹的《读者的分化与延安文学的转型——延安〈解放日报〉副刊的文学生产与传播》[载《东北师大学报》（哲学社会科学版）2008年第4期］，李军的《前期延安文学中的左翼文学资源及传播》（载《洛阳师范学院学报》2007年第6期），杨琳的《容纳与建构：1935—1948延安报刊与文学传播》[载《西安交通大学学报》（社会科学版）2007年第5期]、《重构民间性与大众化——延安时期秧歌剧的革新及传播》[载《兰州大学学报》（社会科学版）2008年第2期]、《论"延安文学"传播的媒介生态特征——以传播主体与受众分析为中心》[载《陕西师范大学学报》（哲学社会科学版）2011年第2期]、《延安文人的"公共空间"社团与期刊》[载《西北师大学报》（社会科学版）2010年第2期]、《论延安时期的纪实文学——传播学角度的阐释》[载《陕西师范大学学报》（哲学社会科学版）2013年第1期］，等等。相关的博士学位论文有，河南大学李军的《解放区文艺转折的历史见证——延安〈解放日报·文艺〉研究》（2006年），兰州大学杨琳的《回归历史的本真——延安文学传播研究（1935—1948）》（2008年），山东大学朱秀清的《延安文学传播形态研究》（2009年），等等。综合起来看，不可否认，这些成果对延安文艺传播的历史面影、基本形态、价值和意义做了多方面的研究，拓宽了延安文艺研究的格局，扩展了延安文艺研究的视野。

在延安文艺研究中，报刊研究是最主要的一个视角。作为传播媒介的报纸、杂志成为研究者介入延安文艺研究所集中关注的视角，其中将《解放日报》作为研究对象的成果较为丰富。如陈力丹、邓波的《论延安〈解放日报〉在政治传播中的作用》一文，借助政治传播学理论，考察延安《解放日报》在党的政治传播中的作用，进而论及党的政治传播中媒介的地位、意义和作用。杨琳的《论"延安文学"传播的媒介生态特征——以传播主体与受众分析为中心》，将延安《解放日报》作为"延安文学"传播的核心阵地，以此来分析"延安文学"传播的基本特征。李晓灵的《延安〈解放日报〉的组织传播》《延安〈解放日报〉的典型化传播之反思》《延安〈解放日报〉的传播特色及其现代意义》三篇文章,运用传播学理论,分别从延安《解放日报》组织传播、典型化传播、传播特色及其对现代新闻传播事业的启发等方面展开研究,侧重点在延安时期《解放日报》作为文艺传播的重要媒介在传播学上的意义,是对这一视角研究的推进。

此外,具体到《解放日报》,有一些针对其《文艺》副刊的专门研究,如博士学位论文有李军的《解放区文艺转折的历史见证——延安〈解放日报·文艺〉研究》,硕士学位论文有郭玲的《延安〈解放日报〉副刊与延安文学》(2006年)、后娟的《家庭想象与延安文学的复杂性——以〈解放日报·文艺〉为中心》(2006年)等。对《解放日报·文艺》副刊进行传播学研究与延安文艺这一特定的文学形态有关,这是因为《解放日报·文艺》有着重要且丰富的史料价值,《文艺》副刊将当时延安社会各阶段的发展演变情况以及延安文艺的发展趋势完整地呈现了出来。《解放日报·文艺》作为中国共产党直接领导的报纸副刊,集中体现了主流意识形态对文艺的要求与期待。

上述研究或是在延安文艺产生、传播机制和传播媒介等方面做了一定的讨论,或是就延安文艺中的某一具体问题做了传播学阐释,但在将传播学作为延安文艺研究的某种方法,从多层次多角度加以运用方面,尚未充分展开,未能深入发掘延安文艺传播带给中国文学发展的现实意义,对当下文学传播作为重要文化现象的实质性特点以及延安文艺传播的当代价值和意义等方面的认识,尚不够全面系统。因此,本书在充分吸收学界相关研究成果的基础上,尝试将延安文艺传播的历史景象与传播学理论相结合,探究文学史实与传播学理论之间的互动,进而探讨延安文艺如何在当时特殊的历史环境下实现政党有组织、有计划、有目的传播的最大化效应。总结延安文艺的历史传播经验,运用传播学理论考察延安文艺传播是对延安文艺研究思路的拓展。研究过程中难免会存在一些这样或那样的问题,因为研究者现在所运用的传播学理论是形成于20世纪现代社会背景下的产物,而且其学科本身一直处于一个不断上升、完善的过程中,不同历史时期、不同阐释者的阐释话语也会与历史本真存在差异。

将文学生产置于特定媒介环境和传播环境中加以动态考察,弥补了以传播视角考察延安文艺的过程中存在的某种不够全面的缺憾。

一是在文学同大众传播相交叉的研究方面,有着广泛的研究时空范围,研究对象具有多样性:既可以全方位多角度考察,也可以进行典型个案研究。当然,进行个案研究时如果局限于某个范围就容易出现偏差,而将其置于整体性大背景中进行横向拓展、纵深比较,才有助于进一步凸显研究对象的复杂性与重要性。延安文艺作为中国现代文学史上极为重要的组成部分,它的传播与影响力不仅仅表现在当时那个特定的历史年代,而且对新中国成立以后的当代文艺发展模式与方向都产生了至关重要的影响。尤其是新世纪以来,在大众传媒迅速发展的大环境下,如何借鉴延安文艺的传播经验,也成为延安文艺传播研究向着纵深挺进的一个重要研究课题。

二是在文学与传媒研究的过程中,强化对象意识、问题意识,更多地从文献史料出发来把握研究对象,将问题还原为历史过程,将问题"语境化",这样可以真正有效地将理论阐释与问题研究予以贯通,摆脱学科与研究范式的束缚。研究延安文艺的过程中,需要进入当时的历史语境,还原历史真实。同时,随着研究者不断强化主体意识,更多历史文献资料逐步解密,相关研究也会获得进一步的拓展。

三是文学与大众传播研究的交叉,势必需要采取丰富多样的研究方法。通常而言,研究方法都会有与之对应的理论体系、研究规则及运作方式。与此同时,不同的阐释模式规设了研究者解读文艺的不同视角或方法,这也就难免出现对某些文学现象的呈现或遮蔽。多样化的研究方法有助于研究者从不同视角、不同立场来把握和阐释文学现象,尽可能还原历史语境,从而透视文学史的多元复杂性。因此,将传播学等相关理论引入延安文艺研究,把延安文艺内部的微观研究同外部的宏观研究相融合,在深入研究其外部诸因素,解析其传播历程的同时,探讨延安文艺本身及其内部因素,从而实现全方位多角度呈现延安文艺历史面貌的目的。

传播学的诸多理论,如组织传播理论、政治传播理论、大众传播理论、文化传播理论、传播控制模式理论和传播效果理论等,都为延安文艺的传播研究提供了理论支持，也为延安文艺研究开辟了一个更具阐释力的研究思路。通过系统梳理、分析延安文艺的各个传播要素，从传播环境生态、传播者与受众、传播媒介及传播文本形态等角度切入，可以对延安文艺的传播做全方位、纵深化的动态观照。在理论上，从新的视角对延安文艺进行深层次研究，实现了延安文艺研究的学科交叉，为延安文艺研究打开了一个新领域；在实践意义上，从延安文艺传播与影响的历史经验来观照当今文学发展，为中国文学在新的社会历史环境下继续发展、适应新时代的挑战提供借鉴。在研究过程中，也存在一些难点，比如如何从传播学的视角重新认识和评价延安文艺，归纳与总结延安文艺的传播给当代文艺发展提供了哪些历史经验，延安文艺到底在多大程度上规范和影响了当代文化（文学）体制、生产以及文化（文学）的历史进程等，这些问题都值得深入探讨。

本书从文化传播的角度出发，借助传播学的相关理论，力图对延安文艺的传播及其影响做全方位、多层面、多角度的历史观照，尝试从新的视角对延安文艺进行深层次研究，进而向延安文艺研究的学科交叉方面努力，为延安文艺研究拓展一个新的领域。通过对延安文艺传播系统中各个传播要素的存在形态及其彼此之间关系的考察，梳理并勾勒延安文艺传播的历史面影、性质和独特性，揭示延安文艺精神对当代中国文学发展迈向纵深的借鉴意义，分析、归纳并总结延安文艺传播的历史经验和现实价值。

笔者通过对延安文艺传播与影响的研究，致力于揭示延安文艺运用哪些切实有效的方法和途径，以最大程度上实现文艺传播的目的，如何实现对最广大受众群体进行教育与鼓舞以达到传播最直接的目标、获取最为显著的传播效果，这些传播经验对当今中国文学以及文化在坚持为人民服务方向可以提供哪些有力的借鉴。通过梳理延安文艺传播实践活动及其传播效果与影响，考察延安文艺为中国文学民族化、大众化提供了哪些值得借鉴的历史范式和省思资源；特别是进入新时期，中国文学在发展过程中对延安文艺传统的继承与持续深化，以及新世纪文学对延安文艺精神的高扬及其历史必然性；归纳并总结影响中国当代文学发展的具有涵盖力度的理论资源与话语资源。本研究不但可以丰富延安文艺研究的方法，扩展该领域的研究内容，而且对于深入认识延安文艺的生成以及它的独特传播语境和传播形态，尤其是借鉴延安文艺的传播经验，促进文学与文化继续坚持"为人民"方向，都有着十分重要的价值与意义。

第一章 延安文艺传播的环境生态

传播对环境生态有着依赖性，文学传播作为传播活动的形态之一种，必然无法摆脱环境生态的制约。因此，从传播环境生态论的角度对延安文艺传播的环境生态进行全景考察，不仅有助于深入分析、探讨延安文艺的传播活动，而且有助于营建与创造文学高效传播的环境生态，更好地发挥文学传播所应有的社会功能。

影响传播活动的诸多环境因素中，起决定或主导作用的因素通常是政治环境、经济环境等。同时，自然环境对传播的影响也不可忽视，特别是之于延安文艺的传播。具有地域特色的传播特征的形成，特定媒介生态的产生，媒介人才的聚集，媒介场所的建设，以及信息的质量、数量和特色等，都深受自然环境的影响。

延安文艺中的各种艺术类别是知识分子与民间智慧相结合而创造的结晶，其艺术类别（各种文艺形式）都极具陕北高原地域色彩，内蕴着浓郁的陕北地域文化气息。也正因此，延安文艺在传播过程中更多地依赖较为原始、更具地域特色、更贴合当地民众审美和接受习惯的形式与途径，这一特点无疑是由当时特殊的自然环境与社会环境造成的，显示了时代特征，具有独特的传播学意义。

迅速发展的大众传播媒介在一定程度上改变着延安文艺的传播形态。在政治和社会变革的影响下，陕甘宁边区内部形成了一个自足的媒介传播环境，它不仅影响着人们的思维模式和行为方式，而且提高了信息传播的有效性，保证了意识形态的高度统一性。

延安时期，文艺的主要传播媒介大致可归为三类。一类是作为延安文艺最重要的传播媒介的报纸副刊。凭借出版周期短、发行量大、受众面广的特点，报纸副刊成为文学作品传播的一个优质媒介载体。一类是文学刊物。与报纸副刊相比，文学刊物是延安文艺传播的另一个相对稳定的传播媒介。一类是与报纸副刊、文学刊物这两类相比较，更具口耳相传特点、灵活多样的传播形态——街头诗、墙报、木刻版画、枪杆诗、独幕剧、街头剧等，这一文学形式更加符合广大普通群众的接受习惯，特别是以广场形式演出的新秧歌剧，在延安特有的时空下显现出强大的感召力。

延安文艺的传播是特殊传播生态下的产物，是在延安以及中国独特的政治语境下产生的、带有鲜明的特殊时代印记和延安地区环境特征的传播形态。

从传播环境生态论的角度切入,对延安文艺传播的环境生态即自然地理环境、社会时代环境及媒介环境状况等方面进行全景式考察,深入分析环境生态对延安文艺传播各要素的形成与构成关系的影响,揭示其对文学传播所发挥的重要作用,不仅是对延安文艺传播研究的拓展与深化,而且对深入认知文学传播与环境生态的关系、营造有利于文学传播的环境生态、构建良好的文化传播环境、切实地发挥文学传播所应有的社会功能,具有一定的启迪意义和实践价值。

一、环境生态与延安文艺的传播

(一)传播生态与传播活动

传播生态是指社会信息传播系统中各构成要素之间、各要素与其外部环境之间以及社会信息传播系统与其外部环境之间相互联系、互动进而达到的一种相对平衡的状态。从某种意义上来说,传播生态是一个开放的系统,并在变化中形成一种平衡。因此,传播对环境生态有着依赖性。绝对孤立、封闭的传播活动是不存在的,任何传播活动都必然会以某种形式处于一定的环境之中。与此同时,一定的环境因素势必会影响并制约传播活动的进行。作为传播活动形态之一的文学传播活动,必然也处于一定的环境生态之中,无法摆脱它的制约。因此,考察文学传播活动的环境生态,不仅有利于深入分析、探讨文学传播活动,而且有助于营建与创造文学高效传播的环境生态。

传播环境生态是传播活动赖以进行的条件和状况的总和,是传播活动存在的特有条件。它无处不在、无时不有,与传播活动构成一个整体,影响着传播活动的进程。一般认为,传播环境具有五个特征。一是传播环境在空间上具有无限性。传播环境不仅触及人类传播的外在地理环境和物理环境,还包括内在的心理环境;不仅指现实传播者编码、传播的多种情况和条件,也包括受传者接受讯息的环境状况。二是传播环境不是封闭的而是开放的。传播环境对信息传播活动和事物具有广泛的接纳性，同时，会持续不断地、自发地向外输出具有影响的能量。传播环境与传播主体间有物质、能力和信息的互动，媒介系统内部与外部也具有信息上的沟通。三是传播环境存在差异性。自然、社会、文化以及政治、经济等条件的影响，使得传播环境不可避免会存在差异。四是传播环境具有相关性。传播环境本身就是环境与传播的有机结合体，环境与传播主体之间相互作用，传播活动会受到传播环境的影响。五是传播环境的影响性。环境对传播活动的影响是多方面的，可能是积极的，也可能是消极的，既存在有利的一面，又会有不利的情况发生。[1]这些特征就成为分析传播环境的重要方面。

传播活动不是抽象的，而是以具体的形态或质的规定性存在于一定的生态环境之中。传播与生态环境不可分离，具体到延安文艺的传播亦是如此。生态环境作为人类的栖息之地，是人类进行传播活动的基础和条件，同时是媒介生存和发展的各种生态因子的总和。生态环境为传播提供了必要的场所和保障，传播对生态环境有着较强的依赖性。当然，传播活动与生态环境之间所表现出来的是一种相辅相成的互动关系。在生态环境中，虽然传播活动具有某种决定性的作用，但其成败与效果却不是由自身机械决定。这是因为，作为传播活动主要参与者的传播者和受众不可能简单消极、被动地接受外在环境的影响，而是会积极主动地对环境加以鉴别、选择、转化甚至抵制。生态环境不会自觉地、主动地、有目的地释放自己的能量，而是会在复杂的互动中产生影响。也正因如此，媒介组织、传播者或者受传者在条件允许的情况下，会积极重视生态环境的建设与维护，努力营造并选择一种有利于提高传播效果的生态环境，进而充分发挥环境的正面作用。

影响传播活动的诸多环境因素中，起决定或主导作用的因素通常是政治环境、经济环境等。有些环境因素并不能像政治、经济一样直接影响传播活动，

---

[1] 邵培仁等：《媒介生态学——媒介作为绿色生态的研究》，中国传媒大学出版社2008年版，第141—142页。

却可以间接地施加影响，例如自然地理环境等。当然，所有的环境因素并不是直接地、强行地对传播活动进行干预并产生作用，多数情况下，是以一种潜移默化的方式，逐渐地渗透着、影响着传播活动。我们可以通过对自然环境、社会环境、媒介环境等外部环境生态因素的分析，进而考察外部传播生态对延安文艺传播的影响，从而深入理解延安文艺传播的特色。

（二）延安文艺传播的环境生态

传播环境生态中的自然环境因素并非指整个自然界，而主要指与人们生活和传播活动有关的自然条件，它是传播活动赖以存在和发展的物质基础。自然环境中的各种情况和条件都会直接或间接地影响和制约着传播活动的过程与效果。具有地域特色的传播特征的形成，特定媒介生态的产生，媒介人才的聚集，媒介场所的建设，以及信息的质量、数量和特色等，都深受自然环境的影响。

作为延安文艺传播的主要区域，以延安为中心的陕甘宁边区有着极为特殊的自然环境。它地处黄土高原，气候寒冷，降水少，风沙大，植被稀少。19世纪的德国旅行家巴隆·冯·李德芬到陕北后这样描述："所有的东西都是黄土。我们正是在黄土地带中心。一切东西都是黄色的。山丘、道路、田野、河流与小溪的水是黄色的，房子是黄土造的，植被上覆盖着黄色尘土，甚至空气也免不了黄色朦雾"[①]。黄土高原千沟万壑的地貌影响了农业耕作，干旱少雨的气候使得单薄贫瘠的土地粮食产量极低，百姓生活的困苦程度可想而知。美国记者埃德加·斯诺到达延安之后认为，陕北是他在中国见到的最贫穷的地区之一。近代以来，中国传媒的萌发与发展一般都集中在自然条件（地理、气候）良好、交通运输便利、人口稠密、经济发达的东部大中小城市，"除非战争时期，不会有哪家媒介愿意搬到交通不便、人口稀少的山区"[②]。而延安地

---

① 转引自马克·赛尔登：《革命中的中国：延安道路》，魏晓明、冯崇义译，社会科学文献出版社2002年版，第10页。
② 邵培仁等：《媒介生态学——媒介作为绿色生态的研究》，中国传媒大学出版社2008年版，第147页。

处偏远的西北内陆，封闭的地理环境，落后的交通条件，深刻地影响着这里与外界的沟通交流，也制约着外部信息的传入。因此，延安地区较少受到五四以来新文化的影响与冲击，更多地保留着民间艺术形式，像信天游、秧歌等民间文艺形式都极具陕北高原地域色彩。自然条件的恶劣以及环境的闭塞，不仅影响着人才的内外交流，制约着媒介手段的运用，影响着文学传播的规模与接受水平，也必然会对文学内容与形式的丰富性产生影响。因此，陕甘宁边区文艺在传播过程中更多地依赖较为原始、更具地域特色、更贴合当地民众审美和接受习惯的形式与途径，这一特点不能不说是由当时特殊的自然、社会环境造成的，显示了时代特征，具有独特的传播学意义。

自然环境对传播活动会产生影响，社会环境对传播活动的影响却是主导性的。社会环境是由人类主体聚集、汇合后所形成的社会状况和条件构成。传播的社会环境的构成因素是复杂而多样的，其中，对传播活动起重要影响的主要有政治因素、经济因素以及文化因素。这些因素相互交叉作用，影响着传播活动的进行。具体到延安文艺的传播，当时中国特殊的战争环境、动荡的社会境况以及陕甘宁边区错综复杂的内部环境构成了独特的社会环境生态，影响着延安文艺的生成与传播。

社会环境的不同造成了不同区域文学发展样貌的区别。20世纪三四十年代，处于战争的特殊状态下的中国，在地域上形成了所谓的三大政治格局，即国统区、沦陷区和解放区。政治格局的变化带来的是文学中心的转变。中国文学逐步从五四文学革命时期的精英文化立场，向以30年代"两个口号"的论争、40年代"民间形式讨论"为代表事件的民众文化立场转变。再到"革命压倒一切"的特殊时期，文学在不同的社会政治环境中呈现出多元且复杂的特征。"由不同社会制度支配的行政区域实际上是权力话语对地域分割的结果，生存其间的文学艺术基本上是在这一权力话语下主动或被动的集结，正是这些各方占据的政治区域造成了中国文学的地域性间隔。"[①]在不同的社会制度支

---

① 王维国：《抗日战争与中国文学地理变迁》，载《河北学刊》2005年第4期。

配的区域内，呈现出的不仅是权力话语对这一区域具有绝对的支配权，更是社会环境对地域的分割，生存其间的文学艺术自然难以完全独立于社会权力话语之外，而是或主动或被动地与其共生。政治环境与空间地理的双重作用导致了文学的分野，这也就造成了中国文学在不同政治区域出现了地域性间隔与区分。以延安为中心的根据地发展起来的延安文艺，无疑是当时特殊时代产生的特殊文艺形态，它的生成与发展与当时特殊的社会环境有着某种必然的联系。

　　社会环境影响并规定了文学传播活动的方式、规模、过程，甚至内容、性质和特点。1937年全面抗战爆发，中国处于民族危亡的紧要关头，民族矛盾上升为中国社会的主要矛盾，抗战成为举国上下各方力量的共同关注点。文学观念随着抗战环境的变化也发生了改变，以往不同的文学团体、文学流派、文艺观点在民族抗战立场上达成了共识。"文艺界愈来愈更与抗战有关，为着共同参加到抗战的工作中间，文艺界在全国的范围里空前广泛地团结起来，文艺界到前方和民众中去组织，文艺大众化的努力，旧形式的利用与新形式的探求，新的作家与新作品的产生，这一切的活动，都向着一个总的目标走去：为抗战，为建国，……"①毛泽东在《讲话》中提出，以"新鲜活泼、为中国老百姓所喜闻乐见的中国作风和中国气派"的文艺作品来更好地宣传政治思想，实现为抗战服务的目的。特殊的社会历史环境不仅改变了文艺的发展方向，而且改变了知识分子的生存与创作方式。无数满怀报国热情的知识分子冲破重重障碍，投奔延安，在这里开始了他们文学创作的新路程。丁玲在《红色中华》第1期《刊尾随笔》中写道："战斗的时候，要枪炮，要子弹，要各种各样的东西。要这些战斗的工具，用这些工具去打毁敌人。但我们也不应忘记使用另一样武器，那帮助着冲锋侧击和包抄的一支笔！……我们也可以说一支笔是战斗的武器。"②文艺的宣传功能在战争环境中被充分地发挥出来，文艺成为

---

① 《文艺界的精神总动员》，见刘增杰、赵明、王文金等编：《抗日战争时期延安及各抗日民主根据地文学运动资料（上）》，山西人民出版社1983年版，第532页。
② 转引自艾克恩编纂：《延安文艺运动纪盛（1937.1—1948.3）》，文化艺术出版社1987年版，第3—4页。

发动和教育群众、宣传抗战的武器。

　　随着战争的不断深入，国际上法西斯势力相互勾结，日益猖獗。1940年9月27日，德、意、日签订法西斯军事同盟，德国吞并了大半个欧洲，日本在亚太地区疯狂侵略，国际形势严峻，危机四伏，世界反法西斯力量暂时处于低潮。这些都直接影响了中国的抗战局势和国内政治形势。虽然这一时期中国的抗战取得了一定进展，但是随着抗战进入战略相持阶段，国内形势发生了变化。面对中国人民的殊死抵抗，日本帝国主义深感兵力不足，战线过长，同时为了支持太平洋战争，扩大侵略，于是逐步改变侵略策略，将主要兵力集中在"围剿"抗日武装力量，对抗日民主革命根据地进行大规模的军事"大扫荡"，实行惨无人道的烧光、抢光、杀光的"三光"政策。与此同时，日本侵略者对国民党政府加紧政治诱降，国民党军开始转向消极抗战、积极反共，对中共领导的抗日民主根据地实行政治打压、军事包围和经济封锁。40年代，根据地的诗歌创作开始转变，出现了新歌谣运动。与当时社会环境的遽变相适应的基本主题是它歌颂革命、革命政党、政权、领袖与军队，目的在于加强宣传普及革命思想和教育广大群众，实现文艺为工农兵服务，扩大传播效果。例如，部队诗人毕革飞的快板诗："'运输队长'本姓蒋，工作积极该表扬，/运输的能力大增强，/给咱们送来大批大批美国枪，/亮呀亮堂堂。"[1]从这首诗中可以体会到，歌谣体诗作不仅朗朗上口，有着民间文学的通俗与幽默，更是当时特殊战争环境下的革命战争情况的写照，有着强烈的战斗性，激发了民众反抗外侮的革命斗志。

　　相对于战争带来的动荡的社会大环境，陕甘宁边区相对稳定的内部环境为延安文艺的传播提供了良好的小环境。与中国东部沿海及其他发达地区相比，西北地区基本没有所谓的现代工业，其经济基础以传统农业、小手工业为主，经济结构非常单一。加之，这一地区"自然条件恶劣，灾害频仍，有'十年九

---

[1] 毕革飞：《毕革飞快板诗选》，作家出版社1964年版，第13页。

灾'之说。一遇干旱，赤地千里，颗粒无收，长城内外，沙浪滔滔"[1]，农村经济处于崩溃的边缘。自中国共产党进驻陕北后，这一状况开始得到改善。但是，随着抗日战争进入相持阶段，陕甘宁边区原本比较薄弱的经济生产又受到了严重破坏。为了巩固和发展敌后抗日民主根据地和中国革命运动的总后方，中国共产党在肃清"左"倾路线影响的同时，采取了一系列有效措施恢复和发展生产。经过军民大生产运动、减租减息运动以及经济文化建设等多种措施，原本贫穷落后的边区经济得以改善，动荡的社会状况趋于安定。以扩大耕地面积、增加粮食产量等一系列措施为基础的大规模经济建设活动，使边区军民的吃饭问题基本上得到了解决。在日本侵略者和国民党政府对边区进行严格的经济封锁的困难环境中，边区的经济依然做到了自给自足。边区政府还对社会环境加以改造，移风易俗，革除乡村的陈规陋习，铲除愚昧落后的观念行为，社会风气焕然一新。经济的发展改善了边区人民的物质生活水平，社会的稳定增加了人们对边区政府的信赖。这些都为后来延安文艺在普通民众中的广泛传播奠定了相对稳定的基础。

边区文化教育水平得到提高。"陕甘宁边区建立以前，几乎可以说是文化教育的荒原，小学校总共不过一百二十处，学生只两千人，一般县份中每百人中难得找到两个识字的人，有些县份如华池、盐池等，两百人中才找到一个识字的。"[2]为提高普通民众的文化教育水平，边区政府大力推进学校教育和社会教育，开展扫除文盲运动，取得了一定成绩。此外，大量知识分子，尤其是国统区和沦陷区深受五四启蒙思想影响的知识分子进入延安，对延安的社会环境和社会风气产生了重要的影响。据统计，全面抗战后，到延安的知识分子有四万多人，其中百分之七十以上文化程度在初中以上。[3]总体而言，边区群众的文化水平相对还是比较低的，这在一定程度上影响着传播手段的运用和文艺

---

[1] 李智勇：《陕甘宁边区政权形态与社会发展（1937—1945）》，中国社会科学出版社2001年版，第6页。
[2] 《边区四年来学校教育猛烈增加 社会教育遍达农村山野》，载《解放日报》1941年6月5日。
[3] 参见胡乔木：《胡乔木回忆毛泽东》，人民出版社1994年版，第277页。

的传播效果。

媒介环境对于延安文艺的传播也起着非常重要的作用。关于媒介环境,戴维·阿什德认为,媒介环境包括"物理的实在环境"和"充满符合互动的意义环境"。前者指媒介赖以生存与发展的现实环境,后者指媒介通过传播活动介入现实环境后所形成的已发生改变的环境。[1]国内有学者认为:"媒介环境是指大众传播机构在运作管理中所呈现出来的一种整体气氛,是由大众传播活动全体参与者的行为方式聚合后形成的一种习惯模式。"[2]综合来看,媒介环境包含外部的媒介状况和内部的习惯模式两个方面。媒介与社会通过信息传播互动形成的媒介环境,一经形成便会对信息的传播产生影响。

迅速发展的近代大众传播媒介,在一定程度上改变着延安文艺的传播形态。在政治和社会变革的影响下,陕甘宁边区内部形成了一个媒介传播环境,它不仅影响着人们的思维模式和行为方式,而且提高了信息传播的有效性,保证了意识形态的统一性。延安时期,文艺的主要传播媒介大致可归为三类。一类是作为延安文艺最重要的传播媒介的报纸副刊。报纸副刊凭借出版周期短、发行量大、受众面广的特点,成为文学作品传播的一个优质媒介载体。中国共产党一直十分重视报刊事业的发展,仅1937年到1939年,华北抗日根据地和华中抗日根据地就创办了近七百种报刊;1939年到1940年,在原有的《新中华报》《解放》《团结》等报刊基础上,又增加了一批重要报刊。[3]尤其是后来创办的《解放日报》,不仅作为中共中央的机关报,广泛传播党的各项方针政策,其《文艺》副刊也是当时文艺作品和文艺理论批评文章发表的重要平台,以此配合现实斗争。一类是文学刊物。与报纸副刊相较,文学刊物是延安文艺传播的另一个相对稳定的传播媒介。当时的文学刊物主要是由各个文艺社团

---

[1] 参见戴维·阿什德:《传播生态学——控制的文化范式》,邵志择译,华夏出版社2003年版,第126页。
[2] 邵培仁等:《媒介生态学——媒介作为绿色生态的研究》,中国传媒大学出版社2008年版,第151页。
[3] 参见单波:《20世纪中国新闻学与传播学》(应用新闻学卷),复旦大学出版社2001年版,第111页。

创办，比较具有代表性的有《中国文化》《文艺战线》《文艺月报》《北方文化》等。由于这些文学刊物是由各文艺社团创办的，这就形成了一种更有利于文艺传播的媒介环境。由陕甘宁边区文化协会创办的《中国文化》，发表了一些现代文学史和艺术史上的经典作品，如丁玲的《我在霞村的时候》，以及新中国成立后被确定为中国人民解放军军歌的《八路军大合唱》，等等。还有一类是与报纸副刊和文学刊物相比较，更具口耳相传特点、灵活多样的传播形态——街头诗、墙报、木刻版画、枪杆诗、独幕剧、街头剧等。此类文学形式更加符合广大普通群众的接受习惯，特别是以广场形式演出的新秧歌剧，在延安特有的环境下显现出了强大的感召力。比如，《兄妹开荒》在广场演出时的盛况，这足以说明延安军民对这种文艺传播媒介形式的喜爱。这种传播形式因为符合当时的战争环境和受众群体的特点，所以在传播过程中获得了更为广泛的效果。

（三）延安文艺传播环境的开放性

传播环境本身不是封闭的，而是处于一种开放状态，它对各类信息的传播活动有着广泛的接纳性与普遍的辐射性。这不仅表现在传播系统内部各要素之间的相互沟通上，而且表现在传播系统内部与外部各类因素的互动上。延安地区的外部自然、社会环境是客观存在的，其所形成的传播环境同样无法轻易为人所改变，但这并不是绝对的，毕竟人具有主观能动性，在其能力范围之内可以对客观环境加以利用。也就是说，尽管在客观上，延安处于一个相对封闭的环境之中，影响着自身的内外交流，但是在主观行动上，延安积极地接触外部媒体，尽可能地突破地域的限制，以更为开放的姿态呈现于世人面前。这一举措对外突破了国民党的信息封锁，对内实现了政治信息的宣传和解释，从而在最大程度上实现了延安地区文艺及其他信息的对外传播。

延安时期，中共领导人十分重视同外国记者、作家的交流，积极主动地接受中外记者的采访，借此将中国共产党的革命活动、政治主张真实地传播到国内外。在采访了解放区的中国共产党领导人后，一些外国记者将亲身经历和采访、考察的情况写成新闻纪实作品，并及时将中国革命的最新消息传播到了世界各地。外国新闻记者的参与,在一定程度上冲破了地域环境的限制,实现了解放区与世界各国的交流。其间,外国记者撰写了不少非常经典的新闻纪实作品,在世界范围内产生了较大的影响。最有影响的应该是埃德加·斯诺的《红星照耀中国》(又名《西行漫记》)和史沫特莱的《伟大的道路——朱德的生平和时代》《中国的战歌》。此外,有白修德的《中国的惊雷》和安娜·路易斯·斯特朗的《人类的五分之一》等作品。这些进入延安的外国记者在实地考察后写成的著作和文章中,记录了中共领导人与农民、士兵、民主人士之间的交流,真实地反映了中国共产党和根据地的生活,为世界了解根据地提供了一扇窗口,影响了西方人对当时中国及中国革命的看法。美国记者史沫特莱于1937年初在延安采访朱德时表示,要为朱德写一部传记,对于这一想法朱德感到很诧异,史沫特莱解释道,当时中国还没有一个农民向世界谈自己的经历,而朱德作为一个农民,如果将自己的身世告诉她,那么就是中国农民第一次向世界开口,而朱德就是代表中国人口百分之八十的农民向世界开口。[1]斯诺创作的《红星照耀中国》,在国际上是一部畅销书,产生了非常大的影响。这本书受到了美国政府的关注,连总统罗斯福也阅读了。海伦·斯诺"关注着延安革命队伍里的妇女问题和生命问题",其《续西行漫记》中关于中国妇女与革命问题的讨论几乎占到全书篇幅的一半。她从人性、母性的角度看红军和中国革命,书中保存了许多当时延安生活的真实细节。在她看来,红军和中国共产党人能在恶劣环境中坚持奋斗,凭借的就是崇高的理想。1947年6月,美国《美亚》杂志发表了一篇文章《毛泽东思想》,这是美国人斯特朗第一次向世界介绍中国共产党的领袖毛泽东以及毛泽东思想在中国的形成与发展。该文被研究者认为是"用英文对中国式的马克思主义的第一次概述"。[2]

据相关统计,在20世纪三四十年代,前后十多年的时间内,先后有六十多名外国记者、医生、军事顾问以及各类技术人员到陕甘宁边区、各抗日民主

---

[1] 艾格妮丝·史沫特莱:《伟大的道路——朱德的生平和时代》,生活·读书·新知三联书店1979年版,第1—3页。
[2] 参见朱鸿召:《延河边的文人们》,东方出版中心2010年版,第252页。

根据地工作或访问。这些人来自世界各地,除了有来自英国、美国、加拿大、德国等发达资本主义国家的,还有来自苏联、印度、朝鲜等的。1944年,由多方人士组成的中外记者西北参观团前往延安采访。中外记者团共有二十一人,其中六名外国记者、九名中国记者、四名国民党宣传部人员,另外包括两名官方领队。六名外国记者包括美国《时代》杂志、《同盟劳工新闻》、《纽约时报》的记者爱泼斯坦,路透社、多伦多《明星》周刊、《巴尔的摩太阳报》的记者武道,塔斯社记者普罗岑科,美联社、《曼彻斯特导报》、《美国基督教科学篇言报》的记者冈瑟·斯坦因,合众社、伦敦《泰晤士报》的记者福尔曼,美国天主教《信号》杂志、《中国通讯》的记者夏南汗。这些西方记者所持有的政治倾向迥异,武道与国民党政府关系密切,爱泼斯坦和斯坦因对中国人民抱着真诚的态度,夏南汗则对共产主义抱有敌视态度,福尔曼是一个职业记者,对政治不感兴趣但新闻态度非常严肃。这些来自世界各地的记者尽管政治倾向不同,但都受到了解放区领导人和老百姓的热烈欢迎。在中共领导人的安排下,记者团深入边区各地,广泛地参观政府机关、生产部门、各类学校,面对面地访问边区的文艺工作者、英雄模范人物以及各阶层知名人士,并积极地参加各种类型的集会。他们通过访问和实地考察,对陕甘宁边区有了更为直接且真实的了解,并获得了大量一手资料,从而创作了许多客观反映解放区现实情况的著作和文章。

在当时并不良好且不十分有利的传播环境中,中外记者访问延安,不仅提供了一个让外界了解延安、了解中国共产党及其政治主张的途径,更重要的是,他们将自己在延安的所见所闻通过其所代表的各类中外媒体如实地介绍给世界,扩大了中国共产党的政策方针、根据地的传播与影响,实现了延安与外界的互动通联。《纽约时报》记者爱泼斯坦代表外国记者表示:"在同盟国国家的阵营里,不应该有任何一个地区被关闭起来,对于职业的新闻记者,也不应该有任何一个地区不让他们去看一看,因为他们是全世界人民的眼睛。""这个地方很久以来是被关闭着的。这次我们来到这里,把一座关闭了很久的门,打开了缝隙,使光线透进来。而这个缝隙虽然很小,但是再要强制地把这座门关闭得像从前那样紧密，恐怕已是不可能了。作为一个团体，我们对任何政治派别和信仰，都没有偏见或成见，我们准备仔细地、客观地、精确地研究八路军新四军的战斗业绩，以及这里的各种工作情形，并报道给全世界反法西斯人士。"①

二、环境生态与延安文艺的传播要素

传播与环境之间有着极为密切的关系，两者之间相辅相成，相互制约。环境不但为传播提供必需的条件，而且深刻地影响着传播者的传播手段、传播策略，决定着受众的接受态度、行为反应以及媒介的运作。良好的环境有利于吸引优秀的人才，提高传播者和受众的积极性和主动性，促使传播和接受效果的最大化，从而达到传播的目的，实现传播的社会效益。

传播者"指的是传播行为的引发者，即以发出讯息的方式主动作用于他人的人。在社会传播中，传播者既可以是个人，也可以是群体或组织"②。传播者通常被视为整个传播活动的源头与起点。然而，在具体的传播活动中，传播者总会受到社会、政治、经济、文化的影响，扮演着服务受众的角色。延安文艺的传播者在特定的社会、政治、经济、文化环境中进行信息传播，具有自身的特点。

首先，作为延安文艺主要传播者的作家艺术家群体，其构成具有多层次性。延安时期的文艺创作主体主要有四类：一是随红军长征到达陕北的苏区作家和文艺工作者；二是从国统区和沦陷区到达延安的作家；三是从国外归来或是在延安做短暂停留的作家；四是解放区自身培养的年轻作家，以及本土的民间艺人。前三类作家大都与1930年代左翼文学有联系，左翼文学思潮强调、突出文学的阶级性、意识形态性和政治性，加之作家自身又有着复杂性，在中国共产党领导的、处于战争文化状态和以农民为接受主体对象的根据地，面临着

---

① 孟红：《抗战时期中外记者参观团访问西北纪实》，载《党史纵览》2008年第8期。
② 郭庆光：《传播学教程》，中国人民大学出版社2011年版，第49页。

重新被确定的命运。根据地土生土长的作家从一开始就受到了根据地政治、文化观念的直接引导，加之自身与农村文化及乡土艺术之间有着天然的亲近感，因而在一定程度上对特定历史时期政治之于文学的要求有更深入的理解。尽管不同作家群体之间存在着种种不同，但他们汇集于延安，成了延安文艺最主要的传播主体。

其次，延安文艺的传播主体经历了一个身份被重新定位的过程。来自不同文化背景下的知识分子，在抗战救国的时代环境下，满怀理想和抱负从天南海北冲破封锁和阻挠，投奔延安。中国共产党也打开大门，广纳有识之士。毛泽东一再指示："革命青年，来者不拒。"据八路军驻西安办事处统计，仅1938年5月至8月，经由该处介绍进入延安的知识青年，就有2288人之多。[1]中国共产党对到达延安的知识分子十分礼遇。知识分子到访，毛泽东常亲自接见。在生活待遇上，也向知识分子倾斜。例如，1938年，陕北公学校长成仿吾薪金五元，而教员的薪金有的高达十二元。相对稳定的生活保障，以及延安宽松自由的社会环境，使知识分子投入一系列的文艺活动及创作，成为延安引人注目的角色。然而，随着整风运动的开展，知识分子的地位和作用逐渐发生变化，尤其是1942年延安文艺座谈会后，中国共产党对知识分子提出了新的要求，即首先是要成为合格的党员，然后成为文化人。作家艺术家在学习马克思主义的同时，必须"深入工农兵群众，深入实际斗争"，进行世界观和思想情感的改造，将"思想情感和工农兵大众的思想感情打成一片"，从而实现彻底的改变。与此同时，延安的知识分子也开始清醒地意识到，只有走与工农大众相结合的道路，才能获得新的历史地位。于是，他们开始深入实际斗争，与工农兵结合，在实际创作中将人民大众尤其是工农兵作为服务的对象，努力朝着无产阶级文艺工作者的身份转变。

受众，"即讯息的接受者和反应者，传播者的作用对象"，它"可以是个人，也可以是群体或组织"。[2]受众的接受水平受自身素养以及传播环境、媒

---

[1] 参见王云风主编：《延安大学校史》，陕西人民教育出版社1994年版，第17—18页。
[2] 郭庆光：《传播学教程》，中国人民大学出版社2011年版，第49页。

介技术和参与传播活动程度等因素的影响。边区地域环境特殊，经济文化水平比较落后，民众受教育的程度极低，受众群体的接受水平不高。"陕北在革命前，除开榆林、米脂、绥德这些地区以外'原边区政府所辖的这片广大地区，可以说完全是文化教育的荒地'。"[①]此外，革命队伍中的战士绝大多数是农民出身，不识字者很多，文化水平极低，即便是经长征到达陕北的一些领导干部和基层文化工作者，受教育程度和文化水平也不高，文盲数量惊人。尽管边区政府通过开办识字组、半日校、夜校、冬学等形式，提高他们的文化水平，但在短时间内，也只能提高其基本识字能力，无法迅速提高其信息接受水平。面对延安文艺受众群体的这种现实情况，毛泽东在《讲话》中提出，文艺在坚持为以工农兵为主的最广大的人民大众服务的同时，更应采用为人民群众所喜闻乐见的形式，这在一定程度上提高了受众群体的传播参与程度，便于将受众的培养与中国共产党的政治思想教育、抗战宣传结合起来。

传播的过程中，受众与传播者的角色并非一成不变，随着传播环境、传播媒介的不同，二者之间可以发生转换和交替。战争环境下，在延安文艺传播过程中，传播主体和接受主体融合并互动，文学的生产者和接受者融合为一体，集体创作便成为这二者结合的最佳契合点。周扬在《抗战时期的文学》中说："在战时文艺家的一切活动中，集体创作的活动应当占一个地位。创作只能是个人的，不能是集团的，这种陈腐的传统观念是应当抛弃了。……集体创作并不一定要用专门的作家，而可以由许多非作家的作家来写，已出版的《中国的一日》便是例了。抗战中巨大的多方面的经验需要大批有这些经验的人们集体地来记录。即使这些人不都是专门的作家，写出来的都是片鳞半爪，在艺术上不完整的粗糙的东西，也将会比对于这些经验生疏的作家所写的含有更多的生活的真实和意义。"[②]解放区出现了大量的集体创作，如《长征记》，仿造《世界的一日》和《中国的一日》编辑的《苏区的一日》，以及《五月的延

---

① 《提高边区教育》，载《解放日报》1941年10月4日。
② 周扬：《抗战时期的文学》，见洛蚀文编：《抗战文艺论集》，上海书店1986年版，第81页。

安》,等等,就是通过广泛动员征稿,最终从大量来稿中选编成书的。戏剧创作中,集体创作的形式也被普遍运用,像《血祭上海》《抓壮丁》《白毛女》等作品都是集体创作而成的。在集体创作的过程中,延安作家主动放弃了对创作独立性、自主性的追求,主动融入人民群众,成为创作群体中的一分子。延安文艺的传播主体经历了一个从知识分子到大众、传播主体最大化的过程。原本作为受众群体的人民大众,成为文艺创作和传播活动的创造者与传播主体,他们的积极性和主动参与性必然高涨,最终实现了文艺传播效益的最大化。

传播政策也深受环境的影响。作为延安文艺指导思想的毛泽东《讲话》,它形成的直接原因是解放区的文艺现实状况。当时,延安文艺界存在一股崇尚所谓高雅的文艺风气,轻视民间的、通俗的、小型的文艺,创作上偏向"关门提高""自我提高""暴露黑暗",表现出脱离政治、脱离群众、脱离实际的错误倾向。基于这种文艺现实状况,毛泽东发表了《讲话》。《讲话》从中国共产党的文艺工作的角度来解决当时的文艺问题,具有强烈的现实针对性。在当时的历史条件和社会环境下,《讲话》的发表起到了统一思想和行动的作用。就像何其芳所说:"只有在党的领导之下,只有在抗日民主根据地内,新文艺的方向问题才可能得到正确的解决并实现为一种广泛的运动的。"[①]《讲话》中的文艺思想几乎渗透到文艺理论的各个方面,它的发表产生了极为深刻而长远的影响。

总体而言,环境生态在传播活动中虽然有着十分重要的作用,但并不意味着它可以独立、机械地决定传播效果的实现,而作为传播活动主体的传播者以及受众在对环境的选择、干预中,在复杂的互动中,影响并制约着传播活动的进行。

三、环境生态与延安文艺传播的意义

根据马克思、恩格斯在《德意志意识形态》《资本论》等著作中的论述,

---

① 何其芳:《改造自己,改造艺术》,载《解放日报》1943年4月3日。

以历史唯物主义、辩证唯物主义的立场并结合现代社会实际来探察社会传播的总过程理论，信息传播属于与人类的精神生产相对应的精神交往活动范畴。围绕着精神生产所发生的社会关系被称为精神交往关系，社会成员之间的精神交往关系即传播关系。精神生产是社会意识的生产，用现代传播学术语来说，就是社会信息的生产，或者叫象征符、意义及其体系的生产。精神生产是上层建筑的生产和再生产，受社会经济基础运动规律尤其是上层建筑规律的制约。作为一种生产，精神生产存在着生产力和生产关系的辩证运动。精神生产的生产力是参与社会精神生产过程的一切信息资源、工具、技术和人力要素的总和。精神生产的生产关系即精神交往关系或传播关系。按照马克思主义关于生产关系构成要素的原则（理论）来看，精神生产包括三方面：精神生产资料的占有方式，即所有制关系；人们在精神生产中的地位和交换关系；精神产品的分配以及消费关系。一个社会的精神生产的性质，取决于这个社会的精神生产力的水平和精神生产关系的状态。因此，传播学考察的是人与人之间的传播关系，因而不仅要考察狭义的信息交流，还必须将其与宏观的社会精神生产和精神交往联系起来加以考察。精神生产关系的传播关系中存在着生产、分配、交换和消费环节，这些环节之间相互联系、相互作用，从而构成社会传播这个总体过程的运动。

文艺作为精神生产的重要存在形态之一，也必然遵从精神生产的这一运作规律。与此同时，影响传播的外部环境因素为文艺实现整个社会传播过程起了举足轻重的作用。传播者、受众等因素深受传播环境的影响，传播环境又在传播者、受众的影响下发生改变，产生变化，它与传播者、受众以及媒介形成一种互动的关系。同时，良好的环境有助于传播媒介、传播策略的改进与提高。因此，营造和选择良好的环境，充分发挥环境的正面效应，是实现传播效果的有效途径。而且，构建良好的文化传播环境，有助于充分发挥文艺所应有的社会功能，进而在创建良好的传播关系中实现人类的精神生产。

延安文艺的传播是特殊传播生态下的产物，是在延安以及中国独特的政治语境下产生的，是带有鲜明的时代印记和延安地区环境特征的传播形态。延安文艺在毛泽东《讲话》的指导下,涉及人民群众生活的方方面面,以人民喜闻乐见的形式来反映根据地人民的新思想、新面貌、新文化和新生活,其传播基本上不受文化市场机制的支配。新时期以来,中国的市场经济不断发展,大众文化迅速兴起,文艺作品开始成为供人们消费的商品,有的作家按照市场行情进行小说制作,以市场为目标,为市场而生产,经济效益成为他们关心的首要问题,为人民而写作的作家越来越少,文艺为人民服务的宗旨被逐渐淡化。在单一追求经济利益的过程中,文艺作为精神产品所具有的触动人心灵、给人以鼓舞和力量的引领作用为媚俗、消遣娱乐所取代。尤其随着电视、电影、互联网的普及,在新兴媒介的推动之下,大众文化以更为便捷的途径吸引大众的眼球,将主流文化和精英文化推离人民。延安时期,以工农兵为主导的人民群众除了作为服务对象成为文艺传播的受众,还作为传播主体积极参与文艺创作和传播活动,成为传播活动的主导者。而在消费主义的影响下,信息传播商品化,传播环境生态也成了消费社会的一部分,受众的身份发生了转变,成了消费者。受众对于一些媒介形式不再积极主动地利用,而是被动接受,对传播活动的参与度降低,更多表现为一种消费欲望的满足。

那么,在新的社会文化环境中,营造良好的环境从而促进文艺的有效传播就成为一个重要问题。延安时期,中国共产党就十分重视文化的发展,在《中央关于发展文化运动的指示》中提出:"应对全部宣传事业,教育事业与出版事业作有组织的计划与推行,用以普及与提高党内外干部的理论水平及政治水平,普及与提高抗日军队抗日人民的政治水平及文化水平,要使各根据地干部军队与人民的理论政治及文化水平高于与广于全国各地。……要把运输文化粮食看得比运输被服弹药还重要。"[①]艰苦的环境中,中国共产党领导人民群众在文化发展方面取得了相当宝贵的经验。尽管当下文艺的传播环境、主体、方式、手段以及人民群众的审美要求都发生了极大的变化,但是无论在何种条件与环境下,"党的领导是社会主义文艺发展的根本保证。党的根本宗旨是全心

---

① 中央档案馆编:《中共中央文件选集》(第12册),中共中央党校出版社1991年版,第487页。

全意为人民服务,文艺的根本宗旨也是为人民创作"[1],这一点是始终保持不变的,坚持中国共产党的领导是营造和保障文艺发展良好环境的根本。

经济的繁荣、政治的稳定是文艺发展的基础,而走适应时代发展、符合文艺自身发展规律的道路则为文艺的传播与持续发展提供了保障。在社会主义市场经济的条件下,文艺作品无法彻底摆脱市场价值和经济效益的影响,让文艺作品完全脱离市场经济也是不现实的,毕竟文艺的传播与发展需要依赖一定的经济基础。但是,文艺作品与进入市场流通的纯粹的商品有着本质的不同,它是人类精神价值的体现,饱含着人类的审美理想,具有独立的价值。因此,评价文艺作品,不仅要看它的经济效益,更要看它是否具有社会效益,能否经得起人民的评价。

文艺是时代的产物,反映了一定时期的政治、经济、社会状况,文艺的传播过程实际上也是一个宣扬时代风气的过程。促进文艺的有效传播,对于营造充满活力、积极向上的社会环境有着重要的作用,同时,也应充分重视文艺的社会功用。延安文艺以抗战救亡为主题,服务于最广大的人民群众,反映时代主题,紧扣时代脉搏,与社会发展步伐密切相连,为革命摇旗呐喊,激励广大人民群众投身革命斗争,与救国图存、人民解放的时代旋律相呼应。延安的文艺工作者创作出了一大批经典文艺作品,包括小说、诗歌、戏剧等各种文学体裁,如《小二黑结婚》《王贵与李香香》《兄妹开荒》《白毛女》等。这些作品将人民群众的生活和当时的革命斗争紧密相连,真实反映了战争环境下中国的社会状况,给人民群众以革命必胜的信心和鼓舞。

新时期以来,中国的社会状况发生了巨大的变化,处于一个多元思想汇集交融、文化观念大碰撞的时代,人们的价值取向、思想观念、精神心理等意识形态领域也受到了多种价值观念的影响。其中,文艺作为社会上层建筑中的意识形态层面,在当今的社会环境下,所肩负的营造良好和谐的社会环境、增强社会凝聚力的社会功用依旧不容忽视。社会主义文学应该始终坚持走民族的、

---

[1] 习近平:《在文艺工作座谈会上的讲话》,载《人民日报》2015年10月15日。

科学的、大众的路线，坚持为人民群众服务，为社会服务。"广大文艺工作者要高扬社会主义核心价值观的旗帜，充分认识肩上的责任，把社会主义核心价值观生动活泼、活灵活现地体现在文艺创作之中，用栩栩如生的作品形象告诉人们什么是应该肯定和赞扬的，什么是必须反对和否定的，做到春风化雨、润物无声。"[1]

先进文化应成为时代精神的引领，为实现中华民族伟大复兴提供强有力的精神动力。当今世界，国家之间的交往日益频繁，全球化程度不断加深，开放的国际环境也为中国文艺向世界传播提供了难得的机遇。"文艺工作者要讲好中国故事、传播好中国声音、阐发中国精神、展现中国风貌，让外国民众通过欣赏中国作家艺术家的作品来深化对中国的认识、增进对中国的了解"[2]，让文艺传播成为世界了解中国的桥梁与纽带。

---

[1] 习近平：《在文艺工作座谈会上的讲话》，载《人民日报》2015年10月15日。
[2] 习近平：《在文艺工作座谈会上的讲话》，载《人民日报》2015年10月15日。

第二章 延安文艺的传播主体与受众

传播主体的身份转换及其定位，充分彰显着传播形态的构成及特点。延安文艺的传播主体无疑是知识分子。延安文艺的形成与传播过程，实际上是将延安知识分子加以改造，实现其革命的文艺工作者、文学生产者和文学传播者三重身份同一的过程。在这一过程中，延安知识分子始终将人民群众尤其是工农兵作为服务对象，"深入工农兵群众、深入实际斗争"，转变思想，获取源泉，完成了向革命的文艺工作者身份的转变。作为文学创作主体的延安知识分子，从人民群众的审美取向和接受习惯出发，创作了一批反映革命斗争、描写工农兵新形象的作品。作为传播主体，延安知识分子借助各种媒介手段推进延安文艺的传播与接受，在传播的同时实现与受众的互动，最终实现团结教育人民、帮助人民和敌人做斗争的目的。在延安知识分子改造的过程中，毛泽东提出"文艺为工农兵"的方向，实际上明确了文艺的受众对象是当时最广大的工农兵群体。

知识分子并不等于文艺工作者，从身份上来看，两者有相当大的区别。延安知识分子实现了革命的文艺工作者、文学生产者和文学传播者三重身份的同一，可以被看作文学、社会政治和历史在特定条件下的合理性选择，这一选择是五四以来现代知识分子由个体身份向大众身份转换的一场前所未有的集体重塑。

知识分子身份的转换及其重新定位，使其既是文艺的生产者，又是文艺的传播者：作为文艺创造的主体，他们是一群特殊的艺术生产者，即"生产工人"（马克思语）。特别是经过整风运动，延安知识分子抛弃原有的表达个体情绪的创作理念，淡化个体，强化集体，成为"延安化"的文学生产者。这里的文学生产，主要指文学的创作不再是单纯地强调表达个体情绪或是取悦市场消费群体，而是将《讲话》中提出的"为工农兵服务"作为直接的文学生产目标。文学远离了市场，不再作为商品进行销售与传播，不再参与市场竞争，作家与读者之间呈现出一种直接互动的关系。为了让广大人民群众能够迅速地接受其作品，延安作家在创作的过程中要充分考虑接受者的审美取向、接受习惯和文化水平，以便和大众互动，他们身上所肩负的传播任务不仅仅是文艺作品的传播，更主要的是让文艺更好地成为整个革命机器的一个重要组成部分。

延安文艺的受众，是真正意义上的大众。作为文艺生产者和传播者的延安文艺工作者不仅要在创作中强化来自服务对象的思想观念和意识，还要在传播行为中充分实现传播者与受众之间的互动，这样，才能使受众认同或接受传播者的信息并激扬他们的热情。延安文艺传播中的这种传播主体与接受者的互动景观，在中国现代文艺史和传播史上具有重要的历史意义和实践价值。

延安文艺的形成与传播过程，同延安知识分子的改造和实现其革命的文艺工作者、文学生产者和文学传播者三重身份的转变同步进行。在这一过程中，延安知识分子始终将人民群众尤其是工农兵作为服务对象，"深入工农兵群众、深入实际斗争"，转变思想，获取源泉，完成了向革命的文艺工作者身份的转变。作为文学创作主体的延安知识分子，从人民群众的审美取向和接受习惯出发，创作了一批反映革命斗争、描写工农兵新形象的作品。作为传播主体，延安知识分子借助各种媒介手段推进延安文艺的传播与接受，在传播的同时实现与受众的互动，最终实现团结教育人民、帮助人民和敌人做斗争的目的。在延安知识分子改造的过程中，毛泽东提出"文艺为工农兵"的方向，实际上明确了文艺的受众对象是当时最广大的工农兵群体。

一、传播主体：延安知识分子

延安文艺的传播，可以看作中国共产党在进行革命斗争、争取政权的过程中，除直接的武装斗争以外，在文化意识形态方面所采用的一种斗争形式。文艺传播作为革命的一个重要方面，借助文学艺术所具有的传播快、影响广的特性，达到宣传革命思想、动员民众投身革命、激发民众抗战热情的目的。与此同时，延安文艺传播的过程，是将具有革命热情的知识分子加以改造，实现其革命文艺工作者、文学生产者和文学传播者三重身份同一的过程。这不仅培养了为革命而工作的知识分子群体，而且为文艺的发展确立了规范；不仅在当时的革命环境中发挥了重要作用，而且在新政权确立后对整个中国文艺的发展也产生了深远影响。

（一）知识分子向文艺工作者的转变

身份在某种程度上是"由社会群体或一个人归属或希望归属的那个群体的

成规所构成的"①。身份依托社会环境，也必然会随着社会历史语境的变迁而发生转变，从而与社会及个体的想象与期望达成一种契合。而延安知识分子实现革命的文艺工作者、文学生产者和文学传播者三重身份的同一，可以被看作文学、社会政治和历史在特定条件下的合理性选择。

全面抗战爆发，让怀揣启蒙思想的知识分子逐步意识到艺术的虚幻已无法阻挡民族危难的社会现实，于是他们走出书斋，将自己与家国危难、革命斗争紧密相连。国难当头，国民党的消极抗日、文化高压、言论禁锢，与中国共产党的坚决抗日、求贤若渴形成了鲜明对比，于是大批爱国青年不畏艰难险阻纷纷投奔革命圣地延安，希望在延安实现自己的报国之志，进而获得一种在国民党统治下无法获得的文化身份认同。与国民党对进步知识分子实施高压政策不同，在延安，中国共产党实行较为宽松的文化政策。1939年12月，中共中央通过了由毛泽东起草的《大量吸收知识分子》，认为"没有知识分子的参加，革命的胜利是不可能的"②，强调了知识分子对革命的重要意义。中国共产党对进入延安的知识分子实行"来去自由"的政策，"来则欢迎，去则欢迎，再来再欢迎"，并在生活上给予了优待，从根本上解决了在延安生活的知识分子的衣食问题。知识分子不仅在生活上获得保障，而且研究、创作环境也十分自由，得到了精神上的鼓励。重庆《新华日报》载："因为这里有着学术研究的有利条件，自由研究，自由讨论有着完全的保障；物质条件虽然还是很不够，但是也有了必要的具备，尤其是理论空气的环境，安静的穴居（窑洞）和规律而又活跃的生活，从这几点上来讲，延安正是研究学术的乐园哩！"③汇集在蓝家坪文抗的作家，除看书、学习马列和时事外，其余的时间主要就是写作。与在延安之外相比，这让历经险阻到达延安的知识分子感受到了前所未有的良好的社会政治环境、行为组织规范。延安实行的战时共产主义政策，满足了知

---

① 佛克马、蚁布思：《文学研究与文化参与》，俞国强译，北京大学出版社1996年版，第120页。
② 毛泽东：《大量吸收知识分子》，见《毛泽东选集》（第2卷），人民出版社1991年版，第618页。
③ 惊秋：《陕甘宁边区新文化运动的现状（上）》，载《新华日报》1941年1月7日。

识分子对延安所有美好的想象，他们尽情地歌唱着延安，赞颂着心中的圣地，积极地参与建构延安革命圣地的理想之国。与此同时，知识分子自身也经历了一次个体身份的集体重塑。

五四新文化运动以来，知识分子一直以民众的先觉者与社会革命的先导者的姿态站在时代的前沿。1942年，毛泽东在《讲话》中指出了知识分子的种种"劣根性"，强调了被划为"小资产阶级"范畴的作家艺术家思想感情上向工农兵方向转变的必要性。在《讲话》中，毛泽东以自己的转变为例，认为："拿未曾改造的知识分子和工人农民比较，就觉得知识分子不干净了，最干净的还是工人农民，尽管他们手是黑的，脚上有牛屎，还是比资产阶级和小资产阶级知识分子都干净。这就叫做感情起了变化，由一个阶级变到另一个阶级。"①他强调，知识分子要实现彻底改变的关键在于思想感情的转变，只有在感情上进行了改造，转变了阶级立场，创作出来的作品才能为群众所欢迎。

思想感情的转变不仅需要"文艺工作者的思想情感和工农兵的思想情感打成一片"②，更需要通过与工农兵相结合的途径来实现思想的统一和立场的转变，最终完成对整个精神世界的彻底改造。当时，在延安以及其他抗日民主根据地，作家普遍对工农兵群众"不熟、不懂、英雄无用武之地"，缺乏最基本的了解。对文艺创作来说，不了解描写对象，就无法反映他们的真实生活，更不能深入他们的精神世界。即便作家在主观上抱着真诚的"为人民"写作的态度，也会出现"衣服是劳动人民，面孔却是小资产阶级知识分子"的矛盾情况，因而也就无法完成自身所肩负的文艺任务。于是，毛泽东在《讲话》中将思想改造和获得创作源泉相统一，指出："中国的革命的文学家艺术家，有出息的文学家艺术家，必须到群众中去，必须长期地无条件地全心全意地到工农兵群众中去，到火热的斗争中去，到唯一的最广大最丰富的源泉中去，观察、

---

① 毛泽东：《在延安文艺座谈会上的讲话》，见《毛泽东选集》（第3卷），人民出版社1991年版，第851页。
② 毛泽东：《在延安文艺座谈会上的讲话》，见《毛泽东选集》（第3卷），人民出版社1991年版，第851页。

体验、分析、研究一切人，一切阶级，一切群众，一切生动的生活形式和斗争形式，一切文学和艺术的原始材料，然后才有可能进入创作过程。"①知识分子同工农兵相结合，一方面直接关系到文艺创作源泉的获得与开拓，另一方面深刻地影响着知识分子思想情感、世界观的改造。也只有这样，文艺家的创作才会有最丰富的源泉，也才能将舶来的马克思主义理论与中国的现实社会状况紧密结合，使自身获得充实的革命思想感情，最终实现向革命文艺工作者的转变。

在党的组织与号召下，延安的文艺家纷纷表态，表示拥护《讲话》精神，并以实际行动贯彻中国共产党的文艺政策。1943年3月15日《解放日报》报道，艾青、萧三、塞克赴南泥湾劳军，陈荒煤到延安县工作，高原、柳青等出发到陇东等地，刘白羽、陈学昭准备到农村和部队去，丁玲也已做好下基层的准备。于是，一部分党员作家参加实际工作，实践着《讲话》的指示方向。但这并不是简单的知识分子从事思想文化工作，而是进步的、革命的延安知识分子以党员干部的身份参加党的实际革命工作，成为革命的文艺工作者。"现在是去担任一定的工作，就要站在一定的工作岗位上完成一定的任务。要这样做，就要求服从当地党的当前的任务，服从当地的组织。那就没有以前做文艺工作或写文章那样随便。以前坐在家里写文章，灵感来了，可以多写一点，灵感没有来，就可以不写。担任一定的工作，就要完成一定的任务，那可不管灵感来与不来都要完成的。"②

按照当时中组部部长陈云的说法，作家要去掉作家的身份，首先成为一个合格的党员，然后再成为一个文化人。也就是说，文艺家不仅仅是一个文艺工作者的问题，更是一个党的文艺工作者的问题。文艺工作只是党的革命工作的一种而已，并无多大的特殊性。③当然，这一转变并不是轻而易举的，延安的知

---

① 毛泽东：《在延安文艺座谈会上的讲话》，见《毛泽东选集》（第3卷），人民出版社1991年版，第860—861页。
② 凯丰：《关于文艺工作者下乡的问题——在党的文艺工作者会议上的讲话》，载《解放日报》1943年3月28日。
③ 参见陈云：《关于党的文艺工作者的两个倾向问题——在党的文艺工作者会议上的讲话》，载《解放日报》1943年3月29日。

识分子经历了异常的艰辛才完成了最终的转变。正如丁玲所说，能够完成"把这一种人格改造成那一种人格"，"根本问题应该是作家本身有一颗愿意去受苦的决心"，改造的过程是一种磨炼，"但只要有决心是不难的。当然这需要一段途程，需要毅力，需要他所理解的认识的真理，有坚决不移的立场"，[①]最终才能够实现改造，成为革命文艺工作者，成为参加革命斗争的战士。整风运动后，延安知识分子逐步实现了向革命文艺工作者的转变，开始自觉地担负起文艺反映现实生活和斗争的责任，从工农兵群众的日常生活中寻找创作素材。这一时期的文艺作品也开始具有强烈的现实性和宣传鼓舞性。《讲话》指出："作为观念形态的文艺作品，都是一定的社会生活在人类头脑中的反映的产物。……人民生活中本来存在着文学艺术原料的矿藏，这是自然形态的东西，是粗糙的东西，但也是最生动、最丰富、最基本的东西；……它们是一切文学艺术的取之不尽、用之不竭的唯一的源泉。"[②]其中，最具代表性的作品《兄妹开荒》就是根据陕北传统秧歌改编而来的。在创作过程中，创作者不仅向农民学习了许多秧歌动作，还请他们修正了有些动作。刘白羽在看到鲁艺学生组成的"秧歌队头扎白毛巾，身穿农民服，随着欢乐的锣鼓走上广场时"，"激动地流下热泪"，感叹"原来的小资产阶级艺术家，现在成为真正的劳动人民了"。[③]另外，延安的作家诗人还请工农兵参与写作，或是征求他们的意见，或是直接请教，艾青的诗歌《劳动英雄吴满有》就是这样完成的。

（二）作为文学生产者的延安知识分子

从社会生产活动的角度出发，马克思、恩格斯将文学创造视为一种生产，是"生产的一些特殊的方式"[④]，属于精神生产的范畴。精神生产的产生和发

---

① 丁玲：《关于立场问题我见》，见张炯主编：《丁玲全集》（第7集），河北人民出版社2001年版，第68—69页。
② 毛泽东：《在延安文艺座谈会上的讲话》，见《毛泽东选集》（第3卷），人民出版社1991年版，第860页。
③ 刘白羽：《延河水流不尽》，见《刘白羽文集》（第6卷），华艺出版社1995年版，第448页。
④ 马克思：《1844年经济学哲学手稿》，见《马克思恩格斯全集》（第42卷），人民出版社1979年版，第121页。

展始终以物质生产为前提和基础。延安的物质生产水平必然对其精神生产产生影响。延安地区的物质生产一方面为革命战争提供保障,另一方面满足了广大民众的基本物质生活需要。因此,延安地区的精神生产相应地以保证革命斗争、满足人民文化生活的需要为基础,其精神生产者也必然是为革命、为人民群众服务的群体。作家作为文学创造的主体,是特殊的艺术生产者。在马克思看来,文学活动是一种特殊的生产,从事文学活动的作家是生产工人。经过整风运动,延安知识分子抛弃原有的表达个体情绪的创作理念,淡化个体,强化集体,成为延安的文学生产者。这里的文学生产,主要指文学的创作不再是单纯地强调表达个体情绪或是取悦市场消费群体,而是将《讲话》提出的"为工农兵服务"作为直接的文学生产目标。文学远离了市场,不再作为商品进行销售传播,不再参与市场竞争,作家与读者之间呈现出一种直接互动的关系。

《讲话》指出,与延安以外的作家相比,延安的作家所面对的读者群体存在着显著的不同。那就是,"在上海时期,革命文艺作品的接受者是以一部分学生、职员、店员为主"[①],而在延安,作家面对的读者发生了变化,文艺作品的主要接受对象为工农兵和革命干部。延安的读者数量要远远超出国民党统治区,在延安"比在国民党统治区出一本书的读者多得多。在那里,一本书一版平常只有两千册,三版也才六千册;但是根据地的干部,单是在延安能看书的就有一万多"[②]。也就是说,作为革命文艺工作者的作家需要注意创作对象的转变这一个现状,要创作为"多数人"所能接受的"多数人文学",为"多数人"写作。当时,延安及各抗日民主根据地的广大工农兵因为长期受到封建阶级和资产阶级的文化压迫,"迫切要求一个普遍的启蒙运动,迫切要求得到他们所急需的和容易接受的文化知识和文艺作品,去提高他们的斗争热情和胜

---

① 毛泽东:《在延安文艺座谈会上的讲话》,见《毛泽东选集》(第3卷),人民出版社1991年版,第849页。
② 毛泽东:《在延安文艺座谈会上的讲话》,见《毛泽东选集》(第3卷),人民出版社1991年版,第850页。

利信心，加强他们的团结，便于他们同心同德地去和敌人作斗争"[1]。这成为延安文艺工作者从事文艺创作的一个最直接原因。

于是，这一时期，延安作家坚持"为人民"创作，将创作对象转向身处偏僻乡村且文化水平较低的农民，创作了一批书写革命斗争、描写工农兵新形象的作品，如丁玲《太阳照在桑干河上》，周立波《暴风骤雨》，赵树理《小二黑结婚》《李有才板话》，李季《王贵与李香香》，贺敬之、丁毅《白毛女》，阮章竞《漳河水》，等等。在创作上，这些作品具有较强的问题意识和写作目的。翻译家出身的周立波在进入延安前就已经翻译了许多西方文艺理论图书和外国文学作品，并对这些作品进行过深入研究，形成了自己的思考。《讲话》发表后，周立波开始以《讲话》为指导，深入革命基层，有意识地调整自己在创作上受到的外国文学的影响，以广大人民群众喜闻乐见的写作风格进行创作实践。他创作的长篇小说《暴风骤雨》就是以《五四指示》和《中国土地法大纲》等中央土改文件为指导的，塑造的人物形象都符合指示的标准，人物形象、故事内容全部源于真实的土改生活。周立波的创作充分显示了以工农大众为服务对象、以党的文艺政策作为要求的文艺创作风格，他的作品因而能够深入群众，体现《讲话》的文艺方针。

为了让广大人民群众易于接受，延安作家在创作的过程中十分关注接受者的审美取向和接受习惯。延安文艺座谈会后，周扬向鲁艺的宣传队提出要求：不但要让老百姓懂得所宣传的内容，而且要让他们爱看。像当时创作的秧歌剧《兄妹开荒》，主题是宣传陕北农民响应政府号召积极参加生产劳动，采取了当地百姓颇为喜爱的民间小秧歌剧的形式，在情节设计和人物安排上，抛弃了秧歌剧惯用的调情语言和舞姿，采用兄妹之间的误会增强观赏性。另外，在秧歌剧的演出过程中，采用广场演出的形式，让观众有了更为直接、密切的欣赏体验，也便于观众与演员的互动。可以说，秧歌剧在艺术与政治的宣传同群众娱乐相结合这一点上比其他艺术形式具有明显的优势。叙事诗《王贵与李香

---

[1] 毛泽东：《在延安文艺座谈会上的讲话》，见《毛泽东选集》（第3卷），人民出版社1991年版，第862页。

香》的语言既不见中国传统诗歌的意境之美、音韵之美，又与五四时期以个性主义、理性主义为特征的自由诗风大相径庭，而是表现出了鲜明的口语化、民谣化特点，这显然是符合工农兵群众对诗歌的审美与接受期待的。当时，还出现了一批模拟章回体的新小说，如《新儿女英雄传》《吕梁英雄传》《洋铁桶的故事》等。这些作品充分发挥民间口语叙述与描写的特长，以生动活泼、通俗传神的方式表现革命的新思想和新内容。

（三）作为文学传播者的延安知识分子

所谓文学传播，就是文学生产者将文学信息或作品传递给文学接受者的过程。这一过程中，需要借助一定的物质媒介和传播方式赋予文学信息以物质载体。文学传播是文学创造者与文学接受者二者之间进行沟通的桥梁。[①]而作为传播行为的发起人，传播者借助某种手段或工具，通过发出信息主动作用于他人。传播者处于传播过程的首段，对信息的内容、流量和流向以及受传者的反应起着重要的控制作用。[②]作为延安文艺传播者的知识分子，在传播的过程中，呈现出并非单一的传播者角色，而是集革命文艺工作者、文学生产者和文学传播者三重角色于一身的传播主体。他们借助各种媒介手段推进延安文艺的传播与接受，在传播的同时实现与受众的互动。他们所肩负的传播任务不仅仅是文艺作品的传播，更主要的是"使文艺很好地成为整个革命机器的一个组成部分，作为团结人民、教育人民、打击敌人、消灭敌人的有力的武器，帮助人民同心同德地和敌人作斗争"[③]。

在20世纪二三十年代，伴随着商品经济的发展，中国传媒业就已迅猛发展，报刊在中国各大城市，尤其是上海、北京等地发展都极为迅速。仅1933年，上海就出版杂志二百一十五种，其中人文科学类一百零二种，文学艺术类四十种，《申报》每天的发行量可达十几万。由于机器大工业和大众传媒业的

[①] 参见童庆炳主编：《文学理论教程》，高等教育出版社2004年版，第308页。
[②] 郭庆光：《传播学教程》，中国人民大学出版社2011年版，第127页。
[③] 毛泽东：《在延安文艺座谈会上的讲话》，见《毛泽东选集》（第3卷），人民出版社1991年版，第848页。

发展，文学作品得以大规模地复制并传播，被人们广泛接受，进而改变人们的生活方式、社会观念及审美需求，为思想的传播提供便利的渠道，带来的是巨大的经济效益。注入商业资本的商业化运营模式在传媒业中成为一种普遍存在的现象。而在地处偏远、经济落后，尤其是深受战争影响的延安地区，文学报刊等现代主要传播媒介呈现出的却是完全另一种存在与发展形态。在延安，文学的生产与传播虽然也借助现代传媒技术，但它已经摆脱了商业化的运营与对经济利益的追逐，成为革命文艺传播与接受的基础。

期刊、报纸等媒介以物化的文本形态将作家和读者紧密联系，是文学创作和理论生产最后得以实现的载体，是延安文艺传播者所倚赖的重要传播媒介。1937年至1939年，华北抗日民主根据地和华中抗日民主根据地就创办了近七百种报刊。[1]全面抗战前后，在延安创办的报刊有《解放日报》《文艺突击》《文艺战线》《文艺》《草叶》《谷雨》《今日新闻》《共产党人》《中国文化》等。延安知识分子利用这些报刊积极配合党的革命斗争，贯彻党的文艺方针，使之成为引导文学创作、传播文学作品、宣传革命和教育民众的重要渠道。例如，赵树理的作品受到了当时很多报刊的关注和刊载，《解放日报》等发表了十余篇评论研究文章。正是这种创作与评论的互动促进了文艺的传播和大众的接受。

当然，除了借助报刊等纸质媒介，延安知识分子在文艺的传播过程中，还对传统口头传播媒介加以利用。比如街头诗、墙头诗，语言平易通俗，朗朗上口，易于传播，尤其是对于文化水平相对较低的民众而言更容易接受，深受干部、群众的喜爱，被认为是"最简捷最经济最便利的文艺形式"[2]，成为动员群众、打击敌人、进行宣传教育的有效传播手段。此外，延安文艺座谈会后，文艺工作者开始关注民间艺术形式如秧歌、秦腔、评书等在文艺传播过程中的积极作用，对传统秧歌、秦腔等民众喜闻乐见的戏曲形式加以改造，发掘民间

---

[1] 参见单波：《20世纪中国新闻学与传播学》（应用新闻学卷），复旦大学出版社2001年版，第111页。
[2] 久刊：《街头诗歌之研究》，载《胶东大众》1944年第21期。

说书艺术在传播过程中具有的流动性、灵活性特点，并加以利用。民间口头传播的艺术形式进入知识分子视野，他们借助民间娱乐形式及民众本身具有的参与热情，调动民众的积极性，通过民众的直接参与来对其身心进行改造。相比静态阅读的传播方式，口头传播更具有直观的欣赏性与参与性，也更有利于文艺深入民间。知识分子还对人物形象、主题内容以及演出形式加以改造，使其革命宣传和文化普及的意义更为凸显、更为有效。

一般认为，完整的传播过程不仅包括传播者、受传者、讯息、媒介，还包括受传者的反应和反馈。这种反馈，在延安文艺的传播过程中，显得尤为重要。具体表现在：一方面，传播者通过反馈的信息，在创作内容、表现形式、传播方式等方面进行调整；另一方面，作为受众群体的普通民众通过反馈，参与文艺活动乃至创作，从而形成一个互动的过程。

1938年5月，陕甘宁边区文化界救亡协会就以《五月的延安》为题，组织大型征文活动，以一种集体写作的方式，有针对性地选取5月中最有意义的一天来呈现延安新的生活和战斗的场景。随后，其他抗日民主根据地也陆续开展了类似的征文活动，诸如《新四军一日》（1940年）、《冀中一日》（1941年）等。这种群众性的文艺活动，一方面培养了工农兵作者，另一方面使得文艺在传播方式上具有群众性的特点。在延安，逐渐形成了一种以工农兵为主角，作家、诗人为参谋的创作方式。周而复在《人民文化的时代——陕甘宁边区文教运动的成果》中描述了当时根据地的这种创作方式："一种是，纯粹是工农兵自己在一块，三五个人，或更多的人，来凑故事，大伙商量；另一种是工农兵和知识分子合作，这些群众作家，并不一定识字，他们想好了故事，凑成功了，再由知识分子加以整理，润饰。"[①]原本作为信息接受和传播对象的工农兵群众参与文艺的创作，不能不说是一种开创。并且，在当时以及新中国成立之后的一段时间之内，这种创作方式在诗歌、小说创作方面都取得了相当的成果。除文学方面的创作外，各边区的地方报纸的新闻报道的编写，很多也是由

---

① 周而复：《人民文化的时代——陕甘宁边区文教运动的成果》，载《群众》1945年第3—4期。

具有工农兵身份的通讯员完成的。他们深入村庄,帮助农民做农活、读报,参与村社庆祝活动,贴近群众生活,其创作不仅直通群众,而且在写作方式上、传播形态上,对文艺的传播产生了重要的影响。

延安知识分子以革命的文艺工作者身份进入文艺的生产和传播,不可避免地会对文学的生存状态产生一定的影响。在革命战争的特定历史环境下,知识分子这种多重合一的身份始终保持人民大众的立场。他们在改造自身的同时,积极宣传革命,为抗战的胜利和全国解放提供精神支持;他们坚持为人民写作,其作品反映人民的新思想、新文化、新生活,满足广大工农兵群众的文化需求。知识分子的这种身份特征一直延续到新中国成立后,即便时至今日还具有十分重要的意义。当下,虽然时代环境已经发生了巨大变化,但是服务于人民的原则始终如一,优秀的文艺工作者在创作中"观照人民的生活、命运、情感,表达人民的心愿、心情、心声"[①]始终不变。

二、受众:人民群众

在大众传播研究中,受众指的是大众传媒的信息接受者或传播对象。赢得受众的前提就是要了解受众、满足受众的需求。对受众的理解,传播学中存在几种不同的观照角度,受众观不同,对受众在大众传播过程中的性质、地位和作用也会产生不同的理解。一是作为社会成员的受众。作为社会成员的受众,有着不同的社会背景,分属于不同的社会集团或群体,他们的大众传媒的接触活动通常也会受到其群体归属关系、群体利益以及群体规范的制约。决定受众对事物的态度和行为的重要因素是他们的群体背景或社会背景。二是作为市场的受众。这种受众观是将受众看作信息产品的消费者和大众传媒的市场。精神产品生产和消费过程的特殊性决定了其受众并不完全等同于物质商品的消费者,传媒也不能简单地等同于物质商品的生产者(企业)。三是作为权利主体

[①] 中共中央文献研究室编:《习近平关于社会主义文化建设论述摘编》,中央文献出版社2017年版,第176页。

的受众。将受众看作社会成员和公众，他们则拥有各种各样的正当权利，在大众传播过程中享有传播权、知晓权、媒介接近权等基本权利。任何一种受众观所提供的都是受众的一个侧面，受众本身则是具有多种社会属性的客观存在。因此，在对延安文艺受众群体进行研究的过程中，要结合具体情况进行综合考量，这样才能获得客观全面的认知。

（一）工农兵受众群体的确立与培养

在传播活动中，受众处于主体位置，它决定着传播活动的基本方向，是传播过程得以存在的前提和条件。具体而言，受众在传播活动中身兼数职：其一，受众是信息接收终端，如果没有了受众，那么传播活动就毫无意义。其二，受众在信息的接受过程中，并不是被动的，而是会根据自身和所处的环境需要对信息的内容进行选择性认识、理解和记忆。其三，受众作为主体之一有表达意见、观点和将自己拥有的或周围的信息及时传播出去的愿望，并往往作为传播者之一将信息再加工后传播出去，希望能同其他传播者分享信息。其四，作为信息反馈的源头，受众会对信息进行加工，然后以不同的反应向传播者反馈，此时，他便成为传播的行为主体。因此，受众的反馈信息往往是决定一个传播过程是继续、转变还是停止的主要因素。其五，不同受众组成的群体会对受众个体的信息取舍造成影响，这从而形成了传播活动中的人文环境。优质的人文环境对于提高受众素质，进而改造传播环境、提高传播效果有积极的促进作用。

具体到延安文艺的传播与接受活动，它的受众群体究竟是哪些人呢？这一问题归根到底就是文艺为什么人的问题，其中所包含的中心问题是文艺为人民大众，以及文艺如何为人民大众。中国现代文学自诞生以来，始终高度关注并自觉探索着这一中心问题。随着历史环境的变化，人民大众的指称范围不断变动，自然影响了知识分子对如何为人民大众这一问题的不同理解。

自五四文学革命以来，文艺为什么人的问题就一直为进步知识分子所探讨。五四时期，文学革命的先驱在西方文化的影响下，提出了"人的文学""平民文学"的口号。1927年以后，左翼文艺工作者围绕文艺大众化的问题，展开多次理论探讨，并取得了一定的实践成就，切实推动了文艺运动的发展。但由于受到当时主客观条件的限制，这些口号的提出、问题的讨论，或内涵不清，或仅限于口头谈论，缺少明确的主张。比如，五四时期提出的"平民文学"，其中"平民"所指对象乃是城市小资产阶级及知识分子，而非工农大众。后来关于大众化问题的讨论，虽然有了比较具体的所指，即广大的普通民众，特别是下层民众，但关注点却局限于语言和表现形式的通俗化，基本上是抽象的理论研究，没有真正地予以实行，更没有表现工农大众的具体创作。抗日战争爆发后，文艺界就"民族问题"展开讨论，关注点集中在如何以一般民众接受的文艺方式来宣传动员群众。在各抗日民主根据地，有很多文艺工作者参加了实际的斗争，创作了一些反映抗日斗争的作品，但仍然"或多或少地发生和群众的需要不相符合，和实际斗争的需要不相符合的情形"[①]，文艺与民众相结合的问题并没有得以真正解决。新文学占主导地位的文学思潮始终企求与民众发生密切关联，让文学超越少数人玩赏的范围，成为多数普通民众的精神财富。但是二三十年代，由于社会历史条件的限制，文艺向民众靠拢，只是作家艺术家自上而下的启蒙式的文学变革，而不可能实现作家艺术家与广大普通民众的真正结合，形成以民众为文学主体的文学运动。

毛泽东在《讲话》中分析了五四以来新文学运动的历史和延安文艺界的状况后，提出"为什么人的问题，是一个根本的问题，原则的问题"，并根据当时中国的社会实际详细地分析了大众的阶级组成："什么是人民大众呢？最广大的人民，占全国人口百分之九十以上的人民，是工人、农民、兵士和城市小资产阶级。所以我们的文艺，第一是为工人的，这是领导革命的阶级。第二是为农民的，他们是革命中最广大最坚决的同盟军。第三是为武装起来了的工人农民即八路军、新四军和其他人民武装队伍的，这是革命战争的主力。第四是为城市小资产阶级劳动群众和知识分子的，他们也是革命的同盟者，他们是能够长期地和我们合作的。这四种人，就是中华民族的最大部分，就是最广大的

---

① 毛泽东：《在延安文艺座谈会上的讲话》，见《毛泽东选集》（第3卷），人民出版社1991年版，第854页。

人民大众。"①毛泽东明确提出了文艺的工农兵方向，即文艺首先是为工农兵服务，然后才是为城市小资产阶级劳动群众和知识分子服务。这不仅明确了无产阶级文艺区别于资产阶级或小资产阶级文艺的根本标准，也为中国文艺的发展指明了方向。也只有在解放区的环境下，受众这一群体才能从一般文化人和小市民的相对狭窄范围拓展开来，扩大到以农民为主体的广大普通民众，知识分子也才有条件真正到群众中去，熟悉和了解人民大众的生活。

（二）层次复杂的受众对象

受众的接受水平受自身素养、传播环境、媒介技术和传播活动参与程度等因素的影响。特殊的地域环境造成了延安受众群体对文艺接受水平的参差不一。艾思奇的概括就真实地反映了当时边区受众的文化状况："边区范围里整个的文化的发展，成为不平衡的状态。一方面有高度的大都市的文化，一方面还有着极落后的文化。学校闪耀着学生从各地带来的最近代的文化的光芒，民众中间却还存在着中世纪的封建的文化层。延安城的文化的高度，和边区其他各县的文化高度是有相当距离的。……民众中间现在还保存着许多有地方特色的，然而为俗流低级的趣味所腐蚀了的文化生活，在年节的关头还在做着男女调情之类的空洞无意义的舞蹈的表演"②。

影响边区普通民众接受水平的一个重要因素就是他们的受教育程度极低。1939年1月，陕甘宁边区政府主席林伯渠在《陕甘宁边区政府对边区第一届参议会的工作报告》中指出："边区是一块文化教育的荒地，学校稀少，知识分子若凤毛麟角，识字者亦极稀少。在某些县，如盐池，一百人中识字者有两人，再如华池等县，则两百人中仅有一人。平均起来，识字的人只占人口百分之一……整个边区的中学生是屈指可数的。社会教育简直是绝无仅有的事。"③革命队伍中的战士、干部绝大多数出身工农，文化水平普遍比较低，尤其是基

---

① 毛泽东：《在延安文艺座谈会上的讲话》，见《毛泽东选集》（第3卷），人民出版社1991年版，第855—856页。
② 艾思奇：《谈谈边区的文化》，载《新中华报》1938年3月5日。
③ 中央教育科学研究所编：《老解放区教育资料（二）》（上册），教育科学出版社1986年版，第4页。

层干部，文盲占了绝大多数。针对这种文化落后的状况，边区政府开展了以冬学、夜校、半日学校、识字班、识字组、民教馆等形式的社会教育运动，组织民众学习识字，学习生产知识和卫生知识。这虽然在短时间内达到了消除文盲的效果，但在提高民众的文化水平和政治觉悟方面，还是任重道远。

因此，提高受众群体的传播参与度，采用与之接受水平相适应的传播形式就显得格外重要。毛泽东指出，文艺应该采用为人民群众所喜闻乐见的形式，这也有利于将受众的培养与党的政治思想、抗战宣传结合在一起。

（三）文艺为工农兵服务

施拉姆说："我们研究传播时，我们也研究人——研究人与人的关系以及与他们所属的集团、组织和社会的关系；研究他们怎样相互影响；受影响；告知他人和被他人告知；教别人和受别人教；娱乐别人和受到娱乐。要了解人类传播，我们必须了解人是怎样相互建立起联系的。"[1]研究传播过程和实施传播行为时，要认识到传播中存在的一个最基本的问题，那就是传播者与受众二者之间的关系。在传播行为中，传播者与受众双方是互相依存的关系，二者之间的内在联系主要表现为：传播者在传递信息时，受众必须接收到信息，二者产生互动才是有效的传播。在传播行为中，传播者与受众之间只有产生了互动，即传播者给受众提供了感兴趣的信息，或者满足了受众的具体实际需要，受众才有反应；只有受众接受了的传播行为，才能算得上是获得较好效果的传播行为。

当时，延安整个文艺界都将服务工农兵大众作为共同的追求，作家在创作过程中就有了比较自觉的选择。赵树理明确表示："我不想上文坛，不想做文坛文学家。我只想上'文摊'，写些小本子夹在卖小唱本的摊子里去赴庙会，三两个铜板可以买一本，这样一步一步地去夺取那些封建小唱本的阵地。做这

---

[1] 威尔伯·施拉姆、威廉·波特：《传播学概论》，陈亮、周立方、李启译，新华出版社1984年版，第4页。

样一个文摊文学家，就是我的志愿。"①由此不难看出，作家与读者、创作与接受之间的密切关系，读者的接受倾向直接会影响作家的创作。在创作过程中，作家会根据受众的特点调整人物设置、故事情节、叙事策略等，按照受众的内在需求对文本进行编码，设置传播方式。《白毛女》作为一部深受民众喜爱的歌剧，其创作就充分听取了观众的意见，进行了多次修改。在《白毛女》排练的过程中，鲁艺的操场上经常围满了前来观看的人。观看表演的人除鲁艺的师生外，还有部队的炊事员和勤务员等。特别是老乡们，觉得《白毛女》在表演的过程中有与农村现实生活情节不符合的地方就会提出来。群众的很多意见和建议被剧组采纳，然后创作者对内容进行修改。另外，《白毛女》中有这样一个情节，原本是喜儿被黄世仁奸污怀孕，黄世仁准备与一个财主的女儿结婚，并要密谋卖掉喜儿，却故意骗喜儿说要娶她。喜儿信以为真，认为自己的生活有了新希望，于是满心欢喜地披上了红棉袄。这一情节在晋察冀农村上演后受到了当地农民和部队指战员的强烈抵触，大骂喜儿没骨气，玷污了贫苦农民。他们说："喜儿怎么能这样没骨气呢？怎么能幻想嫁给仇人黄世仁呢？"群众的这一反应极大地触动了演职人员。1949年，再次公演《白毛女》时，创作者就对这一情节进行了较大修改。了解受众需求，尊重受众意见，是延安时期文艺传播遵从大众化路线的一个重要特征。

文艺工作者深入群众生活，与群众打成一片，相互倾听，建立融洽的关系，是其创作出群众喜爱和接受的作品的重要环节。柯蓝与说书艺人韩起祥一起走街串巷，身上穿着老百姓的黑棉袄，头上包着羊肚子手巾，背着个布褡裢，里面装满年画、小曲子，来到延安、安塞的农村，深入生活，向人民群众学习。在与韩起祥串村走乡的过程中，柯蓝听到、看到了许多自己作为记者下乡时从没听过的事，深切感受到陕北老百姓的淳朴深情，这些都成为他文学创作的宝贵财富。延安文艺座谈会后，鲁艺师生开始走到群众中间，向老百姓学习扭秧歌，开始只是盲目地模仿，认为只要学习老百姓的样子和打扮就是学

---

① 李普：《赵树理印象记》，见黄修己编：《赵树理研究资料》，知识产权出版社2010年版，第15页。

到了如何扭秧歌，结果受到了老百姓的批评："鲁艺艺术家扭的秧歌是骚情秧歌，真不好看。"后来，通过跟老百姓交流，秧歌队总结经验教训，认识到不加批判地照搬是难以受到老百姓的认可与欢迎的。于是，秧歌队在形式、装扮上加以改变，在演唱上结合当时形势、政治任务新编歌词，演出后得到了老百姓的好评和欢迎。群众只有认同作品，才能使作品达到真正引导和教化工农兵群众的目的。

延安时期，相较于知识分子，民间艺人成为践行文艺为工农兵服务的一个特殊群体。延安文艺座谈会后，中国共产党重视群众的民间创作，提倡作家深入群众生活，很多民间说书艺人、诗人、歌手被及时发现和鼓励，说书、民歌、民谣的创作迅速繁荣起来。这不仅丰富了延安文艺的创作，还成为扩大受众群体的有效途径，获得了良好的普及和宣传效果。

陕北说书作为一种兼具说唱的曲艺形式，广泛流行于陕北农村，深受群众欢迎，有着深厚的群众基础。受社会、历史条件等因素的影响，传统的陕北说书不仅在书词内容上封建意识较为浓厚，而且有些说书匠本身就从事算命、驱鬼等封建迷信活动。中央红军到达陕北后，伴随着社会生活的不断变化，当地的说书匠开始尝试将反映人民革命、穷人翻身和新社会新生活的故事编入说书，比如《刘志丹打延长》《狼牙山上五神兵》《皖南事变》《赶走何绍南》《劳动英雄李兰英》《打日本》《自由结婚》等新的说书作品。

陕北说书艺人中，比较有名的当数韩起祥。诗人林山将韩起祥带到文协，动员他说新书，帮他编新书，他积极从事新书词创作，成为延安民间艺人改造说书形式的典范。1943年下半午到1949年底，韩起祥共编创新的陕北说书近五十篇，约五十万字。他取得的这些成绩，与当时中国共产党注重对民间艺人的改造、促进文艺与人民群众的结合有着密切的关系。韩起祥与乡下的老百姓打趣说笑话，群众也愿意与他说知心话，他所创作的新书在表现人民群众生活方面起到了很好的作用。

韩起祥的代表作《刘巧团圆》以反对买卖婚姻为题材，讲述了刘巧和赵柱儿一对农村青年曲折而动人的爱情故事。这部作品是根据袁静所写的秦腔剧

– 065

本《刘巧儿告状》改编而成的。1945年秋，韩起祥到延安说书，当时秦腔《刘巧儿告状》正在上演，他听人讲述剧中故事后觉得很有教育意义，就将其改编成了陕北说书，开始为群众说唱。改编后的《刘巧团圆》随即轰动延安，受到了广大群众的喜爱。说书中，刘巧和赵柱儿为争取美满的婚姻而遭受痛苦和波折，但他们通过顽强的反抗和斗争，在人民政府的支持和帮助下，有情人终成眷属，这个故事在当时的边区具有典型意义。《刘巧团圆》的改编和说唱都很成功，当时评论界就认为："刘巧团圆是马锡五审判方式的典型范例，是对封建社会买卖婚姻的一支有力的响箭，是生动的民主生活的画面，是一首人民斗争胜利的抒情诗。他在人民文艺的历史上，将占有辉煌的一页。"并且认为，《刘巧团圆》的出现，"是从敌人封建文艺堡垒里杀出来的一支生力军，而且占领了说书这一封建文艺堡垒，这是新文艺的伟大胜利之一"。[①]

韩起祥编新书、说新书的行为对当时边区的民间文艺活动产生了较大的影响。当然，这与当时陕甘宁边区文协说书组的具体帮助和指导是分不开的。说书组的林山、安波、陈明、柯蓝等和韩起祥一起修改唱词，有的还直接编写，如陈明写了《平妖传》；有的帮他改进曲调，研究演唱方法。后来，文协说书组又举办说书训练班，将韩起祥的经验在其他民间艺人中间进行推广。此后，直接、间接受韩起祥指导和影响，说新书的民间艺人遍及整个边区，能够独立创作和改编的就有二十多人。例如，绥德的石维俊编过《乌鸦告状》《地板》《平鹰坟》《新女婿》等，三边的冯明山编过《抗日英雄洋铁桶》《血泪仇》《反内战》等。一些文艺工作者，如王宗元、钟纪明、王汶石、田益荣等，都为说书艺人写过书词唱本。

除了韩起祥，作为劳动英雄的孙万福也切身感受到了在边区党和政府的领导下，穷苦百姓翻身过上了好日子。虽然不识字，但他用朴实的诗句表达对自由新生活的热爱和人民群众当家做主的喜悦之情。他的诗歌多采用丰富且凝练的民间语言来表现日常生活和革命斗争，感情真挚朴素，完全不同于专业的文

---

① 周而复主编：《刘巧团圆》，海洋书屋1947年版，第147、150页。

艺工作者所创作的诗歌。比如，他的诗歌中有反映边区劳动人民在大生产运动的号召下积极投身生产的，通俗的诗句中透露出的是人们自力更生、丰衣足食的劳动快乐和对人民政府的拥护与信赖。

>半辈子福——务树木，
>眼前的福——压粪土，
>七十二行，庄稼为强；
>一籽落地，万籽归仓。
>劳动英雄，秋夏二令，
>做的大大垛它一场。
>打下来先完这一点救国公粮，
>剩下的余粮吃起来比人家都香。

孙万福的诗歌除表达对新生活和劳动生产的热爱外，还表达对领袖的赞扬。他曾作为边区劳动英雄受到毛主席的接见，随后就唱出了陕北民歌《咱们的领袖毛泽东》：高楼万丈平地起，盘龙卧虎高山顶，边区的太阳红又红，咱们的领袖毛泽东。此民歌歌词形象生动，以无比真挚的感情表达了对领袖的深切热爱，在陕甘宁边区群众中流传十分广泛，并在传唱过程中不断加工，最终成为一首完整的陕北民歌。孙万福的诗歌大多数为随口讲唱，具有即兴式、口语化的特征，但也正是这一点，适应群众的接受与传唱，有着广泛的传播范围和显著的宣传效果。

被边区人民誉为"人民歌手"的李有源出身贫苦，从小喜爱民间文艺，不仅能拉会弹，还擅长歌唱。红军到达陕北后，李有源当上了乡文书，并充分发挥个人特长，经常编歌说快板来宣传党的政策。他创作了一首歌：太阳升，东方红。中国出了个毛泽东，他为人民谋幸福，他是人民大救星。这首歌经公木等文艺工作者多次加工整理，增加了二三两段歌词，成为后来全中国人民咏唱的经典歌曲《东方红》。李有源说："《东方红》不能说完全是我一个人创作的，那是许许多多热爱毛主席，热爱共产党的干部和群众集体创作的。"

李有源所编长歌《毛主席领导穷人翻身》（《移民歌》），由他的侄子即农民歌手李增正带领移民队从佳县南下延安开荒时一路走一路唱。李有源还编有《交公粮》《打坝歌》等多首歌曲。他创作的歌曲的主要内容是歌颂党和人民领袖的英明领导，表达人民群众热爱党、拥护政府的纯真感情。还有一些作品是歌唱劳动生产和英雄模范，鼓舞群众多生产、多打粮，支援边区建设。这些歌曲都是借助陕北民歌的曲调唱出来的，往往边唱边改，语言简明凝练，比喻生动形象，易唱易记，为陕甘宁边区群众所喜爱。

陕甘宁边区的农民歌手汪庭有，没有上过学，但小时候放羊时，比他大的放羊娃的歌唱和一些民歌如《五更送情》《五更放羊》等对他产生了深刻的影响。他作为著名民歌《绣金匾》的最早词作者，借助歌声来表达劳动人民对革命领袖、革命军队以及根据地的深厚感情。艾青说："他的歌，不是用文字写下来的；他的歌，是由感情化成一串一串的声音，在自己的脑子里记忆下来的。"[1]汪庭有的歌长于叙说，气魄宏大，在思想内容上注重配合宣传。他在《表顽固》一歌中，借助民歌中以月份起头的方法，将歌曲分为十二段来演唱，每段用八句唱出所要表达的内容，从而达到细致叙说破坏抗战的顽固分子对人民的压榨及人民的苦难，揭露顽固分子破坏抗战的效果。结尾处唱道："各位同胞听我讲，地方工作要加强。打退顽固还不算，抗日救国保家乡。……高举大旗向前进，最后胜利是我们。"这对号召民众抗日救亡有着巨大的宣传、鼓舞效果。

当时，在人民群众中有着广泛影响的民间艺人还有农民诗人拓开科。他擅长编"练子嘴"。所谓练子嘴，就是一种快板，顺口说来，不受任何条件限制，深受陕北群众喜爱。拓开科所编的长短练子嘴有二三十篇。谈及创作体会时，他说："有人是顺口胡扯，我就是一满根据实情。没有事实我不编。"其创作中比较著名的作品有《闹官》《种棉花》《禁洋烟》等，《闹官》是他编的练子嘴中最为精彩的篇章。《闹官》讲述了1932年清涧农民反抗旧政权压迫的事情，被认为"是最受人欢迎的，有气魄、有组织、很完整的一个道地民间

---

[1] 艾青：《汪庭有和他的歌》，载《解放日报》1944年11月8日。

的艺术作品"①。拓开科在说练子嘴的时候,以拉家常的形式开头,非常吸引老百姓。像《种棉花》的开头:"初八十八二十八,各位同志听我的话;老百姓而今有办法,毛主席号召种棉花。"围观的群众很快就被吸引过来,继续听下去。这种形式不仅使拓开科的练子嘴获得了发表的机会,还让练子嘴在群众中传播开来,成为宣传革命的有效方式。

像韩起祥、孙万福、李有源、汪庭有、拓开科等民间说书艺人、农民歌手和诗人,积极接受党的文艺观念的改造,摒弃民间文艺中的糟粕,创作出了大量人民群众喜爱的文艺作品,并将民间说唱艺术与党的文化宣传相结合,成为边区文艺传播的积极参加者和推动者。

延安文艺座谈会以后,在提倡文艺面向工农兵的同时,提倡工农兵自己演自己、自己写自己的斗争生活。在新秧歌运动的影响下,群众参与秧歌活动的情绪高涨起来。有的地方,连三四十岁的农村妇女都参加新秧歌的演出,而且越是劳动英雄、生产模范以及他们的妻子儿女,越是积极活跃。富县就有一个劳动模范的妻子,成了当地著名的新秧歌队的领头人。各村的秧歌队根据本村的事实材料创作新秧歌剧,作为自我教育的教材。在这种情况下,群众集体创作这一独特的文艺创作方式就产生了。正像佳县农民歌手李有源说的:"一个人各自是不行的,要众人在一达里讨论讨论,事实呢,是根据咱们村上发生的事实,谁做过什么,就让他演什么,故事怎么个编,和讲些什么话,要众人在一达里发表意见,众人同意了就照着编,照着演,不同意了就再商量"②。经过讨论、试验,加上群众艺术骨干的加工润色,有时还有专业文艺工作者的帮助、指导和修改,群众集体创作的秧歌剧就产生了。集体创作的过程中,作为受众群体的工农兵群众的身份也悄然发生了转变,不再是单纯的文艺的接受者,而是文艺活动的直接参与者、创作者与传播者。

---

① 安波:《练子嘴英雄拓老汉》,载《解放日报》1944年11月9日。
② 马可:《群众是怎样创作的》,载《解放日报》1944年5月24日。

第三章 延安文艺的传播媒介及路径

战时中国动荡的社会环境下，延安的物质条件极为匮乏，但是以报刊、电影、广播等为代表的文学传播媒介，适应了抗战宣传的需要，满足了战时环境下广大根据地受众的需求。这些传播媒介不仅没有销声匿迹，而且培养了大批文艺工作者，促进了党的文艺观念的传播，拉近了传播者与受众的距离。

需要进一步指出的是，传播媒介是影响和改变延安文艺发展的重要因素，传播媒介和延安文艺的互动关系，在深层次上影响着延安文艺的整体面貌。其表征为：首先，传播媒介培养并改造着文学传播者。这一时期，延安及各抗日民主根据地都致力于文学传播者的培养和改造，报纸、期刊等媒介形式成为孕育和培养文学新人的摇篮。其次，传播媒介改变着解放区文学的主题、内容，引导着文学批评和文学思潮的转向，推动着优势文体的产生和文学流派的形成。再次，传播媒介促进了大众文学观念的传播，使文学传播更加符合特定时代、受众的需求。在践行《讲话》的过程中，大众化文学观念在解放区文艺队伍中获得了普遍的认同和大力的弘扬。

大众传播媒介改变了延安文艺的表现形式，而延安文艺也影响了大众传播媒介的存在状态。这突出表现在：延安文艺不仅制约着传播媒介的品格，而且影响着传播媒介的生存状况。文艺与传播的互动，敦促传播主体必须放弃自我的文化精英意识，改变文艺被知识分子独享的状态，深入广大工农兵群众的现实生活，关注受众的生存状态，尊重受众的审美趣味和阅读习惯。由此，大众化文学观念得以广泛传播。

延安文艺传播媒介的创新利用，完全打破了文艺囿于知识圈的限制，极大地发挥了民间口头媒介的作用。延安不仅是工农兵文艺的新起点，而且是街头诗运动的繁盛之地。街头诗与秧歌剧是广大延安知识分子在探索文艺与大众相结合的过程中获得的一种有效的传播形式。在这样的传播形式中，文艺真正走向了大众，文艺和大众融合在一起，充分实现了延安文艺的人民性追求及目的。

一般来说，传播学中的媒介有两层含义：一是指传递信息的工具和手段，如报纸、广播等与传媒技术有关的媒体；二是指从事信息的采集、选择、加工、制作和传输的组织或机构，如报社、广播电台、电视台等。简单来说，媒介就是传递大规模信息的载体，是通讯社、报纸、杂志、书籍、广播、电视、电影等的总称。相应的，经营媒介的机构，如报社、杂志社、出版社、电视台、广播电台以及电影电视制片公司等就是所谓的媒介组织。

研究传播的侧重点其实就是研究信息与媒介。这是因为，人们在进行社会活动时，在从事信息传播时，基于使用何种媒介，也就是说，人们使用何种传播工具。研究传播就是研究这种传播工具在人类社会历史发展进程中，有何开创性的价值，带来何种社会效果，甚至是否引起了社会的变革，等等。那么，如何进行媒介分析和研究？一般来说，媒介分析包括宏观研究和微观分析两个方面。将媒介的发展放置在广阔的社会文化历史语境中，考察媒介给人类历史、社会变革、文化发展等带来的作用和影响，此类对媒介的宏观研究大多从媒介发展的历时研究入手。媒介的微观研究主要是进行媒介的共时研究，也就是说，研究各种媒介在作为传播工具时的特性，为寻求更有效的传播工具提供理论依据。

一、传播媒介与传播路径

（一）传播媒介的选择

传播媒介是文学文本的物质传输渠道和作家写作行为的物质结果，在整个义学传播过程中，它扮演着十分重要的角色。换句话说，文学自身必须依赖特定的表达媒介与传播媒介才能实现静态存在与动态存在，而且是他者如社会现实、思想意义、文化价值等的媒介。甚至可以说，在现代社会中，没有传播媒介就没有文学。对此，王一川说："没有媒介就不存在文学。"①在业界，麦克卢汉有一个非常著名的观点就是："媒介即讯息。"他认为，真正有意义的讯息是媒介本身："一切传播媒介都在彻底地改造我们，它们在私人生活、政治、经济、美学、心理、道德、伦理和社会各方面的影响是如此普遍深入，以致我们的一切都与之接触，受其影响，为其改变。媒介即讯息。"②他还认为："媒介即是讯息只不过是说：任何媒介（即人的任何延伸）对个人和社会的任何影响，都是由于新的尺度产生的；我们的任何一种延伸（或曰任何一种新的技术），都要在我们的事务中引进一种新的尺度。"③张邦卫认为："新媒介的产生不仅仅意味着一种新工具、一种新技术，而是一种群体社会的新尺度。这种新尺度必然形塑与规范着文学活动、文学机制、文学形态、文学文本、文学话语以及相关的文学观念，文学的社会意识、经济意识、文化意识、受众意识、品牌意识、经营意识、策划意识等也必然会发生深刻的嬗变。"④

战争以及动荡的社会环境是影响传媒发展的重要因素。与同时期的其他地域相比，延安地区物质条件十分匮乏，但是以报刊、电影、广播等为代表的文学传播媒介，不仅没有销声匿迹，反而适应了抗战宣传的需要，满足了战时环境下广大根据地受众的需要，而且培养了大批文艺工作者，促进了党的文艺观念的传播，拉近了传播者与受众的距离，形成了延安文艺独特的主题、内容以及风格等。值得关注的是，传播媒介是影响和改变延安文艺发展的重要因素。延安时期，延安文艺在匮乏的传播物质条件下却形成了巨大的传播效果，这是文学传播历史上值得探讨的一个现象。

（二）传播媒介与延安文艺的互动关系

传播媒介在深层次上影响着延安文艺的整体面貌。

---

① 王一川：《文学理论》，四川人民出版社2003年版，第111页。
② 转引自李彬：《传播学引论》，新华出版社1993年版，第161—162页。
③ 马歇尔·麦克卢汉：《理解媒介——论人的延伸》，何道宽译，商务印书馆2000年版，第33页。
④ 张邦卫：《大众媒介与审美嬗变——传媒语境中新世纪文学的转型研究》，中央编译出版社2016年版，第65页。

第一，传播媒介培养并改造着文学传播者。传播者作为文学传播过程中创造和传递文学信息的人，从根本上保证了文学传播过程的完整存在，如果缺少了传播者，那么传播就会失去存在的前提，也会让反馈活动失去最终的旨归。这也就是为什么传播者的培养对于文学传播机构而言是至关重要的。特别是在解放区，拥有一支能够从事文学创作活动并坚定地为广大工农兵服务的革命文艺工作者队伍，关系到传播媒介的存在和发展。因此，这一时期，延安及各抗日民主根据地都致力于文学传播者的培养和改造。报纸、期刊等媒介形式成为孕育和培养文学新人的摇篮。也正是大众传播媒介的存在与发展，以及大众传播媒介对文学类作品的刊载，使越来越多的普通读者变成了作者。边区一位叫钱治安的石匠撰写杂文与通讯，半年内给报纸投稿八篇，刊发作品四篇。正如瓦尔特·本杰明所说："作者与大众之间的区别正失去其基本特征。……这种差别已变成纯粹功能性的；它可能从一种情况向另一种情况变化，但在任何时刻，读者将随时成为作者。……文学的标识现在不是建立在专业化训练基础之上，而是建立在多种学艺之上并从此成为公共财产"①。

第二，传播媒介改变了解放区文学的主题与内容，引导着文学批评和文学思潮的转向，推动着优势文体的产生和文学流派的形成。在中国现代文学史上，文学的存在方式深受大众传播媒介的影响，尤其是市场化的传播机制、受众群体的大众化。作为一种精神财富，文学开始走下庙堂，逐步进入普通民众的生活。《讲话》宣传文学、教育民众的诉求恰好与大众传播媒介的大众性本质不谋而合。于是，媒介通过对文学作品的主题、内容、形式的限制，对文学批评的规训，对文学流派等的形成，进行了顺应时代语境要求的引导，使文学的内在构成发生了改变。媒介还通过文学作品所蕴含的思想引导受众对问题进行深层次的思考。同时，媒介在推动文学流派的形成、引导文学批评和文艺思潮的走向方面，发挥了不容小觑的作用。以赵树理为代表的山药蛋派的形成，就与当时报纸的积极评论有密切的关系。

---

① 王岳川、尚水编：《后现代主义文化与美学》，北京大学出版社1992年版，第153页。

第三，传播媒介促进了大众文学观念的传播，拉近了传播者与受众的距离，使文学传播更加符合特定时代受众的需求。在践行《讲话》的过程中，大众化文学观念在解放区文艺队伍中获得了普遍的认同和大力的张扬。延安作家创作的文学作品能否获得受众的接受，满足动员全民积极抗战的需要，选择何种媒介是非常重要的一环。传播媒介的选择是否恰当直接影响着宣传的实际效果。以报纸、杂志、电影、广播为代表的大众传播媒介的使用与大众化文学观念的风行有着必然的联系，即媒介为大众文学观念的繁荣提供了潜能。大众传播媒介凭借着传播范围广、传播速度快、传播效率高等特点敦促传播主体必须放弃自我的文化精英意识，改变文艺被知识分子独享的状态，深入广大工农兵的现实生活，关注接受者的生存状态，尊重接受者的审美趣味和阅读习惯，使文学传播者与受众的距离大大减小，大众化文学观念得以广泛传播，将20世纪中国文学大众化思潮从理论探讨落实到了实践。

延安文艺影响了传播媒介的存在状态。施拉姆认为，传播过程从某一点开始而到某一点终止，这种想法易使人误解。[1]实际上，传播过程处于永无止境的状态。文学传播是信息与信息之间动态的、连贯的复杂互动过程，传播各要素之间不是单向度的影响，而是相互作用。大众传播媒介改变了延安文艺的表现形式，而延安文艺也影响了大众传播媒介的存在状态。

一是延安文艺制约着传播媒介的品格。延安文艺的内容在某种程度上改变了传播媒介的品格，同时，因为内容的改变，意识形态对媒介领导权的控制进一步加强。1942年，延安《解放日报》改版，党性特征被强化，从而成为合乎中国共产党预期的与边区传播生态相适应的真正的党报。

二是延安文艺影响了传播媒介的生存状况。在广义的传播学中，读者被定义为受众。但在文学传播过程中，读者绝不是一个被动的接受体。与之相反，受众拥有选择或抛弃媒介的权利，他们是传播过程中的主导因素之一。如果文学媒介所传播的文本能够适应读者的需求，其生存空间则可以得到拓展，否

---

[1] 参见月尼斯·麦奎尔、斯文·温德尔：《大众传播模式论》，祝建华、武伟译，上海译文出版社1987年版，第23页。

则,只会遭到无情的抛弃。因此,媒介所发表的文学作品是否符合解放区受众的阅读需求,决定了媒介生存的可能性。

二、传播媒介的利用

(一)民间口头媒介的利用:街头诗运动与新秧歌剧

1. 街头诗运动

延安不仅是革命文艺的新起点,也是街头诗运动的繁盛之地。全面抗战爆发之初,街头诗就开始出现。这些诗歌体式简洁,主要张贴在街头、墙头、岩石之上,或者印刷成传单加以散发,故有墙头诗、岩头诗、传单诗之称。这些诗歌主要以配合抗战斗争、宣传和教育人民大众为目的,以具体的社会政治事件或军事斗争为题材。

由于国统区社会政治环境的限制,街头诗运动的开展和流行主要集中在以延安为中心的各抗日民主根据地。延安吸引了大批知识青年,逐步推动形成了街头诗运动。街头诗运动受到了党中央的重视和扶持,毛泽东对抗日军政大学诗社的诗墙报就极为赞许。1937年,毛泽东约请柯仲平谈话时,也给出了很多十分重要的意见。柯仲平说:"写诗学民歌体,搞街头诗和诗朗诵,都是受了毛主席的启发。"[①]1938年8月7日,被称为"街头诗运动日"。柯仲平领导的战歌社与丁玲领导的西北战地服务团的战地社联合掀起了街头诗运动,发表了《街头诗运动宣言》,号召:"有名氏,无名氏的诗人们呵,不要让乡村的一堵墙,路旁的一片岩石,白白的空着,也不要让群众会上的空气呆板沉寂,写吧——抗战的,民族的,人众的!唱吧——抗战的,民族的,大众的!我们要在争取抗战胜利的这一大时代中,从全国各地展开伟大的抗战诗歌运动——而街头诗歌运动,我们认为就是使诗歌服务抗战,创造新大众诗歌的一条大道!"[②]当天,延安出现了空前绝后的诗歌活动热潮,有人登台朗诵诗歌,有

[①] 康濯:《〈讲话〉精神要代代传》,见李恺玲、廖超慧编:《康濯研究资料》,湖南人民出版社1984年版,第64页。
[②] 《街头诗运动宣言》,载《新中华报》1938年8月10日。

人散发诗歌传单，还有田间等三十多位诗人走上街头，就地取材，墙壁、岩石、门板都成为诗歌的发表园地。据田间回忆："八月一日，延安的大街上，忽然横挂起长条红布，上写'街头诗运动日'几个大字。延安大街小巷，也到处张贴着街头诗；延安许多人士，以及手执红缨枪的边区自卫队员们，都站在一些街头诗旁，一面看，一面念。"①延安诗人积极地走到群众中间，将诗贴在街上，让工农大众"读起来，听起来，比较好懂"。随着抗战的不断深入，斗争越激烈，街头诗就越普及越兴旺。艾青在《展开街头诗运动》一文中就表示："诗必须成为大众的精神教育工具，成为革命事业里的，宣传与鼓动的武器。""把诗送到街头，使诗成为新的社会的每个构成员的日常需要。假如大众不需要诗，诗是没有前途的。"同时，主张街头诗由"我们来抄写，我们来整理稿件，我们来编辑，我们来写标题，我们来张贴"。②

街头诗运动来势猛，影响大，传播广。街头诗之所以能够在延安迅速发展起来，与当时国破家亡的大环境有着密不可分的联系，它随着抗日的风云兴起，随着人民的战斗而传播开来。与此同时，也与街头诗自身的特点有着密切的关系。街头诗一般三言两语，短小精悍，语言通俗易懂，耐读易记，不论男女老幼，皆能听能读。正如《街头诗运动宣言》所说："尽情而尽理，深刻而明朗，浅显而含蓄，用大众的语言，有大众的韵律。"很多诗歌有着强烈的战斗性，是当时民族抗战情景的真实写照，读后、听后易引发共鸣。柯仲平的《保护我们的利益》写道："你看那土豪何等无理，/他强迫我们交还土地；/就不说他有汉奸的嫌疑吧，/他分明是故意来破坏边区。"③据高敏夫讲："我把这首诗在敌后朗诵过几百次，老乡们都喜欢听。"④当然，有些街头诗由于受战争紧张环境的影响，以及作者创作水平的限制，相对比较粗糙。但总体上，街头诗是真实情感的表达，充满激情，饱含大众的感情，运用大众的语

---

① 田间：《到延安前后》，载《绿原》1981年第4期。
② 艾青：《展开街头诗运动》，载《解放日报》1942年9月27日。
③ 柯仲平：《保护我们的利益》，见王琳编：《柯仲平诗文集·短诗》，文化艺术出版社1984年版，第66页。
④ 刘润为主编：《延安文艺大系·文艺史料卷》，湖南文艺出版社2015年版，第161页。

言，反映的也是大众的呼声，因而有着强烈的鼓舞力和艺术亲和力。

街头诗就内容而言，大致可分为三类：一是呼唤民众，奋起反抗。这一类作品的号召性极强。例如，田间的《假使我们不去打仗》："假使我们不去打仗，敌人用刺刀杀死了我们，还要用手指着我们的骨头说：看，这是奴隶！"短短不到四十字，将不反抗即会亡国，随之带来的屈辱表达得淋漓尽致。二是鞭挞封建旧习，呼唤翻身解放。有的作品控诉地主恶霸的暴行，有的斥责封建礼教给妇女带来的深重苦难，涉及广大民众的日常生活。三是歌颂党和人民群众的。这一类作品往往饱含对党和人民的深情，字短情深。

街头诗这一独特的传播媒介及传播方式，也是其能够广泛开展的重要原因。街头诗的传播方式与通常的诗作相比有显著的不同，那就是它不通过报刊发行，或是印刷成册，而是写在红绿纸上，配上简单的几笔画，有的干脆直接写在墙壁之上。在当时严峻的战争环境下，各抗日民主根据地物质条件比较匮乏，纸张是极为缺乏的物资，印刷条件也十分有限，因此出诗集实在是一件相当困难的事情。而街头诗仅需借助几张纸，或是一面墙壁，就可以实现传播，因此在当时的环境下极易普及。所以，街头诗被视为一种最简捷最经济最便利的文艺形式，成为抗战时期实现诗歌大众化的一种切实可行的方式。正因如此，街头诗运动在延安及陕甘宁边区，在各抗日民主根据地也逐步展开并扩大，成一时之风气。其中，田间、魏巍、钱丹辉等人领导的晋察冀边区街头诗运动，林山等人领导的盐阜地区街头诗运动都开展得非常热烈，得到了广大民众的积极响应，收到了非常好的效果。

当时，"到处可以看到街头诗。这些诗采取短俏的形式，运用民谣的韵律，使用活生生的民间语言，描写抢掠，反扫荡，民主政治，志愿义务兵，以及一切和战争相连接的斗争生活，这些诗人绝不高坐在缪司的宝殿里，凭着灵感来描写爱与死的题材，他们已经走进农村，走进军队，使诗与大众相结合，同时使大众的生活诗化"[①]。

[①] 杨朔：《敌后文化运动简报》，载《解放日报》1942年11月25日。

枪杆诗运动是街头诗运动的一个重要组成部分，是在部队这种特定的军事组织环境和战争这种特定的背景下产生的独特形式。枪杆诗运动中，西北人民解放军出现了数以千计的优秀诗篇和众多的战士诗人。边区的大型文艺刊物——《群众文艺》和《群众日报》，多次报道枪杆诗运动，刊登战士的枪杆诗，并且发表枪杆诗活动经验的总结报告和有关枪杆诗的评论。枪杆诗运动是延安文艺传播的一个重要组成部分。

枪杆诗大都是战士们在紧张的战斗间隙写作而成的。其中，大多数是为了配合作战任务，内容切合实际，针对性强，形式生动活泼、短小精悍，具有实际的宣传、教育和鼓舞作用。洛川战役中，战士的枪杆诗对于鼓舞士气、夺取战斗胜利起到了很大的作用。《群众日报》刊发了这样的报道：高岭部各连在五天内就为该部战报《猛进》选送枪杆诗一百七十多首。"王村"三连把攻城时应注意的事项，集体写成一首攻城诗。该诗分四段二十句，分别就架梯组、突击组、掩护组、救伤组的协同作战进行了说明，全连同志烂熟于心，攻城过程中，对鼓舞士气和指导战斗起到了巨大的作用。

关于枪杆诗的创作和作用，部队在总结经验时这样谈道：有的是大家在一起凑；有的是自己创作，找大家修改，不识字的请别人代笔；干部也带头写，什么内容都有。到处都写上或贴着，蔚成风气。这些创作不仅表现决心、战术、技术、公约，还起到了宣传战斗成绩、描写战斗英雄、表彰工作模范、赞扬军民关系、歌颂遵纪守法等作用。这些枪杆诗写成之后，贴在武器上、本子上，甚至弹药箱、云梯、米袋、背包、伪装圈、扁担、水桶、行军锅上等。有的诗歌还投稿给报纸，被编成段子给连队教唱，战士们互相唱，互相念，成了常在身边的决心书、枪托铭。枪杆诗不仅可以起到战前动员、鼓舞士气的作用，还可以促进战士们学习文化，提高他们的文化水平。同时，它成了一种文艺娱乐活动，活跃了部队业余生活，甚至在一定程度上有助于作战水平的提高。

枪杆诗的内容是在发展中逐步丰富的，艺术水平也是在战斗生活中不断提高的。这些诗歌有的通过对武器的赞美，表达战斗决心；有的通过歌唱连队生活,抒发对革命集体的热爱;有的描写紧张的战斗和取得的胜利,表现人民战士的革命英雄主义精神;有的揭露敌军,嘲讽敌军,分化瓦解敌军,高扬人民战争必然胜利的信念;有的歌颂军民情谊,歌颂家乡,歌颂祖国,表达战士对革命战争必然胜利、祖国面貌终将改变的理想和信心。总而言之,所有的枪杆诗都是在战火中诞生,深深地植根于人民军队战斗生活的土壤之中,在战士中生根、开花、结果,为战士所喜爱、所欢迎。战士用自己的亲身经历武装了这种艺术,而这种艺术一经产生,又极大地武装了战士。战士在战斗中喊着诗句向前冲锋,在训练中按诗句严格要求自己,优秀事迹层出不穷,这正说明了枪杆诗运动的巨大实际功用和历史功绩。

解放战争时期,战士的枪杆诗运动之所以能够取得巨大的成绩,产生广泛的影响,与部队首长、领导机关的重视和指导密切相关。政治宣传部门更是把枪杆诗活动纳入宣传工作范围,给予及时而适当的引导。据报道,1948年7月,西北人民解放军召开前线文艺工作者会议,就部队中枪杆诗、黑板报、战士画等文化和文艺形式的出现与流行,进行了热烈的讨论和认真的总结,并对以后活动的开展做了进一步的部署,促使这一运动到达新的发展阶段。

与街头诗运动相呼应,朗诵诗与诗朗诵也伴随着革命形势的发展在延安如火如荼地开展起来。诗歌本身具有韵律性,非常适合朗诵。因此,为了充分发挥诗歌的宣传、教育作用,诗歌朗诵运动倡导使用通俗易懂的字句、流畅的音节,以便诗歌在广大民众中进行朗诵。虽然朗诵诗运动兴起于国统区,但是由于用语等方面的限制,范围仅局限于文艺界以及爱好文艺的青年群体,并未能真正普及到广大民众。

在延安,以柯仲平为领导的战歌社致力于诗朗诵运动的开展,取得了比较好的效果。柯仲平在当时就是一位颇负盛名的朗诵者。在朗诵活动上,他朗诵自己创作的长诗《边区自卫军》,深受群众的喜爱。朗诵诗运动也深受党中央和毛泽东的重视。在战歌社举行朗诵集会受到群众冷落之时,毛泽东给予了他们非常大的鼓励,使他们逐渐扭转了朗诵中的偏差,促使朗诵诗运动开展起来,逐步深入农村,推广到抗战前线。丁玲带领的西北战地服务团组织诗歌朗诵队在前线进行朗诵表演，鼓舞抗战将士的士气。诗朗诵以最为直接、便利的口头传播形式，在抗战时期担负起宣传教育民众、鼓动民众奋起抗战的历史使命，这是广大延安知识分子在探索文艺与大众相结合的过程中获得的一种有效的传播形式。

2. 新秧歌剧运动

1942年，延安文艺座谈会召开后，边区的人民音乐活动出现了普及、繁荣的局面。音乐工作者以积极的姿态参加并推动了轰轰烈烈的新秧歌运动，自觉地同工农兵相结合，认真学习民间音乐和其他群众艺术，并配合各项斗争任务，创作了大量新的表现群众生活的音乐作品。特别是在新秧歌运动中，音乐工作者在曲调改编与设计上充分发挥创造性的才能，涌现出一大批优秀的新秧歌剧作，推动了边区新秧歌运动的发展，为新歌剧创作开辟了道路，为我国现代音乐的发展做出了开拓性的贡献。

延安文艺座谈会后的第四天，即1942年5月27日，陕甘宁边区音乐界抗敌协会召开了第六届会员代表大会。大会根据刚刚结束的文艺座谈会的精神，决定发起面向广大人民群众的音乐创作活动，并改选了协会的领导机构。随后，召集了边区音乐活动座谈会。到会的有边区的专业和业余音乐工作者六十余人。会议对全面抗战爆发后五年中音乐运动的成绩和不足做了总结，并对以后音乐活动的方针、步骤及如何进一步深入展开进行了热烈的讨论。特别是对以前音乐工作中"只注意知识分子对象而忽略了工农兵群众"的问题做了检讨。决定要"以群众歌咏为主"，"开展广泛的工农兵歌咏运动，巩固群众克服困难迎接光明的信心"，而且提出要注意"发掘和发展民间音乐"，"团结民间音乐工作者"，[1]为创作出更多的老百姓喜闻乐见的音乐作品而努力。

文艺整风开始后，包括鲁艺音乐部师生在内的音乐工作者，同各艺术种类的文艺工作者一起投入整风学习和大辩论活动。关于整风和辩论活动的情况，马可有一段真实的描述："大家深入检查了参加革命的动机，分析自己的立

---

[1] 《音乐杂讯》，载《民族音乐》1942年第3、4期合刊。

场、观点、方法、情感，……都产生了一种共同的急切心情：快到'大鲁艺'的广阔天地中去，在生活斗争和艺术实践中，进一步考验、改造自己。"①

音乐工作者一方面进行研究，另一方面将研究成果、体会运用于实际活动中。当时的民间音乐采录和研究工作是面向实际的，把学习民间风格的演唱方法、直接演唱和传播采录到的民歌、运用采录到的民间曲调进行新的创作等结合在一起。如民歌《东方红》《绣金匾》《咱们的领袖毛泽东》等的广泛传播，许多优秀群众歌曲和秧歌剧、新歌剧作品如《拥军花鼓》《五枝花》《兄妹开荒》《白毛女》等的创作演出，王昆、李波等具有民间风格的演唱，等等，所有这些，都是边采录、边研究、边实践，以采录、研究促进实践而取得的重大收获。正如吕骥在第一次文代会上的发言中所说的："十多年来，解放区记录民间音乐也有很大的成绩，对于整风以来，各地广泛开展的秧歌剧运动的帮助也是很大的，如果事先没有民间音乐的收集记录作为准备，秧歌剧运动的开展是很难预期的。"②

在整风学习的基础上，音乐实践方面逐步取得了一系列成果。在群众音乐活动方面，边区音协第六届代表大会召开后成立了延安市歌咏工作委员会，并开展了多方面的工作。比如，举行露天音乐晚会，多次组织规模较大的群众歌咏活动；进行街头教歌活动，组织街头歌咏会，建立街头文化台；举行经常性的小型演出和音乐艺术活动。委员会在演唱节目安排上也大量增加民歌和新创作歌曲，这一点与延安文艺座谈会之前相比有了明显的变化。与此同时，群众中的业余歌咏团体恢复活动，群众的歌声又开始出现在田间和街头。延安最大的业余歌咏组织延安合唱团在成立两年之后，也重新开始有计划地展开面向群众的歌唱活动。

音乐创作方面也取得了较大的收获。比如，鲁艺音乐部的师生以高度的政治热情创作了《抗战五周年进行曲》、合唱《好日子》以及民歌联唱《十月

---

① 马可：《延安鲁艺生活杂记》，见本社编：《红旗飘飘》（第16集），中国青年出版社1961年版，第150—151页。
② 吕骥：《吕骥文选》（上集），人民音乐出版社1988年版，第126页。

里在边区》等作品。音乐的表现形式和语言也都具有了新的时代气息和民族风格，深受边区广大群众的喜爱。延安作曲者协会和鲁艺诗会，还联合邀集词作者曲作者百余人在鲁艺音乐部演奏、演唱新作品。这些新作一般都"短小精悍，富有中国风味"，"适合工农群众及部队战士之口味"，便于传唱和宣传。

群众音乐活动的不断发展，也促使人民群众的艺术创造力得到较好的发挥，极大地推动了民歌歌曲的创作和传播。如《东方红》《咱们的领袖毛泽东》《绣金匾》等曲目，是翻身解放的人民群众用质朴的语言、深情的曲调，由衷地赞颂自己的带路人。又如《边区里来》《陕北秧歌》等作品，是群众用热烈红火的语言和欢乐愉悦的曲调描绘着自己的新生活。这一时期，数以百计的民歌歌曲被创作了出来。这些歌曲大都洋溢着明朗乐观、自由舒畅的情感，体现着新时代人民群众所特有的朝气蓬勃和斗志昂扬的气质。尽管有些歌曲仍然采取旧曲调填词的方式，但在选择曲调上却更多地采用了民间舞蹈性的歌调，从而能够更好地表现新的生活、新的思想感情。[①]

与民歌歌曲新发展交相辉映的，是新创作歌曲的巨大丰收。这些歌曲有歌颂党、领袖、人民军队和民主政权的，有反映边区军民大生产运动的，有表现边区人民群众民主幸福新生活的，有歌唱边区军民及抗日前线英雄模范人物事迹和战斗精神的，还有为庆祝抗日战争胜利、世界反法西斯战争胜利而欢呼歌唱的，如《军民大生产》《南泥湾》《欢迎移民开山林》《翻身道情》等作品。总之，"民族的、阶级的斗争与劳动生产成为了作品中压倒一切的主题"[②]。题材内容的这种变化，也带来了音乐表现形式方面的许多新的创造。民歌改编歌曲重新得到重视。如安波为鲁艺歌唱队编写的《拥军花鼓》，便是最早取得成功的一首歌曲。这首歌曲采用民歌《打黄羊》的曲调，优美欢快，

[①] 参见刘建勋：《延安文艺史论稿》，陕西人民出版社1992年版，第219—221页。
[②] 周扬：《新的人民的文艺》，见北京大学、北京师范大学、北京师范学院中文系中国现代文学教研室主编：《文学运动史料选》（第5册），上海教育出版社1979年版，第684页。

通过具有民间舞蹈歌曲特征的音调和旋律表达出解放区人民慰劳子弟兵时的动人情景和快乐心境，受到群众的喜爱，甚至妇孺皆学唱。《拥军花鼓》的经典唱段："猪呀，羊呀，送到哪里去？送给咱英勇的八路军！"不仅传遍了陕甘宁边区、华北各解放区，更是传遍了全中国。《拥军花鼓》传唱开来之后，又相继出现了张寒晖采用陇东民歌《推炒面》编写的《军民大生产》、张鲁采用《闪扁担》调编写的《有吃有穿》、鲁艺文工团编写的《翻身道情》以及《运盐歌》等众多为工农兵所广泛传唱的经典曲目。这些歌曲不单纯以旧调填词，而是着眼于发挥民歌音调中富于表现力的音乐手法，塑造具有新的时代特点和生活气息的音乐形象，成为具有鲜明的时代色彩的崭新创作。

除民歌改编歌曲这一形式外，根据民间歌曲的材料和风格创作的民歌联唱在当时也非常盛行，如由安波、马可、刘炽、张鲁、鹤童集体创作的《七月里在边区》便是一部颇具影响力的优秀作品。这一大型作品由《七月里》《纪念碑》《割麦子》《开会来》《自卫军》《在边区》等歌曲组成，通过庆祝胜利、悼念烈士、劳动生产、发扬民主、劳武结合、军民一家等多个侧面，生动地描绘了陕甘宁边区欣欣向荣、兴旺发达的景象。"从创作到表演都以鲜明的陕北民间风格为其特色"，"具有一个比较完整而统一的艺术创造的意图，也可以说是一种极其鲜明的、自成体系的艺术风格"。[①]

20世纪40年代的中国，广场戏剧和剧场戏剧先后兴起。全面抗战初期，为满足宣传抗战的需要，国统区戏剧由剧场走向广场，兴起了广场戏剧，于是戏剧观念、艺术表现、写作方式、演出形式等方面出现了一系列变化，尤其是在演出形式多样化和话剧民族化方面的尝试。演出形式方面，全面抗战初期的演剧队有许多创造，如出现了街头剧、广场剧、茶馆剧、游行剧、活报剧、谐剧等。面对文化程度不高但又长期受到民族戏曲熏陶的人民群众，广场戏剧的演出充分借鉴了锣鼓、杂耍、曲艺等民间艺术以及民族音乐曲调。与此同时，广场剧对传统戏曲的利用也推动了传统戏曲的自我改造。许多爱国艺人和戏剧工

---

① 参见刘建勋：《延安文艺史论稿》，陕西人民出版社1992年版，第224—226页。

作者不仅选取具有民族意识的传统戏曲，还以新观点编写新戏曲，进行抗日救亡宣传。

延安文艺座谈会上，毛泽东提出了文艺要为最广大的工农兵服务的方向。延安的文艺工作者积极响应，创作了大量的优秀作品。这些作品不仅注重思想内容上的真实、深刻，而且在艺术表现形式上十分注意采用广大工农兵所喜闻乐见的表现形式。以1943年春节的延安新秧歌剧运动为标志，根据地掀起了广场剧的高潮，这就彻底改变了此前以演出中外名剧为主的状况。延安戏剧运动中，一方面，戏剧工作者放弃了唯话剧独尊的观点，开始向中国传统戏曲学习，试图建立一种适合根据地民众接受的新型戏剧；另一方面，延安戏剧工作者以利用、改造民间戏曲形式为突破口，推动整个文艺向为工农兵服务转变，进而对广大民众进行革命启蒙教育。此后，在对传统秧歌改造的基础上，先后产生了以《兄妹开荒》《白毛女》《刘胡兰》等为代表的新歌剧，其中《白毛女》成为现代民族歌剧的奠基之作。

秧歌是陕北农村最流行的一种民间艺术形式，深受广大劳动人民的喜爱。它与古代用以驱鬼辟邪的宗教祭祀仪式有着一定的关联，后经历代劳动人民的创造发挥，逐渐演变成为一种以娱乐为主的民间艺术形式。抗战爆发后，出现了一些对传统旧秧歌加以改造，在其中加入革命内容进行抗战宣传的情况。但总体而言，对秧歌的利用与改造并未真正完成。延安文艺座谈会之后，文艺工作者深入农村学习各种民间艺术，通过在旧秧歌中加入新思想，并融入多种民间艺术，对传统旧秧歌加以改造，形成秧歌剧这一新形式。秧歌剧成为广大工农兵群众喜爱的艺术表现形式，更作为一种传播手段，调动了广大群众参与革命斗争的积极性。

秧歌剧之所以能够成为当时延安文艺传播的重要传播媒介，主要在于：一是，抗战到了最艰苦的时期，鼓舞民众继续坚持抗战，调动人民群众反抗的积极性，成为革命斗争最为迫切的现实要求。充分发挥各种文艺形式的作用来团结人民、教育人民、打击敌人、消灭敌人成为文艺工作者亟待解决的问题。二是，延安文艺座谈会后，延安的广大文艺工作者明确了文艺为工农兵服务的方向，意识到了与工农兵相结合的重要性，并且积极投身到工农兵大众中，主动汲取思想和艺术营养，选择陕北最具民间特色的秧歌这一艺术形式也就成为必然。三是，秧歌作为陕北最具地方特色的民间艺术形式，有着最为广泛的群众基础，最适合在战争环境中发挥其影响力。而且，秧歌简便易行，是当时物质条件困难的情况下最便于采用的艺术表现形式。

最先利用秧歌这种民间艺术形式来为工农兵、为革命斗争服务的是鲁艺。延安文艺整风后，鲁艺为了纠正"关门提高，脱离实际"的倾向，开始进行尝试与探索，收到了非常好的效果。张庚回忆道：

> 一次群众宣传的集会上，周扬同志出了题目了。记得这次宣传的是废除不平等条约，周扬同志的题目是：不但要让老百姓懂得所宣传的内容，而且还要让他们爱看。这真是个难题，真叫人发愁，真不知从什么地方下手。好在已经整风了，学习了依靠群众的道理，于是就发动群众来共同想办法，……的确是人上一百，武艺俱全，……于是大家在一起七拼八凑，就凑出一整套节目来，有花鼓，有小车，有旱船，有挑花篮，还有大秧歌。作曲的作曲，写词的写词，排演的排演，练了两天，拿出来一预演，还顶红火热闹，于是就担着老大的心拿出去和群众见了面。大出我们意外的是，群众不仅看懂了，而且还爱看，秧歌队走到哪里，他们也跟到哪里，一看再看还看不厌的人，为数还不少。记得黄钢同志曾经写过一篇报导登在当时的《解放日报》上，题目叫做《皆大欢喜》，就是记述当时延安的工、农、兵、干方面的观众看了秧歌一致满意的情形。从此，"鲁艺"的秧歌就出了名。[①]

从1942年开始，秧歌剧团的活动更为丰富多彩，通过发掘一些民间传统题材，创作了大量将新文化与农村生活紧密联系起来的新作品，并深入边区特别是更为闭塞的边远地区巡回演出，宣传、教育民众，从而将现代思想、现代文

---

① 张庚：《回忆延安文艺座谈会前后"鲁艺"的戏剧活动》，载《戏剧报》1962年第5期。

明传播给广大文化水平不高的普通民众。

（二）纸质媒介的利用：延安的报刊及出版媒体

报刊作为最早的大众传播媒介，主要以刊载新闻以及新闻评论为主。它作为定期出版物通过公开、连续发行对接受群体产生影响。报刊属于印刷媒介的典型代表，在传播信息的过程中，主要以视觉符号为传播手段，信息通过印刷的符号诉诸人的视觉以达到传播的目的。文本传播不同于其他传播形态，不能像口头传播一样由作者直达受众，而是要经过包括报纸、刊物等重要媒体在内的许多中介来实现。在这一过程中，报刊对文本的承载、传播具有一定程度的选择性，并非完全被动。

传播信息的主体特色是由传媒的阶级性决定的。封建社会的主体设置由封建、社会、政治、经济、文化体制决定，也以维护封建专制和阶级利益为目的。结束封建集权的控制，进入资本主义社会的大众商业运作时期后，媒介开始以追逐商业价值为目标，以刺激、猎奇和趣味迎合来获得所谓的传播效果，社会底层的劳动大众和边缘群体基本被排斥在其视野之外。而这部分人才是社会财富的真正创造者，社会进步的推动者，然而，他们参与社会、实现自我的权利往往被剥夺了。

清朝末年，维新派开始关注劳动人民，在上海创办"我国第一份农业刊物"①《农学报》，以及面向劳动者的《工商学报》，提出"通民隐""达民情"的口号，表达了对农工商劳动者的关注，但他们所指的"民"的范畴还是比较模糊的。孙中山领导的资产阶级革命，提出了三民主义，虽然主观上对普通劳动大众予以关注，但是受其阶级属性所限，下层劳动者尤其是农民在其关注视野内也只是一个空洞的存在。彻底改变这种状况，真正将底层民众作为关注对象（信息主体）是从中国共产党开始的，特别是《讲话》之后，明确提出了为人民服务、为工农兵服务的方向。

文学期刊、大报副刊和小报都是近代新闻出版业的新生事物。在近现代中

---

① 方汉奇、张之华主编：《中国新闻事业简史》，中国人民大学出版社1995年版，第94页。

国,几乎每份报刊周围都围绕着一群文化人(作家),尽管他们的文艺观点不尽相同,但基本倾向大体一致,于是这些报刊也就成为近现代文化地图中的一个个亮点。报刊是众多作家发表作品的公共空间,近现代文学史上的优秀作品多数都是首先在报刊上发表的。同时,报刊常常是某一社团或流派的阵地,各自都有其独有的文化倾向。这种文化倾向对作家的创作(从主题到形式、审美趣味)产生了制约作用,要求作家创作出符合其文化价值与倾向的作品,否则就不予刊载。所以,近现代文学史上的颇多作品既具有创作者个人的色彩,同时兼具报刊和某一创作群体的色彩。[①]

延安当时的文学舆论环境中,报刊的读者以工农兵为主体,因此,报刊的创办者充分考虑普通读者的需求和兴趣,进而选择适合他们的稿件。延安当时最主要的报纸是《解放日报》。作为党的机关报纸,它最直接的目标受众是当时的各级党员干部,既包括党内政治、文化精英,又包括一些普通党员,还有一大批基层的工农兵读者,而且这些普通的工农兵读者是最主要的传播对象。因此,《解放日报》除刊载必要的政治稿件来实现作为政党报纸的核心任务之外,还肩负着文化宣传的重任,以此来达到传播文化、启蒙民众的目标。

报刊的读者意识,集中体现为对文本传播社会效果的重视。延安时期,报刊处于一个特殊的社会环境之中,不受市场机制的左右,已经摆脱了对商业利润的追逐,主要以中国共产党的主流意识形态作为根本立场。它是为广大的工农兵读者大众服务的,主要目标是宣传革命和党的思想,对民众进行革命意识的启蒙与引导,同时在一定程度上提高大众的文化科学水平。陕甘宁边区的人民群众文化素养普遍比较低,老百姓百分之九十都是文盲,封建迷信和旧文化盛行,《解放日报》就担负起破除陋习、荡涤封建愚昧思想、建立新文化的职责。《解放日报》开设科学普及栏目来宣传科学知识,例如,《科学园地》栏目立足边区生产生活与建设,大力宣扬科学研究,同时介绍科学常识、生产知识,以及一些生活小常识,内容丰富多彩,类别齐备,既满足了边区人民的需

[①] 参见汤哲声主编:《中国现代大众文化与通俗文学三十讲》,高等教育出版社2011年版,第32页。

要，又达到了普及科学知识的目的。又如，《农学·知识》比较详细地介绍了边区农业生产方面的科学知识，《科学与发明》介绍了国际上的新科技发明。此外，不定期开设如《建设集锦》《农业指导》《常识笑话》等小栏目来进行相关科学知识的普及。

延安的报刊十分注重广大工农兵读者的阅读兴趣和审美心理，是文艺革新运动的积极传播者和推动者。针对受众实际情况，《解放日报》有针对性地对多种艺术形式进行革新，如秧歌运动、平剧革新运动、新歌谣运动以及木刻运动等的宣传与讨论。一方面，报道各项运动的发展情况，鼓励群众积极参加；另一方面，发表和介绍一系列优秀作品，尤其是老百姓喜欢的音乐与木刻等美术作品。例如，音乐方面有著名的《拥军歌》、《前进，人民解放军》、《拥政爱民》、"生产四部曲"（《开荒》《播种》《锄草》《收获》）、《刘志丹》等，这些作品有很好的鼓舞斗志的作用，深受群众喜爱。《解放日报》刊登的一些木刻美术作品，以生动可感的图案和丰富多彩的形象，在广大群众中产生了很大的影响。此外，《解放日报》采用老百姓喜闻乐见的形式宣传、普及科学观念。例如，由韩起祥编、林山记的《张家庄祈雨》以简洁凝练、浅显易懂的语言来倡导科学、破除迷信，其中有"下雨不是神鬼的事，祈雨问神是迷信，防旱备荒多注意，不要迷信再祈雨"[1]。说书《平妖传》[2]以艺术的表现手法，宣扬科学理念。

延安时期，报刊最多时有几十种，主要有《新中华报》、《解放》周刊、《共产党人》、《八路军军政杂志》、《文艺战线》、《中国文化》、《中国青年》、《中国妇女》、《中国工人》等。其中，《新中华报》的社长由博古担任，主要工作人员有廖承志、向仲华、李柱南等，1941年5月，改为《解放日报》，杨松任总编辑。这些报刊对于宣传党的方针政策，传播新文化、新知识，动员和激励群众抗战以及提高人民群众的思想觉悟，都起到了重要作用。

与报刊创办相呼应，这一时期，党的新闻事业也有了迅速发展，涌现出了

---

[1] 说书人韩起祥编，林山记：《张家庄祈雨》，载《解放日报》1945年8月7日。
[2] 陈明：《平妖传》（节录），载《解放日报》1945年9月3日。

一大批新闻工作者，代表人物有杨松、廖承志、吴冷西、徐冰、胡乔木、陆定一、王若水、胡绩伟、温济泽、秦川、穆青、梅益、向仲华、李初梨、张帆、杨西光、杜导正等。这些新闻工作者是延安时期中共新文化政策和新文化事业的宣传者、组织者和实施者，主要负责延安报刊的编辑出版，并利用报纸等媒体进行宣传。

出版方面，在党的领导下，解放区先后创办了解放社、新华书店、华北书店、西北抗敌书店等出版发行机构。解放社是1938年在延安创办的，是中共中央在抗日根据地设立的第一个大型出版发行机构，出版发行了毛泽东的《论持久战》《抗日游击战争的战略问题》以及党的其他领导人的著作。解放社还出版了社会科学研究会集体编写的《社会科学概论》（何干之等著）、《近代世界革命史》（第一、二卷，陈昌浩著）等，新华书店出版发行了范文澜主编的《中国通史简编》，中国青年出版社出版了艾思奇、黎平合著的《青年与道德》①等。延安出版事业呈现出的繁荣景象绝非偶然，这是由于延安汇聚了许多著名编辑出版人才，如冯雪峰、郭化若、萧三、吴亮平、钱俊瑞、丁浩川等。在他们的不懈努力下，延安的出版事业从无到有，不仅在数量上有很大发展，而且在质量上有很大的提高。美国记者斯诺在报道延安的新闻出版事业时这样写道："新的印刷所替前线和后方出版着各种书籍、杂志和报纸。许多外国的著作被译了过来，刊行标准本，并且用中国文编著自己的历史和革命理论的教本，……毛泽东、朱德、洛甫以及其他军政领袖的选集都印成了普及本。有小说，报告文学，论文，和关于战争的军政书籍，也有自然科学，艺术和文学的译文。"②这段描述真实地反映了当时陕甘宁边区新闻出版的繁荣景象。

总之，新闻出版等纸质媒介的宣传不仅是延安时期文化的一个重要组成部分，还在当时的革命斗争中占有重要地位。新闻出版宣传如果搞得好，"就能引导人民向好的方面走，引导人民前进，引导人民团结，引导人民走向真理。

---

① 参见张召奎：《中国出版史概要》，山西人民出版社1985年版，第365页。
② 埃德加·斯诺：《斯诺文集》（第3卷），新华出版社1981年版，第221—222页。

如果办得不好，就存在着很大的危险性，会散布落后的错误的东西，而且会导致人民分裂，导致他们互相磨擦"[1]。

（三）电子媒介与延安文艺传播空间的拓展

电子技术的发展为人类提供了新的传播媒介。19世纪末萌发的媒介革命，促使了记录影像的照相技术和电影的产生。20世纪初，电影、广播等电子媒介的发明和普及标志着大众传播时代的到来。电子媒介依靠声像传播信息，具有极强的感染力，能够大大增强受众的接受能力。与以往的印刷媒介相比，电子媒介更容易被不同文化层次的受众接受和理解。

19世纪，纸质媒介进入中国后发展迅速，成为中国现代性的符号象征之一。20世纪40年代，中国进入纸质媒介与电子媒介共存的时代。各种力量都不断尝试并使用电子媒介，使之成为社会舆论的主导者，借以实现其社会存在，从而影响国家、社会的发展。电子媒介的兴起也为文学传播开拓了更为广阔的空间。

1.延安广播与延安文艺

1922年，上海奥斯邦电台开播，电子媒介在中国开始出现并迅速发展起来。"据统计，1926年，全国有通讯社155家"，1928年，全国有收音机1万台左右[2]，仅在上海，就有3000多台[3]。但是，由于各方面条件的限制，中国的广播事业发展还存在一定的困难：一是规模小、传播范围比较小。受当时技术条件的影响，设备简陋，功率有限，因而收听范围仅限于电台周围有限的区域范围。二是作为信息接收设备的收音机，由于价格昂贵，普及范围极小。当时"一台最简单的矿石收音机也要80元"，这是普通百姓难以承受的，"拥有者多为外侨、官僚、买办、富商"。[4]因此，广播传播基本集中在经济发展水平

---

[1] 《刘少奇选集》（上卷），人民出版社1981年版，第396页。
[2] 方汉奇、张之华主编：《中国新闻事业简史》，中国人民大学出版社1995年版，第248页。
[3] 陈培爱：《中外广告史——站在当代视角的全面回顾》，中国物价出版社2001年版，第49页。
[4] 方汉奇、张之华主编：《中国新闻事业简史》，中国人民大学出版社1995年版，第248页。

较好的大中城市，广大的落后地区、小城镇和农村地区也就成为广播传播的盲区。这种状况也影响了广播传播的参与和互动。广播传播的受众就会出现以社会政治地位较高、经济实力较为雄厚的上层人士和富商巨贾为主的状况，而占人口绝大多数的广大底层民众基本上没有条件也没有机会参与广播传播活动，这也就造成当时中国广播传播的一种不平衡现象。

当时的延安乃至各抗日民主根据地，地处偏远的农村，经济落后，交通不便，文化水平低下，既缺少基本的广播传播的物质保障，又缺乏相应的传播能力。但是，随着抗日战争进入相持阶段，日本侵略者逐步改变了对华侵略策略，对国民党政府采取一方面政治诱降，另一方面军事进攻的方针。在日本侵略者软硬兼施的政策下，国民党政府也开始采取"消极抗日，积极反共"的反动方针，转向对革命根据地进行经济封锁和军事进攻。同时，他们利用掌握的宣传机器，不断制造事端，破坏抗日民主统一战线。面对这种局面，尽管当时条件有限，广播依然成了中国共产党宣传革命的首选媒介。因为广播作为一种新型媒介，是以声音信号诉诸受众听觉的媒体，覆盖面广，传播速度快，相比其他媒介而言，更为简易灵活。为了使国民党反动派的无耻行径昭然于世，让全国人民了解中国共产党坚定的抗战态度，中国共产党克服种种困难，创办了自己的广播电台，这就从根本上打破了国民党顽固派的造谣和新闻封锁，将中国共产党的路线、方针、政策和解放区的声音传播到国内外，使广播电台成为"各抗日根据地目前对外宣传最有力的武器"[1]，鼓舞和激励全国人民为民族解放而英勇斗争。

1940年春，中共中央决定建立自己的广播电台，1940年12月30日，延安新华广播电台在延安西北的王皮湾村开始试播音。经过近一年的时间准备，中国共产党创建了属于自己的第一个广播电台。此后的很长一段时间里，虽然由于设备简陋、器材缺乏，播音时断时续，但是，延安新华广播电台坚持立足解放区、面向全中国的宣传方向，主要播报中共中央的重要文件，《解放》周刊和

---

[1]《中宣部关于电台广播的指示》，见中国社会科学院新闻研究所编：《中国共产党新闻工作文件汇编》（上卷），新华出版社1980年版，第100页。

《解放日报》的社论及一些重要文章，国际国内的新闻时事，以及一些优秀的革命故事和抗日歌曲，等等。延安新华广播电台主要面向在国民党统治区生活的广大人民群众和国民党政府军官兵，尤其是解放战争期间，广播内容紧密配合战争形势的发展，宣传中国共产党的政策和主张，起到了很好的宣传效果。电台节目在新闻报道之外还有时事评论，并先后创办了《解放区介绍》《人民呼声》《对国民党军广播》等专题节目。此外，电台承担了文艺传播的职能，在严酷的战争环境中，坚持向解放区等地播送文艺作品及歌曲。

广播作为一种传播媒介，通过电子技术以声音符号的形式向广大地区传播。与其他媒介相比，广播有以下几个特点。一是广播是听觉媒介，它利用声音符号，诉诸人的听觉，进而传播信息，这是其最根本的特点。广播以有声语言作为主要的传播手段，同时借助大量的音响和音乐，极具现场感，有很强的感染力。二是有很强的时效性，可以实现声音的传出和听众的收听几乎同步的效果，并可以实现随时插播。因此，广播是极佳的新闻传播媒介。三是覆盖面广，伴随收听性强，受众广泛。由于广播用声音符号传播信息，对受众的文化程度没有要求，任何具有收听能力的人都可以成为广播的对象。

延安新华广播是在中国共产党的领导下建立起来的，具有鲜明的党性，这是它最为重要的特性。也正是这一特性，保证了延安广播能够从根本上服务于抗日宣传，服务于广大人民群众。延安新华广播始终都在无产阶级新闻思想的指导下开展工作。为了在根据地贯彻全党办报的新闻思想，中共中央政治局决议要求"中央各部委（中央同志在内）及西北局每月供给广播新闻消息一件，写社论或专论一篇"[①]，以加强各级组织对广播工作的重视和更好利用。延安新华广播呈现出鲜明的无产阶级党性，不仅明确要求新闻媒体充分发挥宣传者、鼓动者的作用，而且要求它承担起组织者的角色，在生产建设、参加战争、意识形态启蒙等方面全方位地动员、组织民众，最大限度投入对敌斗争。

---

① 《中共中央政治局关于给〈解放日报〉写稿与供给党务广播材料的决定》，见中国社会科学院新闻研究所编：《中国共产党新闻工作文件汇编》（上卷），新华出版社1980年版，第118页。

这种对广播意识形态属性的党性原则的强调，极大地推动了各个历史阶段斗争宣传工作的开展。

虽然延安新华广播的起步时间较晚，但是发展速度较快。广播在当时许多发达国家已经是一种普及程度比较高的大众媒介，然而，由于受物质条件的限制，中国广播的发展较为滞后，在偏远的延安发展广播更是难上加难。但是，尽管物质条件极端困难，延安的一批技术人员仍然突破重重困难，建立了延安新华广播电台。延安新华广播电台自办器材厂，自主进行广播技术攻关，突破技术限制，利用烧煤炭的燃气带动汽车引擎，将其改装成发电机发电。[1]延安新华广播电台建立后，发展迅速，几年之内就创办了丰富多彩的各类节目，并增加了对外广播。抗日战争时期，各抗日民主根据地相继成立了广播电台，进行抗战宣传。抗日战争胜利后，延安新华广播电台的硬件设施得到大幅度改善，技术设备得到更新。延安新华广播为中国人民广播事业的发展奠定了坚实的基础。

延安新华广播的宣传方式具有自身的独特性。延安新华广播宣传内容全面，针对性极强。电台广播作为一种新兴媒介，必须从技术角度出发，有针对性地对受众群体做分类，以确定相应的宣传方向。抗日战争时期，延安新华广播电台的抗战宣传既对内又对外。在对内广播方面，受众主要是中央机关、八路军部队、广大抗日民主根据地的民众。延安新华广播一直坚持走群众路线，积极贯彻中共中央动员群众的重要指示，深入浅出地分析国际形势和国内战况，大力播送各类文艺作品，深入宣传抗日思想。在对外广播方面，受众主要是国统区的听众，以及日本军队。延安新华广播一方面有力地揭露了国民党政府积极反共、消极抗日的虚伪面目，另一方面则针对日本军队开展了大量的反战宣传。解放战争期间，以南下解放军为主要受众，延安新华广播开办了特别节目，广播内容涵盖国际形势以及国内战况，后方民众参加生产建设、踊跃投入人力物力支援前线，普及文化教育，等等。后来，延安新华广播又设置了

---

[1] 参见鲁之玉、于致田、张伯义等：《王诤传》，电子工业出版社1998年版。

《军属家信》栏目[①]，对解放战争的战况及解放区的政策变化进行及时追踪报道，有力地激发了后方民众积极支援战争的热情，取得了良好的宣传效果。

延安广播是延安文艺传播过程中一个十分重要的媒介，在进行新闻报道的同时，肩负着文艺传播的重任。当时，在解放区的社会环境中，大部分受众文化水平较低，广播宣传采用的声音符号传播也就更加符合受众的特点，便于人民群众接受。

延安新华广播电台的播音最早是没有开始曲的，都是以播音员反复呼叫台名开始。1945年恢复播音后，第一首开始曲使用的是20世纪30年代著名导演蔡楚生执导的电影《渔光曲》的主题曲，第二首开始曲则选取了当时在根据地广为传唱的秧歌剧《兄妹开荒》的主要唱段《雄鸡高声唱》。《雄鸡高声唱》是延安知识分子汲取民间音乐遗产，进行推陈出新的优秀创作。歌曲粗犷嘹亮的韵律，昂扬向上的情绪基调，使国统区的听众深受感染，此后"雄鸡，雄鸡，高呀么高声叫"成为延安台的象征。当时的播音员，不仅要会播报新闻稿件，还要根据宣传的需要，配合演播一些文艺节目。由于条件的限制，当时的很多文艺节目都是播音员亲自演播的。另外，在直播的过程中，播音员会演唱歌曲。当时，延安台演唱了不少反映抗日斗争、歌颂解放区进步的歌曲，如《大刀进行曲》《五月的鲜花》《游击队歌》《延安颂》等。这些歌曲韵律简单，基调明快，很快在听众中流传开来，尤其深受八路军战士的喜爱。这些文艺作品通过广播，不仅在根据地广为流传，也传播到国统区，实现了传播延安文化思想的目的。

与印刷媒介相比较，广播具有一个非常显著的优势，那就是语言具有通俗性，节目有娱乐性。延安广播电台对于这一媒介优势加以充分利用，十分注重借助广播进行革命文艺的传播。延安广播电台开办文艺广播，丰富边区群众的生活，比如，电台邀请延安鲁迅艺术团演唱《黄河大合唱》等节目，特别是为了纪念冼星海逝世两周年，1947年10月30日，陕北台专门播送了《黄河大合

[①] 参见赵玉明主编：《中国广播电视通史》，中国广播影视出版社2014年版，第98页。

唱》，并在演播中加入了七段朗诵。从1945年10月6日起，延安广播电台每星期六举办一次周末文艺节目，节目中播放的都是延安文艺的代表作品，如《东方红》《庆祝胜利》《有吃有穿》，以及秧歌剧《兄妹开荒》等，这些都是当时最受听众欢迎的节目。

随着革命形势的发展，延安新华广播电台后来向太行山区一带转移。太行山地区战争形势较为稳定，人民生活也相对安宁，文化生活比较丰富，这为文艺节目的充实、发展提供了极其有利的条件。七七事变十周年时，延安广播电台在1947年7月7日播放了《在太行山上》《游击队之歌》《军民大生产》等革命歌曲。[1]这些文艺节目以潜移默化的方式影响并改变着广大民众的精神世界，通过人民群众喜闻乐见的各种文艺形式宣传革命，教育群众，起到了很好的作用。

2.延安摄影的发展与文艺传播

将摄影视为纸质媒介的一种表现形式，因为它是通过相纸或者其他印刷品来传播信息的。但是摄影又有其独特性，即它是以视觉图像的形式将信息予以超越时空的真实再现。同时，它的成熟与现代电子技术的发展密切相关，记录影像的照相技术的产生使其作为一种现代传播媒介开始被广泛使用。由此可见，摄影不同于单纯的文字、绘画等印刷品，是有着独特视觉传播效果的电子传播媒介。

中国共产党历来重视视觉传播。早在20世纪20年代，毛泽东指出"中国人不识文字者占百分之九十以上。全国民众只能有一小部分接受本党的文字宣传，图画宣传乃特别重要"[2]。革命军第二次东征时，周恩来通过《战时政治宣传大纲》再次提出，宣传队"应携带照相机，沿途拍照战时情形及兵民聚欢等照片，并赶快冲洗，沿途陈列于军民联欢会中，或以之赠送各界代表"[3]。

---

[1] 参见赵玉明主编：《中国广播电视通史》，中国广播影视出版社2014年版，第114页。
[2] 毛泽东：《宣传报告》，载《政治周报》1926年第6—7期合刊。
[3] 马运增、陈申、胡志川等编著：《中国摄影史》（1840—1937），中国摄影出版社1987年版，第324页。

此后，聂荣臻等亲自拍摄了许多历史性的镜头，记录了中国共产党及其军队艰苦卓绝的历史与荣光。

除了红军队伍当中的摄影师，还有一些到访陕北的外国记者和作家，通过照片客观地记录了中共领导人、延安地区人民群众的活动以及地方风貌，其中，最为著名的也是最早来到陕北采访的是美国记者埃德加·斯诺。斯诺在保安期间拍摄了大量中共领导人工作与生活的照片，其中就有著名的《毛泽东在陕北》。这些照片后来被刊登在美国的《时代》周刊上，在当时便产生了广泛的国际影响。

但总体来看，延安时期以前，中国共产党的摄影活动是十分零散的，没有一名专职摄影记者，也没有专门的摄影机构，照片的拍摄仅仅是摄影爱好者的偶尔为之。虽然党中央在当时已经意识到图像的作用，但关注的重心还在木刻以及漫画等方面，对摄影作品的影响力还没有充分的认识。直到全面抗战开始，这一切才逐渐有所改变。中国共产党和军队第一个摄影工作机构是成立于1938年9月的八路军总政治部电影团（简称"延安电影团"），它的成立也正式开启了延安时期的摄影序幕。中国共产党十分重视延安电影团，毛泽东亲自接见其成员，"并在以后的工作中处处给予支持"。延安电影团作为"延安唯一的官方摄影部门，凡延安发生的重要党政军活动，均由总政治部谭政或总政宣传部肖向荣通知延安电影团派摄影师进行拍摄"。[①]

延安电影团将摄影看作为一种政治服务的武器。电影团的主干力量吴印咸作为延安电影界的唯一代表参加了延安文艺座谈会，这次会议使他的思想发生了质的飞跃，他认识到一切艺术都是为政治服务的。[②]同时，他认为，"摄影艺术，能把人间一切的自然现象，用客观的方法和技术，全盘再现于人们的眼前，而激动人们的种种感情"，因而，评估摄影的标准，"只要看它对于社会

[①] 吴筑清、张岱编著：《中国电影的丰碑——延安电影团故事》，中国人民大学出版社2008年版，第155页。
[②] 参见吴印咸：《影艺六十年》，载《人物》1986年第5期。

文化的任务和它的工作表现"。①在抗战的环境里,"把摄影来服务抗战,这不但是必要的,而且是抗战现阶段的宣传工作上最迫切的要求",摄影在宣传工作上"应该占着重要地位,而成为宣传工作之一重要的部门"。②而要想很好地塑造工农兵的形象,就必须从改造自己的世界观入手,建立起与工农大众的感情。于是,吴印咸开始将镜头对准工农兵,拍摄了许多反映工农兵战斗、生活的作品,如1942年拍摄的《纺纱》《织布》《烧炭》,1943年拍摄的《丰衣足食》《兄妹开荒》等,都是极为优秀的反映工农兵生活的作品。郑景康也表示,摄影是解放的利器,透过摄影的行动,人民了解得更多了,觉悟更高了,自觉承担的意识提升了,因此,摄影是为人民服务的工具,是建设新社会的可以发挥振奋人心、提升士气的重要手段。③

延安电影团将摄影看作党的工作的重要手段。郑景康写作于1942年的《摄影讲话》专门论述了"摄影对革命本身和其他一切工作部门"的价值与作用,书中说道:

  A. 具体的,现实的提供一切的实施铁证,来宣扬真理,组织力量,加强效果。证明人民有了正确的认识,英明的领导,非但能克服一切的困难,而且必然地会产生惊人的创举。用摄影来介绍,对内可以提高士气,振作人心。对外可以粉碎敌人的造谣污蔑,瓦解敌人的信心。来直接加强革命工作。

  B. 历史不能重复,但史料将继续留存下去。革命的力量战胜了法西斯敌人,摧毁了封建堡垒,并将战胜反动派和帝国主义的卖国和侵略勾当。在历史上第一次战胜了强敌,在历史上人民真正地挣脱枷锁翻了身,在历史上表现人民的力量是不可战胜的。用摄影来记录史迹,可以保存革命的宝贵资料,使人民得到"重睹"的机会。

---

① 吴印咸:《摄影艺术的欣赏》,见龙憙祖编著:《中国近代摄影艺术美学文选》,天津人民美术出版社1988年版,第502、501页。
② 吴印咸:《摄影常识》,晋察冀军区政治部摄影科1939年版,前言。
③ 参见景康:《摄影讲话》,光华书店1948年版,绪言第5—6页。

C. 当政策的实施和推行某一运动时，首先要人家知道我们要干什么，为什么要干，干了有什么好处，怎样去干。使群众深深地了解到一切都关联到他们的利益，而得到拥护和顺利的推行。用摄影来说明，可以解释政策和教育群众。

D. 不论在战斗或生产，在自力更生和克服困难中，必然地会产生无数的创作和发明，用摄影可以真切地交流经验，沟通知识，使技术可以不受时间和地区的限制而普遍的提高。

E. 除了宣扬正义和真理作正面的宣传外，我们利用一切的条件，来暴露敌人的罪行。揭出敌人的假面具，使人民认清了他们的真面目，唤醒被欺骗的人们，削弱他们的力量。

F. 不论哪种事业，断不是少数人所能完成的。我们是站在正义和真理的方面，是人民所拥护的。摄影能使人看见一切真实的事物，通过摄影（电影和照片），对内可以加强团结，对外可以争取同情，使革命阵营扩大，力量加强，胜利提前实现。[①]

延安电影团将摄影看作思想与艺术、自然与技术相融合的结晶。他们反对自然主义摄影，在他们看来，摄影存在立场问题。例如，郑景康在《摄影讲话》中就设置专节讨论摄影的立场问题："摄影机与镜子不同，镜子照见什么就反映什么，这是纯粹的客观。照片是用人工通过摄影机而成，也就是说通过人的思想而成的。照片的成绩是根据摄影者技巧、思想而定的。在摄影之前是存在着主观的愿望的"，"能够掌握技术，很熟练地运用技术同时搞通思想，有敏捷和正确的观察和决断，才能产生杰作"。因此，革命摄影家应该遵循真善美的原则，"用唯物观点来观察事物"，"站在无产阶级的立场来看劳动群众"，"有正确的理论（政治上和业务上的）"，"站稳自己的服务立场"，而要做到这些，则"艺术家的灵魂必须与民众的灵魂寻取联系"。[②]除此之外，革命的摄影家则应该努力去向技术争取宣传效应。"这些都表明最初的这

---
① 景康：《摄影讲话》，光华书店1948年版，第13—14页。
② 景康：《摄影讲话》，光华书店1948年版，第8、22—23页。

些'红色摄影师'对图像同时具有'可被操纵性'与'真实性'的复杂特质具有清晰的意识。"①

延安电影团成立的目的在于宣传中国共产党的革命活动,所以,应顺应形势,因陋就简,"为重要的活动和节日提供图片宣传","举办摄影展览","制作幻灯片,用于放映队在电影映出之前的宣传",成为普遍的嵌入性的宣传形式。②而延安摄影人的工作,正如肖向荣在《1943年留守兵团政治部宣传部工作报告》《1944年留守兵团政治部宣传部工作安排》记载的那样,就是不断地拍摄照片、寄送照片、整理现有照片随时供各种展览之用等。各种媒体记录显示,无论是热火朝天的节日仪式,抑或是专门的摄影展览,又或者是普通的生产性展览,都可以比较普遍地见到照片的身影。相关研究同样证明,1939年5月以来,延安相继举办了包括鲁迅逝世三周年纪念展、庆祝中国人民抗日军事政治大学成立三周年图片展、延安军人俱乐部摄影展、延安文化俱乐部摄影小组组员实习作品展、郑景康个人摄影展、三五九旅大生产摄影展、延安电影团摄影展等十余场摄影作品展,而伴随摄影展览的收获,就是摄影人与战士们的沟通、交流、交朋友。

延安时期的摄影作品除集中表现中共领导人活动、工农兵形象、延安地区的自然风光及民主政治建设等方面外,还有一部分重要内容就是表现延安的文艺活动,以配合当时的文艺宣传。其中,最有影响的摄影作品当属吴印咸为延安文艺座谈会参会人员拍摄的合影。1942年5月23日,延安文艺座谈会开幕当天,参加会议的人员中途休会,在摄影师吴印咸的指挥下,在会议室(杨家岭中央办公厅礼堂)门口拍摄了一张上百人的合影,即著名的《延安文艺座谈会开会代表合影》。当时,吴印咸作为延安电影团代表参加了座谈会,在会场上,他一边聆听毛主席的讲话,一边琢磨如何将会议的场面拍摄下来。他凭借

---

① 郝敬班:《顺流而看:再读红色摄影》,转引自唐昕主编:《白求恩:英雄与摄影的成长》,二川出版社2016年版,第215页。
② 吴筑清、张岱编著:《中国电影的丰碑——延安电影团故事》,中国人民大学出版社2008年版,第158页。

拍摄经验发现，会场屋小人多、光线昏暗、烟雾弥漫，拍摄条件很差，难以拍出理想的照片。于是，他找到毛主席，建议在室外拍一张参会人员的合影，毛主席欣然同意。"毛主席亲自招呼大家到外面照相，主席自己先坐了下来，大家很快围了上来站好坐定。"由于人数多、相机小，难以保证效果，于是吴印咸从前侧方向拍摄了一张，然后从正面分三段拍摄了三张，再将几张底片拼接成一张，最终获得了毛泽东与延安文艺工作者欢聚一堂的珍贵照片。这张照片永久记载了延安文艺座谈会这一具有划时代意义的历史瞬间，也成为具有重要历史意义的珍贵资料载入了史册。

此外，吴印咸为秧歌剧《兄妹开荒》拍摄的剧照，真实记录了这一经典剧作的演出盛况。《兄妹开荒》讲述的是陕甘宁边区一家兄妹二人响应边区政府开荒生产的号召，积极投入大生产运动，争当劳模的故事。在吴印咸拍摄的这幅作品中，两位演员穿着具有陕北特色的服饰，向观众进行声情并茂的表演，周围的观众则喜形于色，全神贯注地观看着。照片中采用"布满式"构图，被摄对象——人民群众布满整幅画面，没有边缘；他们喜悦的表情、神态及其情感特征也布满了整个画面，《兄妹开荒》演出时万人空巷的场面被凸显出来。同时，画面呈现出一种蓬勃向上、意气风发的美感，使观者在视觉感受上容易被这种积极活跃的情绪感染。

延安摄影与纸质媒介合作宣传的典型，可以从《八路军军政杂志》《晋察冀画报》等报刊中窥见一斑。最早开辟摄影画页、刊载摄影作品的是1939年1月由中国国民革命军第十八集团军政治部创办的《八路军军政杂志》。这本杂志每期均设《图画》专栏，用来刊载摄影作品以及美术作品。1942年7月，代表着解放区摄影出版事业最高水平的《晋察冀画报》正式创刊，创刊号上共发表了由沙飞、罗光达、石少华、吴印咸等人拍摄的照片一百六十二幅，图片的主要内容包括八路军创建和巩固晋察冀边区的战况，群众支前，青年参军，军民鱼水，边区的艺术、教育、出版事业的发展，外宾对边区的访问，等等。《晋察冀画报》开创了中国新闻摄影的新纪元，它的创办不仅为摄影作品的刊登提供了全新的平台，也成为中国新闻摄影事业发展至新阶段的开始。根据统计数据，仅1937年至1938年，各抗日民主根据地的摄影组织在各类纸质媒体上共发稿近五万张。1942年，《晋察冀画报》创刊后，摄影作品的发稿量又创新高。其中，吴印咸拍摄的《白求恩大夫》在《晋察冀画报》创刊号上首次发表，并在晋察冀等多个抗日民主根据地进行了展览，还通过来访外宾带至国外，使作品得到了广泛的传播，发挥了极大的宣传作用。

总体而言，摄影工作者用十分简陋的设备记录了中国共产党以及人民群众艰苦奋斗的场景，利用摄影作品形象、生动等特点，配合了战时的宣传工作需要，发挥了文艺武器的巨大效用。摄影成了延安宣传工作的重要手段，摄影作品也成为延安文艺传播的重要组成部分。

3. 延安电影的发展与传播

电影是20世纪最重要的艺术形式之一，被认为是文学、大众和商业结合最好的典范之一。它打破了纸质媒介传播过程中对受众群体文化层次的限制，以声画兼备的特性使不识字者也能观赏到精彩曲折、生动离奇的故事，因此，在诞生之后的很短时间里就传遍世界。可以说，电影是一门有着广泛群众基础的综合性艺术。列宁认为，电影是一切艺术中最重要的艺术。中国共产党也十分重视电影艺术在革命活动中所发挥的宣传教育功能，将其视为重要的革命斗争武器。延安作为革命圣地，吸引了大批爱国知识分子的到来，其中就包括一大批左翼运动的电影工作者。他们从大后方和敌后纷纷投奔延安，投入延安电影事业的发展洪流。

1938年9月，延安电影团成立，总称为八路军总政治部电影团，这被认为是解放区电影事业的正式开始。延安电影团成立之初只有七个人：袁牧之、徐肖冰、吴印咸、李肃、魏起、叶仓林等，其中从事过电影工作的只有袁牧之、徐肖冰和吴印咸三人。无论是人员配备、技术力量，还是专业设备等方面，延安电影团的基础都是非常薄弱和缺乏的。可正是在这样艰苦的条件下，电影团的工作者以满腔的热情和拼搏的精神迈开了创建党的电影事业的第一步。后来，电影团一度改称为"联政电影团"，力量也逐步壮大，又将边区电影放映队并入电影团，于是电影团分别设立了摄影队和放映队。延安电影团充分利用电影这一新兴媒介,以广大工农兵群众作为主要接受对象,在宣传革命思想、阐释抗战形势、传播文艺作品、启迪教育民众等方面,取得了很好的效果。

在延安,电影彻底失去了与商业相结合的特性,成为根据地军民革命斗争、生活的表现者。众所周知,1905年,中国开始出现第一部自主拍摄的电影,早期中国电影的很多经营者也是以盈利为目的进行拍摄的,有着很强的投机性,着重凸显的是电影的休闲娱乐功能。当时,中国电影的主流是古装片、武侠片、神怪片,不仅在内容上与社会实际生活严重脱节,而且数量庞大。以上海为例,当时的五十多家电影公司在1928年至1931年短短四年之内就拍摄了近四百部影片,其中,仅武侠片和神怪片就有二百五十多部。[1]这些电影有着较为广泛的市场,能够获得丰厚的回报,因此有很强的商业投资性。随着抗战爆发,在国破家亡的境遇中,电影休闲娱乐的商业价值被严重削弱,虽然这并没有结束中国电影的命运,但却使得电影在题材内容、美学风格等方面发生转变,成为反映民族命运、激发民众抗战情绪的一个重要媒介,这就赋予了电影新的生命力。这一点在延安显得尤为突出。党中央进驻延安后,于1938年4月1日成立陕甘宁边区抗敌电影社。这是中国共产党创办的第一个电影组织,是延安电影事业发展的萌芽。成立伊始,抗敌电影社就确定了两项任务:

(一)用抗战中血的经验来教训我们全中国的人民,使他们更坚决的走上抗战的道路。

(二)告诉全世界的人民!中华民族是怎样英勇的在为着正义而抗战着,并以活生生的事实,博得他们的同情和援助。[2]

除拍制抗战电影外,抗敌电影社还拍摄前方抗战和边区生活等新闻照片,这些材料供给各报馆和各画报社采用。

延安电影团拍摄的第一部纪录片是1938年10月1日开拍的《延安与八路军》。影片由袁牧之编导,吴印咸、徐肖冰摄影,记录了党在延安及华北抗日民主根据地领导抗日斗争和革命民主生活的情景。作品以生动、现实的手法,

---

[1] 程季华主编:《中国电影发展史》(第1卷),中国电影出版社1963年版,第133页。
[2]《陕甘宁边区抗敌电影社成立启事》,载《新中华报》1938年4月5日。

表现了当时历史条件下，热血青年奔赴延安，投奔革命，献身抗日民族解放事业的情景，反映了广大军民保家卫国、英勇奋战、艰苦劳动的精神风貌和顽强斗志，也无情地揭露了日本帝国主义侵略中国的滔天罪行。这部影片的拍摄得到了党中央和八路军总部的重视和关心。在拍摄过程中，影片后半部分需要进入华北敌后民主抗日根据地现场进行拍摄，困难重重，但是电影团工作人员不畏艰险，拍摄了一组组生动的镜头，尤其是拍摄的表现抗日军民顽强战斗精神的地道战、地雷战、百团大战和关家垴战斗等场景，很是感人。因此可以说，《延安与八路军》是抗日民主根据地光辉历史的实录，是人民英雄的赞歌。

　　延安文艺座谈会期间，大型纪录片《生产与战斗结合起来》进入拍摄阶段。1943年2月，这部影片编制完成，2月4日，首次献映。它是在延安文艺座谈会精神的指导下，电影工作者献给广大人民群众的第一部新影片。该影片是由钱筱璋编辑，吴印咸、徐肖冰摄影的。"全片主题为阐发毛主席与朱总司令所号召：'生产与战斗结合起来'之屯田政策，表现三五九旅开发南泥湾之辉煌成绩。"[①]影片真实而全面地记录了人民军队在南泥湾大生产运动中的动人事迹和南泥湾面貌的巨大变化。画面由南泥湾没有开发前荆棘遍野、狼虫成群、荒芜沉寂的自然景象开始，接着镜头一转，一排排步伐整齐的八路军队伍出现了。他们响应党的召唤，雄赳赳气昂昂地开进了南泥湾。在最初的日子里，搭起草棚住宿，吃树上的野果、地上的野菜充饥。三个人用一把长锹，疏通河道，筑设堤坝，开垦了几千亩的荒地，播种了第一料庄稼。落了脚、下了种之后，他们便挖窑洞、盖房子、养猪、拦羊、驮盐、编筐、纺线、织布、纳鞋、制帽，用马兰草造纸张，用土办法造机床……各种工副业生产都大搞起来了。他们经过艰苦的劳动，获得了丰硕的果实。长期荒凉的南泥湾终于出现了前所未有的新面貌：平整肥沃的田野，宽阔笔直的道路，河渠纵横交错，泉水清澈见底；鸡鸭满院，牛羊满山；秋天来了，满地是穗粒肥大、快要成熟的粮食，满园是枝叶肥嫩、果实累累的蔬菜；战士们兴高采烈地收割庄稼，贮藏蔬菜。

---

① 《南泥湾影片连日在各处放映》，载《解放日报》1943年2月5日。

这里真是一派五谷丰登的景象。军民文娱生活异常活跃，拥军爱民活动经常开展。不到几年，南泥湾已经变成窑洞一排排，新房一座座，良田万顷，谷粒满仓的"陕北江南"了。接着，影片记录了开发南泥湾的部队，在丰衣足食的新生活中，又开始了紧张的练兵习武，进行军事整训活动。战士们一个个精神抖擞，时刻准备上前方，迎接新的战斗。他们的英武雄姿和活跃的军中生活，一一映现在银幕上。最后，还有部队的大规模的战斗演习。战士们冲锋陷阵，生龙活虎，显示出强大的战斗力。影片将生产与战斗结合起来了。

这部影片的拍摄具有重要的意义。1941年至1942年，是各抗日民主根据地最困难的时期。1940年下半年起，日寇加强了对解放区的猖狂"扫荡"。同时，国民党顽固派对边区的包围封锁，给边区的财政经济造成了极大的困难。中国共产党立即提出了"精兵简政"和"发展经济，保障供给"的方针。根据地军民开展大规模的生产运动，胜利度过了这一最艰苦的岁月。《生产与战斗结合起来》通过南泥湾生产这一典型事例，生动地反映了中国共产党在抗日战争最困难的阶段，领导边区军民自力更生、艰苦奋斗，战胜各种困难的伟大壮举。另外，当时在延安，协同留守部队保卫边区的一二〇师三五九旅，积极响应党的号召。他们经过考察，利用南泥湾适合发展农、轻、副业的条件，全力开展生产运动，把一个几乎人烟断绝、林木丛生、野兽成群的南泥湾，变成了丰衣足食的陕北江南。这就创造了八路军历史上的一大奇迹。影片表现了八路军一面战斗，一面生产，发扬人民军队的优良传统，保持与人民群众的血肉联系，上下一心，官兵一致，克服困难，最终夺取胜利。

《生产与战斗结合起来》以人民战士的生活为题材，以表现战争、生产和教育为内容，拍摄人员把深入实际作为影片摄制工作的基础。这就为纪录片贯彻党的文艺方针提供了宝贵的经验。毛泽东对这部电影予以了充分肯定，写下了"自己动手，丰衣足食"的著名题词，题词的珍贵瞬间也被摄录下来，成了影片的片头。影片第一次献映时，朱德、贺龙、叶剑英等前往观看。大家对影片"备加赞扬，誉为纪录影片中不可多得之佳作，尤以在边区物质困难之条件下尚能摄制如此优秀之影片，殊为难能可贵"，他们还嘱咐电影团同志"将影片在延普通放映以广宣传"。①后来,影片公映后,果真受到了广大人民群众和战士的热烈欢迎,大家亲切地将影片称作"南泥湾"。《生产与战斗结合起来》在当时配合了革命斗争,对人民群众进行了深刻的现实斗争教育,后来又成为珍贵的电影历史文献。它的诞生,在人民电影事业的发展历史上写下了光辉的一页。

与此同时,延安电影团拍摄了几部反映陕甘宁边区重大社会生活的新闻片,如《毛泽东同志在延安文艺座谈会上》《延安各界纪念抗战五周年》《九一扩大运动会》《十月革命节》《边区生产展览会》等。这些影片配合了战时宣传,是延安时期社会政治生活、重大社会事件以及军民生产生活的真实记录,成为不可多得的影像文献,有珍贵的历史价值。具有商业特性的电影在延安已经彻底发生了转变,成为中国共产党宣传革命的有力武器。

《毛泽东同志在延安文艺座谈会上》这部影片,生动地记录了具有重要历史意义的延安文艺座谈会召开的情景,特别是详细记录了毛泽东前后两次到会讲话的真实形象和生动场面。

1942年召开的延安"九一扩大运动会"是陕甘宁边区体育运动史上规模最大的运动会。这次运动会的参加单位,除延安市机关、学校、部队外,还有绥德、米脂各区以及晋西北的体育代表团。运动员共有一千三百多人,运动项目近二十项,分别在青年运动场、军事学院运动场和东关飞机场等几个场地进行。朱德亲自担任运动大会会长。影片《九一扩大运动会》拍摄了这次大会的盛况,记录了军事体操、拳术、赛跑、跳高、球赛、游泳、赛马和民间舞蹈等许多项目的精彩比赛和表演。其中,游泳和跳水的场面还运用了慢镜头拍摄。影片生动地展示了陕甘宁边区人民体育事业的蓬勃发展,体现了边区体育运动的群众性、民族性和为战争、生产服务的光荣传统。《九一扩大运动会》的摄制,不仅体现了党对人民体育事业的重视,还反映出在当时物质条件极度困难的情况下,延安电影拍摄工作殊为不易的坚持精神。尤其是影片中慢镜头手法

---

① 《南泥湾影片连日在各处放映》,载《解放日报》1943年2月5日。

的运用，更展现了延安电影人对电影艺术手法的不断尝试。

《十月革命节》是对延安各界隆重庆祝苏联十月社会主义革命二十五周年大会盛况的记录。1942年十月革命节前夕，苏联人民取得了斯大林格勒战役的伟大胜利，世界反法西斯战争开始进入全面反攻的新阶段。毛泽东在《祝十月革命二十五周年》中说："我们中国人民庆祝红军的胜利，同时也即是庆祝自己的胜利。我们的抗日战争已经进行了五年多了，我们的前途虽然还有艰苦，但是胜利的曙光已经看得见了。"[①]这部影片记录了延安庆祝这一节日的盛大游行、隆重集会等欢腾景象。影片所记录的真实场面，无不表现出陕甘宁边区人民对苏联人民和红军充满战斗友谊的热爱，体现了边区军民坚决支持苏联人民战胜法西斯德国和全力以赴取得抗日战争胜利的昂扬斗志。

1943年11月26日，"中国历史上第一次出现的劳动英雄及模范生产工作者代表大会，及规模宏大筹备历时三月的边区生产展览会"，"在三万人空前欢欣热烈的气氛中同时揭幕"。[②]这次生产展览会上展出的丰硕成果是边区人民在贯彻党中央"自己动手，丰衣足食，发展生产，农业第一"号召下所取得的骄人成绩的缩影。延安电影团及时记录了这次展览会的全貌。影片中对农业、畜牧业、交通运输业、工业和合作事业等生产展览品都做了详细的拍摄。这是继《生产与战斗结合起来》之后，对全边区大生产运动伟大成绩的全面而真实的记录。

这些新闻纪录片和新闻素材的拍摄与放映，在陕甘宁边区广大人民群众中发挥了极大的艺术宣传作用，又为以后的电影拍摄提供了生动的资料。可以说，它们是延安文艺座谈会后电影工作者取得的第一批成果。

延安电影团自成立起，走的就是一条艰苦创业的道路，特别是1942年以后，通过多方面的拍摄实践，积累了经验，锻炼了人才。电影团也从成立时的七个人发展到四十多人。但是，由于日本帝国主义加紧对解放区的进攻，国民党反动派加紧对陕甘宁边区的经济封锁，摄影器材和胶片来源完全断绝，电影

---

① 毛泽东：《祝十月革命廿五周年》，载《解放日报》1942年11月7日。
② 《两大盛会昨隆重开幕》，载《解放日报》1943年11月27日。

团人员不得不暂时从事其他生产活动，例如盖房、打柴、修场、照相、放大、做证章、办展览等，以锻炼提高自己的思想修养和艺术素质。到1945年中国共产党第七次全国代表大会召开的时候，大家决心用仅有的一部分胶片，把这次具有重大政治历史意义的大会盛况拍摄下来。当时，在世界反法西斯战争的西部战场，苏军攻克柏林，已经处在即将取得最后胜利的时刻，中国英勇抗战也处于战略反攻的前夜。但在中国，国民党政府仍然执行消极抗日、积极反共的政策，并与日本秘密勾结，中途妥协的乌云并未完全消散。另外，国民党在美帝国主义支持下，私聚力量，准备夺取人民的胜利果实。争取光明，反对将中国拖入黑暗，成了争取进步的大多数中国人的一致要求。中国共产党正是在这样一个中国革命的伟大历史转折时期，为争取抗日的全面胜利，并为争取中国革命的最后胜利，准备条件，召开党的第七次全国代表大会。作为电影工作者，记录这一具有历史意义的伟大事件，同样具有极其深刻的历史意义。

《中国共产党第七次全国代表大会》由吴印咸等拍摄。影片首先拍摄了代表大会会场全景，摄取了由毛泽东、周恩来、刘少奇、朱德等组成的主席团的全景和近景，拍下了大会秘书长任弼时宣布开会和毛泽东致开幕词的情况。接着，影片以较长的篇幅，记录了毛泽东、朱德、刘少奇的报告和周恩来的发言。同时，影片对其他代表的发言情况和参加大会的情况也做了生动的记录。影片拍摄者以极其严肃认真的精神，从题材内容的选择到拍摄技术的讲求，再到艺术表现手段的发挥，都做了积极的努力。因此，影片的拍摄质量和效果有了巨大的提高。因此，这部影片不论是具有历史意义的思想内容，还是至今仍保持清晰画面的艺术质量，都给人以极大的教育和鼓舞力量。

延安时期，党充分利用电影视听兼备、声画兼容的特点，凭借其直观性、形象性及时空上的无限扩展特征，激发根据地民众的斗争情绪，弱化电影的娱乐功能，不断增强它的宣传、舆论及引导功能。任何影片都要通过放映才能与观众见面。1939年秋天，延安电影放映队正式成立，它是电影团直属的电影放映组织。当时，生活在边区的军民绝大多数没有看过电影，对电影充满渴望。于是，放映队的同志为了充分发挥影片对边区人民的宣传、教育和鼓舞作用，积极刻苦地掌握放映技术，在设备十分简陋的情况下，尽最大努力完成电影放映任务。他们不顾严寒酷暑，跋山涉水为群众放映，走遍了陕甘宁边区的大中小村镇，还到达晋绥边区前线一带，没有室内放映室，就露天放映，把电影送到广大人民群众和战士之中。在影片资源奇缺的情况下，他们还是放映了大量苏联影片如《列宁在十月》《列宁在一九一八》《夏伯阳》《我们来自喀琅施塔得》《十三勇士》《假如明天发生战争》《粉碎敌巢》《女战士》《保卫斯大林格勒》《奥洛尔大会战》等。每次放映前，他们都坚持映前宣传，使电影放映工作紧紧地和党的方针政策的宣传结合起来。

在日寇和国民党封锁边区之后，放映队器材缺乏，放映活动更加困难。党号召自力更生，放映队就开动发电机，在没有汽油的情况下，使用延长当地土产的汽油；有时没有汽油就用煤油代替；机器没有机油就用麻油；小马达转不起来，放映队就轮换着用手摇放映。最值得一提的是，当时放映队没有录音机却同样放映了有声影片，队员们用小喇叭当话筒进行现场解说，同时用留声机配音乐。即便是这样简陋的放映条件，还是吸引了大批观众。当时"人们为了看影片、看领袖、看苏联人民和边区人民自己的斗争与建设，他们往往要跑几十里路赶到放映地点，人们热爱电影，有时片子断了多少次他们也耐心地等待，甚至一场电影放映完时几乎快要天明了，人们也不走，有的小孩为看电影睡在地上等着，看完了又睡下了，我们收拾好机器必须把这些热心的小观众们送回家去。下雨天也不散场，放映机上打着伞，坚持放映；观众冒着雨坐着看，有的战士们俏皮地说：'下雨算个啥！下刀子我顶着锅也把电影看完。'他们不是为了娱乐，而是为了向影片上的领袖及英雄人物学习，为了接受革命教育，他们表现了一种美好而强烈的求知欲"[①]。

延安电影团的诞生和成长，其制片工作和放映活动的开展，具有重要的历史意义。它是在中国共产党的直接领导下，在新的社会条件下，在新的时代环境里，建立和发展的人民自己的第一个电影工作机构。电影事业是党所领导的

---

① 席珍：《延安电影团的放映队与观众》，载《电影艺术》1960年第1期。

人民事业的一部分,特别是延安文艺座谈会以后,它更紧密地与广大劳动人民群众相结合,更积极地为广大工农兵和人民群众服务。尽管它的活动还只能说是人民电影事业的开始,但是已经充分显示出新的强大的生命力。

抗日战争胜利后,延安的大多数文艺工作者分赴东北、华北等地。延安电影团的全体人员,也分批赴东北参加东北电影制片厂的筹建工作。延安电影团结束了它的历史使命。而以延安电影团为开端所创立的人民的新型电影事业,则以更大的规模发展起来。人民的新型电影事业在延安起家,尽管没有经验,但是仍然为中国人民在这一艺术领域从立场和方向上寻找出"一条基本上正确的道路","初步地摸索到了新的风格"。[①]

1946年7月,延安电影制片厂在陕甘宁边区成立。这是在延安电影团的人员赴东北、华北之后新成立的又一个电影机构。陈永清任厂长,习仲勋、李伯钊、李卓然等七人组成董事会,习仲勋任董事长。当时,解放战争已经全面爆发,国民党反动派以十九个旅近十六万人的兵力,大规模包围陕甘宁边区。因此,电影制片厂的工作人员仅做了两个月的准备,就投入影片《边区劳动英雄》的拍摄工作。

《边区劳动英雄》是由陈波儿、伊明编剧,伊明、翟强、冯白鲁导演,程默摄影的故事片。它通过第二次国内革命战争时期和抗日战争时期,陕甘宁边区轰轰烈烈的大生产运动以及解放战争开始后的保卫延安和陕甘宁边区等一系列重大事件,生动地刻画了党领导下的翻身农民的英雄形象。《边区劳动英雄》是在经济条件极端艰难困苦的情况下拍摄的。后因为仅有的一架摄影机发生故障,再加上战争形势日趋紧张,影片不得不停拍。但在最艰苦的关头所进行的这次故事片的拍摄实践,为我国人民电影事业的发展积累了有益的经验。

《边区劳动英雄》刚刚停拍,保卫延安、保卫边区的自卫反击战争已迫在眉睫。为了及时记录陕甘宁边区军民将要进行的这场神圣的事业,根据党中央的指示,延安电影制片厂立即转入新闻纪录电影的拍摄和制作。延安电影制片厂的摄

---

① 袁牧之:《关于解放区电影工作》,见《袁牧之文集》,中国电影出版社1984年版,第595页。

影人员随军出发,在七八个月的时间里,成功地拍摄了保卫和发展陕甘宁边区及西北解放区的新闻电影素材——《保卫延安和保卫陕甘宁边区》。

《保卫延安和保卫陕甘宁边区》新闻素材真切地记录了人民解放军从撤出延安到在西北战场转入正面反攻这一段历史时期的重大战斗史实。当时,中共中央书记处的多数人,如毛泽东、周恩来、任弼时仍留在陕北,直接指挥西北战场的人民解放战争;刘少奇、朱德和其他一些中央委员,组成以刘少奇为核心的中央工作委员会,经晋绥进入河北。素材记录了毛泽东、周恩来、任弼时等离开延安后转移行军的情形,刘少奇、朱德告别陕北奔赴华北的情形,以及边区政府主席林伯渠在群众大会上讲话的场面。素材反映了保卫陕甘宁边区之战的许多前线战斗情况,如青化砭、瓦窑堡、蟠龙镇、沙家店等大战役的战斗场面和胜利情景,表现了革命军队英勇顽强、不怕牺牲的大无畏军队精神。素材还从广阔的角度表现了陕北人民全体动员配合军队作战的众多场面,如民兵刻苦操练,群众空舍清野,以及参军参战、送公粮、抬担架、带路、送信、护理伤员,等等,表现出边区人民群众高度的革命觉悟和对革命军队的深厚感情。《保卫延安和保卫陕甘宁边区》新闻素材是一批极有历史价值的珍贵资料,后来有一些收辑在纪录片《红旗漫卷西风》和《还我延安》中,具有深刻的革命历史教育意义。

延安电影制片厂是解放战争时期中国共产党直接领导下的解放区三个电影拍摄机构之一,经过一年三个月的工作,于1947年10月完成历史使命。为了满足革命胜利后电影拍摄事业的需要,党决定,重新成立西北电影工学队,赴各方面条件都比较好的东北电影制片厂学习和实践,为新中国电影事业培养一批骨干力量。

第四章 延安文艺在国统区的传播

延安文艺在国统区的传播，最早也是最重要的文献就是毛泽东的《讲话》。作为延安文艺观念与思想的核心文本，《讲话》在国统区的传播主要以重庆《新华日报》为阵地。其时，《新华日报》不仅是国统区许多重要文学论争的交流平台，而且是中国共产党文艺思想在国统区传播的重要媒介。依托《新华日报》开展各类文艺活动，延安文艺的传播活动随即展开。《新华日报》先后组织文艺名家纪念活动，发表一系列纪念文章；大量的纪念活动实际上是在国统区贯彻中国共产党文艺政策的一种特殊方式，也是延安文艺思想在国统区传播的一种十分有效的传播策略。

1940年代中期，延安文艺的一些代表作品传播到国统区，如《兄妹开荒》等秧歌剧，在重庆受到了热烈欢迎。同时，歌剧《白毛女》被介绍到了国统区。特别是《白毛女》在香港的演出造成了不小的轰动，《白毛女》是延安文艺具有代表性的优秀剧作在国统区成功传播的典型范例，不仅推动了延安文艺在全国的传播，而且有力地配合了国内解放战争的宣传。

延安文艺经验直接影响了国统区作家的创作。毛泽东的《讲话》传入国统区后，促使作家加深对中国现实的认识。巴金的《第四病室》《寒夜》，黄谷柳的《虾球传》，沙汀的《还乡记》等作品，都受到了《讲话》的影响。

值得重视的是，《讲话》对国统区的文艺理论建设也产生了重要影响。茅盾在一系列文章中，以《讲话》精神为准绳来分析文艺问题，并试图以《讲话》精神为切入点解决国统区的文艺问题，推动国统区文艺的发展。国统区进步文化界深入理解并接受了《讲话》精神，进一步明确了历史转折时期文艺的前进方向，更加明确了文艺运动的人民立场，这对当代文学的建构也产生了重要影响。

《大众文艺丛刊》是中共直接领导下的左翼文学人士在香港创办的一个机关刊物，在中国共产党的文艺思想传播方面，特别是内战时期延安文艺思想在国统区的传播方面，有着举足轻重的地位。《华商报》则是中国共产党在香港地区发行的公开报纸。它借助战后香港特殊的地缘政治关系，在多元化的香港文化中为赵树理、李季、孙犁等延安文艺的代表作家作品进入港地读者视野和文学市场发挥了重要作用。1946年12月，在香港创办的向海外发行的英文期刊《中国文摘》，翻译了许多具有浓郁民族特色的小说和戏剧，反映了解放区人民新的生活面貌和斗争精神。《中国文摘》对富有浓郁的民间文化特色的延安民间艺术的海外推介包括木刻画、民间舞蹈、剪纸、戏曲等，以及音乐、漫画、绘画、电影等各种新艺术门类，真实地反映了中国普通大众的生活，使得延安文艺的大众化在海外产生了一定的影响。

一、延安文艺在国统区的传播及特点

中国共产党除了采用文件政令、领导讲话、书信等方式，还积极利用媒体、座谈会、社团活动等多种形式，开展文艺政策传播。受客观环境的制约，与解放区相比，延安文艺在国统区的传播相对滞后，而且在传播与贯彻方式上也更加讲求策略。

（一）以报刊作为阵地的传播

延安文艺在国统区的传播，最早也是最重要的文献就是毛泽东的《讲话》。作为延安文艺观念与思想的核心文本，《讲话》在国统区的传播主要以重庆《新华日报》为阵地进行。1943年10月19日，毛泽东的《讲话》在延安《解放日报》首次公开发表。当月30日，西北解放区的《抗战日报》即对《讲话》做了全文转载。自延安解放社最早出版《讲话》单行本开始，"从延安到各抗日根据地，从前方到后方，从解放区到敌占区和大后方，很快就有了《讲话》的各种翻印本。据不完全统计，从1943年10月至1953年3月，国内出版的《讲话》约有八十五种，都是按照'四三年版本'排印的"[1]。

1944年1月1日，重庆《新华日报》以《毛泽东同志对文艺问题的意见》为题，对《讲话》做了提要介绍，包括文艺上为群众和如何为群众的问题、文艺的普及和提高、文艺和政治等三部分。这里，《讲话》并未得到全文完整发表，而是采取化整为零的办法进行刊发。三篇文章，除"文艺的普及和提高"是原文外，另外两篇采取摘录原文提要的方式加以介绍。将一篇文章化为三篇，尽可能采取摘录原文，并辅以概述的办法，是为了躲避国民党当局的审

---

[1] 孙国林：《〈在延安文艺座谈会上的讲话〉的版本》，载《中华读书报》2002年5月15日。

查，确保《讲话》能在国统区顺利发表。在送检过程中，稿件还被分作几次与其他稿件混杂在一起。此外，《新华日报》发表的《中共中央宣传部关于执行党的文艺政策的决定》（附编者按），采取语录的形式刊发毛泽东对文艺工作指示的相关文章，如"无产阶级的文学艺术是无产阶级整个革命事业的一部分"，"文艺服从于政治"，"我们的文艺，第一是为着工农兵"，等等。

除采取迂回的办法刊发中国共产党的文艺政策外，《新华日报》设置《读者和编者》专栏，大量转载延安文艺界学习《讲话》心得体会的文章。这一方面便于介绍有关延安文艺学习的相关动向，另一方面可以扩大以《讲话》为核心的延安文艺在国统区的传播。其中，比较有影响的文章有萧三的《可喜的转变》、金向戈的《作家的世界观问题》、林洪的《文艺工作者的思想改革》等。

《新华日报》不仅发表了毛泽东的一系列重要文章，还发表了周恩来、朱德、董必武、刘少奇、叶剑英、彭德怀、贺龙、聂荣臻等人的相关言论，同时大量转载延安《解放日报》的重要社评。《新华日报》成为国统区许多重要文学论争的交流平台。在关于民族形式、"与抗战无关"、主观主义、"民族文学"、文学与政治之关系、"自由太多"等论争中，《新华日报》实际上成了中国共产党的文艺思想在国统区传播的媒介。不仅如此，报纸发表了戈宝权翻译的列宁的《党的组织和党的文学》、乔木翻译的铁木菲夫的《马克思论文学》、周扬的《〈马克思主义与文艺〉序言》，转载了《从春节的宣传看文艺的新方向》，及时报道了延安及各抗日民主根据地文坛动向。

与依托《新华日报》进行中国共产党文艺政策的宣传相呼应，在香港，国统区进步文艺工作者以《大众文艺丛刊》为主要阵地，集中发表了一批宣传和学习《讲话》的相关文章。《大众文艺丛刊》成为延安文艺思想在香港地区传播并辐射内地的一个重要阵地。

（二）组织学习座谈和文艺活动

在国统区，文艺界采取座谈的方式，积极推介和学习《讲话》及延安文艺经验。为了向国统区的进步文艺界介绍延安文艺工作的情况，尤其是宣传毛泽东《讲话》的精神,并着重推动《讲话》在国统区进步文艺界的学习和传播。1944年,初周恩来以前往延安筹备中共七大为契机,特地选派何其芳、刘白羽等人前往重庆。因为何其芳、刘白羽参加过延安文艺座谈会,对《讲话》精神有深入了解,到达重庆后立即向郭沫若详细介绍了延安整风运动以及文艺座谈会的相关情况,并对《讲话》进行了重点介绍。随即,郭沫若召集重庆进步文艺界人士,组织大家听取了何其芳、刘白羽对延安文艺座谈会相关精神的传达。此后,重庆进步文艺界组织了多次学习《讲话》的集体活动。周恩来在文协联谊晚会上详细介绍了延安文艺界学习《讲话》后的文艺动向。他指出,在延安,文艺工作者"从城里走到乡村,走到广大的农民中去,并且生活在他们中间,因此发现了深厚的民间艺术源泉,如秧歌舞等等,中国的新歌剧是从这里发展出来的,话剧也要吸收这个形式的优良因素"①,还"用生动亲切的言词介绍延安文艺工作者深入生活、参加集体生产劳动的情况和收获"②,以此鼓励国统区进步文艺界学习《讲话》和延安文艺的宝贵经验。

在国统区,依托《新华日报》开展各类文艺活动。《新华日报》先后组织文艺名家纪念活动,发表一系列纪念文章,比如刊发纪念邹韬奋、钱小石、萧红、许地山、王锡礼、王鲁彦、郁达夫、万迪鹤、丘东平、聂耳、冼星海、张曙、贺孟斧、江村、沈振黄及国外文艺名家的系列文章。这些纪念活动是中国共产党的文艺政策在国统区的一种特殊贯彻方式。另外,《新华日报》发表了祝贺董必武六十岁、冯玉祥六十岁、茅盾五十岁、老舍创作二十周年、潘梓年五十岁、洪深五十岁,以及叶圣陶、柳亚子、欧阳予倩、张恨水等一系列文艺祝寿活动的文章。借这些活动,重庆文艺界演奏《凤凰涅槃》,发表众多祝贺诗文,其实也是文艺为政治服务的巧妙方式,是延安文艺思想在国统区传播的一种十分有效的传播策略。

---

① 《文协昨开联谊晚会 周恩来应邀讲延安文艺活动 郭沫若联诗老舍说相声故事》,载《新华日报》1945年10月22日。
② 巴金:《望着总理的遗像》,载《人民文学》1977年第8期。

（三）延安文艺传播经验的借鉴

国统区引入延安文艺的众多成果，供进步文艺界学习和借鉴。1940年10月，茅盾离开鲁艺回到重庆后，立即写了报告文学《记鲁迅艺术文学院》，全面介绍了鲁艺的学生来源、学习方式、教师队伍，以及创作演出、生产劳动、生活状况等，引起了广泛关注。同时，他重点介绍了《黄河大合唱》的相关情况。老舍于1939年访问延安和陕北后，在他主持的期刊《抗战文艺》上，经常发表鲁艺师生的作品和有关消息。沙汀在重庆负责鲁艺文学刊物《文艺战线》的出版发行，在国统区产生了非常好的影响。1945年2月13日，新华日报社在化龙桥举办大规模的秧歌剧晚会，招待各界知名人士和外宾，首次公演《兄妹开荒》等节目，人们说："秧歌兴陕北，高唱震巴东。"当时，除演出《兄妹开荒》之外，还有一些在解放区就深受群众喜爱的秧歌舞剧，如《夫妻识字》《一朵红花》等。秧歌剧这一延安文艺最具代表性的文艺形式在重庆受到了热烈欢迎。当演到集体秧歌舞时，在场观看的很多观众都兴致勃勃地插进秧歌队伍扭起秧歌来，气氛十分热烈。原本在广场之外的许多居民也纷纷挤入会场，观看演出。

作为《讲话》之后产生的延安文艺代表作品之一的歌剧《白毛女》也被介绍到了国统区。周恩来从延安回到重庆后，向国统区文艺工作者介绍了观看《白毛女》演出的心得，表示相比之下，虽然重庆的演出也非常好，但是在感人程度方面还是与延安的演出存在很大的差距，因为《白毛女》所描写的是被压迫阶级的劳动人民的命运和反抗，是劳动人民自己的文艺。周恩来还提到，叶剑英在观看《白毛女》演出时，也被深深地触动，忍不住流下了眼泪。周恩来借《白毛女》教育国统区的文艺工作者，希望他们能够明确思想，服务于工农兵，服务于无产阶级的革命斗争。[①]《白毛女》在新中国成立前就被搬上上海的舞台，得到的也是一片赞扬声。

值得一提的还有《白毛女》在香港的演出。《白毛女》在香港的演出过

---

① 参见张瑞芳：《敬爱的周总理，文艺工作者想念您》，载《文汇报》1977年1月7日。

程较为曲折。为了能够尽快上演，在夏衍等人的协调安排下，多方团结协作，组成了强大的创作集体，确定由香港建国剧艺社牵头，同新音乐社、中华音乐学院、中原剧艺社联合演出。为了顺利通过剧本审查，剧组以描写一个由人变成鬼又由鬼变成人的农村白毛仙姑的传奇故事来申请准演证，将《白毛女》列入神怪歌舞剧的类型，结果很快就通过了审查。公演后，《白毛女》在香港获得了不小的轰动。每场观众之多、现场反应之强烈，都出乎演职人员的意料。演出刚刚开始，观众就被杨白劳与喜儿父女俩的悲惨命运，以及起伏跌宕的剧情深深打动。看到悲惨之处时，许多观众低头垂泪，待剧情发展到斗争黄世仁时，观众则愤怒地呼叫。《白毛女》在香港演出不久，其中的经典唱段"北风那个吹，雪花那个飘"就在工人、学生中传唱开来。在《白毛女》艺术指导李凌的邀请下，聂绀弩、秦牧等十几位文艺工作者举行座谈会，讨论在香港演出《白毛女》的艺术收获和社会意义。在中英协会部分会员举行的小型座谈会上，一些欣赏过许多世界著名歌剧的英国文化界名流都认为，《白毛女》的艺术感染力可与那些世界级歌剧相媲美。可以说，《白毛女》在香港的成功演出，是延安文艺具有代表性的优秀剧作成功传播的典型范例，这不仅推动了延安文艺在全国的传播，而且配合了解放战争的宣传。

另外，大后方引介延安的《纪念牌》《七月里》等音乐新作，以及鲁艺的一些木刻新作，引起了极大轰动。延安木刻在重庆展出后，引起轰动。徐悲鸿惊呼：古元是"中国艺术界中一卓绝之天才，乃中国共产党之大艺术家"，中国版画界的"一巨星"，他的《运草》，"可称中国近代美术史上最成功作品之一"。徐悲鸿预言："新中国的艺术必将以陕北解放区为始。"[①]

延安文艺经验还直接影响了国统区作家的创作。毛泽东的《讲话》传播到国统区后，促使作家加深对现实的认识，看清了国民党反人民的本质，巴金的《第四病室》《寒夜》，黄谷柳的《虾球传》等深刻描绘了"国民党黑暗专

---

① 《古元纪念文集》编辑委员会编：《古元纪念文集》，人民美术出版社1998年版，第68、380页。

制统治的不得人心及其必然崩溃的前景"①。在学习毛泽东《讲话》后，抗敌演剧队四队开始深入贵州苗族群众聚居地区，并且创作了《革命的苗家》等歌曲，很受群众喜爱。谈到创作小说《还乡记》时，沙汀坦言自己深受《讲话》的影响。1944年冬天，他第一次在重庆读到《讲话》，并听到一些学习过《讲话》的同志对自己的《淘金记》和《困兽记》的一些意见之后，开始对创作上的一些重大问题进行认真思考，于是，有了写作《还乡记》的强烈愿望，对掌握的题材也有了明确的看法。②

《讲话》对国统区的文艺理论建设也产生了重要影响。抗日战争胜利以后，国统区不少进步文艺理论工作者，对照《讲话》精神和解放区文艺的成就，对抗战时期国统区的文艺工作进行总结检讨，探讨了文艺在新的历史阶段对建构和平、民主的民族国家可以发挥的作用。在《八年来文艺工作的成果及倾向》一文中，茅盾一方面肯定了抗战时期进步文艺在国统区所取得的成绩，另一方面指出，抗战中国统区文学在反映广大人民的民主要求方面的文艺创作很少。文章发表后不久，茅盾又在广州做了题为《和平·民主·建设阶段的文艺工作——在广州三个文艺团体欢迎会上的讲演》的演讲。在这次演讲中，茅盾以《讲话》为指导思想，指出，在新阶段，国统区文艺工作者的努力方向应该是"作家们改造自己，——生活和写作的方式。……真真生活在老百姓中间，然后能熟悉他们的生活，了解他们的思想感情，并进而把自己与他们打成一片"③。此外，针对文艺的普及与提高问题，在《新民主运动与新文化》一文中，茅盾提出了自己的看法："与其急于提高，毋宁先求普及，然后在普及

---

① 田仲济、孙昌熙主编：《中国现代小说史》，山东文艺出版社1984年版，第569页。
② 参见沙汀：《〈还乡记〉后记》，见《沙汀文集》（第7卷），上海文艺出版社1992年版，第27页。
③ 茅盾：《和平·民主·建设阶段的文艺工作——在广州三个文艺团体欢迎会上的讲演》，见北京大学、北京师范大学、北京师范学院中文系中国现代文学教研室主编：《文学运动史料选》（第5册），上海教育出版社1979年版，第211页。

之基础上提高。"①可以看出，作为一个在五四文学革命时期已经崭露头角，在30年代已经形成成熟的文艺思想的理论家，茅盾对《讲话》精神是服膺的。在这一系列文章中，茅盾以《讲话》精神为准绳来分析文艺问题，并试图以《讲话》精神为切入点解决国统区的文艺问题，推动国统区文艺的发展。但是，必须指出的是，在当时国统区的现实环境中，不少意见是难以实行的。

以群、林默涵、何其芳等人纷纷发表文章，尝试运用《讲话》的文艺思想对国统区的文艺运动予以指导。在《新民主运动中的文艺工作》一文中，以群认为，国统区文艺的问题在抗战期间五花八门，层出不穷，但归根结底是一个问题——文艺与人民大众的结合不够紧密。造成这些问题的根本原因在于国统区政治环境的恶劣，因为"政治的民主化，实在是文艺和大众结合的前提条件"②。以群深刻地认识到，在国统区极度缺乏民主的政治环境中，完全贯彻《讲话》缺乏可行性。在《关于人民文艺的几个问题》一文中，文艺理论家林默涵提出了"我们的文艺既然是为人民服务的，就应当以工农为描写和表现的主要对象"的主张，但他同样认识到，"这需要不断的和客观的阻碍做斗争"，"道路崎岖，荆棘满途"。③与以群和林默涵的间接接受不同，何其芳参加了延安文艺座谈会，对《讲话》精神更为熟悉。1946年5月5日，何其芳在《新华日报》上发表题为《大后方文艺与人民结合问题——第二届文艺节作》的文章。文章从国统区的现实出发，提出"大后方文艺的神圣任务"，"就是推动大后方广泛的人民群众觉醒起来，组织起来，参加民主运动"，强调文艺组织生活的社会功能。文章最后直接引用《讲话》，号召作家深入群众，"尽

---

① 茅盾：《新民主运动与新文化》，见北京大学、北京师范大学、北京师范学院中文系中国现代文学教研室主编：《文学运动史料选》（第5册），上海教育出版社1979年版，第242页。
② 以群：《新民主运动中的文艺工作》，见北京大学、北京师范大学、北京师范学院中文系中国现代文学教研室主编：《文学运动史料选》（第5册），上海教育出版社1979年版，第191—192页。
③ 默涵：《关于人民文艺的几个问题》，见北京大学、北京师范大学、北京师范学院中文系中国现代文学教研室主编：《文学运动史料选》（第5册），上海教育出版社1979年版，第271、272、279页。

可能地比较扩大我们的生活圈子","加强对于生活的认识"。①

通过一段时间的学习检讨,国统区进步文化界深入地理解、接受了《讲话》精神,进一步明确了在历史转折时期文艺的前进方向,尤其是更加明确了文艺运动的人民立场,使得"为人民服务"的意识深入人心,许多进步文艺工作者开始自觉遵循《讲话》指引的道路,探索文艺发展的新途径。巴金在回忆录中谈到,自己的创作生涯得到"第二次解放"完全是因为学习了《讲话》,"从旧思想的泥泞中解放出来","第一次看到了文学作为战斗的武器和教育工具这一条道理","第一次明白文艺工作者应当到工农兵中间去,到火热的斗争生活里去,向工农兵学习,为工农兵服务"。②

国统区进步文化界在学习《讲话》的过程中,以严肃的态度对之前的文化运动做了认真的检讨与回顾。"在学习《讲话》过程中,一直在国统区工作的不少文艺家们,包括当时文艺界的某些领导同志,他们都以极为虚心真诚的态度回顾自己在国统区的工作,认为自己离《讲话》的要求,尚有很大距离。"③随后,进步文艺工作者对以往的文化运动中存在的错误倾向进行了自觉的批判和清理。冯雪峰对文艺运动中存在的"革命宿命论"进行了总结与批判,他指出,这一错误思想有三种不良倾向表现:一是"大家所熟知的公式主义",也就是"政治上或理论上的教条主义之在文艺作品上的演绎或'形象化'或'艺术化'";二是"材料主义",主要反映在文学写作上,即作品的取材"来自预定的政治概念,并非和现实生活及斗争而俱来的思想内容";三是"经验主义或烦琐的描写主义",主要存在于艺术创作中。面对现实的矛盾"不能靠尽量地客观的态度之力来解决,只得在矛盾的圈子里兜圈子",这些倾向必须通过思想斗争、统一战线、大众化的相互结合加以解决。④

---

① 何其芳:《大后方文艺与人民结合问题——为第二届文艺节作》,载《新华日报》1946年5月5日。
② 巴金:《第二次解放》,载《文汇报》1977年6月11日。
③ 张颖:《我对抗战时期国统区戏剧运动的看法》,载《抗战文艺研究》1986年第1期。
④ 冯雪峰:《论民主革命的文艺运动》,见《冯雪峰选集·论文编》,人民文学出版社2003年版,第188—190页。

《讲话》在传播过程中，也产生过一些严肃的理论论争。1945年1月，胡风在《七月》杂志上发表了《置身在为民主的斗争里面》一文，文章系统论述了个人特色鲜明的以发扬作家的"人格力量"为主的现实主义理论。该理论与《讲话》的基本思想存在不协调的内容，于是引发了林默涵、邵荃麟、胡乔木等人的激烈反驳。林默涵等人在这场有关现实主义的理论论争中，尝试将马克思主义文艺观和《讲话》的基本思想作为理论依据，力求厘清主观与客观、政治与艺术、作家与群众诸方面的关系，尽管含有某种程度的机械论和片面性的缺陷，但还是提出了不少中肯的意见。值得注意的是，胡风一方面坚持自己的理论主张，另一方面十分注意运用《讲话》的思想来矫正自己理论上存在的偏颇，并在论争过程中廓清了原本存在的一些模糊之处。而在创作于1948年的《论现实主义的路》一文中，胡风多处援引《讲话》原文，指出毛泽东的教导"对于从人民底解放要求诞生出来的、发展了的现实主义，这是在具体的（是的，具体的！）历史条件下面的战斗的实践道路"①。文章结合国统区的客观条件，对于如何贯彻《讲话》精神，详细地阐述了胡风的现实主义主张。考虑到当时的环境，胡风的这一转变更加昭示出《讲话》的历史合理性和说服力。

二、《大众文艺丛刊》《华商报》与延安文艺传播

（一）《大众文艺丛刊》的创办与延安文艺传播

1.《大众文艺丛刊》的创办

1947年下半年，人民解放军逐渐由战略防御转入战略进攻。1947年底，毛泽东表示，"现在已是燎原的时候了"，并在12月25日提交的《目前形势和我们的任务》报告中明确，历史已经发展到了转折点，建立新中国的曙光已经近在眼前。军事战场上的节节胜利需要文艺战线的紧密配合，此时的解放区经过1942年文艺整风运动之后呈现出一派团结进步、一致战斗的景象，而国统区的文艺状况依然混乱，这明显不符合统一战线的要求。因此，在国统区宣传《讲

---

① 胡风：《胡风评论集》（下），人民文学出版社1985年版，第290页。

话》精神被提上日程，一方面摘要发表《讲话》内容，另一方面派延安文人到国统区宣传延安文艺座谈会精神。抗战胜利后，国统区尤其是上海、平津地区，各种文学力量、流派、团体看到了文学发展的新希望，纷纷开始了对未来文学发展走向的设计，大量报纸、杂志创办或复刊，阐述自己的文学主张，产生了很大影响，而且与以延安文艺为代表的左翼文学走向了相反的方向。这不仅会造成人民群众思想上的混乱，更会影响人民政权的确立和对左翼文化秩序的认同。与此同时，国统区的言论政策日益高压，南京《新民报》被永久停刊，民盟屡遭压迫并被强制解散，这一系列事件使得左翼文人的工作开展遇到了困难。香港在抗战后恢复港英政府统治，政府的中立政策和香港相对自由的氛围，为左翼文人开展文艺活动、宣传《讲话》精神提供了便利条件。从1946年开始，上海左翼文人中的一部分被转移到解放区，另一部分则在中共南方局的安排下陆续赴港，继续开展文艺活动，其中就包括《大众文艺丛刊》的主要发起人邵荃麟、冯乃超、林默涵等。于是，香港再次成为新的文化中心。他们在香港创办报刊，建立文艺机关，有计划地开展左翼文化活动。同时，《讲话》得以第一次在解放区之外的地区全文发表、出版。《大众文艺丛刊》就是在这样的文化环境中创刊的，并开展对整个国统区文艺状况的总结、批评活动，宣传《讲话》精神，推广延安文艺。

《大众文艺丛刊》于1948年3月在香港创办，至1949年3月停刊。在历时一年多时间内，该刊一共出版了六辑：第一辑《文艺的新方向》，著作者署名为"荃麟、乃超等"，1948年3月出版；第二辑《人民与文艺》，著作者署名为"乔木等"，1948年5月出版；第三辑《论文艺统一战线》，著作者署名为"肖恺等"，1948年7月出版，出版者署名为"大众文艺丛刊社"，"总经售"为"生活书店"；第四辑《鲁迅的道路》，著作者署名为"胡绳等"，1948年9月出版，出版者署名为"文艺出版社"；第五辑《怎样写诗》，著作者署名为"马雅可夫斯基等"，1948年12月出版，出版者署名为"诗学书屋"；第六辑《论电影》，著作者署名为"于伶等"，1949年3月出版，出版者署名为"艺术社刊行"。为了防止国民党当局对邮件进行查封，从第四辑开始，改为以图书的形式发行。①

可以说,《大众文艺丛刊》是一个"以发表文艺理论为主的刊物,为了争取更多的读者,也刊登少量的作品和文艺理论方面的译文"。六辑《大众文艺丛刊》先后发表"战斗生活的报告,速写,实在的故事,诗歌,小说"共约六十篇(首),作品大多数取材于当时解放区的战斗生活,其中"实在的故事"十五则、诗二十首、小说四篇,还有散文、通讯、特写若干篇。此外,《大众文艺丛刊》发表文艺理论方面的译文六篇。《大众文艺丛刊》尽管也刊载创作,包括诗歌、小说、故事等,但整体上占的比例比较小,而理论批评文章平均在每一辑占据百分之六十,其中包括原创性批评和翻译的外国文艺批评。可以说,《大众文艺丛刊》是一本文艺理论批评刊物。

就性质而言,《大众文艺丛刊》是左翼文学人士在香港创办的一个机关刊物,隶属当时的中共华南局香港文化工作委员会。它不是一个严格意义上的同人刊物,所以在第一期《志读者》中即申明,该刊"不是一个同人的刊物而是一个群众的刊物"。但是,就是这样一个"群众的刊物"却在当时产生了重大的影响。

关于《大众文艺丛刊》的创办目前没有可供参考的直接材料,仅存在一些回忆性的文字材料。一是,《大众文艺丛刊》的主要作者之一,又是当时中共在香港的报刊委员会书记林默涵,在四十年后回忆了相关情况:"领导文艺工作的,是党的文委,由冯乃超负责。在文委领导下,出版了《大众文艺丛刊》,由邵荃麟主编。这是人民解放战争正在激烈进行而面临全国解放的前夕。香港文委的同志们认为需要通过对过去的文艺工作作一个检讨,同时提出对今后工作的展望。经过交换意见,遂由荃麟执笔,写了《对当前文艺运动的意见》一文发表在《大众文艺丛刊》第一辑上。"②二是,当时由周恩来派到香港做文化方面工作的周而复,在1982年的一篇回忆性文章中说道:"胡绳和

---

① 山东师范学院中文系编:《1937—1949主要文学期刊目录索引》,1962年,第11—13页。
② 林默涵述,黄华英整理:《胡风事件的前前后后(林默涵问答录之一)》,载《新文学史料》1909年第3期。

— 129 —

邵荃麟同志也先后到了香港，增强了文化界的领导力量。一九四七年秋，夏衍同志又从新加坡回到香港。乃超同志和大家都感到不少文艺理论问题有待进一步探讨和研究，需要出版一种以发表文艺理论为主的刊物……经过一段时间的筹备，一九四八年三月一日，《大众文艺丛刊》第一辑《文艺的新方向》在香港出版了。"①比较两则材料不难发现，前者的回忆较为泛泛，并未涉及《大众文艺丛刊》的一些细节问题，而后者的回忆则呈现出一定的历史现场感。

周而复在20世纪90年代初的《往事回首录》一文中又提供了详尽的有关《大众文艺丛刊》的创办背景信息。文章说："逐渐汇集到香港的文化界人士，来自如下几方面，后来的广东作家和画家；其次是由重庆来的；第三是从上海来的最多"。周而复回忆："为了宣传介绍马列主义和毛泽东文艺思想，并有计划澄清和批评一些资产阶级文艺思想，乃超、荃麟和我们经常在酝酿准备创办一个以文艺理论为主的刊物。如果创办月刊，一要登记注册，二要足够稿件来源，三容易引起英港当局注意等。我说，最好办不定期刊……乃超认为是一个办法。荃麟也赞成，他是文艺理论工作者，对此，比任何人都积极。仅仅由文委几个委员撰稿非常不够，要办成在党领导下统一战线性质的带有战斗性的进步的丛刊，除了以文艺理论为主，也选择刊登一些文艺创作，特别是解放区的文艺创作。这是文委领导下的丛刊，定名为《大众文艺丛刊》……除文委主要委员参与外，重要文章有关人员开会研究，积极参与其事者有潘汉年（曾以肖恺笔名为丛刊撰稿）、胡绳、乔冠华、林默涵、周而复等。夏衍从新加坡回到香港，也大力支持。实际负责的是乃超和荃麟。"②由此可见，《大众文艺丛刊》虽不是严格意义上的"同人的刊物"，但也非一般的"群众的刊物"。它具有明确的指导思想——"要办成在党领导下统一战线性质的带有战斗性的"，相对稳定的组织机构——"除文委主要委员参与外，重要文章有关人员开会研究……"，负责人即"乃超和荃麟"。

《大众文艺丛刊》是在中共直接领导下的左翼文艺界在港的一个机关刊

---

① 周而复：《冯乃超同志二三事》，载《新文学史料》1983年第5期。
② 周而复：《往事回首录》，载《新文学史料》1992年第1期。

物。"《大众文艺丛刊》的创刊,是中国共产党在历史转折时刻,强化其对于文艺(以及知识分子)的领导(或称引导)的一个重要举措——这时的'领导'('引导')还主要是通过'文艺批评(批判)'的形式,对正处于夺取政权的胜利前夕的中国共产党,这种领导是迟早要体现为权力意志的,这就使得《丛刊》的言论从一开始就具有了某种不言自明的权威性。"①而且,从刊物的主要批评论文作者冯乃超、邵荃麟、胡绳、林默涵、乔冠华、潘汉年、夏衍、周而复以及其他主要作者如郭沫若、茅盾、丁玲等人的左翼文艺家的身份背景来看,也很容易发现它的影响性和权威性。应当说,《大众文艺丛刊》带有鲜明的集团利益的特征,也可以看作延安文艺整风运动的延伸。

2.《大众文艺丛刊》对延安文艺的传播

《大众文艺丛刊》从组织到内容都与党中央有密切的关系,它在中国共产党的文艺思想传播过程中,特别是内战时期延安文艺思想在国统区的传播上,有着举足轻重的地位。"《丛刊》第1辑'文艺的新方向'一出版,就在香港与国民党统治区的文坛上产生震动,引出各种反应","以至今日要了解与研究1948年的中国文学及以后的发展趋向,就一定得查阅这套《丛刊》"。②洪子诚在《中国当代文学史》之"文学的'转折'"一章中认为,《大众文艺丛刊》中有些"批评论文"的"描述成为政治权力话语,它不限于'反动作家',而且在左翼作家和'进步作家'中引起强烈反响,深刻地影响了四五十年代之交的文学进程"。③

40年代,随着国内战争的空前激烈,共产党与国民党在意识形态领域的争夺也日渐激烈。特别是1942年延安文艺整风后,解放区已经普遍认同和接受了《讲话》所表达的文化观念,但国统区的认识并不一致。国统区有些知识分子信奉和坚守自由主义理想,追求所谓文学的独立性,排斥文艺的党派观念;还有些左翼知识分子如胡风、舒芜等人,时不时地发表和延安主流文艺不尽相

---

① 钱理群:《1948:天地玄黄》,山东教育出版社1998年版,第27—28页。
② 钱理群:《1948:天地玄黄》,山东教育出版社1998年版,第22—23页。
③ 洪子诚:《中国当代文学史》,北京大学出版社1999年版,第9页。

同的观念。这些情况引起了左翼文艺阵营的重视,在这种背景下诞生的《大众文艺丛刊》自然也就成为左翼文艺工作者批判小资产阶级以及资产阶级自由主义作家的阵地。于是,为了《讲话》的宣传和学习,《大众文艺丛刊》集中刊发了一批文章,比较有影响的有穆文的《略论文艺大众化》、邵荃麟的《新形势下文艺运动上的几个问题》、冯乃超的《文艺工作者的改造》等。其中,最具有代表性的文章是《对于当前文艺运动的意见——检讨·批判·和今后的方面》,由邵荃麟执笔,《大众文艺丛刊》同人署名,分析讨论了国统区文艺以往十年间存在的主要问题,认为国统区对延安文艺座谈会的相关成果的重要性严重忽视,没有展开深入学习和探讨。这篇讨论文章,虽然一些关于国统区文艺运动的观点和总结有失偏颇,但也说明了《讲话》已经成为国统区进步知识分子进行自我工作反省的标杆。

《大众文艺丛刊》的撰稿人员主要是生活在国统区的左翼文艺作家,如郭沫若、茅盾、夏衍、邵荃麟、乔冠华、胡绳、林默涵等。虽然这些知识分子大都没有直接参加1942年的延安文艺座谈会及整风运动,但《讲话》的主要精神早已由何其芳传达给他们,因此他们对《讲话》的精神是心悦诚服的,他们在很多场合也都自觉运用《讲话》精神来进行文学批评工作,比如,对战国策派,对沈从文、梁实秋等人的批评都是如此。甚至有时,他们对自己阵营中所流露的文艺观点和倾向也毫不留情地给予批评,比如在对胡风的主观论以及夏衍的剧本《芳草天涯》的批评上,都能发现他们自觉地向延安文艺观念靠拢。

另外,他们毕竟是知识分子,延安文艺整风中所出现的知识分子的自我忏悔、自我贬损的情景对他们产生了一定的影响。与那些出身纯正的工农兵比较起来,他们总有低人一头的感觉。为了急于洗刷自己身上旧时代的烙印和痕迹,他们首先要做的就是对自己作为知识分子角色的忏悔和清算。因此,《对于当前文艺运动的意见——检讨·批判·和今后的方向》一文就带有纲领性和方向性的性质,在立场问题上非常明确。文章一开头就用自我检讨的笔调说:"对于这现象,我们今天再不应回避或缄默,我们应该坦白承认,并且应该勇敢的检讨和批判自己的错误和弱点,向社会群众毅然承认我们的责任。"那么所谓的错误和弱点有哪些呢?作者接着从许多方面来举例,比如:"我们忽略了对于两条路线斗争的坚持,在克服'关门主义'的倾向时,却也不自觉地削弱了我们自己的阶级立场,甚至这种观念在许多人的头脑中久已模糊了。因此,我们的文艺运动中就缺乏一个以工农阶级意识为领导的强旺思想主流,缺乏这种思想的组织力量。""我们以为今天文艺思想上的混乱状态,主要即是由于个人主义意识和思想代替了群众的意识和集体主义的思想。""一九四二年以后,正当延安开始文艺思想一个新的发展的时候,大后方的文艺运动却停留在一种非常黯淡和无力的状态之中。许多右的倾向都是从那个时候发展起来的。特别是诗歌散文上一种流行的忧郁气氛,以及戏剧上的市侩倾向,这都是被人们批评过的。"[①]从这些话语透露的信息来看,此时国统区的知识分子已经明白自己以前所持有的观念、立场和延安文艺观念的差距,因此,更加自觉地把《讲话》精神视作自己从事文学运动的准则和标杆,对自己的道路进行反思和自我批判,甚至连所使用的语句都是照搬延安的批评话语。《讲话》关于文艺与政治、暴露与歌颂、文艺与生活、知识分子与工农兵等一系列关系的论述,在此后便成为国统区知识分子进行自我批判的标准范式,即使在批评话语的使用上,诸如"工农兵""集体主义""个人主义""大众文艺""阶级"等,也具有特定的政治含义。

在接受了革命文学的话语体系、完成了对自己的批判后,《大众文艺丛刊》的作者开始了对自由知识分子和小资产阶级知识分子猛烈开火。他们不仅对所谓资产阶级自由知识分子如此,就是同一阵营中的所谓异己分子,如胡风、舒芜、路翎、臧克家、骆宾基等,在这一时期也都不同程度地受到《大众文艺丛刊》的围攻。

同时,《大众文艺丛刊》对"文艺的新方向"进行了设计,其中最能体现同人对这一新方向设计指导思想的就是《对于当前文艺运动的意见——检讨·批判·和今后的方向》的第三部分。《大众文艺丛刊》把1947年12月25日

---

① 荃麟:《对于当前文艺运动的意见——检讨·批判·和今后的方向》,载《大众文艺丛刊》第1辑,1948年。

那个"历史性的文件"（毛泽东的报告《目前的形势和我们的任务》）作为"文艺的新方向"的指导思想，自觉地把文艺事业作为"党的事业"的"齿轮和螺丝钉"。《大众文艺丛刊》认为，"今天的文艺的运动"（基本上可以说是"今后的文艺运动"），既要"担负起思想意识一翼的战斗"，又要"满足广大群众实际战斗需要与文化生活的要求"。对新文艺的"性质和内容"，"作家的思想改造，批判和创作方法"，"文艺统一战线的巩固与扩大"，文艺的"思想斗争"与"大众化"，等等具体问题，《大众文艺丛刊》同人都提出了建设性的意见。因为新文艺事业将成为无产阶级革命事业的一个组成部分，所以，《大众文艺丛刊》同人特别强调新文艺必须无条件接受与服从党的领导，强调作家为创造出能更好地满足人民大众需要的作品，必须努力进行思想改造，"学习马列主义与毛泽东思想"；强调要"发掘旧的民间文艺中优美的作品，发展方言文学，向群众学习，和群众合作"。谈到新的文艺运动中，文艺如何更好地"担负起思想意识一翼的战斗"时，《大众文艺丛刊》同人特别指出，"要无情地加以打击和揭露""各种反动的文艺思想倾向"。除同人文章外，于伶的《新中国电影运动的前途与方针》等文，亦从其他角度与侧面对文艺的新方向做了一番设计与展望。于伶提出，"今后电影运动的方向，当然是和整个文艺运动底为人民的方向不可分的"，要大大加强电影的"教育性"，建立"编导和表演上的民族风格"，等等。[①]

《大众文艺丛刊》代表了中共领导者的意愿，是党的文艺意识形态和政策的表现。因为，从当时的时代背景看，随着国民党在军事上的节节败退，在政治上的总崩溃只是时间的问题，即使在一些自由知识分子如储安平、朱光潜等人看来也是如此。伴随着政治上全面胜利的来临，共产党渴望在意识形态领域建立和巩固其合法性的地位，把延安文艺整风中确立的文化观念转变为国家意志。由此可以看出，由当时左翼文艺阵营著名人物创办的这份刊物，及其随后

---

① 于伶：《新中国电影运动的前途与方针》，见《于伶戏剧电影散论》，中国戏剧出版社1985年版，第157、158、159页。

发动的对资产阶级自由知识分子和小资产阶级知识分子的批判运动，在中国现代思想史和文学史上都不是孤立的事件，彼此之间有着内在的逻辑，既可以看作延安文艺整风运动的延续，也与新中国成立后发生的对知识分子的思想改造运动呈现出前后的关联。当然，后来的实践也证明了这份刊物对中国现代文学乃至新中国成立后文学形态的潜在影响。

（二）《华商报》与延安文艺传播

1.《华商报》的创办与复刊

《华商报》创办于抗战时期，是共产党在香港地区发行的公开报纸，宗旨在于维护统一战线，促进爱国民主。它的第一刊发行于1941年4月8日，同年12月12日，由于太平洋战争的爆发，日本占领香港九龙地区而被迫停刊，总计出版了二百四十九期。二战结束后，中共考虑到形势的需要，决定在香港复刊《华商报》，以满足宣传工作的需要。1945年底，开始筹备复刊。章汉夫、胡绳、乔冠华等人从重庆赶往香港，会同在粤的饶彰枫等，以日报形式于1946年1月4日复刊《华商报》，刘思慕为总编辑，廖沫沙为主笔，并自办印刷厂，后来还成立了新民主出版社。复刊后的《华商报》设有两个副刊《热风》和《茶亭》。《热风》以发表杂文为主，兼及散文、诗歌，具有一定的综合性。复刊后的《华商报》发行量达一万多份，成为香港影响较大的报纸之一。1949年10月15日，代总编辑杨奇发表终刊词《暂别了，亲爱的读者！》，标志着《华商报》历史使命的结束，全体人员北上广州，参加《南方日报》的工作。

《华商报》在党的领导下，在一批优秀的知识分子的努力和各界爱国人士的支持下，克服困难，取得了良好的社会效应，成功地宣传了共产党的各项主张，打击了国民党的独裁政策，为中共在香港地区，以至东南亚广大华人华侨中争取对解放战争的支持提供了舆论后盾，被誉为"人民喉舌"。与此同时，《华商报》借助战后香港特殊的地缘政治关系，在多元化的香港文学中，为赵树理、李季、孙犁等延安文艺的代表作家作品进入港地读者视野和文学市场发挥了重要作用。

2.《华商报》与延安文艺传播

小说方面，战后较早进入香港读者视野的解放区作家是赵树理，有关他的推介活动主要围绕其两部小说《李有才板话》和《李家庄的变迁》展开。《李有才板话》于1946年12月由香港海洋书屋出版，此时距1943年12月它在内地初版已有三年。

《华商报》为了配合赵树理小说的发行，积极刊发名家评论，转载上海《文汇报》的郭沫若文章《〈板话〉及其他》："我是完全被陶醉了，被那新颖、健康、朴素的内容与手法。这儿有新的天地，新的人物，新的感情，新的作风，新的文化，谁读了，我相信都会感兴趣的。"[①]随后，劳辛在副刊《书报春秋》上赞誉《李有才板话》："从新文学民族化与大众化的路向方面来说，它可算得是新方向的第一座纪念碑"，至于赵树理能创作出这样的作品的原因在于他的创作环境——"在新的民主政权底下，文艺工作者并不是和群众隔离的光摇笔杆的人。他们充分地享有民主和自由的幸福，积极地生活在群众的生活中间"。[②]朱自清1947年发表在《燕京新闻》上的《论通俗化》也被全文转载。文章认为，《李有才板话》运用了"新的语言"，"快板和那些故事的语言或文体都尽量扬弃了民族形式的封建气氛，采用了改变中的农民的活的口语"。[③]

《李家庄的变迁》是赵树理1946年1月出版的新作，1947年由香港新民主出版社出版。茅盾称其为"走向民族形式的里程碑"式的作品，小说的技巧用"一句话来品评，就是已经做到了大众化"，"不但是表现解放区生活的一部成功的小说，并且也是'整风'以后文艺作品所达到的高度水准之一例证。这一部优秀的作品表示了'整风'运动对于一个文艺工作者在思想和技巧的修养上会有怎样深厚的影响"。[④]司马文森（笔名宋芝）则将赵树理与邱东平做对比，认为两者的作品风格代表了两种倾向：一种是"用知识分子的语言来写

---

① 郭沫若：《〈板话〉及其他》，载《华商报》1946年9月2日。
② 劳辛：《第一座纪念碑——〈李有才板话〉读后感》，载《华商报》1947年2月2日。
③ 朱自清：《论通俗化》，载《华商报》1947年7月21日。
④ 茅盾：《里程碑的作品——论赵树理的小说〈李家庄的变迁〉》，载《华商报》1946年12月10日。

作，强调作品中的气氛作用"，一种是"采用生活的人民大众的语言，通过这种朴素的生活语言，来表现人民生活"。他否定了邱东平的作品风格，认为"西北解放区文艺工作者的整风运动，就是致力于纠正这种非人民大众的智识分子的路线"。[1]麦汉还介绍了赵树理的《小二黑结婚》，认为这篇小说是"新民主主义文艺对于封建的买办的反动的文艺一个不小的胜利……无疑地，这篇作品对于民主运动中的乡村男女关系的改革，对于在为建立民主生活而斗争中，去发现民主的敌人，肃清民主的敌人，将长远地起了重大的教育和鼓舞的作用"[2]。

除赵树理作品之外，当时还未在港出版的马烽、西戎合著的《吕梁英雄传》也被大力推荐。认为，作品"从形式到内容整个属于人民的，是从人民中间来又回到人民中去的作品，作者组织那样庞大而又头绪纷繁的材料的能力，熟悉群众的生活及其语汇各方面的独到之处，及向大众化通俗化，利用旧有的民间形式，而又能够脱颖而出，不完全为其所限制所拘束的努力，是值得人感佩的"[3]。1947年4月，孙犁的《荷花淀》由海洋书屋在香港出版。同月，《热风》便刊出了葛琴的推介文章《读〈荷花淀〉》。作者盛赞该作品是"一篇真正有生命的作品，是属于人民大众的，以大众的血肉为血肉，大众的情感为情感是最现实的大众生活的结晶"[4]。

诗歌方面，李季的叙事长诗《王贵与李香香》是《华商报》重点推介的作品。《王贵与李香香》初版于1946年11月，1947年3月由香港海洋书屋出版。1947年3月12日，《华商报》副刊《热风》全文刊载了郭沫若为此书所作的序言，作者从这篇长诗中"看出了天足的美，看出了文学的大翻身"，认为形式问题固然重要，但"人民意识"更加重要，获得人民意识"不必限于解放区"，而学习这种形式却"必须限于人民意识的获得"，"中国的目前是人

---

[1] 宋芝：《从两个人的创作看"风格"》，载《华商报》1947年6月16日。
[2] 麦汉：《小二黑结婚》，载《华商报》1947年3月15日。
[3] 杜庸：《英雄的史诗——论〈吕梁英雄传〉》，载《华商报》1947年2月22日。
[4] 葛琴：《读〈荷花淀〉》，载《华商报》1947年4月19日。

民翻身的时候,同时也就是文艺翻身的时候。这儿的这首诗,便是响亮的信号"。①同时,《华商报》为该书刊登了广告:"这是用陕北民歌'顺天游'的形式,写出三边民间革命和爱情的历史故事;作者给我们刻画出一幅边区土地革命时的农民斗争图面。这是一首壮丽的人民的史诗,人民诗篇的第一座里程碑。郭沫若先生誉这是文艺翻身的响亮信号。关心人民文艺者不可不看,关心解放区人民生活者,更不可不看。"随后,文艺评论家黎辛发文说:"《王贵与李香香》是值得我们学习的作品,它不仅是杰出的人民的史诗,而且是新诗创作方向的指导"②。

解放区的戏剧也是《华商报》推介的重点。其中,《华商报》为歌剧《白毛女》在香港上演所制造的声势与论争格外引人瞩目。在延安诞生之初,《白毛女》就受到了广泛的关注,剧本在中共七大后做了部分修改,随后成为解放区最受欢迎的歌剧之一。作品表现了"旧社会把人逼成鬼,新社会把鬼变成人"的主题,所呈现的农民翻身模式既满足了主流意识形态,又极大鼓舞了农民参与革命斗争的勇气,成为延安文艺的代表作品。《白毛女》虽然早已为内地观众所熟知,但在香港上演却已经到了1948年春季。据相关人员回忆,建国社的演员是在《华商报》的图书资料室看到《白毛女》的剧本之后,决定由剧社负责人王逸和洪道向夏衍请示排练上演事宜。夏衍答复:"香港不但能演这个戏,而且应该尽快争取在香港演出。"随后,在夏衍、冯乃超、邵荃麟等人支持下,建国剧社联合中原剧社、新音乐社、中华音乐学院等,共同完成了《白毛女》的排练和演出。同时,以"人变成鬼,鬼变成人"的传奇故事向港府申报,被批准后,于1948年5月29日在港首演。③

在演出正式开始前,《华商报》为《白毛女》做了密集宣传。1948年5月15日,报纸首次刊出了文章《介绍即将演出的〈白毛女〉》,透露此剧"是一

---

① 郭沫若:《〈王贵与李香香〉序》,载《华商报》1947年3月12日。
② 解清(黎辛):《王贵与李香香》,载《华商报》1947年3月29日。
③ 巴鸿:《忆1948年〈白毛女〉在香港的演出》,载《世纪》1999年第6期。另见喜儿的扮演者李露玲的回忆文章《回忆歌剧〈白毛女〉在香港的一次演出》,载《人民音乐》1981年第5期。

个新型的戏，是主要采取秧歌形式的民间味很浓的民族形式歌剧"，"在解放区演出，博得了空前热烈的欢迎"，并且"作为一个新歌剧，《白毛女》已经献出了许多研究、发展的材料"，至于实际成就，则说"我们看了演出之后再下定评罢"。①5月23日，副刊《热风》刊载郭沫若的文章《悲剧的解放》，介绍《白毛女》的故事情节，认为喜儿就是"整个受苦受难、有血有肉的中国妇女的代表，不，是整个受封建剥削的中国人民的代表"，喜剧结局的转化"并不是如像旧式的孟丽君，女扮男装中状元名扬天下，得到一个虚构的满足，而是封建主义本身遭了扬弃，由于封建主义所产生的典型悲剧也就遭了扬弃"。但是只欣赏表演是不够的，"我们要从这动人的故事中看出时代的象征。旋律固然是那么动人，但我们要从这动人的旋律中听取革命的步伐"，这部剧作是"人民解放胜利的凯歌或凯歌的前奏曲"。②刘尊棋则介绍了《白毛女》在解放区演出时的一些情况，认为，此次在香港演出面临着许多挑战，例如"剧中若干北方特有情节的，对话中的'歇后语'，不一定容易获得广东观众的欣赏。全部乐曲几乎都是根据北方民间流行的旋律，如梆子，秦腔，道情，坠子里面所常有的。受惯西洋声乐训练的南方人，不容易一下子唱得好，唱得好也不易为观众所欢喜"，但他仍对此次联合演出充满信心，甚至提到人物原型的下落——"喜儿获得解放后，头发眉毛已逐渐恢复了黑色。身上一些长的白汗毛也掉了不少。她还没有另外结婚"。③欧阳予倩则表达了对民间艺术的看法，"现在，改造地方戏，提倡秧歌，并不是专为便于对农民间的宣传，也可见民间艺术跟着农民们的抬头而兴旺起来，这是有深切的革命意义的"，《白毛女》并不是单纯的秧歌，"这个戏用民间的传说和现实生活巧妙地联系起来，极富于戏剧性；有力地暴露着豪绅地主的残虐。当然也富于政治性"。作者对民间歌剧在城市的上演提出了自己的看法："这个戏，大都市的人们是不是易于接受，还不敢说，但是大都市的人们正应当接受这种戏剧。因为这正是

---

① 《介绍即将演出的〈白毛女〉》，载《华商报》1948年5月15日。
② 郭沫若：《悲剧的解放》，载《华商报》1948年5月23日。
③ 刘尊棋：《〈白毛女〉在解放区》，载《华商报》1948年5月25日。

人民的呼声。"①同时，《华商报》连续多日为《白毛女》做广告："（《白毛女》）是中国农民翻身的史诗，是香港剧坛空前的杰作"；"名歌百阕、布景十幢、设计新颖、规模宏大"；"欲知白毛女如何由人变鬼，由鬼变人，如何报仇雪耻？不可不看"；"人民文艺的里程碑！最近演出轰动港九！"

经过声势浩大的宣传之后，《白毛女》于1948年5月29日在普庆大剧院正式公演。据相关者回忆，观者如潮，"长龙似的人群在院前的空场上排成了一个弯弯曲曲的队伍，其中各阶层的观众都有：市民、职员、工人、学生，远处农村拖家带眷的农民也不少"②。此次公演后，为扩大宣传、方便观众购票，演出委员会将门券售卖点从普庆大剧院扩大至《正报》门市部、生活书店、新民主出版社、新知书店、前进书局、学生书店等机构，这几个售卖点几乎涵盖了港九的几个重要区域。建立销售网络之后，剧团于6月5日、12日、19日、26日，7月3日连续五个周末在日场演出，这样的规模与场次在当时的香港剧坛也是比较少见的。

首场演出之后，《华商报》便迅速跟进报道，接连刊发《〈白毛女〉导演团征求意见》《〈白毛女〉导演团致观众书》等短文，鼓励读者、观众发表对《白毛女》的观感，并由此引发了关于洋唱法和土唱法之争。论争始于音乐评论家李凌发表的文章《再谈〈白毛女〉的音乐——真假嗓子与中西乐器》。文中认为，《白毛女》所唱使人"感到听不清楚和不亲切"，原因是"咬字不清楚"，"没有把握好中国民歌的风趣"，所以他认为，此剧"不必改用土法唱歌"，"西洋歌唱方法没有罪，它应该被我们采用"。③随后，洪遒在《华商报》发表不同意见，支持土唱法，认为，"土唱法里面一定藏有丰富的可贵的经验，不能以为他只在干着嗓子直喊，而加以轻视。即使这样好的效果就是由干着嗓子直喊而来，我们就应该学习研究这种'喊法'，使它科学化起

---

① 欧阳予倩：《祝白毛女上演成功》，载《华商报》1948年5月27日。
② 巴鸿：《忆1948年〈白毛女〉在香港的演出》，载《世纪》1999年第6期。
③ 李凌：《再谈〈白毛女〉的音乐——真假嗓子与中西乐器》，载《华侨日报》1948年5月28日。

来"①。林默涵也发声支持土唱法,"一个演农民的演员,不但在对话、动作上应该像农民,在歌唱的时候,也应该像农民","用唱洋歌的方法唱民歌,一定会弄得三不像,唱不出民歌的特有的味道"。他指出,"在新文艺工作者的脑筋里,洋教条不是太少而是太多,民间艺术不是太多而是太少……"②论争由此展开。从6月中旬到月底,《热风》陆续刊出了严良堃《西洋发声法没有罪》、晓桦《我谈唱歌方法》、文丽《我赞成土唱法》、何石珠《究竟有没有中国发声法》、洪道《再谈唱法问题》、檀生《我对"洋唱法"和"土唱法"的看法》、陈皮《谈客家山歌的唱法》、王逸《土唱法也不可怕》、叶纯夫《唱法讨论的新目标:如何表现中国风》、BOXAN《我们所要求的科学唱法》、郭杰《谈中国音乐的民族形式》等文章。双方就土唱法与洋唱法、什么是科学发声法进行讨论,随之引入了新音乐的民族形式如何创造和运动的问题。有趣的是,这场论争却以一份文件《联共(布)党中央委员会关于摩拉杰里的歌剧〈伟大的友爱〉的决议》而终止。该文件签发于1948年2月,苏联党中央批判《伟大的友爱》"没有利用民间的旋律、歌派曲调与舞蹈的乐曲的富源","片面地热中于器乐的、交响的、无歌词的音乐底复杂形式而对于像歌剧,合唱音乐,供小规模的管弦乐队,民间乐器和合唱团所用的通俗音乐类音乐形式,采取了轻视的态度"。文末附编者按:"在唱法讨论热烈展开的今天,问题已经接触到了如何建立中国民族形式的新音乐的具体问题,《热风》的篇幅所限,暂时结束唱法讨论,请赐稿的朋友和读友特别原谅,一俟各方讨论有了结论时,《热风》必再介绍于读友们。现在先提供这一篇宝贵资料,以供各方朋友座谈讨论时参考。"③以苏共的批判文件结束这场论争,其微妙的倾向不言自明。不久,邵荃麟在《群众》发表带有总结性质的文章《艺术的民族化与现代化的关系——关于〈白毛女〉的音乐论争的一点意见》。他首先肯

---

① 洪道:《土唱法也应该学习——读〈真假嗓子与中西乐器〉》,载《华商报》1948年6月4日。
② 默涵:《杂谈民歌的唱法》,载《华商报》1948年6月16日。
③ 《联共(布)党中央委员会关于摩拉杰里的歌剧〈伟大的友爱〉的决议》,载《华商报》1948年6月30日。

定了《白毛女》的演出"使艺术大众化工作在实践上提高了一步",认为此次论争的核心涉及两方面,一是"艺术的民族化与现代化的关系问题",二是关于"普及与提高的问题",而"旧瓶装新酒""民间形式是民族形式的源泉"等理论,"直到毛泽东的《在延安文艺座谈会上的讲话》出来,才明确地解决了这个问题"。最后,他总结道:"我们的讨论由实践的经验提高到理论的高度,这是好的,但也必须使理论归结到实践中去,我以为不应该专门停留在中西问题上去对立,而应该归结到怎样运用《白毛女》演出的经验,使我们的新音乐,无论在内容或形式上都更进一步成为广大人民群众所接受所爱好的民族艺术,这是今天摆在我们前面的一个实际的任务。"[1]

《白毛女》在香港的上演是其经典化过程的重要组成部分。从《华商报》对《白毛女》上演前后的反应来看,我们可发现:第一,作为延安文艺价值输出的典范,《白毛女》的演出并非相关剧团自下而上的自发演出,而是在港左翼机构为了进一步推广《讲话》精神而互相配合,通过媒体发酵出的文化事件;第二,港地关于《白毛女》的论争,即所谓土唱法与洋唱法之争,仅仅是对戏剧外在形式的讨论,而未触及其主题、人物、内容、思想等问题,较之其发表之初在《解放日报》副刊引发的激烈论争,香港方面显然淡化了某些更为尖锐的问题,而是有意将论争引入《讲话》所涉及的文艺观,进而以总结论争、解决问题的形式使《讲话》精神得以宣扬。事实上,基于香港特殊的地缘关系,《白毛女》在港演出的意义不仅是向港人推介延安文艺,更是试图以香港为平台,向国际社会展现中国共产党领导下的工农革命的意义。通过组织与策划,来自苏、德、英、法等国的剧社代表观看了表演。[2]另外,香港媒体众多,《白毛女》受到的舆论关注本身就具有宣传优势。也正是在以《华商报》为代表的媒体高度的配合与呼应下,《白毛女》在香港顺利完成了经典建构的任务。

---

[1] 邵荃麟:《艺术的民族化与现代化的关系——关于〈白毛女〉的音乐论争的一点意见》,载香港《群众》1948年第28、29期。
[2] 参见《白毛女演出手册》(新订本),建国剧艺社、中原剧艺社、新音乐社联合公演(香港),1948年。

从1946年到中华人民共和国成立前夕,《华商报》借助多个副刊栏目和广告对解放区文学进行推广。《华商报》副刊对作品的推介一般都是为了配合作品在港演出,在时间上紧随出版日期,且多刊载一些名家的文章,为作品进入香港奠定了市场基础。从评介文章的立意来看,基本是将其作为延安文艺的典范铺展开来,一方面突出题材、立意、风格、语言等方面的独特性与新颖性,另一方面将民族形式与大众化作为褒扬的重点,进而肯定解放区的相关文艺政策及其有利于文艺工作者创作的大环境。值得一提的是,《华商报》不仅刊载一些作品的书评,也长期为一些出版社做广告,如新民主出版社、中国出版社、读者出版社、人间书屋、南国书店、生活书店、民生书局等,从作品介绍到优惠信息,在报纸上一应俱全。香港海洋书屋是新知书店、群益出版社和中国出版社曾共用的化名,出版过周而复主编的"北方文丛"部分作品;新民主出版社本就是华商报社的附属机构。这也说明,延安文艺进入香港文学市场主要是依托官方机构设立的发行网络,从作品的出版、传播到评介、推广都是由一些左翼出版社和报纸、杂志合作完成的。在这个清晰而缜密的出版链条上,《华商报》不仅是推宣作品的媒体平台,更是承担引导延安文艺登陆香港、推广《讲话》精神的重要文化机构。

与此相应,《华商报》在创刊之初就确立了以批判、暴露为主的办刊宗旨,副刊《热风》和《茶亭》也秉承"敢说,敢笑,敢哭,敢怒,敢骂,敢打"的精神。因为副刊版面狭小,不适宜刊登长篇累牍的文艺作品,因此简短有力、犀利幽默的杂文及短诗占据了绝大部分版面。副刊以"破"字当头,除大量揭批国统区腐朽统治的杂文外,还刊发讽刺歌、打油诗、方言诗、漫画等。如方言诗《鸡公仔》唱道:"鸡公仔,尾弯弯。我哋中国人,真正系艰难,朝缴军粮晚纳税,一年四季有时闲!鸡公仔,尾弯弯。法币日日低,全国破晒产,于中揸住一两万,然后可以食一餐!鸡公仔,尾弯弯。南边受专制,北边食炮弹,痛苦虽然有分别,其实一样受摧残!"[1]又如潮州方言诗《贫农

---

[1]《鸡公仔》,载《华商报》1947年4月21日。

泪》:"六月大暑熟值时,地主讨租紧如弦。狗腿凶恶如老虎,卖儿当物着还伊。"①而到了1948年底国民党的经济改革彻底失败之时,《华商报》不仅在新闻版面约请多位经济学者和文化人士揭露国统区经济行将崩溃的状况,还在《茶亭》刊登打油诗,如:"闻道金圆券,无端要救穷,依然公仔纸,难换半分铜。骗子翻新样,湿柴认旧踪,这真天晓得,垂死摆乌龙。"②这些作品讽刺、揭露国民政府劳民伤财、贪污腐败,国统区民生凋敝,人民生活穷困、财匮力尽的现实。

1949年以后,大量左翼作家北上,在稿源缺少的情况下,《华商报》开始直接转载反映解放区生活的作品,以及关于这些作品的评介文章,《茶亭》最后一个连载小说是解放区作家李尔重的《落后的脑袋》。大批香港青年返回华南解放区工作,副刊上发表了不少讨论如何投入新环境的文章。

3.《华商报》与《小说》月刊

《华商报》虽然刊载了大量推介延安文艺的文章、广告,但却几乎没有直接刊发来自延安的文艺作品。当然,这与报刊的自身定位有关。当时,《华商报》与在港的其他刊物如《正报》《群众》《大众文艺丛刊》等都是以杂文社论见长,以文艺理论与批评为主,以文艺创作为辅。此外,延安文艺作品进入香港的途径除通过出版社发行单行本之外,更多的是通过一些纯文学杂志进入读者视野。当时,在香港颇有影响的《小说》月刊便是其中的代表,它与《华商报》一"杂"一"专"、一"破"一"立",优势互补,在南方局文委的统一部署下,在彼此的联结互动中,共同促成了相关延安文艺作品在港地的传播。

《小说》月刊创刊于1948年7月1日,由周而复发起并创办。该杂志为大三十开本,每卷九十到一百余页不等,至1949年7月停刊,在香港共发行两期十二卷,初期编委为茅盾、巴人、葛琴、孟超、蒋牧良、周而复、以群、楼

---

① 《贫农泪》,载《华商报》1948年8月18日。
② 《闻道》,载《华商报》1948年8月27日。

适夷八人[①]。从编委名单来看，除茅盾外，其余几位都是共产党员，这显示出《小说》月刊的左翼性质。《小说》月刊以文学作品为刊发主体，具有纯文艺的性质。它在港刊行的十二卷中，共发表短篇小说五十三篇，其中包括长篇小说《太阳照在桑干河上》（丁玲）与《暴风骤雨》（周立波）的节选；中篇小说两部，分别是郁茹《龙头山下》和聂绀弩《天嚷》；长篇小说三部，分别为周而复《白求恩大夫》《燕宿崖》和艾芜《一个女人的悲剧》。

《华商报》与《小说》月刊关系密切，这可从《华商报》为《小说》月刊刊登广告上直观地看出。《小说》月刊创刊不久，《华商报》便积极为其做广告。除每月底在报纸广告栏登出《小说》月刊的每期目录之外，还发表了方天的《读〈小说〉创刊号》，作者几乎介绍了所刊的每篇小说的故事梗概，感叹道，"在文坛这样荒凉的今天，有这么一种纯文艺杂志出版，像我这样爱读文艺作品的人，实在高兴得忍不住把它介绍给大家"[②]。在随后的《新刊介绍》中，《小说》月刊第5期成为推介的重点，作者形容刊物里的文章"都颇结实""生动逼真""平易可爱"，旨在号召更多读者购买。[③]

《华商报》如此大力地向读者推荐《小说》月刊，背后的原因在于这两份刊物之间的密切关系。首先，这两份刊物在组织上都隶属于香港工委。香港工委是中共负责华南及港澳地区相关工作的重要组织，主要承担统战、文化、外事、经济、报刊、宣传等工作，下设的报刊委员会是直接领导《华商报》的部门；而《小说》月刊的主编周而复则兼任香港工委另一下设机关文化工作委员会的副书记，因此可以说，《华商报》与《小说》月刊是接受同一系统领导指挥的兄弟刊物。《小说》月刊自第2卷始，便干脆改由华商报社直接负责发行，这就使得两者之间的分工更加明确。其次，两份刊物的编者与核心撰稿人部分是重合的。《小说》月刊的编者楼适夷、巴人、郭沫若、茅盾等都是《华商报》的撰稿人。但是由于两份刊物的定位不同，一个是以杂文为主体，另一

---

① 《小说》月刊的版权页未见"主编"字样，而是以"编委"的集体面目出现。
② 方天：《读〈小说〉创刊号》，载《华商报》1947年7月27日。
③ 《新刊介绍》，载《华商报》1948年11月26日。

个则以小说为主体，因此作者在写稿时也有意为之，比如茅盾、聂绀弩、楼适夷、司马文森等人在《华商报》多发表杂文作品，而在《小说》月刊则发表小说创作。换而言之，这一"杂"一"专"，优势互补，为一些理论与创作兼备的作者提供了必要的平台。

《小说》月刊的编委尽管在发刊词中一再淡化党派意识，声称创办此刊物，一是因为"看到纯文艺的月刊实在寥寥"，二是由于"我们以写作为职业的人总希望作品有个地方发表，而且希望这一块园地相当整齐，不至于太叫读者失望"。[①]但实际上，如周而复所回忆的那样，《小说》月刊和其他杂志一样，肩负着"宣传党中央和解放区的方针政策；团结一切可能团结的人士，共同反蒋，争取早日实现宏伟的解放目标；宣传和在可能范围内实践毛泽东同志《在延安文艺座谈会上的讲话》和方针路线；开展文艺界的统战工作"[②]的任务。《小说》月刊的稿源除来自周而复、茅盾等大众熟知的、暂时寄居港地的左翼作家之外，还有大量源自解放区的、不为东南亚地区读者所熟悉的作品。这一点，周而复在办刊时就有所考虑。他邀请以群加入编委，很大一部分原因是以群为香港文艺通讯社的主管，而这一机构的主要工作就是将解放区的进步作品向南洋一带发表，一些作者从解放区带出来的文章，也多转交给以群处理。可以说，以群的加入为《小说》月刊带来了源源不断的进步文艺，因此，西戎、高朗亭、葛洛、周立波、丁克辛、艾明之、周洁夫、刘白羽、丁玲等在解放区声名鹊起的作者也赫然出现在《小说》月刊的作者名单之中。

《小说》月刊在具体内容上，体现出对解放区新人物、新气象、新政权的塑造；在形式上，体现出对人民文学及大众化的新风格的自觉追求；在文学接受上，体现出对解放区文学的高度评价。如周而复的两部长篇作品《白求恩大夫》与《燕宿崖》：前者描写抗战时期白求恩大夫在晋察冀边区工作、生活的情况，热情歌颂了其国际主义的奉献精神，也从另一角度反映了在边区共产党的领导下，军民一心、英勇抗敌的氛围；后者则直接以抗战时期的雁宿崖战斗

---

① 《发刊词》，载《小说》1948年第1期。
② 周而复：《往事回首录之一：空余旧迹郁苍苍》，中国工人出版社2004年版，第244页。

为原型，讲述了在反扫荡斗争中，宛平革命根据地指战人员沉着冷静、英勇无畏的精神，塑造了八路军冯团长这样一个爱护军民、沉毅果敢的领导形象。这两部作品都直接表现了共产党为民族独立所做出的贡献和牺牲，洋溢着作者对边区政府的肯定和赞美。葛洛的《卫生组长》写农民在卫生组长的带领下，克服愚昧无知、封建落后的生活习惯，最终移风易俗、接受新事物的故事，表现出边区农村的生活新气象。李纳的《煤》讲述了二流子黄殿文经过劳动改造和思想教育，成为自食其力的工人阶级队伍中一员的故事，也从侧面说明了共产党能将"废铁炼成钢"的改造能力。从作品的艺术形态来看，《小说》月刊所传达的仍是解放区人民文艺的审美形态，大众化是其基本风格。杂志所刊载的《挫折》《崛起》和《翻身大爷》《果园》四篇作品分别是长篇小说《暴风骤雨》和《太阳照在桑干河上》的节选，而这两部作品本就是延安方面树立的具有范本价值的文艺作品。《华商报》在广告中将这些作品称为"今天中国小说创作的权威刊物"。

不难看出，《华商报》、《小说》月刊作为香港工委主管的报纸杂志，其刊物形态、内容要素、创作倾向虽各有不同，但基本立场与宣传导向是一致的，即通过对延安文艺的传播，突破国民党的舆论封锁，有计划、有步骤地将解放区的政治形态与文化政策、中共的建国路线与方针等输入香港，进而通过香港向全世界扩散。事实上，军事斗争使得文学的政治宣传功能更加迫切，政党要获得政权的合法性不仅需要军事权威，更需要国家和民众的广泛认可。文艺工作者成为文艺兵，便被纳入意识形态宣传系统，通过政治权力的运作，将主政者的意识形态转化为具体的文化实践。而在20世纪40年代的媒介环境中，这些实践很大程度上依赖于报纸杂志的参与，广告、评论、宣传等都被统摄在内，也就是说，"有全部权力来推行全部文化运动"[①]。

---

① 《中共中央关于发展文化运动的指示》，见中共中央文献研究室中央档案馆编：《建党以来重要文献选编（一九二一—一九四九）》（第17册），中央文献出版社2011年版，第527页。

三、《中国文摘》与延安文艺的对外译介

（一）《中国文摘》的创办

中国共产党自成立初期，就在海外创办若干华文报刊，最早可追溯至1922年8月，中国共产党旅欧支部在法国巴黎创办的华文《少年》月刊，1924年2月，由《少年》改组而成的《赤光》杂志，1928年4月，在美国旧金山创办的《先锋报》。1935年5月，中国共产党驻共产国际代表团的机关报《救国报》创刊于法国巴黎，该报后改为《救国时报》。巴黎的《救国时报》与纽约的《先锋报》在欧美两地相互呼应，共同担负着中国共产党在海外的传播任务。这两份华文刊物的主要读者是海外侨胞，对于争取侨胞对中国共产党的支持发挥了重要作用，但中国共产党对于西方本土读者来说，仍十分陌生。

第二次世界大战爆发后，中国共产党在海外创办的刊物基本停刊，中国共产党的主张及其基本情况多由来华的西方记者进行传播和介绍。抗日战争胜利后，国民党对中国共产党实行严格的新闻封锁，中国共产党对时局的观点和看法难以被国际社会知晓。中国共产党为了打破国民党的舆论封锁，便于国际社会了解中国社会的真相，争取国际社会的支持，在周恩来的直接领导下，于1946年5月17日，在上海创办英文期刊《新华周刊》（*New China Weekly*）。该刊十六开，发行人为周恩来的秘书龚澎，总编辑是乔冠华，编辑为孙一新、于产、许真、吴振群、孙珉等。《新华周刊》主要向世界报道中国国内形势，传播中国共产党的方针、政策，揭露国民党的黑暗统治和发动内战的阴谋。该刊出版后发行至世界各大城市，并分送各国驻沪机构。该刊出版第3期后不久，就被国民党当局强行查禁。《新华周刊》的历史不足一个月，只出版了三期，但却填补了中国共产党解放战争时期在国统区的舆论真空，有利于国际社会了解中国社会实际，为中国共产党赢得了国际社会正义力量的支持。

1946年11月25日，在同国民党谈判《双十协定》签订后悬而未决的情况下，周恩来等暂返延安。率中国共产党代表团回延安前，周恩来安排乔冠华、龚澎等人到香港开展工作。龚澎等到香港后，充分利用当地的特殊环境，利用

《正报》和《华商报》等中国共产党华文报刊在香港复刊的契机，以及香港相对宽松的舆论管制环境，克服重重困难，于1946年12月31日创办了向海外发行的英文期刊《中国文摘》。因《中国文摘》和《新华周刊》的编辑人员存在继承关系，《新华周刊》一般被认为是《中国文摘》的前身。《中国文摘》立足香港，打破了战后初期国民党海外舆论宣传一统天下的局面，向海外读者及时报道国共两党之间的斗争以及中国共产党对时事的看法，大力传播中国共产党关于新民主主义的路线、方针、政策，让外界了解中国解放区的实际情况，扩大中国共产党的影响。该刊对于帮助海外了解中国共产党和中国革命发挥了重要作用，成为沟通中国共产党与海外的重要渠道，是中国共产党对外传播的重要窗口。

《中国文摘》的主编龚澎曾就读于燕京大学。到延安后，在八路军总部工作，曾担任毛泽东的英文翻译，后随周恩来在重庆国统区工作，担任周恩来的秘书和翻译。中华人民共和国成立后，任外交部新闻司司长、外交部部长助理等职。龚澎精通英文，《中国文摘》的很多重要文稿，包括毛泽东的《新民主主义论》等，都由龚澎翻译。《中国文摘》在海内外享有很大的影响力，龚澎功不可没。中国共产党出于对港传播工作的谨慎，有意弱化该刊物的党派色彩，特意安排黄作梅为该刊的发行人。黄作梅是香港人，任职于港英当局，后参加东江抗日纵队的工作，积极营救被日军囚禁的英军官兵和国际友人，并获得英王乔治六世授予的"大英帝国成员勋章"（MBE）。黄作梅的特殊身份使得该刊在香港能够较为顺利地创办和运作。此外，编辑部的工作人员有张彦、车慕奇、沈野、康凌、陈喜等。

《中国文摘》面向海内外发行，开设的栏目有《观察家》（*The Observer*）、《要闻综述》（*Events in Brief*）、《政治家论坛》（*Statesmen's Forum*）、《读者论坛》（*Readers' Forum*）、《记者论坛》（*Pressmen's Forum*）、《书评》（*Book Review*）、《艺术》（*Art Section*）、《文化界》（*The Cultural Circles*）、《在中国大地》（*On China Soil*）等。该刊在短短的四年时间中表现不俗，各栏目办得有声有色，在海内外赢得了很高的声誉。

（二）《中国文摘》的主要内容和宣传策略

中国共产党审时度势，精心谋划，创办了向海外发行的英文期刊《中国文摘》，重点向海外传播党的主张，介绍中国国内情况。《中国文摘》从国内外形势发展的需要出发，秉持强烈的时代责任，紧扣时代的主题，坚持以建立民主富强的国家为工作导向，视新闻舆论的引导力、影响力和公信力为根本，坚持办刊的政治导向，刊登中国共产党对时事的评论，报道解放战争的消息，揭露国民党政府破坏和平的企图，澄清国际社会对中国共产党和解放区的模糊认识。其中，《观察家》栏目凸显并代表了刊物的政治立场，多由主编龚澎撰写，专文发表对解放区、国统区的政治、经济、社会、军事、文化等热点问题的评论。每期刊载的专文，治上高瞻远瞩，分析鞭辟入里，论证具体生动，为海外读者指明了中国未来的发展趋势，赢得了国际社会对中国共产党的理解和支持。

《中国文摘》在坚定地把握政治导向的同时，表现出办刊的高度灵活性和策略性。由于国民党的舆论封锁和管制，海外对中国共产党以及解放区了解甚微，甚至存有偏见。《中国文摘》积极谋划中国共产党对外传播工作的新格局，在实践操作层面针对重大新闻事件和热点问题分阶段、有步骤地采用合适的传播策略，引发海外关注，形成效应，再通过深度阐释和讨论而施加影响，进行引导，从而创造有利于中国共产党的良性舆论氛围。刊物创办后，并未急于将对外传播的重心放在对解放区和中国共产党主张的大量报道上，而采取由外到里、由少到多、逐步深入的机动灵活策略，对中国共产党和解放区展开报道。刊物创办的第一年，陆续推出美国记者斯特朗对解放区采访和报道的文章，如《国民党将军在中共解放区》（*KMT Generals in Communist Areas*，载1947年第6期）、《耕者归其田》（*Land to the Tiller*，载1947年第7期）、《新女性》（*New Womanhood*，载1947年第8期）等。刊物还刊载美国记者蓓蒂·葛兰恒对中国共产党军事将领刘伯承、陈毅的专访《解决中国问题的策略——中共战略家专访》（*The Strategy Which Solves the People's Problems—Interviews of Communist Strategists*，载1947年第10期）。多名海外记者在解放区的亲身经历和采访被《中国文摘》报道后，引发了国际社会的积极反响，树立了中国共产党的良好国际声誉，也为后续刊物刊登共产党领袖的文章营造了有利的氛围。《中国文摘》1948年第4期刊载的毛泽东的重要文章《目前的形势和我们的任务》更是在国际社会引发了轰动。在此之后，刊物对中国共产党和解放区的报道数量开始增多，中国共产党的一些政治主张也逐渐被国际社会知晓，这就为赢得国际社会的支持营造了良好的舆论氛围。

《中国文摘》在创刊号中宣布将开设《读者论坛》栏目，并真诚欢迎读者的建议和批评，同期还设有《记者论坛》栏目。这些栏目刊载的文章既有来自平民百姓的，也有来自知识阶层的，大家发表对各种问题的见解和看法，形成了刊物、读者和记者的交流与互动。刊物成为连接编辑、读者及记者的纽带，充分体现了其大众化和民主性的原则与特征。

《读者论坛》栏目刊登的读者来信涉及社会各个层面的问题，或是读者对时局的看法，或是社会、经济、文化等方面的热点问题。刊物在1947年第3期刊载葛兰恒参观解放区见闻的来信，叙述了中国共产党给解放区带来的巨大变化以及解放区的土地改革。也有读者的来信涉及国际问题，如刊物1947年第4期刊载了中国学联致美国大学的公开信，感谢美国学生对杜鲁门主义的抗议，并呼吁中美学生为争取美好的世界可以团结起来。有读者来信要求将木刻作品刊登在刊物上，刊物也予以刊载，这体现了体恤民意、关注民生的办刊原则。刊物也积极采纳读者的有益建议，如有读者要求用括号注明一些普通人物和地名的中文名称。

《读者论坛》栏目成为读者自由发表观点的园地，既接地气民意，也充分给予读者较多的自由发表言论的空间和机会，体现了刊物的大众化风格。《记者论坛》栏目秉持开放民主的原则，汇集国内外媒体记者的各种观点，就中国当时的某些热点和焦点问题展开广泛的沟通和交流，如刊物1946年第1期刊载了《申报》《大公报》关于新签订的中美条约的观点和评论，1947年第2期摘录了《新民报》《华商报》等关于美国驻华士兵凌辱北平女大学生的报道和评论。《记者论坛》栏目汇集来自国内外不同报刊记者的报道及其对中国时局的评论和看法，引导读者从不同角度审视中国当时的局势，既客观真实，又吸引读者的注意力,展现了刊物开放民主的姿态。

《中国文摘》除注重政治导向外,还切实考虑不同层面读者的需求,注重对外传播的多元化,积极主动地向世界传播和介绍中国文学、艺术。刊物开设了《书评》《艺术》《文化界》《在中国大地》等栏目,这些栏目大力传播中国小说、诗歌、戏剧、舞蹈、电影、剪纸、木刻等传统文化和艺术,推介作家、艺术家及其作品,如介绍中国现当代作家鲁迅、茅盾、闻一多、郭沫若、赵树理等人的作品,并发表读者的诗歌作品。同时,刊物积极介绍最新出版的图书以及举办的各种文化活动,表现了中国人民热爱生活的高昂热情,向海外读者展现了中国民众丰富多彩的文化生活。

刊物不断改进版面设计,除了文字栏目,还借助视觉艺术增强其吸引力和趣味性。每期都刊登一定数量的漫画、图片、照片、木刻作品等,刊物也因此变得图文并茂、形象生动。其刊登的中共领导人毛泽东、朱德、周恩来、刘少奇等的照片更是满足了读者的好奇心,受到海内外读者的青睐。刊登的漫画幽默风趣,多出自名家之手,涉及国统区通货膨胀、难民、抓壮丁、苛捐杂税、美国对中国的资源掠夺等内容,或刊登在封面,或穿插在相关文章中,嘲讽时政,构图奇妙,形象逼真。刊物也刊载了大量鼓励正义力量的漫画,如解放军英勇战斗、人民欢庆新中国成立等主题。

(三)《中国文摘》与延安文艺传播

1. 解放区作家作品的介绍

小说方面,李育中的《新农民文学》(*The New Peasant Literature*,载1947年第2期)以赵树理小说《小二黑结婚》为例,介绍了赵树理反映解放区农民新生活的"新农民文学"。

诗歌方面,Fang Sheng的《马凡陀:"小人物"的诗人》(*Ma Fan-to: Poet of the "Little Men"*,载1947年第12期)论述了马凡陀(袁水拍)从资产阶级的抒情诗人到关注社会底层小人物的大众诗人的转变。

戏剧方面,新歌剧《白毛女》是推介的重点,马思聪的《一部中国现代歌剧——〈白毛女〉》(*A Modern Chinese Opera—"The White-Haired Woman*,载

1947年第6期）论述了歌剧《白毛女》能够吸引世界各国观众的原因，除创作的艺术手法外，主要在于该剧对封建压迫控诉的主题。Bali的《〈白毛女〉——中国戏剧的新方法》（*The White Haired Woman—A New Approach to Chinese Drama*，载1948年第5期）一文，介绍了《白毛女》在香港演出的盛况，并指出，该剧的吸引力在于"只有代表普通人生活、情感和行为的戏剧才能传达真情实感"。Li Fang 的《四十年的剧作家——欧阳予倩的戏剧生涯》（*Forty Years as a Dramatist—Quyang Yu-chien's Career*，载1948年第2期）介绍了欧阳予倩的戏剧创作生涯，并对其作品主题演变的历程——从启蒙、抗战主题到解放区新生活进行了论述。

2. 解放区作品的译介

《中国文摘》翻译了不少具有浓郁地方色彩的小说和戏剧，反映了解放区人民新的生活面貌和斗争精神。小说翻译以短篇为主，部分选自卡尔玛英译的中国短篇小说集，如荷花淀派孙犁的代表作《荷花淀》（*The Lotus Pond*，载1947年第2期）、司马文森的《成长》（*Sediment*，载1948年第7—8期）、白夜的《黑牡丹》（*Black Peony*，载1948年第11期）等。另外，刊物发表了乔治·J. 贝格利（George J. Begley）翻译的赵树理的"新农民文学"《富贵》（*Fortunate Noble*，载1948年第9—10期），李育中翻译的西戎的《喜事》（*The Happy Event*，载1948年第7期），《中国文摘》编辑翻译的赵树理的《催粮差》（*The Tax Collector*，载1949年第8期），以及解放区无名氏作家的《家庭会议》（*Family Conference*，载1949年第1期），等等。

戏剧翻译以连载为主，如《中国文摘》编辑翻译的宋之的的独幕剧《祖国在呼唤》（*Homeland*，载1947年第10—11期），贝格利翻译的Chu Pai-in的《广东姑娘》（*Miss Kwungtung*，载1948年第1—4期），等等。

黄雯翻译了艾青的现代诗歌《旷野》（*The Countryside*，载1947年第8期），该诗描写了日本侵略造成的中国农村的凋敝景象。《中国文摘》还编辑翻译了反映国统区黑暗统治下普通民众悲惨境遇的诗歌，如马凡陀的《老母刺瞎亲子目》（*The Mother Who Blinds the Eyes of Her Own Son*，载1947年第5

期），黄雯翻译了马凡陀诗集《动荡年代》中的《挽歌》（*Dirge*）、《哀悼》（*Mourning*）、《控诉》（*Accusation*）（载1947年第1期）等作品。

报告文学的创作与翻译体现了文学政治化的倾向。有的作品呈现了解放区和新中国工人阶级的新生活，如Nan Ting的《田桂英的志向：一个实习女火车司机的故事》（*Tien Kwei-Ying's Ambition: The Story of a Student Woman Locomotive Driver*，载1949年第6期）报道了新中国第一位女火车司机的优秀事迹。

3. 延安文艺创作理论文章的刊发

黄雯的《中国诗歌完成了"轮回"》（*Chinese Poetry Completing the Spiral*，载1947年第4期）一文认为，解放区诗歌创作深入群众生活，类似于中国古代诗歌采风，中国诗歌的发展趋向是从民间到统治阶层，最终会走向乡野，服务大众。未署名文章《惊人的文学生产：解放区作家的贡献》（*Amazing Records of Literary Production: Efforts of Liberated Areas*，载1948年第5期）认为，民族艺术为文学创作提供了源源不断的灵感，使得解放区在"新农民文学"、歌剧、诗歌方面迸发出巨大的创作力量。邵荃麟的《中国文学启蒙运动梗概》（*A Sketch of China's Literary Renaissance Movement*，载1948年第5期）描述了五四时期发生的"人的文学"启蒙运动及其思想主题在二三十年代发生的演变。戏剧理论方面，马思聪的《〈白毛女〉——中国戏剧的新方法》则从民族文学对现代剧创作的影响出发，认为《白毛女》成功的原因之一在于对中国民族艺术元素的吸收。

《中国文摘》也刊载了不少论述延安民间艺术革新的文章，反复以鲁迅为例，探讨处理新旧艺术形式之间关系的问题，这仍是1934年第三次文艺大众化讨论的"旧形式采用"问题。鲁迅于1934年5月辩证地分析了新旧艺术形式之间的关系，主张推陈出新："旧形式是采取，必有所删除，既有删除，必有所增益，这结果是新形式的出现，也就是变革。"[①]《中国文摘》通过介绍延安文

[①] 鲁迅：《论"旧形式的采用"》，见《鲁迅全集》（第6卷），人民文学出版社1981年版，第24页。

艺运动中出现的民族艺术和新艺术，集中展现了延安文艺工作者在采用民族文艺的旧形式来反映时代风貌新内容方面所做的探索和取得的实绩。

4. 延安民间艺术的推介

《中国文摘》的《艺术》栏目集中宣传了传统民间艺术的新发展，包括木刻画、民间舞蹈、剪纸、戏曲等，同时介绍了音乐、漫画、绘画、电影等各种新艺术门类取得的成就。

《中国文摘》介绍了民间艺术的继承和发展。Chung Hsien的《中国木刻画》（*Chinese Woodcut*，载1947年第2期）认为，在鲁迅的带动下，中国木刻画得以改造和提升，"描写城乡普通居民真实生活、工作和斗争的作品，把中国木刻画提高一个新的高度"。周而复的《秧歌——中国北方的民间舞蹈剧》（*Yangko—Folk Dance Drama in North China*，载1947年第4期）认为，秧歌在延安作为一种抗战宣传形式虽然得到了广泛的发展，但只有在1944年艺术家和文学工作者深入民间"学习民众的语言、情感表达方式和艺术形式"的时候，才变成了一门真正的艺术。Ai hu的《窗饰剪纸》（*Paper Cutting as Window Decorations*，载1948年第4期）指出，在新的社会条件下，剪纸摒弃了封建迷信的风格，成为解放区艺术家描写新生活的艺术形式。《中国文摘》编辑的《老戏曲需要改革》（*Old Dramas to be Reformed*，载1948年第5期）一文指出，北方没有革新彻底的京剧、河北梆子、评剧、山西地方戏、秦腔、秧歌等二十几种旧曲艺，可以分为对人民群众有益、无害和有害三种不同类别，需要有针对性地进行改正和再创作。

《中国文摘》还重点推出了延安文艺运动以来在国内和国际取得巨大影响的艺术作品。李育中翻译的Tien Chien的《马思聪和〈祖国大合唱〉》（*Ma Sitson and "Our Motherland Cantata"*，载1948年第12期），以细致的音乐专业技术数据，分析了马思聪如何吸收和挖掘民族因素，创作出具有中国风格和中国气派的音乐。《中国故事》栏目也吸引了不少国际艺术家，龚澎的《马里恩·格林伍德和她的中国人物画》（*Marion Greenwood and Her Painting of Chinese People*，载1947年第9期），介绍了美国画家格林伍德以中国农民为素材的人物画。与木刻画并驾齐驱，漫画事业也得到长足的发展，《中国文摘》编辑的《"人类工作室艺术家"》（The "Human Studio Artists"，载1947年第5期）介绍了因战争避难香港的漫画家融中国民间艺术与西方漫画于一体的艺术风格。

（四）《中国文摘》传播延安文艺的特点

毛泽东的《讲话》发表后，文艺服务于工农兵的新民主主义革命属性被强调，《文艺栏》一方面集中表现了解放区文艺的最新实践及基层民众对中共政权的情感认同，另一方面，针对迫在眉睫的内战形势，配合反击了国民党的"文化围剿"的任务。《文艺栏》正是通过正面宣扬和侧面反击的方式与其他栏目一起，构成了《中国文摘》外宣的基本框架。

译介方面，《中国文摘》选译的解放区文学的思想主题与其他栏目的新闻报道和政治宣传相呼应，如反对内战、通胀下人民的困苦生活及国统区争取民主和自由的运动等。与《文艺栏》相呼应，《中国文摘》其他栏目屡屡报道解放区的新生活。L. Lin 的《在解放区的优待——一堂对比课》（Well-Treated in Liberated Areas—A Lesson of Comparisons，载1948年第1期）对比了"被解救"的乘客在解放区得到的优待与他们返回国统区受到国民党军警的严苛盘查；广东记者的《诚实的广东农民》（The Honest Kwangtung Peasants）与解放区记者的《春天里的"生产运动"》（A Spring Production Drive）同时刊载（1947年第5期），对比了国统区与解放区农民天壤之别的生活。

本质上，《中国文摘》英译解放区文学是一种政治文化的传播。一方面，这种文化传播必须依托于文学作品本身的艺术生命力。"缺乏艺术性的艺术品，无论政治上怎样进步，也是没有力量的。"[1]对于渴望了解真实中国的英语世界读者来说，《中国文摘》介绍和翻译的文学作品富有浓郁的民间文化特色，真实反映了中国底层大众的生活，满足了他们的阅读需求。另一方面，文学大众化是与政治的助力分不开的。鲁迅认为，文艺大众化不可一蹴而就：

---

[1] 毛泽东：《在延安文艺座谈会上的讲话》，见《毛泽东选集》（第3卷），人民出版社1991年版，第870页。

> 所以在现下的教育不平等的社会里,仍当有种种难易不同的文艺,以应各种程度的读者之需。……
>
> 倘若此刻就要全部大众化,只是空谈。……
>
> 总之,多作或一程度的大众化的文艺,也固然是现今的急务。若是大规模的设施,就必须政治之力的帮助,一条腿是走不成路的,许多动听的话,不过文人的聊以自慰罢了。①

文艺大众化在延安时期得以深入开展,最直接的政治推动力就是《讲话》的发表。进而观之,《中国文摘》对左翼文化的传播本身也离不开政治之力。香港因其特殊的地理位置和政治身份,一向是左翼力量十分活跃的聚集地。1937年,上海沦陷,为了躲避日本迫害,上海左联主要力量南迁香港。1941年,皖南事变爆发,为躲避国民党迫害,大批左翼文人从重庆、桂林再次南下香港,一时间,香港成为左翼文化的繁盛之地。三地左翼力量汇聚香港,香港的左翼文化组织不断健全。左翼力量不仅使大陆的部分刊物在香港复刊,并且创办了不少新生报刊,这都无疑为《中国文摘》的生存和发展提供了便利条件。

---

① 鲁迅:《文艺的大众化》,载《大众文艺》1930年第3期。

第五章 延安文艺的世界传播及影响

在延安文艺的世界性传播中，毛泽东《讲话》为民族/国家创构现代民族文学提供了理论典范。特别是在亚洲，《讲话》的传播产生了广泛影响。朝鲜是第一个宣传和学习《讲话》的国家，《讲话》"深刻地影响了朝鲜革命文学的形成"。《讲话》在日本同样获得了很高的评价，其日文译者认为，它不仅对中国文学与革命的发展起了巨大作用，而且对日本作家的创作有着很好的借鉴意义，有力地推动了战后日本民主主义文艺运动的发展。《讲话》在亚洲其他各国也得到了广泛的传播，缅甸、印度、蒙古、越南、伊朗、印度尼西亚、巴基斯坦、斯里兰卡等国也都有译本出版。《讲话》涉及文学创作、文艺理论建设以及革命斗争等方面内容，在亚洲各国都有广泛的传播，并产生了深远的影响。

《讲话》在苏联及东欧各国的译介与传播活动主要集中在1950年代以后，东欧各国对《讲话》中所提倡的革命文艺的文化价值，尤其是对国际社会主义文学发展的现实指导性等方面，都给予了极高的评价。西欧诸国，非洲的埃及、苏丹等国家，以及美洲的墨西哥、乌拉圭、巴西、哥伦比亚等国家，也都翻译出版了《讲话》，它成为一些进步文艺团体学习的重要文献。

在世界范围内，除《讲话》的传播外，多国还对延安时期具有代表性的作家作品进行了广泛传播和深入研究。在对中国解放区文学的译介与研究中，日本和苏联的成果最为丰硕，延安时期的重要作家作品都是他们译介和研究的对象，丁玲、赵树理等作家尤为突出，这两个国家的译介研究队伍庞大，实力雄厚，成就斐然。

　　世界范围内的延安文艺的传播特点主要表现在：其一，集中在对《讲话》及解放区重要作家作品的译介和研究。其二，区域分布比较明显，主要国家有苏联、日本，他们对延安文艺的译介及研究，走在了世界其他国家的前列，研究实力强，成果厚实，为世界其他国家乃至中国的延安文艺研究提供了别一视野的研究资料。其三，国外延安文艺研究者有很多人曾久居中国，对中国尤其是延安有着较为深入的了解，他们在译介、研究过程中，从不同国别的文学、文化视角出发，对延安文艺作品进行多重解读，拓宽了延安文艺的研究空间。

一、毛泽东《讲话》的国际传播

（一）《讲话》在亚洲各国的译介与传播

在亚洲，《讲话》为民族/国家创构现代民族文学提供了理论典范。《讲话》从革命斗争、统一战线、思想建设、文艺方针等方面对各国文学的发展提供了积极的借鉴价值。

朝鲜是第一个宣传和学习《讲话》的国家。1945年12月，《讲话》朝鲜文版由朝鲜咸镜南道翻译并出版。1945年8月，《讲话》的新译本由汉城大学中国文学系出版。1946年4—5月，朝鲜文学艺术总同盟多次组织作家和评论家，召开有关《讲话》的学习研讨会，与会者认为，《讲话》在人民文艺建设的方向问题上给予了作家、艺术家解决办法。[①]朝鲜民主主义人民共和国成立后，《讲话》被多次再版及重印。为纪念《讲话》发表三十周年，朝鲜劳动出版社于1972年出版了《讲话》的最新翻译本。《讲话》在朝鲜获得了非常高的评价，有作家认为，《讲话》具有极其重要的历史意义，是马克思主义革命文学发展史上的标志性论著，不仅深刻地影响了中国革命文学的发展，还深刻地影响了朝鲜革命文学的形成。

南北分裂后，在韩国，包括《讲话》在内的有关毛泽东著作的翻译几乎空白，到1960年代，毛泽东著作的接受才开始回暖，出现了金相浃的《毛泽东思想》（知文阁1960年版），并多次再版。1970年代，不少学者开始投入毛泽东思想研究，如李泳禧、吴炳宪、罗昌柱、金忠烈、李大雨等。进入1980年代，伴随着韩国译介、研究毛泽东著作开始进入高潮期，有关《讲话》的完整韩语译文也逐步出现。据统计，当时至少有四种《讲话》译本，其中，率先翻译

[①] 李准、丁振海编：《毛泽东文艺思想全书》，吉林人民出版社1992年版，第324页。

《讲话》的是朴宰雨（他以赵星作为笔名），其他三位分别为李旭渊、金宜镇和李腾渊。朴译《讲话》被编入"四季新书"中的混合型译文集《文学理论与实践》之"中国篇"。虽然译者在译文前的解读中，只强调了《讲话》是"整体考察和理解当时以及迄今为止的中国文艺所不可或缺的文献"，但是，在文集前言中重点强调了编译译文集的目的在于"为今后探索'文学运动现象研究'的基本观点和方法，更进一步，为探索文学实践的姿态、方法和战略提供核心性的参考资料"。① 金译本被编入混合型编译文集《文学与政治——现代中国的文学理论》。李旭渊和李腾渊的译文与前两者不同，是独立于毛泽东著作的编译本，故备受关注。收录李旭渊《讲话》译文的《毛泽东的文学艺术论》一书被认为是20世纪80年代，或者可以说是时至今日，韩国最集中、最具代表性的毛泽东文艺论著的译介成果。1989年，杜来出版社连续推出了三种毛泽东文选，由李腾渊编译，分别是《矛盾论·实践论》《论持久战·新民主主义论》《延安文艺讲话·反对党八股》。《延安文艺讲话·反对党八股》不仅收录了毛泽东的《讲话》和《反对党八股》译文，还附加了李准、丁振海所著，1983年由文化艺术出版社出版的《毛泽东文艺思想新论》一书中的两节相关内容。②

在日本，《讲话》发表后不久就被传播开来。1946年，《讲话》的日文译本即已出版。《讲话》的最早日译本为《现阶段中国文艺的方向》，由千田九一翻译，新日本文学会主编并出版。1951年，日本左翼文人鹿地亘以《1942年延安毛泽东文艺讲话》为名，将《讲话》重新翻译并出版。1952年至1953年，日文版《毛泽东选集》六卷本在东京出版，其中收录了《讲话》的新译本。1954年，《讲话》单行本改名为《文艺讲话》，由日本毛泽东选集刊行会出版发行。竹内好翻译的《文艺讲话》（岩波书店1956年版）是日本流传较广的读本。

---

① 李得宰、赵星编译：《文学理论与实践》，四季出版社1986年版，第1—2页。
② 参见李大可、全炯俊：《毛泽东〈在延安文艺座谈会上的讲话〉——在1980年代韩国的译介》，载《中国现代文学研究丛刊》2013年第10期。

《讲话》在日本同样获得了很高的评价。日文译者认为，它不仅对中国文学与革命的发展起到了巨大作用，而且对日本作家的创作有着很好的借鉴意义，有力地推动了战后日本民主主义文艺运动的发展。如在日文版《现阶段中国文艺的方向》（新日本文学会1946年版）前言中，新日本文学会明确提到，中国的民主主义运动以《讲话》为契机，"摆脱了过去的小资产阶级的艺术至上主义，将方向转变到为民众服务的民主革命路线文艺运动上来了"，日本战后民主主义文艺运动的发展应该尽可能地从中汲取经验教训。

《讲话》被日本研究者视为重要的研究课题，进行了一系列相关的研究。竹内好认为，《讲话》的发表，使中国文学"过去二十几年的悬案，以普及和提高的统一的方法，彻底解决了"。这是"在中共地区民众文化提高的基础上，加上近代文学的遗产而构成的"。新岛淳良在1962年撰写了论文《延安整风运动》，1964年出版著作《现代中国的革命认识》（御茶水书房版）。他把《讲话》理解为1941年至1942年之间延安地区彻底的整风运动，并引用了新的资料，对其形成经过加以阐述。针对《讲话》中的"文艺批评的标准"，他认为，"所谓政治优先于艺术的说法，是将政治标准与艺术标准截然分开，以确保政治标准的自身规律性，由此明确承认艺术标准的自身规律性的理论"。在同一时期，阵内宜男发表文章《〈文艺讲话〉的再评价》（载《早稻田大学教育学部学术研究》1962年2月第11号），通过梳理老舍、欧阳山、茅盾、臧克家等作家的发言指出，虽然对《讲话》所具有的文艺理论的价值应给予客观评价，但也指出，这种理论怎样付诸实践是有困难的。1970年，伊藤敬一在《〈文艺讲话〉的世界》（《人文学报》1970年3月第68号）中指出："《文艺讲话》从根本上解决了'五四运动'以来就作为目标，但一直未能实现的'文艺大众化'的问题，在这个意义上来讲，它具有划时代的意义。"但又指出，"中国的客观的内外形势虽然发生了变化，但最本质的问题是，文艺讲话的本身，包含有允许各种解释的余地及引起争论的因素"。《讲话》是根据"当时延安整风运动的具体条件及课题的特殊性而形成的。所以对'知识分子'采取否定的态度，同时没有对知识分子所具有的近代的文艺思想给予应有的历史地

— 165 —

位,并批判地加以继承的观点"。因此,伊藤敬一认为,毛泽东只看到了各个阶级社会中的各个阶级都有不同的政治标准和艺术标准,而忽视了具有继承性和普遍性的文艺遗产问题。也就是说,伊藤敬一断定,《讲话》根本没有涉及文艺相对独立的领域,这一观点与竹内好的观点略有不同。

此外,早稻田大学的中国文学研究会以《讲话》为课题,开展学习研讨,一些工人也被邀请参加活动。《讲话》还成为日本的一些进步剧团的活动指导思想,如齿轮座剧团组织团员认真学习这一文件,将《讲话》中的"文艺为工农兵"的观点作为活动的出发点,到工厂、农村巡回演出。

《讲话》在缅甸文艺界也产生了广泛影响。其中,缅甸著名作家、文学评论家、社会活动家吴登佩敏,对《讲话》有着比较深刻的理解与认识,在一些评论文章和演讲中屡次谈及,诸如文学创作的源泉是人们的生活、文学应该为工农大众服务、学习外国经验与接受民族传统应该批判继承、衡量文学作品的政治标准等问题,可以说,这些都是对《讲话》精神的研究与应用。抗日战争时期,吴登佩敏就来到中国,与中国共产党进行接触,并对党的文艺思想有所了解。20世纪50年代前后,在新文学运动中,受《讲话》影响,吴登佩敏提出了文艺为劳苦大众的重要问题。1948年1月,他的《使历史倒退的作家们》在《加尼览》杂志独立节专刊上发表。文章提出:"包括文学在内的艺术,不仅应像照相一样反映人的社会、人的生活,而且应该引导人们去求得生活的变化和进步。"他还问道:"谁是最坚决反对帝国主义的呢?是农民、工人和城市贫民。可是,在缅甸有没有站在劳动大众一边的文学呢?"1949年,吴登佩敏出版了论著《毛泽东的教导》一书,比较详尽地介绍了毛泽东的名著《新民主主义论》。同年9月,他在《同志》杂志上发表了《关于今日人民文学的种种问题》一文,阐述对"人民文学"本质的理解,认为,"站在包括农民、工人、城市贫民、摊贩、职员和其他劳动人民在内的广大人民一边,在人民解放进步事业中起鼓动、组织作用的,或是在反对人民的敌人的斗争中起积极作用的文学,便是人民文学"。这些观点,体现了吴登佩敏"文学必须为人民,必须创作对人民有益的文学"等一贯主张,也是他领会到的《讲话》中的基本思想。

1956年12月3日，吴登佩敏作为缅甸作家协会主席在作家节纪念大会上发表演讲，这次演讲可以被认为是他对《讲话》的深刻理解。吴登佩敏首先提出了对待文学遗产的态度问题，认为，无论是采取全盘肯定或者是全盘否定的态度都是不正确的。他以缅甸妇孺皆知的成语"没有字母'瓦'，便拼不出'维'音"做比喻，认为如果不继承文学、文化遗产，就无法创建具有民族形式的文学和文化。其次，指出文学要联系群众、联系生活，阐述了《讲话》中关于文学与人民生活、作家与人民群众密不可分的关系的深刻认识。他说："如果把继承过去的精华比喻为树苗扎根，那么联系当今社会、当今人民的生活，就等于给树浇水、吸取空气、晒太阳、施肥料一样。如果树木离开了水、空气、阳光就不能生存，脱离了人民的生活就产生不了文学。"他还说："如果我们真正要反映人民的生活，那么我们能写作的事情就像人口那样多地大量存在着。"他以形象的比喻说明了文学创作之树如果想长青不衰，就需要把人民生活当作水、空气、阳光、养料，否则，就产生不了文学。人民生活是创作的源泉。最后，他指出："我们的人民大众是我们的恩人。报答恩人的最好办法是深入研究人民的生活经验，在我们创作的文学作品中反映人民生活的各个方面，跟人民一起参加开创新生活的斗争。"[1]也正因此，吴登佩敏被缅甸《威达意》文学杂志主编、诗人敏有威称为"人民作家"，认为"一个作家使自己的作品真正为广大人民所喜爱，这是很不容易的，可是吴登佩敏是做到了这一步的，他不管写什么都能非常吸引人，具有强烈的艺术感染力。他与人民在一起，为人民而创作"。[2]

《讲话》在亚洲其他各国也得到了广泛的传播。印度、蒙古、越南、伊朗、印度尼西亚、巴基斯坦、斯里兰卡等国也都有《讲话》译本出版。《讲话》在文学创作、文艺理论建设以及革命斗争等方面对亚洲各国产生了深远的影响和借鉴意义。

---

[1] 姚秉彦、李谋、蔡祝生：《缅甸文学史》，北京大学出版社1993年版，第245页。
[2] 《人民作家吴登佩敏》，载（缅甸）《妙瓦底》1978年2月。

（二）《讲话》在苏联及东欧各国的译介与传播

《讲话》发表后，在苏联文艺界引发了高度的关注。从1950年代起，苏联不仅翻译出版了单行本《讲话》，而且在1952年、1953年，先后出版了俄文版的四卷本《毛泽东选集》，并对《讲话》的理论价值进行了高度评价，特别是对《讲话》中理论与实践相结合的观点非常关注。一直到1960年代初，苏联的一些报刊图书对《讲话》的意义及作用都相当重视。当然，1960年代中期后，由于当时中苏关系恶化等多方原因，苏联国内对毛泽东文艺思想的认识出现了一些变化。不过，总体而言，在《讲话》的评价上，大多数人还是持有比较客观公正的态度。

1950年代和1960年代，苏联初翻译出版的中国文学史著作都对《讲话》予以了较高的评价，尤其是对文艺为谁服务和如何为的问题给予了高度评价。例如，费德林在《现代中国文学概论》（苏联文学艺术出版社1953年版）中写道："毛泽东的讲话体验到中国人民命运中伟大的历史进程。他代表着亿万人民——工农兵讲话；工农兵意识到自己在严重的战斗生活中是真正的主人，他们愈来愈相信自己的力量，相信一定能战胜敌人，并且不仅在个别地区，而且将在全国庆祝自己事业的胜利。毛泽东代表人民说话，人民在社会生活中的一切领域都积极行动，并且履行着崇高的爱国主义，每日每时都在建立劳动和战斗的功勋；他们希望、并有权利希望，他们的功勋和生活，能够在文艺作品中得到真实的、现实主义的反映。"[①]

同时，苏联对《讲话》的理论价值进行了高度评价，认为它是理论与中国现实、理论与创作实践相结合的典范，对社会主义现实主义文学发展具有重要意义。费德林在《中国文学》（苏联文学出版社1956年版）"新的阶段"一节中认为，"毛泽东在延安文艺座谈会上的讲话，是运用马克思主义文艺理论于中国具体历史条件的典范，是文学艺术与政治理论结合的典范"。1959年，著名汉学家索罗金在为《中国作家短篇小说集》俄译本撰写的序言中强调：

---

① 转引自武生：《〈在延安文艺座谈会上的讲话〉在国外的传播和影响》，载《岱宗学刊》1997年第3期。

"1942年中共中央在延安召开的'文艺座谈会'就是中国解放区文学发展的重要标志。"他认为,延安文艺座谈会的重大成功在于:一是"为作家、艺术家提出了文艺要为工农兵服务的重大任务";二是向作家艺术家"指出了掌握先进世界观的重要性";三是"号召作家、艺术家创作出中国人民'喜闻乐见'的独具风格的作品"。① 由索罗金与艾德林合著的《中国文学简论》(苏联东方文学出版社1962年版)一书中也有相同的观点:延安文艺座谈会"是中国文学在社会主义现实主义发展道路上的重要标志。毛泽东根据列宁的《党的组织和党的文学》这篇著作,在座谈会上所作的讲话,分析了中国文学艺术的现状,号召全中国的文艺工作者为工农兵服务。座谈会阐明了文艺理论中许多最重要的问题,并且把文学应用于革命斗争实践","对中国文学的发展具有重大的意义"。②

在东欧各国,《讲话》的翻译、介绍与出版等传播活动主要集中在1950年代以后,译介形式也比较灵活多样。波兰、捷克斯洛伐克都在1950年先后翻译并出版了《讲话》的单行本,阿尔巴尼亚于1956年翻译并发行《讲话》的单行本,匈牙利则是最先翻译了《讲话》的"结论"部分,罗马尼亚采取的是将包括《讲话》在内的七篇文章一同收录在《毛泽东论文演讲选集》中出版发行。南斯拉夫、保加利亚等社会主义国家也都翻译并介绍了《讲话》。东欧各国对《讲话》的革命文艺、文化价值,尤其对《讲话》在国际社会主义文学发展的现实指导性等方面,都给予了非常高的评价。

(三)《讲话》在西方各国的传播及评价

相较于日本和苏联,西方对《讲话》的引介要稍晚一些。《讲话》逐步开始在西方翻译并出版,主要是到了新中国成立前后。1949年,由法国彼埃·西盖尔出版公司翻译出版的法译本是最早在欧洲传播的《讲话》版本,该译本不

---

① 索罗金:《〈中国作家短篇小说集〉俄译本序言》,见宋绍香译编:《中国解放区文学俄文版序跋集》,中国文史出版社2004年版,第301、302页。
② 转引自武生:《〈在延安文艺座谈会上的讲话〉在国外的传播和影响》,载《岱宗学刊》1997年第3期。

— 169 —

仅在欧洲传播开来，还流传到了拉丁美洲等地。法译本指出，《讲话》是毛泽东在抗日战争期间的思想结晶，尽管中国现在的社会形势和革命环境已经发生了很大变化，但《讲话》仍然有着十分重要的现实意义，并且必将深刻地影响新中国的文艺面貌。在这个译本的基础上，此后逐步出现了德文、葡萄牙文、西班牙文的《讲话》译本。

德国于1950年据法文版翻译并出版了《讲话》的德文译本，当时很多重要的报刊都对《讲话》进行了摘要刊发，或是进行相关评论。1952年5月，德国召开第三届作家代表大会，会议期间举行《讲话》发表十周年纪念大会，与会作家收到的参考文件包括最新德译本《讲话》（德国艺术学院翻译出版）。德国女作家安娜·西格斯认为，对于《讲话》需要从头到尾彻底地阅读，这样才能把握其内涵并获得某些问题的解答。《世界论坛》周刊上刊发的一篇文章认为，《讲话》的创造性在于将马克思主义文艺理论中国化，对于德国社会发展以及德国文艺活动来说，这种将普遍真理与具体实际相结合的思维方法值得深入学习与借鉴。

在欧洲的其他国家，《讲话》的翻译与出版活动主要由共产党组织进行。1950年代初，《讲话》的全文被收录在意大利共产党出版的《毛泽东选集》一书中。1951年，《讲话》的单行本由意大利共产党出版局翻译出版。到1952年，《讲话》一共有三版在意大利发行。1952年，英国共产党组织出版的《现代季刊》第4卷第1期翻译并介绍了《讲话》。此外，英国不少文艺理论家、文学批评家在自己的论著中对《讲话》中的观点加以引用并进行相关评价，一些进步文艺团体还开展了针对《讲话》译文的讨论和学习活动。

在美洲等地，《讲话》的翻译与传播要比亚洲、欧洲等地略微晚一些。1950年之前，纽约的《工人日报》就已经择选翻译了《讲话》中的部分观点。国际出版社于1950年出版了《讲话》的英文译本。1973年，美国学者梅·所罗门以《文学与革命》为题，在其编辑的《马克思主义与艺术》一书中介绍了《讲话》中关于文艺批评的相关内容："革命的艺术必须创造出样板性典型来鼓舞群众并推动历史前进：'这种文学作品或艺术作品，就能使人民群众惊醒起来，感奋起来，推动人民群众走向团结和斗争，实行改造自己的环境。'毛还在报告的另一个地方把艺术的这种富于教育的和激进化的功能说成是'革命的功利主义'，而且似乎还表明，在民族解放革命斗争时期，这种观点是在对艺术的运用上一个不可避免的、必要的阶段。"编者在书中还说："毛泽东在他的延安文艺座谈会的讲话中，强调大众化和现实主义的重要性。和这一过程相关联的，就是要求运用艺术中的民族性和人民性因素，通过群众的朴实的表达方式和他们自己喜闻乐见的形象，来打开联系群众的渠道。"

一位美国作家在谈到《讲话》时，强调了毛泽东见解的独特性，并认为，毛泽东在思想上给予美国的青年作家和艺术家很大的帮助，可以帮助他们在工人阶级中寻求属于自己的地位。美国《群众与主流》杂志的一位编辑对《讲话》有着自己的认识，他认为，毛泽东《讲话》所讲的一个中心问题，就是要让作家和艺术家与工人阶级相结合。毛泽东的《讲话》是帮助美国人民同资产阶级腐朽思想进行斗争的非常有用的武器，鼓舞着他们为争取社会正义和世界和平而奋斗。

1951年，古巴的《基本》杂志上刊载了《讲话》的译文。1961年，古巴的《马埃斯特腊山报》又一次刊载《讲话》。1962年初，古巴国家印刷局将《讲话》的全文以及其他毛泽东关于文艺的著作收录在《毛泽东论文学和艺术》一书中。在对《讲话》以及毛泽东文艺思想的评价上，古巴的很多报刊和作家给出了积极的、客观的评论。古巴著名诗人纪廉认为，《讲话》是一个具有极大价值的文件，主要是因为其中提到了为人民服务的"人民文学"概念。一篇刊载在古巴《波希米亚》周刊的文章也认为，对于进步知识分子来说，《讲话》这一文件需要认真学习，深入研究，因为它不仅可以指导全世界人民和古巴人民前进，还有助于文艺家们理解和确定在革命工作中的任务。古巴《今日报》发文称，《讲话》是以科学唯物主义为哲学基础的文艺理论体系，强调毛泽东文艺思想对革命知识分子工作的重要性。

1980年代，澳大利亚开始对《讲话》进行译介。在研究了八十余种中外各国的各类《讲话》版本后，澳大利亚学者庞尼和麦克朴格尔用英文重新对《讲话》做了翻译，并于1980年由美国密西根大学出版。译者在长达四十三页的导言中对《讲话》的重要性进行了阐述，认为，《讲话》系统整理了中国左翼文学凌乱的文学观念，在这一基础上，产生了与当时中国社会语境相适应的文学新政策，并将其付诸实施。导言中，译者给予毛泽东非常高的评价，重点强调了毛泽东在中国文学发展过程中所起的重要作用。他认为，毛泽东不仅比其他西方批评家甚至西方马克思主义理论家，在对待读者对象问题、古典文化传统方面都更具有远见。同时，译者注意到了一个非常有意思的问题，那就是，在世界文学理应占有重要位置的中国现代文学和文学批评却被当代西方马克思文艺理论家忽略了。

此外，非洲的埃及、苏丹等国家，以及美洲的墨西哥、乌拉圭、巴西、哥伦比亚等国家，都翻译出版了《讲话》。

二、延安作家作品在国外

（一）传播概况

在世界范围内，除对《讲话》进行研究外，世界各国还对延安时期代表性的作家作品进行了细致入微的研究。纵观各国研究的情况，应该说，日本和苏联的延安文艺研究走在了前列。从实际成绩来看，在对中国解放区文学的译介与研究方面，日本和苏联的成果最为丰硕。或由于意识形态接近，或由于地域接近，这两个区域的延安文艺译介研究队伍庞大、实力雄厚、成就斐然。

苏联的中国新文学研究与译介同步，始于20世纪20年代。由于意识形态的接近，苏联最早关注到了解放区文学的成就。20世纪30年代初，解放区文学引起了苏联文艺研究界的注意。1932年4月，莫斯科国家出版社就出版了由A.罗姆翻译的俄文版《萧三诗集》，这开启了苏联对中国解放区作家作品翻译和介绍的序幕。到40年代，在苏联对中国解放区文学的研究中，延安文艺成为重中之重。1949年至1959年，这段时间正好是中苏关系的蜜月期，也是苏联解放区文学研究的繁盛期。这一时期，研究解放区作家作品的著述约有一百五十篇（部），不但涉及面广，而且研究重点十分突出，主要集中在：一是对中国解放区文学进行总体观照和宏观把握的研究；二是对重点作品的研究，即对荣获1951年度斯大林文艺奖的两部长篇小说《太阳照在桑干河上》和《暴风骤雨》以及新型人民歌剧《白毛女》的研究；三是重点作家作品的研究，表现为对赵树理、马烽等作家反映中国农村生活的作品的研究，以及对刘白羽、魏巍、陈登科等作家的军事题材作品的研究；四是对萧三、艾青、田间、柯仲平、何其芳、李季等诗人及其关于战争年代的诗歌的研究。20世纪30年代初《萧三诗集》的出版到80年代末艾青《太阳的话》的出版，半个世纪间，经苏联汉学界和出版界的努力，"中国解放区文学代表作家的代表作品诸如《白毛女》、《太阳照在桑干河上》、《暴风骤雨》、《李家庄的变迁》、《李有才板话》、《新儿女英雄传》、《吕梁英雄传》、《地雷阵》、《高干大》、《白求恩大夫》、《红旗呼啦啦飘》、《原动力》、《火光在前》、《谁是最可爱的人》、《三千里江山》、《战斗里成长》、《保卫延安》、《红日》等都已全部译成俄文"[①]。

紧随其后的是日本。1937年10月，奥野信大郎翻译丁玲创作的《松子》，发表在《山田文学》12卷10号上，这是日本对中国解放区作家作品的最早翻译和介绍。20世纪30年代初到80年代，短短半个世纪，日本文艺界翻译并出版了丁玲作品五十余种（次），短篇小说《我在霞村的时候》的翻译共有八个版本，前后出版了八次；长篇小说《太阳照在桑干河上》有四种版本，前后出版了五次。赵树理作品的翻译仅次于丁玲，共计四十六种（次），《李家庄的变迁》有五种版本，前后出版了五次。此外，刘白羽、孙犁、萧军、欧阳山、周而复、周立波、马烽、孔厥、严文井、徐光耀等的作品，艾青、何其芳、萧三、鲁黎、田间、贺敬之、李季、阮章竞等的诗歌，周扬、胡风等文艺理论家的著述，都被翻译介绍到了日本，数量颇为可观，保守计算有近八十种（次），基本涵盖了解放区文学的代表作品和著述。20世纪五六十年代，毛泽

[①] 宋绍香：《新生活，新人物，新思维——苏联学者中国解放区文学译介、研究概观》，见宋绍香译编：《中国解放区文学俄文版序跋集》，中国文史出版社2004年版，第7页。

东《讲话》以《现阶段中国文艺的方向》《文艺讲话》为题得到翻译出版。茅盾、郭沫若等编撰的《毛泽东思想与创作方法——延安文艺讲话发表十周年纪念论文集》同时被翻译出版。不难看出,日本文艺界极其重视中国解放区文学的翻译与介绍,并保持着动态关注。

1938年,丁玲创作的短篇小说《入伍》由美国《新创作》第5期译载,由此拉开了美国译介中国解放区作家作品的序幕。美国对中国解放区文学的译介与研究,主要以丁玲的译介和研究为中心。虽然涉及面较窄,但从总体来看,却呈上升趋势,特别是在丁玲研究方面,可以说是后来者居上。从30年代初开始,美国出版了丁玲作品的译作二十余种。由于意识形态等因素的影响,50年代,美国的解放区文学译介可谓停滞不前,这一时期仅翻译出版了丁玲的《生活与创作》(载美国《中国文学》1954年第3期)。直到70年代末、80年代初,才逐步扩大译介范围,除了1972年出版的巴恩斯顿译《毛泽东诗词》,1980年至1981年两年,出版了丁玲的《太阳照在桑干河上》(E. 巴罗译)、《我在霞村的时候》(加·比乔格译)、《在医院中》(加·比乔格译),以及赵树理的《套不住的手》(K. 毛、K. 杨译)等多部译著。总体来看,美国汉学界机构庞大,实力雄厚,尤其美籍华人、汉学家众多,也促使中国解放区文学的译介与研究不断推进。

与学者的作品译介不同,美国还有一个特殊的群体,他们最先来到中国,以亲身经历向世界展示中国。这一特殊研究群体主要是来华的美国新闻记者,其中影响较大的有埃德加·斯诺、海伦·斯诺(笔名为尼姆·威尔斯)、史沫特莱、斯特朗、杰克·贝尔登、E. 里夫、艾诺莫斯、斯坦因等。20世纪20年代,这群血气方刚的年轻美国记者,在民间或战地的采访过程中,亲身了解和感受到了中国劳动人民的疾苦,目睹了红色政权的先进和国民党政府的腐败,同情中国人民,理解中国的革命文学,积极向美国和世界介绍中国革命文学。其中,最具代表性的是埃德加·斯诺。他致力于中国新文学的译介和研究工作,将新生的解放区文学介绍给美国和世界读者。他和夫人海伦·斯诺花了五年时间编译了《活的中国——现代中国短篇小说选》一书。

欧洲对中国解放区文学的译介与研究重点集中在丁玲、赵树理、艾青等人的作品上。西欧对中国解放区作家作品的译介也是从丁玲的作品译介开始的。西欧对作为左联作家丁玲的译介始于20世纪30年代初。1933年，由徐仲年翻译的丁玲的《水》在法文《上海日报》的《今日中国文学》专栏刊载。而丁玲作为解放区文学作家的作品最早由英国译介。1936年，英国伦敦乔治·G.哈拉普公司出版了埃德加·斯诺所编的《活的中国——现代中国短篇小说选》，其中收录了丁玲的《水》《夜会》《消息》。此外，西欧对其他中国解放区文学的译介大多始于50年代初期，如这一时期法国出版了赵树理的《李有才板话》（载法国《欧罗巴》1950年）、《小二黑结婚》（亨利·卡孙译）和艾青的《我的父亲》（李治华译）等；德国出版了丁玲的《太阳照在桑干河上》和赵树理的《李有才板话》两种版本、《李家庄的变迁》三种版本等。到了七八十年代，欧洲对包括解放区文学在内的中国现代文学的译介与研究开始进入一个崭新的时期，无论从译介范围的拓展还是从研究对象的开掘方面，都显示出一种兴盛的势头，其重要标志是1980年6月中国抗战文学国际研讨会的召开。这次会议在法国巴黎召开，有来自美国、加拿大、英国、法国、德国、意大利、荷兰等国家的百余名汉学家参加。会议还特邀中国著名解放区作家、诗人、评论家刘白羽、艾青、孔罗逊、马烽等出席。这次会议共讨论了七个专题，其中直接涉及解放区文学的专题有四个："延安的大作家""向丁玲致敬""文学里的抗战、革命与民族主义""诗人们：向艾青致敬"。可以说，这次研讨会将欧洲的解放区文学译介与研究推向了一个高潮。丁玲、艾青、赵树理、周立波等解放区作家的作品再次成为欧洲，尤其是法、德、捷克等国出版界的热门选题。这些国家的出版界接连出版了艾青的《艾青诗集》（法国，1979年），丁玲的《莎菲女士的日记》（德国，1980年）、《大姐：丁玲选集》（法国，1980年）和赵树理、孙犁、王汶石、周立波、刘白羽等"对中国现代文学作出宝贵贡献的知名作家"的作品（法文版《奴隶的心》1980年版）。[①]

[①] 参见钱林森：《中国文学在法国》，花城出版社1990年版，第223页。

20世纪40年代末、50年代初，东欧国家开始翻译介绍中国解放区的作家作品。丁玲的《太阳照在桑干河上》和赵树理的《李家庄的变迁》是东欧国家翻译介绍的重点。丁玲的《太阳照在桑干河上》先后被保加利亚的索菲亚工会出版社（1949年）、匈牙利布达佩斯的西克拉出版社和雷依瓦出版社（1950年）、波兰的华沙书籍与知识出版社（1950年）翻译出版。赵树理的《李家庄的变迁》先后被布达佩斯的西克拉出版社和雷依瓦出版社（1950年）、波兰的华沙书籍与知识出版社（1950年）、捷克作家出版社（1950年）翻译出版。此外，20世纪50年代，《太阳照在桑干河上》《我在霞村的时候》《李家庄的变迁》《李有才板话》等作品，在越南、朝鲜、印度等亚洲国家和巴西等南美国家相继翻译出版。另外，刘白羽、贺敬之、孙犁、魏巍、田间、马烽、李季、萧军、周而复等解放区作家的作品也得到了国外研究界的关注。由于意识形态的差异和时空的间隔，这些研究尽管不乏理性、公正的学术见地，但仍存在一定的隔膜和偏见。

中国解放区文艺的国外研究，翻译和介绍了中国解放区的主要作品，并涌现出一批颇有建树的研究专家，像苏联的切尔卡斯基、费德林、艾德林等，日本的小野忍、冈崎俊夫、鹿地亘等。他们的研究中，丁玲、赵树理、周立波、艾青等解放区代表性作家的作品得到了充分研究。

（二）延安文艺经典作品在国外

1.小说的传播与影响

据不完全统计，世界上相关出版社、杂志社刊载的关于丁玲文学的研究专著多达345篇（部），其中，日本尾坂德司的《丁玲入门》、日本中岛碧的《丁玲的轨迹》、美国梅仪慈的《丁玲的小说》堪称众多研究成果中之力著。丁玲之所以成为国外研究的重点作家，一方面是其《莎菲女士的日记》《水》《三八节有感》《我在霞村的时候》《太阳照在桑干河上》等众多杰作的艺术魅力，另一方面是丁玲独特的艺术个性、传奇色彩浓厚的人生经历引起了国外研究者的注意。

美国著名学者加里·约翰·布乔治在博士学位论文《丁玲早期生活与文学

创作（一九二七——一九四二）》中指出，丁玲的文学创作是独特的，其作品不是作家个人生活的描述，而是社会生活的反映。这些作品"具有很高的研究价值，可作为一件件艺术珍品来欣赏。可以说，她的文学作品是本世纪二十年代至四十年代中国文学发展和演变的范例"①。美国权威学术著述《二十世纪世界文学百科全书》收录的"丁玲"条目这样写道："丁玲作为一个二十世纪最有力量、最活跃的作家，在中国文学史上，仍占据着一个显著的位置。"②

丁玲研究者梅仪慈的研究成果甚为丰硕，有专著《丁玲传》（1975年）、《文学的用途：丁玲在延安》（1978年）、《丁玲的小说：现代中国文学中的思想性和记叙体》（哈佛大学出版社1982年版）等。她在《丁玲的小说：现代中国文学中的思想性和记叙体》中为丁玲鸣不平："有些批评家（指西方的——笔者注）认为，丁玲后来的作品与早期作品相比有不少变化，而这些变化只能说明她在艺术上走下坡路。此类批评家往往不分青红皂白地断定，政治信仰必然降低文学质量。"但是，梅仪慈认为，恰恰相反，正因为丁玲"在政治、意识形态不断变化的情况下，仍然继续努力创作并卓有成就，所以她成了人们十分关注的典型的研究对象"。③梅仪慈指出，局外人以西方的自由观点看问题，可能认为艺术自由和政治限制之间存在着明显的冲突，但丁玲并不这样看问题。丁玲在努力进行自觉的文学实践时，总是以尽可能严肃的态度对待党的文学艺术政策。丁玲对革命文学的界限的探索，在特定的约束之下进行创造性的写作，可以说获得了一系列的成功。所以，梅仪慈说："正是意识形态的作用和相应的表现手法之间产生的关系，以及作家在处理这种关系时各种不同的成功或失

---

① 加里·约翰·布乔治：《丁玲的早期生活与文学创作（一九二七——一九四二）》（节译），见孙瑞珍、王中忱编：《丁玲研究在国外》，湖南人民出版社1985年版，第101页。
② 《二十世纪世界文学百科全书·丁玲》，李辉译，见孙瑞珍、王中忱编：《丁玲研究在国外》，湖南人民出版社1985年版，第394页。
③ 梅仪慈：《一个幸存的作家》，见孙瑞珍、王中忱编：《丁玲研究在国外》，湖南人民出版社1985年版，第514、515页。

败，使她的文学作品具有重要性和复杂性。"①

日本著名翻译家、文学评论家中岛碧在《丁玲论》一文中对丁玲的创作风格演变进行了论述。他认为，丁玲的作品风格发生过几次变化，由"自我表白型"小说变为"长篇客观型"小说，前者的代表作是《莎菲女士的日记》，后者的代表作是《太阳照在桑干河上》。在论述"自我表白型"小说时，他指出：在对于青年男女的性爱的描写上，"丁玲比她先辈或同辈中的任何一位作家（不论男女）都出色。甚至可以说，敢于如此大胆地从女主人公的立场寻求爱与性的意义，在中国近代文学史上丁玲是第一人"②。

苏联学者对丁玲文学的高度评价更是不言而喻，授予《太阳照在桑干河上》斯大林文艺奖二等奖（1951年度）。学者从题材选择、艺术手法等方面，对丁玲的小说创作予以了较高的评价。苏联著名汉学家波兹德涅耶娃在《太阳照在桑干河上》俄译本序言中指出："这部小说全面地而非简单化地反映了土改这一复杂进程"，作品以"大部分篇幅描写了解放区的新人、新的组织——……解放区农村日常生活的一切新事物"，与此同时，作品"非常注意描写农村的反动势力"——"解放区的土地改革以其全部的复杂性被展现在我们面前"。③波兹德涅耶娃对作品描写人物之众多、反映事件之复杂、题材之宏巨予以充分肯定。苏联学者H. 费德林对此也有相似的看法。他认为："总的看来，小说开头部分比后面写得更充实、宏伟，读者捧读起来就会想到，自己是在读一部史诗。"④他还指出，这一长篇小说的史诗性内容，固然与它题材的宏巨性有关，但更为重要的是："丁玲既不简单化也不夸大地反映了包涵着全部复杂性和多样化的生活真实。也许作家的才能在这里表现得最为充分

---

① 梅仪慈：《一个幸存的作家》，见孙瑞珍、王中忱编：《丁玲研究在国外》，湖南人民出版社1985年版，第530页。
② 中岛碧：《丁玲论》，见孙瑞珍、王中忱编：《丁玲研究在国外》，湖南人民出版社1985年版，第170页。
③ 波兹德涅耶娃：《〈太阳照在桑干河上〉俄译本第二版序言》，见宋绍香译编：《中国解放区文学俄文版序跋集》，中国文史出版社2004年版，第29、31页。
④ H.费德林：《丁玲印象记》，见孙瑞珍、王中忱编：《丁玲研究在国外》，湖南人民出版社1985年版，第400页。

和多方面。这位语言艺术家所描写的暴风雨将面临的情景是令人难忘的。"①波兹德涅耶娃对丁玲的这部作品能够达到如此艺术效果也做了深入的分析。她认为:"长篇小说《太阳照在桑干河上》的基本优点是运用现实主义手法描写人,就其全部复杂性和多样性方面描写中国农村的活生生的人。"②她还指出,丁玲继承中国近代长篇小说传统,对作品中每个主要人物都写成一个单独的短篇,从而展示其经历与性格特征。因此,波兹德涅耶娃评价道:"这部作品,就其艺术技巧,其展示形象和事件的现实主义手法而论,表明了女作家的长足进步","表明了丁玲创作已进入符合创作规律的时期","对创建新民主的真正的现实主义文学做出了重大贡献"。③

总之,如美国学者梅仪慈所言:"我所要强调的是,我们把《桑干河上》看成一部独特的小说,它的各个组成部分才有意义;在同一类型小说中,它是一部高度完美的作品。"④

日本研究界高度肯定赵树理的创作,而且普遍注意到了其作品中叙述方式和思想主题的创新。日本研究界认为,赵树理的文学创作开启了中国新文学的"第三个转折期",不仅代表了中国"北方文学",更是一种文学史上从未出现过的新型的"人民文学"。

引起苏联读者和文艺批评界注意的是赵树理的中短篇小说。《李家庄的变迁》在《远东》杂志1949年第2期翻译发表之后,苏联的《文学报》《列宁格勒真理报》《文化与生活》《西伯利亚火花》等刊物相继推出了赵树理的作品翻译及研究文章。

美国的西里尔·贝契则主要研究了赵树理的《小二黑结婚》和《李有才板

---

① H.费德林:《中国文学》,国家文学出版社1955年版。
② 波兹德涅耶娃:《〈太阳照在桑干河上〉俄译本序言》,见宋绍香译编:《中国解放区文学俄文版序跋集》,中国文史出版社2004年版,第32页。
③ 波兹德涅耶娃:《〈太阳照在桑干河上〉俄译本第二版序言》,见宋绍香译编:《中国解放区文学俄文版序跋集》,中国文史出版社2004年版,第10页。
④ 梅仪慈:《太阳照在桑干河上》,见孙瑞珍、王中忱编:《丁玲研究在国外》,湖南人民出版社1985年版,第302页。

话》。他认为，在中国文艺发展与政治诸方面，《小二黑结婚》的出现都是具有现代历史意义的标志性事件。

1951年，周立波凭借长篇小说《暴风骤雨》获得了斯大林文艺奖三等奖。1960年代初，东京大学中国文学研究室编著的《中国名著鉴赏与批评》一书由日本东京劲草书房出版，收录了安岛彬撰写的研究《暴风骤雨》的文章。安岛彬认为，《暴风骤雨》和《太阳照在桑干河上》在艺术成就上可谓不相上下。

2.新歌剧的传播与影响

新歌剧方面，《白毛女》以真正的人民作品的艺术魅力，不仅在国内广为流传，在国外也闻名遐迩。20世纪50年代初，《白毛女》在莫斯科国立赫坦戈夫剧院上演后，反响强烈，随之在列宁格勒等其他苏联城市和加盟共和国演出，场场座无虚席，演出盛况空前，引发了学术界的关注。索罗金、艾德林在评论文章中指出，《白毛女》歌剧上演后受到了令人惊奇的欢迎，他们认为，"该歌剧的悲剧魅力、内容的朴实与真实性以及音乐的人民性，都使《白毛女》成为中国文学的教育人民奋起投入解放斗争的优秀作品之一"[①]。《白毛女》俄译本译者之一、著名汉学家罗果夫为该剧本写的序文，可以看作一篇精湛的《白毛女》评论文章。他的文章综合了当时诸家之说，因此非常具有代表性。其主要论点：一是，《白毛女》是一部真正的人民艺术作品。他认为，《白毛女》具有人民艺术的一切特征。"《白毛女》的艺术品格在于，它是一部千百万中国人民群众都能看懂、都感到亲切的作品，是一部真正的人民的作品。"二是，《白毛女》的音乐富有艺术魅力。他认为，《白毛女》的音乐独具特色。"通过包括中国传统乐器的乐队的演奏，使歌剧《白毛女》产生了强烈的艺术效果。"三是，《白毛女》用人民语言写成，生动而形象。他指出，剧作广泛运用了对比手法和生动的人民语言，"甚至在次要的场景中，其人物对话的色调与鲜活性都能创作出一幅独特的极具艺术表现力的图画"。基于以上理由，罗果夫得出结论："人民歌剧《白毛女》是中国现代文学的最动人

[①] 索罗金、艾德林：《20世纪40年代的中国人民文学》，见宋绍香译编：《中国解放区文学俄文版序跋集》，中国文史出版社2004年版，第314页。

心弦的作品之一。"①这也可以被认为是苏联学术界对《白毛女》客观准确的评价。

在日本，有关解放区新歌剧的译介与评价成果，有20世纪50年代后期林雪光撰写的《中国的新歌剧〈白毛女〉》（载《神户外大论丛》1951年第1号），文章概述了《白毛女》的主要内容。岛田政雄和坂井照子等于1952年12月将《白毛女》全部译出。同年11月，他们在《关于鲁迅艺术学院》（载《人民文学》1952年第1号）中，涉及新歌剧时还提到，"延安文艺当然离不开鲁艺"，并介绍了鲁迅艺术学院的戏剧创作活动。日本学界最早用文学运动理论阐释解放区新歌剧的是小野忍。小野忍在他的两篇论文《艺术大众化问题》（载《变革时期的中国研究》1955年4月）和《新歌剧》（载《中国文学杂考》1965年12月）中，概括了解放区的演剧活动。他注意到，由此产生的新型舞蹈、歌舞剧、歌剧，虽然"朴实无华"，但"其中有许多发展性的要素"。后来，秋吉久纪夫也以此理论为基础，运用具体资料阐述了抗日战争时期华北抗日民主革命根据地的演剧活动。

3. 诗歌的译介与研究

日本在解放区诗歌译介与研究方面，最早是坂井德三有关艾青《吴满有》的介绍。直到20世纪50年代，日本才将解放区诗歌真正作为研究对象，其中有代表性的如志贺正年的《中国新文艺的一个侧面》（载《中国语杂志》1951年第5卷第5号）、石田武夫的《现代中国的长诗》（载《彦根论丛》1959年10月）、秋吉久纪夫的《中国现代叙事诗》（载《中国文艺座谈会（二）》1959年10月）等。这二位研究者都将李季的《王贵与李香香》看作新的叙事诗的形成标志。秋吉久纪夫还谈到了田间的《赶车传》和阮章竞的《圈套》。秋吉久纪夫深入细致地研究解放区诗歌，其中《近代中国文学运动的研究》（九州大学出版社1979年版）对解放区文学运动，特别是诗歌运动进行了系统描述，填补了日本对1920年至1942年间海陆丰地区、江西苏区等地的文学运动研究的

---

① 罗戈夫：《歌剧〈白毛女〉俄译本序言》，见宋绍香译编：《中国解放区文学俄文版序跋集》，中国文史出版社2004年版，第54—57页。

空白。他认为，这些文学运动正是后来文学运动的雏形，其中已经显现出了1942年《讲话》主体性形成所具有的各种因素。秋吉久纪夫对李季、田间、阮章竞、魏巍、方冰、柯仲平、艾青、陈辉等作家也都做了研究，尤其是系统分析了田间的诗歌特征，如《田间的诗及其变迁》（载《现代中国语综合研究会编》1967年9月第3号）。秋吉久纪夫在《华北根据地的诗歌运动》（载《中国文学论集》1976年3月第5号）中，依据原始资料，详细叙述了延安的朗诵诗运动及晋察冀的街头诗等，以此说明现代中国文学运动的各种现象、实际内容及发展特征。从事此方面研究的还有上尾龙介，他以晋察冀地区为重点进行研究比较，特别是对诗人陈辉做了深刻的探讨。

苏联对解放区诗歌研究比较有影响的学术著作有：彼特罗夫《艾青评传》（1954年），马尔科娃《中国民族解放战争时期的诗歌》（1958年），费德林《中国新诗集（1919—1958）》（1959年），切尔卡斯基《中国20—30年代的新诗》（1972年）和《中国战争年代的诗歌》（1980年）。其中，成就最大的当属彼特罗夫和切尔卡斯基。

彼特罗夫最早关注的是中国新诗，对中国新诗的发展趋势尤感兴趣，20世纪50年代初撰写的《当代中国诗歌》（1951年）就是一篇难得的学术论文。而且，他同艾青、萧三、田间、柯仲平、严辰、李季等解放区诗人都有着密切联系和友好往来。在研究中，他逐渐倾向于对艾青的研究，1954年，推出了学术专著《艾青评传》。该著深入研究艾青各个时期的作品，深刻分析艾青的文艺美学观、独具特色的创作风格及自由诗体诗歌的艺术魅力，注意揭示诗人与时代、与中国人民的民族独立斗争及其胜利的关系，尤其注意艾青诗作的爱国主义与国际主义基调。彼特罗夫的研究，无论在苏联汉学界，还是在国际汉学界，甚或在中国的艾青研究方面，都具有首创性的意义和领先地位。

切尔卡斯基从20世纪70年代初开始就潜心研究中国20年代至40年代的新诗，涉猎数百种中国新诗集，连续推出两部有关中国新诗研究的著作：《中国20—30年代的新诗》（1972年）和《中国战争年代的诗歌》（1980年）。作者以翔实的资料，首次运用世界文艺学理论，分析两个不同历史时期的中国各种艺术流派诗人创作的美学思想和艺术特色,评论中国自由诗、欧化诗、抒情诗和史诗,细致研究包括艾青、田间、柯仲平、萧三、何其芳、王亚平、蒲风、严辰、阮章竞、李季等解放区诗人在内的中国现代诗人的创作。切尔卡斯基认为,20年代至30年代的中国诗歌作品,在许多方面确定了诗歌尤其是战争诗歌的未来命运。他指出:"中国诗歌已成为世界文学交往中的积极参与者,它与东西方各国文学的直接和间接的联系在加紧扩大和深化,因而得到了迅速发展。"[1]

费德林主编的《中国新诗集(1919—1958)》(国家文艺出版社1959年版),由艾德林、切尔卡斯基、基托维奇等三十五位汉学家参与翻译,编选了1919年至1958年间的中国新诗。其中,包括了五四时期、革命战争时期以及新中国成立初期的诗歌作品。该诗集共编选四十一位中国新诗人的作品,除郭沫若、刘半农、康白情、闻一多、朱自清、冰心、冯至、蒋光慈、殷夫、臧克家等十几位中国现代诗人的作品外,其余几乎全部都是解放区诗人的作品。这些诗作的作者为毛泽东、刘伯承、柯仲平、萧三、蒲风、何其芳、卞之琳、力扬、田间、王亚平、严辰、戈壁舟、李季、阮章竞、张志民、贺敬之、郭小川等。由此可见,中国解放区诗歌在编选者心目中的位置。主编费德林在《前言》中指出:20年代末至30年代,"中国文坛又出现了许多优秀诗人,他们是:殷夫、冯至、蒋光慈、蒲风、柯仲平、何其芳、臧克家、田间、萧三";抗日战争时期,"又走来了一批新诗人,他们是:王亚平、袁水拍、严辰、沙鸥、李季及其他一些诗人"。此外,费德林撰写了有关艾青的长篇评论文章《艾青:生平与时代》,比较全面地论述了艾青的诗歌创作。费德林认为,艾青是自由诗体的艺术大师,"在他的诗里充盈着清新的泥土色彩和气息",他"能赋予作品以独具一格的美丽的画面和多姿的形态"。费德林指出,"艾青诗歌的特点是以深刻的现实主义干预生活的现实性"。同时认为,诗歌创作劳动是世界上最平和的、最受人尊敬的劳动之一,在这里,艺术家(艾青)的犁

---

[1] 费德林.《中国文学研究与翻译在苏联》,宋绍香译,载《岱宗学刊》1997年第2期。

"耕出了灵感的田地","播下了善良和真理的种子"。①

值得关注的是,到了20世纪80年代末期,苏联汉学界对艾青的诗歌有了深入细致的研究。1989年,切尔卡斯基翻译出版了艾青诗选《太阳的话》(虹出版社1989年版),并在序言中精炼地概括了艾青诗歌的艺术成就和审美价值;1993年,他又推出艾青研究专著《艾青:太阳的使者》(东方文学出版社1993年版),对艾青进行了全面细致的研究。这一时期,苏联学者对艾青有了全新的评价,认为,"艾青的抒情诗的主旋律是歌颂全人类","艾青抒情诗的明确的全人类方向是其抒情诗富于生命力的根源"。同时指出,艾青诗歌的特点是"语言的自然性",其自由诗体"就是那种在一切多样、复杂的事物中善于最准确地判定和表现'生命源流'的诗体形式",人类的"生命的价值,在艾青的优秀诗篇中,不露声色地、原原本本地流露了出来"。②所以,汉学界一般认为,艾青是世界级的中国诗人,他们执着地提及艾青在世界的定位问题。"在20世纪世界诗坛上应把中国诗人——艾青放在谁并列的位置?"切尔卡斯基说:"今天,在评论艾青五十多年的创作道路时,我们试图回答这个问题。"他追忆了半个多世纪以来,艾青"与祖国人民同患难共胜利",以自己的诗歌,唤起民众的"危机意识",激发人民的"民族感情","鼓舞人民投入社会主义建设"的创作道路后,指出,艾青的"这些美德都是世界著名诗人如纳兹·希克麦特和帕勃洛·聂鲁达所共有的。他们创作的所有诗歌作品,和艾青的作品一样,都唤起了这个世界上最需要的良知和人格、勇敢和英雄主义、善良和希望"。③

三、延安文艺的世界传播经验

革命战争是促成延安文艺形成的一个重要因素。从某种意义上来说,延

---

① 转引自宋绍香:《中国新文学俄苏传播与研究史稿》,学苑出版社2017年版,第108页。
② 索罗金:《"我对这土地爱得深沉……"》,见宋绍香译编:《中国解放区文学俄文版序跋集》,中国文史出版2004年版,第281页。
③ 切尔卡斯基:《〈太阳的话〉俄译本序言》,见宋绍香译编:《中国解放区文学俄文版序跋集》,中国文史出版2004年版,第298—299页。

安文艺所反映的是一种战争文学形态，它同侵略与反侵略、压迫与反压迫的革命斗争紧密相连。与其他文学相比，在这一背景下形成的文学往往表现出一种意识形态色彩，更进一步说，这种文学本身就是一种意识形态，而且这种意识形态色彩往往表现得非常突出。美国学者梅仪慈认为，意识形态运用在作品分析时，理应剔除它内在的政治色彩，将其视为中性词加以运用，这样才相对公允，如此它便会成为一种客观考察和阐述所叙述内容并发现各种因素之间相互关系的有用"理性工具"。而这一标准也就成为国外研究者研究延安文艺的一个尺度。于是，对于延安文艺这样意识形态色彩浓厚的文艺样态，身处不同社会制度的国外研究者才能以客观公允的态度对其进行翻译、介绍和研究，并给出相对公正的评价。

当然也有观点认为，延安文艺之所以能够引起国外研究者的兴趣，正在于它所具有的意识形态特征，这一特征与他们身处的文化环境迥然不同。对这种异质文化的探究，与当时二战前后西方知识分子对人类未来充满迷茫之感有内在的关联。很多西方研究者希望从对中国文学的研究中获得解决自身文化前途的方法。

在研究延安文艺的众多国家中，日本是一个特殊的存在。日本是近代以来侵略中国的主要国家，又是二战的战败国，却在中国文学研究，特别是有关延安文艺相关作家作品的翻译、介绍与研究方面，可以说不遗余力，其中的缘由值得讨论。对此，有中国研究者认为，日本之所以在中国"人民文学"方面有着极大的兴趣，一方面是因为日本社会发展和日本文学发展的需要，另一方面是因为中国的"人民文学"可以提供给他们重新认识中国、重新处理中日关系的某种可能。换言之，日本通过对以延安文艺为代表的中国文学的译介与研究，希望从这种相异的中国文化中探寻自我，表现在学术上就是一种所谓的文化反省思潮。竹内好和小野忍两位汉学家就是这一思潮的最典型的代表。在他们看来，中国的解放区文学作品是最好的促使日本自我反省的教材，而且认为，赵树理的很多作品，如《李家庄的变迁》就是一部了解中国抵抗日本侵略的很好的作品。①西野辰吉作为三次被征召到侵华战争中的日本学者，结合自己服役的经历，深有体会地认为，自己一读到中国的文学作品就像条件反射一样会联想到，包括自己在内的全体日本民众和中国民众处于一种加害者和被加害者的关系中。②由此不难看出，日本学者对解放区文学的译介与研究，并非出自文学研究之目的，而是借文学研究来进行自我反省，反观战败原因，进而树立一种新的自我意识。

与日本不同，苏联汉学家的研究，始终以科学的马克思主义世界观、美学观来审视解放区文学作品，"要求艺术家从现实的革命发展中真实地、历史地和具体地去描写现实"③。他们认为，一部优秀的艺术作品，应反映重大的历史变革，反映社会性质，从而唤起人民，"使他（工人即人民——笔者注）认清自己的力量、自己的权利、自己的自由，激起他的勇气，唤起他对祖国的爱"④。因此，在社会主义现实主义这一新的美学标准下，苏联汉学家把握住了中国解放区文学的实质与关键：中国解放区文学是继承中国人民文学传统，描写人民（工农兵）、为人民（工农兵）服务的真正的人民文学；延安文艺座谈会是其发展的标志和源泉，解放区文学的特征可以概括为"新生活，新人物，新思维"。⑤

延安文艺经典在世界范围内的广泛传播引发了国外学者的极大关注与深入研究，其特点主要表现在以下几个方面：首先，国外研究者对延安文艺的研究比较集中，一是对《讲话》的翻译、介绍和研究，二是对重要作家作品进行译介和专门研究，比如对丁玲、赵树理、周立波等人的文学创作经历以及作品进

---

① 参见釜屋修：《赵树理研究与小野忍》，潘世圣译，见刘柏青、张连第、王鸿珠编：《日本学者中国文学研究译丛》（第1辑），吉林教育出版社1986年版，第186页。
② 参见西野辰吉：《竹内好译编〈鲁迅作品集〉小野忍译〈赵树理登记〉》，载（日本）《近代文学》1953年8月号。
③ 转引自李毓榛主编：《20世纪俄罗斯文学史》，北京大学出版社2000年版，第3页。
④ 皮柯维支：《马克思主义文学思想与中国》，尹慧珉译，见《国外中国文学研究论丛》（中国现代文学专辑），中国文联出版公司1985年版，第9页。
⑤ 索罗金：《〈中国作家短篇小说集〉俄译本序言》，见宋绍香译编：《中国解放区文学俄文版序跋集》，中国文史出版社2004年版，第301、302页。

行了细致深入的研究。其次，国外从事延安文艺研究的国家呈现出比较集中的势态。主要国家有苏联、日本，他们对延安文艺的翻译、介绍以及研究可以说走在了世界其他国家之前，而且，他们的研究实力非常强，也取得了非常丰厚的成果，为世界其他国家乃至中国的延安文艺研究提供了丰富和宝贵的研究资料。最后，国外延安文艺研究者有很多曾久居中国，对中国尤其是延安有着较为深入的了解，甚至获得了不少弥足珍贵的资料。他们在研究过程中能够从不同文学、文化视角对延安文艺作品进行多重解读，这就拓宽了延安文艺的研究思路。

当然，不可否认的是，国外的延安文艺研究也存在较为明显的不足。这主要表现在，国外延安文艺的研究者中虽然有一些对中国社会、文化有着较为深刻的了解，但是，由于时空的限制，在历史文化观念、意识形态等方面仍难免存在一定的偏颇，对当时中国人民的抗日战争的理解存有距离，而这些差异会不可避免地影响延安文艺研究。体现在研究视点方面，国外研究者的研究视点较为局限，显得不够开阔，研究重点仅局限在对具体作家的个案研究上，缺少必要的文学史视野，既不能将延安文艺研究与中国文艺思潮的演变相联系，又没有将延安文艺置于世界文学的整体格局中进行史学性阐释。当然，更谈不上将延安文艺的研究与马克思主义文艺理论相联系。显然，国外延安文艺研究者在研究延安文艺过程中出现的这些问题，很大程度上可以说是由社会、时代环境造成的，有些因素是客观存在的、不为人的意识所掌控的。但是，随着时代的发展，延安文艺在世界范围内的研究定将不断深入展开。

第六章 延安文艺体制的建构及当代实践

文学由传统向现代转型，一个显著的特征就是文学的生产方式发生了变化，即由个体的社会经验的直接书写转变为多种社会力量的参与，如报纸杂志的发行和出版，文学社团的组织和规约，国家机构的审查和监督，以及读者的接受和批评，等等。文学成为受体制约束的文学生产行为。延安时期，文学社团和文学组织的兴起、运作是文学体制形成的重要表征之一。作家被纳入社团群体的时候，文学活动就有了较为规范的计划和组织，也就被纳入整个社会的运行机制，成为社会体制中一个发挥推进社会发展作用的元素。因此，当作家和文学创作被纳入一定的体制，这种体制必然会对文学的生产、传播、接受等产生重要的支配和引导作用。

延安文艺制度的生成与新中国的文艺体制建构之间有着相当密切的关联。《讲话》是毛泽东文艺思想的集中呈现，包含了文艺制度建设的基本思想，指导着延安文艺的发展和文艺制度的建设。延安文艺制度就是在这种具有纲领性的理论中，经过党和文艺工作者的具体实践建立起来的。《讲话》不仅是新文学的历史经验及延安时期文艺发展状况的总结性文献，也是对新中国文艺发展方向的愿景规划，是确立延安文艺制度和新中国文艺体制的总纲领、总方向。

延安文艺在实践过程中所积累的经验，基本被沿用于当代文学范式的建构，成为运用行政强制力来推行的文学制度和规范，并且成为新中国的文艺体制。新中国文学具有鲜明的一体化特征。这种一体化，除了表现为占主导地位的文学的意识形态特征，还充分体现在这一时期文学的组织方式、生产方式的特征：包括文学机构、文学报刊，写作、出版、传播、阅读、评价等环节的高度一体化的组织形式，以及因此建立的高度组织化的文学世界。

　　文艺体制的一体化要求作家严格按照体制所规定的任务去实现自己的职责。不仅如此，文艺刊物、图书出版、经销发行以及稿酬评奖等一系列活动都因为物质的调配与经济的划拨而被国家意志监管和掌控。作家的创作思想被制约，文学刊物和出版发行被监管，文学作品被文艺批评规范，同样，读者的阅读间接地被规训，文学的整个生产过程和每个环节都被纳入政治体制，其生产方式带有很强的计划性和强制性。

　　正因如此，新中国成立后的文艺经过短暂的辉煌后，陷入了题材单一和表现手法程式化等方面的困境。这正说明了，当代文学要发展，需要总结和正视延安文艺制度的正反两方面的经验、教训，根据文艺创作的自身规律进行改革，与时俱进，这样才能有利于中国文艺事业的发展。

文艺体制是保障文艺工作正常运行和有序发展的机制形式，是政党和国家保证文艺路线、方针、政策有效贯彻执行的管理体系和组织机构。在现代社会，无论何种社会性质和政治制度，执政者都会建立与社会、时代较为一致的文艺制度，并尽可能地形成一整套遵循文艺规律的组织体系，以保证文艺工作的正常运行和健康发展。新中国成立后，以毛泽东《讲话》为指导思想所形成的延安文艺的制度和经验被直接用来指导中国当代文艺制度的建设，并为当代文学体制的形成奠定了坚实的基础。

一、延安文艺体制的生成

任何一个现代社会都是基于一定的文化价值观念和思想体系来建立社会规范的，文艺体制则是众多社会规范的一种。如果从人类学的角度来考察文学的发展和变化，则会发现，文学艺术的本质是自由的。也就是说，文学艺术是反规范的，或者说是在体制之外的，但它却总是产生和存在于一定的体制之下，这是人类艺术史上的一个普遍现象，也是文艺与体制的矛盾之处。

文学由传统向现代转型，其中一个显著的特征就是文学的生产方式发生了变化，由个体社会经验的直接书写转变为多种社会力量的参与，如报纸杂志的发行和出版，文学社团的组织和规约，国家机构的审查和监督，以及读者的接受和批评，等等，这就是所谓的体制内的写作，或者受到体制约束的文学生产行为。因此，可以认为，现代作家群体的活跃，尤其是职业作家的出现，都有其发生、发展乃至盛行的社会因素，当然最主要的还是体制力量的参与。传媒载体、社团组织、管理机构和消费评价机制等，共同促成了现代文学体制的形成。尤其是现代以来，文学社团和文学组织的兴起、运作是体制形成的重要表现之一。作家被纳入社团群体的时候，文学活动就有了较为规范的计划和组织，也就被纳入整个社会运行系统，成为社会体制中的一个起推进社会发展的元素。因此,作家和文学创作被纳入社会体制后,这种体制必然会对文学的生产、传播、接受等产生重要的支配和引导作用。

关于艺术场,布迪厄有这样一个观点。他认为,艺术场是一个"相互矛盾的世界",是"反制度化的制度形式","相对于制度的自由就体现在制度本身"。[①]这说明,文学和制度之间是互为依存、互相促进的两个方面,即便在中国传统文学中也是如此,现代文学中体现得则更为明显。如上文所述,现代文学的一个鲜明特征是有了现代文学的体制,现代中国文学的诞生是以现代化的文学体制的形成为前提的,这是因为,文学生产的空间和场域要靠文学体制来提供。也可以逆向来思考,文学创作是自由的,但作家的这种自由创作状态和作家的个性又被文学体制不断限制。提供给文学发展的空间,同时限制了文学的自由生长,这就是文学体制自身存在的一个悖论。现代文学自诞生之日起,现代文学体制就在不断地发挥作用,文学生产日益被规范,最终制度化,形成文学体制。文学出版传播机制的兴起,到五四新文学时期社团组织的出现,再到三四十年代已初具规模的文学批评和奖励制度的形成,可以这样认为,逐渐完善的文学体制为现代文学的发展提供了便利的发展空间,但与此同时,文学的内容和形式也在逐步被规范和限制,这就导致了文学的单调甚至僵化。如五四新文学中的"离家出走"题材,革命文学中的"革命+恋爱"类型,包括抗战文学的"唯抗战题材论"的论争,都显示出文学一旦被制度化,就会受到社会各种力量的牵制,这不仅使得文学的审美性有所缺失,就连作家的独立创作自由也会因文学体制和政治权利的限制而丧失。文学创作是个人行为,是个人思维的产物,是独立意志的外化,因此可以认为,真正从事文学创作的人应该对自由充满向往,并孜孜不倦地追求着自由,但是作为社会的一份子,作家不是生活在真空中,即便身处远离尘世的荒原也无法躲避现实的侵扰——无论是自身,还是创作对象。不仅如此,即便是非常个人化的创作,如

[①] 皮埃尔·布迪厄:《艺术的法则》,刘晖译,中央编译出版社2001年版,第306页。

日记和书信等，也成为一种社会公共性的行为，鲁迅创作的那些发表在报刊上的文章，也有部分就是因书信而起，甚至还有将对方的个人书信直接发表出来的情况。因此，文学创作这种被认为具有独立精神的个体行为是无法摆脱社会规范的制约，会受到文学体制的影响。

新中国成立后，社会主义制度下的文艺体制也相应建立，直至今天，这种文艺体制为社会主义文艺的建设，为人民精神生活的丰富，提供了制度上的保障。探讨延安文艺对中国当代文学的影响，文艺体制的构建及运行是不能被忽视的重要方面。可见，如果要讨论新中国的文艺体制，延安文艺制度是不能被绕过的，现实价值的探讨和追寻是研究延安文艺的基点之一。

1943年10月19日，毛泽东的《讲话》以正式文本的方式在党报《解放日报》上全文发表。尽管这一文献是一年前在延安文艺座谈会上的公开演讲，并在延安地区得到了广泛的传播和有组织的学习，但仍然停留在口耳相传的非正式层面。与一年前的口头演讲相比，发表在《解放日报》上的《讲话》的书面文本经过了毛泽东的亲自修改，论述更为完整，措辞也更为严谨。而且，此时的《解放日报》已经完成了改版，成为延安最具权威性的党报，《讲话》在这一媒介上刊载，意味着其作为具有指导性、权威性文艺政策的正式颁行，已经成为文艺工作的重要标准。《讲话》是毛泽东文艺思想的集中体现，是党在文艺领域的基本方针、政策，是文艺组织制度建设方面具有纲领性的文献，是马克思主义基本理论与中国文艺实践相结合的理论集大成，为党指导延安文艺工作提供了思想指引、政策保障和制度依据。延安文艺制度就是在这种具有纲领性的理论中，经过党和文艺工作者的具体实践而建立起来的。《讲话》不仅是对延安时期的文艺发展状况所做出的总结性发言，也是对以后文艺发展方向的展望，是确立延安文艺制度和新中国文艺体制的总纲领、总方向。因此，在第一次文代会上，周扬就明确表示，《讲话》"规定了新中国文艺的方向，……深信除此之外再没有第二个方向了，如果有，那就是错误的方向"[①]。可以明

[①] 周扬：《新的人民的文艺》，见北京大学、北京师范大学、北京师范学院中文系中国现代文学教研室主编：《文学运动史料选》（第5册），上海教育出版社1979年版，第684页。

确地说，中国当代文学在建设之初，就自觉地沿袭了延安文艺制度的相关经验，以其为基础建构了文学秩序和文艺运行体制。因此，有必要从文艺制度的建设这个视角来阐发《讲话》的基本精神，探讨延安文艺制度的建设理论在新中国以及当下文艺工作中的实践价值及现实意义。研究和探讨延安文艺制度与新中国文艺体制建构之间的关联，可以让我们更清楚地认知中国当代文学对延安文艺传统的继承和发扬。

文艺政策，从总体上来说，是指某一政权实体在自己所管辖的范围内，对文艺领域实行意识形态监管和运行体制监督时，所建构的一系列基础性的、指导性的、约束性的规则。延安文艺提出的"为工农兵服务"的方针，以及"政治标准第一，艺术标准第二"的文艺思想，成为新中国成立后仍然坚持的文艺政策，因此，政治意识形态与新中国成立后的文学体制的建立与规范有密切的联系。首先，在组织机构的建立方面，延安文艺机构的建立和运作方式被移植到新的社会体系，保证了党对文艺工作的组织领导。不仅如此，文艺刊物、图书出版、经销发行以及稿酬、评奖等都会对文艺的创作导向产生重要的影响，如《文艺报》《人民文学》等文学刊物通过发布文艺政策、举荐优秀作品和组织文艺批判来对作家的创作进行规范。正如有研究者所说的，"这一时期文学组织方式、生产方式的特征：包括文学机构、文学报刊，写作、出版、传播、阅读、评价等环节的高度'一体化'的组织方式，和因此建立的高度组织化的文学世界"[1]。尽管新中国文艺不同于战时文艺，但如果从文艺的社会功用的角度出发，那些在延安时期被证明行之有效的"文艺从属于政治""文艺为政治服务"的经验，仍然可以有效地指导新中国的文艺建设。尤其是当一个新的国家政权确立后，作为统治集团的意识形态势必会对文学提出新的要求：一方面，新中国的文学要配合抗美援朝、土地改革等社会、政治、军事、经济活动，"赶任务"；另一方面，文学要从根本上宣传官方意识形态，以文艺的方式建构民族/国家共同体，培养民众的认同感。新中国文学中出现了一大批追求

---

[1] 洪子诚：《问题与方法——中国当代文学史研究讲稿》，北京大学出版社2010年版，第188页。

史诗性质和反映阶级斗争的作品,如"三红一创""青山保林"等红色经典,其思想性、政治性尤为突出。这些作品是走向新时代的作家对于中国共产党领导下的现代革命历史的文学想象,重点突出了时代的精神风貌。其中非常明显的一点就是,这些作品表现出了个人政治激情与时代精神的高度吻合。红色经典与新中国的时代语境、意识形态需求一致,因而被确定为新中国小说创作的美学原则和创作范式也是在情理之中的,被作为样板推广并成为模仿的对象也就顺理成章了。

新中国成立后,继续沿用延安文艺体制,这就从根本上保证了新中国的文学依旧会沿着与工农兵群众相结合的道路前进。通过对五四以来的左翼文艺运动的历史经验的总结,毛泽东提出了文艺"为工农兵服务"的方针,在文艺创作风格上,遵循大众化、民族化,还确定了"文艺为政治服务"的标准,广大知识分子作家需要通过深入工农兵生活来改造自身,等等。这些理论的提出,实际上是为中国当代文学的发展指明了方向,即文艺始终要为人民大众服务。故而,《讲话》中涉及的民族性、大众化等问题,对中国当代文学的建构,乃至当下的文学创作,都具有极为重要且深远的意义。因此,文学创作过程中,对传统民间形式的利用以及对中国传统小说叙述技巧的继承和改造,仍然是作家关注的重心。如《红旗谱》《林海雪原》等革命英雄传奇小说,郭小川、贺敬之等的民歌体诗歌创作,大多是对传统文学和民间形式的借用和改造,不仅深受读者的喜爱,而且在客观上发挥了弘扬民族精神和传统文化的作用。

二、作家身份的转变与组织建设

1940年代的延安文艺环境生态与三四十年代的国统区、沦陷区有着鲜明的不同,文艺政策也差别很大。处在全民抗战时期以工农兵为主要阅读对象的解放区文艺创作,中国共产党领导的文艺工作重视文艺队伍的组织建设问题,是由解放区文艺的性质和作为人民艺术家的定位所决定的。

首先,解放区文艺制度的确立是由战争背景和意识形态决定的,文艺工作的建设是从建立一支具有抗日救亡理想和价值诉求的文化军队的政治高度来衡量和要求的。正如张闻天(洛甫)所说:"中华民族的新文化运动,服从于抗战建国的政治目的。这是抗战建国的一种重要的斗争武器。其目的,是要在文化上、思想意识上动员全国人民为抗战建国而奋斗,建立独立、自由、幸福的新中国,建立中华民族的新文化,以最后巩固新中国。"①解放区文学创作的最直接目的是增强人民对中国共产党的了解,扩大党的政治影响力,广泛地宣传、动员民众奋起抗日,将日本侵略者赶出国门。增强人民对中国共产党的了解,对扩大党的政治影响力具有一定的作用。毛泽东认为:"政策有决定的意义。"②正因为有了全民抗战的宏伟目标,才有了党的具体文艺政策,也就是说,政策规定了解放区的文艺秩序和基本原则,是确立延安文艺体制的核心,也是全党和全体文艺工作者必须遵守的基本准则。

其次,艺术家只有成为人民的一员,才能真正地为人民进行创作。因为只有进入人民的队伍,与人民成为一个休戚相关的整体,才能使文艺真正成为人民的文艺。在文艺队伍的制度建设方面,由于解放区活动着来自全国各地的知识分子,需要统一思想,而且毛泽东作为党的领导人对该问题做了较为深入而长远的思考。无论在革命战争时期还是在和平建设时期,毛泽东历来重视"枪杆子"与"笔杆子"这两支队伍的建设,尤其是由知识分子组成的"笔杆子"队伍,一直是革命与建设力量中不可或缺的重要组成部分。毛泽东明确地指出:"文艺是一支军队,它的干部是文艺工作者",并且说这是"党的政策"。③那么,既然把文学艺术看作一支具有战斗力的文化军队,把文艺工作者看作一支和士兵一样能够随时作战的队伍,自然应该对文学艺术进行军事化的管理,把习惯独立思考和擅长个人创作的知识分子集中起来是首要的任务,也就是需要从队伍建设的角度,将一个个的知识分子个体置身于群体之中,将作家组织起来,明确这个组织的各项规章制度和各层机构形式,这就是文艺

---

① 胡采主编:《中国解放区文学书系 文学运动·理论编》,重庆出版社1992年版,第965页。
② 毛泽东:《论政策》,见《毛泽东选集》(第2卷),人民出版社1991年版,第762页。
③ 毛泽东:《文艺工作者要同工农兵相结合》,见《毛泽东文艺论集》,中央文献出版社2002年版,第94页。

队伍建设的初衷。可见，文艺队伍的体制建设，不仅是思想观念上的建设，更是思想观念和具体制度结合后的产物。这样既可以从思想上统一作家的文艺观和价值观，为文艺工作提供思想保障，还可以从组织管理方面加强作家的组织纪律意识，加强党对文艺工作的领导，增强作家队伍的组织归属感。为了加强文艺组织制度的建设，解放区采取了多种方式对文艺工作进行管理，诸如制定文艺管理规章制度，建立各级文艺领导管理机关来逐级管理，组织各类文艺社团，开办各种文艺院校。为了增强文艺工作者与人民之间的血肉联系，解决艺术家的思想认识，保证文艺创作的质量，还建立了采风、调研、体验生活等制度，文艺下乡、下工厂、下连队等到基层服务的制度，以及文艺创作、演出、评论活动等制度。

文艺政策的确定为文艺工作者指明了创作的方向，也为作家营造了新的文化环境生态，与抗战相关的文艺社团和文艺刊物在解放区和抗日民主革命根据地大量出现。1920年代就已经成名的丁玲来到延安时，毛泽东"洞中开宴会"，迎接她。1936年11月，由丁玲牵头成立了中国文艺协会。这是中共中央长征到达陕北、建立陕甘宁边区后成立的第一个文学团体。解放区第一个文艺副刊《红中副刊》随即创办起来，毛泽东出席了成立大会并做了热情洋溢的演讲。1937年11月，陕甘宁边区文艺界抗日救亡协会在延安成立，与其他同人文学团体不同，解放区的这一文学团体主要是为了宣传抗战而成立的文艺组织。后来，为了加强与中华全国文艺界抗敌协会的联系，该会于1939年5月更名为中华全国文艺界抗敌协会延安分会。由此可见，解放区和抗日民主革命根据地的文艺社团及组织都要求一切的文艺工作服务于抗战，所有的文艺工作都是中国人民抗日民族解放战争的一部分。更为重要的是，文艺社团都是在党的领导下，按照党的文艺方针政策成立的，具有高度的政治性。因此，可以认为，解放区和抗日民主革命根据地的文艺社团组织是为了夺取抗战胜利而组建的一支特殊队伍，而建立协会的目的是将文艺工作者组织起来，充分发挥其战斗作用。如中华全国戏剧界抗敌协会晋察冀分会成立时发表的宣言所宣称的，戏剧作为最有力的宣传武器，"我们拿它可以鼓励前线的战士，我们拿它可以粉碎敌人的欺骗，我们拿它可以反映一切血的故事，我们拿它可以动员一切新的力量……"①

《讲话》发表之后，中国共产党在强调文艺发挥着与武装斗争同等重要作用的同时，更加注重组织机构等方面的建设。中共各级党委宣传部门、鲁艺以及边区文协基本上掌控了延安及各根据地的文艺刊物的编辑发行、文艺团体的建立运行等。周扬到达延安之后，受中央委托筹备特区文化界救亡协会。在第一次文代会上，周扬就以解放区的文艺运动实践为依据，指出，党"除了思想领导以外，还必须加强对文艺工作的组织领导"②，这是当前文艺界亟待解决的问题。为了加强党对文艺工作的组织领导，1949年第一次文代会上，中华全国文学艺术界联合会（1953年改名，一般简称为"中国文联"）宣告成立。随后，中华全国文学工作者协会（一般简称为"作协"）也成立了。尽管这两个文艺团体都声明是群众团体，但事实上，真正领导、组织文艺活动开展的是设在其上的党组织或党的相关组织，这一管理机制确保了文艺团体的活动不会偏离党的方针政策。作为最高的全国性文艺界组织，中国文联的任务是在马克思主义、毛泽东思想指导下，在中国共产党的领导下，将全国文艺界团结组织起来，在文艺为人民服务、为社会主义服务的旗帜下，为社会主义文艺事业发展和繁荣而努力。中国作家协会章程指出，作协是自愿结合的民间团体，但实际上，它是接受国家财政经费、拥有一定行政级别的官方组织。其主要功能就是，在意识形态方面引导作家的世界观和创作观念，领导并组织文学活动，从而保障其在一定的政治规范下进行创作。同样，新中国成立后的文学刊物与近现代带有同人和民间性质的文学期刊在性质上完全不同，如《文艺报》是中华全国文学艺术工作者代表大会的会刊，《人民文学》则是中国作协的机关刊物，是推行文学政策的喉舌，也是开展文学运动的阵地，共同维护和贯彻党的

---

① 《中华全国戏剧界抗敌协会晋察冀边区分会成立宣言》，见张学新、刘宗武编：《晋察冀文学史料》，天津社会科学院出版社1989年版，第44页。
② 周扬：《新的人民的文艺》，见北京大学、北京师范大学、北京师范学院中文系中国现代文学教研室主编：《文学运动史料选》（第5册），上海教育出版社1979年版，第706页。

文艺政策。

随后，文艺团体迅速在全国纷纷成立，甚至各县区等地方行政单位也相应成立了中国文联和作协的下级群团组织。各地的文艺工作者，纷纷加入相关的文艺协会或组织。第一次文代会上，周扬在《全国文联半年来工作概况及今年工作任务》报告中对半年内文艺团体成立的情况进行了总结，"全国已有约四十个地方召开了文艺工作者代表大会或文艺工作者会议，成立了地方性的文学艺术界联合会或其筹备机构"[1]。各地加入作协的人数至1959年也已达3136人，到1960年则高达3719人，几乎所有的作家都加入了相应的作家协会，成了国家体制内的人员，享受单位提供的各种工资福利待遇，并参加作协组织的各种政治学习和创作活动。可想而知，作家如果加入了作协，就必须严格按照体制所规定的任务和要求进行创作，完成组织布置的任务，不可能拥有绝对的创作自由。新中国的文学体制借助于文学政策的制定、作家身份的重新认定、文学报刊的管控以及各级组织中党的监管等体制性手段，最终实现了对文学艺术的全面掌控，并对作家进行了政治化、一体化的管理。

这种由党和政府给作家提供生活保障的体制和管理模式源于延安时期。1942年延安整风运动之后，解放区文艺一改以往的自由散漫，迅速建立了一套崭新的、完整的文艺体制。新的体制中就有对作家身份的确认以及文学组织的建立，还包括文学刊物的创办和管理等。延安文艺体制对新中国文学影响较大的应该是，从国家层面对作家身份进行了重新规范。作家加入各级作协和文联之后，不再是一个自由的存在个体，而是像延安时期一样，是革命运动中的"齿轮和螺丝钉"，是社会主义事业的鼓手。作为一种贯彻和维护文学政策的方法，重新认定和规范作家的身份这种措施源于解放区的单位体制。作家个人的物质生活完全依靠国家的集体分配，最终，无论在物质生活领域还是精神生活方面，作家都被高度统一在体制之中，基本不存在作为绝对自由的个体作家。

---

[1] 周扬：《全国文联半年来工作概况及今年工作任务》，载《文艺报》1950年第11期。

众所周知,延安的文学体制是在延安特殊的战争环境中建立起来的,是为了发挥最大的战斗力而构建的。不可否认的是,这套体制在延安时期发挥了巨大的作用,给解放区文学带来了具有生机与活力的文艺作品,受到了广大工农兵群众的喜爱,为新文学在解放区的发展提供了更为开阔的空间。但这种文学体制也有一定的局限性,因为文学体制的限制和文学自由的精神是互相矛盾的两个方面,文学制度对文学自由的干预必然会影响文学的生长。这种文学体制因为具有理性和工具化的特征,一旦建立,就与权力结合,并由权力主宰文学的发展方向。延安文艺到十七年文学,延安文学制度到新中国的文学体制,这种权力都在规范和制约着文学的生产活动和组织运动。因此,在强调文学体制不可或缺的同时,应该对其负面效应保持足够的警惕,以便在新的历史时期汲取经验和教训,促使文学更加适应时代的发展。

三、文学批评与奖励机制

为了保障文艺工作的正常运行和发展,制定文艺政策和加强组织管理是非常重要的方面,可以说,它是体制中较为具体的措施,是国家层面自上而下对文艺工作的领导和管理。文艺体制中还有一类机制,是通过文学批评和评价体系来搭建作者与读者的桥梁,促进文艺理论和文艺实践的协同发展。文学批评和文学论争在中国新文学史上是一个常见的文学现象,如五四时期的"文白之争",新青年同人与学衡派、甲寅派的论争,问题与主义之争;1930年代的左翼作家与新月派的论争,"左联"与"自由人""第三种人"之间的论争;1940年代的"与抗战无关论",以及关于"暴露与讽刺",等等。可以看到,文学批评和文学论争是文学秩序建立和获取文学话语权的重要手段。而文学的奖励形式也多种多样,除政府设立的官方奖励外,还有民间设立的各种奖励,如杂志社设立的带有同人性质的奖励,个人设置的奖金,等等。相对于文学批评和文学论争来说,文学奖励机制还不够成熟,还没有真正建立起来常规的或者有一整套评选制度的奖励机制。尽管有些民间性质的奖励机制,如《大公报》的文艺副刊主持的文艺奖金评选等在文学艺术界有一定的影响,但没有形成长期的制度，也不够完善。应该肯定的是，文学批评可以抑制和干预创作，文学奖励对文学的发展有着一定的激励作用。虽然文学批评活动和文学奖励机制所起的作用在力度上还不能和组织管理相提并论，但二者在引导文学创作方向和激励作家写作热情等方面的作用不可小觑。需要注意的是，文学批评和文学奖励制度并不完全只是作家或者文学作品的评选，很多时候有来自社会各层面的参与者，最终都将意识形态的压力整合在其中，较为隐性地完成了文学内部秩序的调整和建构。

毛泽东在《讲话》中指出："文艺界的主要的斗争方法之一，是文艺批评。文艺批评应该发展，过去在这方面工作做得很不够，同志们指出这一点是对的。"[①]延安时期，最为著名的文艺运动应该是，整风初期，关于文艺与政治、文艺与生活关系问题的讨论以及由此发动的对王实味等人的批判。《讲话》发表之后，延安及各抗日民主革命根据地将文艺界的论争扩大到了国统区，在全国范围内开展了几次较大规模的论争。不管是在解放区，还是在国统区，这些论争都有同样或相似的特点：由领导人直接干预，文学组织直接发动，在各文学刊物的配合下开展，带有明显的意识形态色彩。

新中国成立之后的文学批评基本上延续了延安的做法，即将意识形态内容附加在文学批评之中。因此，十七年时期的文学批评也是以文学的意识形态领域斗争为主要目的，是在强大的政党意识形态的支配下，对偏离和悖逆国家文艺政策的作家作品进行批评，对符合主旋律的作家作品进行表扬，以此实现对文艺队伍有效的引导和管控。新中国成立初期，文艺界出现了多次针对作家的批评，如新中国文坛的第一次文艺批判就是对萧也牧的短篇小说《我们夫妇之间》的批判，对路翎《洼地上的"战役"》的批判，等等。当然，影响最大的应当是1951年对电影《武训传》的批判，1954年至1955年对久已成名的红学家俞平伯的《红楼梦》研究和胡适的"资产阶级唯心主义"思想的批判，1955年对胡风"反革命集团"和"丁陈反党集团"的批判。新中国成立初的这三大批

---

① 毛泽东：《在延安文艺座谈会上的讲话》，见《毛泽东选集》（第3卷），人民出版社1991年版，第868页。

判运动可以看作延安文艺批判模式对新中国文坛的影响。一旦作家作品及其言论被认为违背了既定文学政策，可能对当时的文艺政策带来挑战，那么，文学批评就会演变成为大规模的文艺斗争，甚至采取有组织的方式展开全面批判，可见，文艺批判的力度之大、范围之广。如对"丁陈反党集团"的批判，亲历者涂光群曾感叹："'丁、陈一案'，其株连面之广，打击面之大，恐怕仅仅次于'胡风反革命集团案'。"[①]陈企霞之子陈恭怀有这样的回忆：

> "丁、陈事件"开始的时候，所谓的"反党集团"的主要成员不过是丁玲、陈企霞等几个人。随着反右斗争的不断蔓延和扩大化，迫害的网越张越大，以至于被划入"集团"的人像滚雪球似的越来越多，据说后来总数竟多达三四百人之众，包括丁、陈的上级、同事、学生、朋友、亲戚等等等等，……
>
> ……
>
> 至于作为"独立王国"基地的《文艺报》编辑部，普通的编辑和工作人员，几乎没有一个能逃脱当右派分子的厄运。其中甚至有几个在反右斗争后期刚刚分配来的编辑，在运动后期也被一网打尽。[②]

文学批评本属个人化的行为，批评与创作有着共生关系，但当文学被政治化干预，成为有组织的一种运动，那么，文学批评就会演变成文学批判，文艺论争就会激化成文艺斗争，甚至成为政治斗争。这种规模化、运动式的文学批判活动，大多是脱离文本、较为严厉的政治评判，根本不会尊重作家的艺术个性，不会从学术的角度进行商榷，而是断章取义式的挑剔，使作家最终停止创作。在新中国文学制度一体化的时代，一切文学活动都必须符合规范，否则就会受到各种名义的批判，被排斥在组织之外，遭受清算，甚至被打倒。

与文学批评和文学批判相对应的是文学奖励制度，尽管二者采取的方式是截然相反的，但目的却是一样，正所谓殊途同归。

---

① 涂光群：《中国三代作家纪实》，中国文联出版公司1995年版，第324页。
② 陈恭怀：《盛世的灾难——忆我的父亲陈企霞》，见季羡林主编：《没有情节的故事》，北京十月文艺出版社2001年版，第93页。

通过梳理可以发现，解放区的文学奖励机制是一项长期实行的文艺政策。《讲话》发表前，解放区的文艺奖励主要有：1940年5月，由陕甘宁边区文化界救亡协会设立的五四中国青年节奖金；1940年7月，由中华全国文艺界抗敌协会晋察冀分会和晋察冀边区文化界抗日救国联合会设立的鲁迅文艺奖金；1941年1月，由新四军第四师政治部设立的拂晓文化奖金；1941年8月，由八路军晋察冀军区政治部设立的"创作规约"文艺奖金。延安文艺座谈会召开后，解放区的文艺奖励制度开始得到推广并逐渐成熟，形成奖励机制，成为延安文艺体制的基本组成部分。《讲话》发表后，各解放区广泛实行文艺奖金激励办法，许多文艺机构都设立了文艺奖金，其中主要有：1943年，山东文化界救亡协会在山东解放区设立"五月""七月"文艺奖金；晋西解放区文艺机构为纪念抗日战争爆发七周年，设立"七七七"文艺奖金；1946年，晋东南太岳区行署设立文化奖金；1946年7月，晋冀鲁豫边区政府教育厅设立"文教"作品奖金；1948年11月，冀鲁豫文协设立季度文艺奖金；等等。除此之外，解放区开展经常性的集体写作运动，为征集作品而设立奖金，对"文艺创作的成绩加以总结，表扬其中优秀的，巩固已得的成果，并使这一新中国人民的文艺运动推进一步"[①]。在以《讲话》为核心的文艺思想的支配下，解放区的各文艺组织在文艺奖金评选的过程中，逐渐形成较为统一的衡量标准，奖励评选规定一般从作品的文体类型、思想内容、艺术特征等方面拟定。解放区文艺奖金评选规则的制定在一定程度上推动了包括作家在内的文艺运动的开展，成为延安文艺体制的主要内容之一。

1949年1月，北平解放，华北文协商议成立全国文协并筹备召开全国第一次文代会。1949年4月，全国文代会筹委会成立专门的评选委员会，负责推荐近五六年来优秀的文艺作品。[②]由于种种原因，这次评奖活动最终未能实现，但这是一次在全国范围内评奖的设想，规模宏大。然而，在此之后直至"文

[①] 中央档案馆编：《中共中央文件选集》（第16册），中共中央党校出版社1992年版，第412页。
[②] 参见茅盾：《一些零碎的感想》，载《文艺报》1949年5月4日。

革"结束,这种全国性文学评奖再也没有实施。尽管这一历史时期,出现了一些专门的艺术门类评奖,如电影领域的"文化部奖"和"百花奖",中国人民保卫儿童全国委员会举行的全国儿童文艺创作评奖,但是,直至1978年由《人民文学》主办的全国优秀短篇小说评奖设立之前,并没有专门性的文学奖项。所以,有作家认为,1978年全国优秀短篇小说评奖是"空前的、过去没有做过的"[1],"是建国三十年来的一个创举"[2]。新时期以来,陆续出现了涵盖各种文学体裁的全国性的文学评奖活动。从1978年开始,作协主管的几大机关刊物纷纷举办各种全国评奖活动,《文艺报》主办的全国优秀中篇小说评奖,《人民文学》主办的全国优秀报告文学评奖,《诗刊》举办的全国优秀新诗评选活动,等等,都有效地引导并规范了新时期文学体制的形成。特别是1981年设立的"茅盾文学奖"。它是由作协主办的以长篇小说为评选奖励对象的文学奖项,是新时期以来影响最大的文学奖项。1986年创立的"鲁迅文学奖"也是中国具有较高知名度的文学奖项。自此,文学评奖蔚然成风,成为当代文坛的一个重要现象。

笔者以1978年新中国成立后第一次全国性的文学评奖为例,探讨延安文艺奖励制度对当代文坛的影响。1978年全国优秀短篇小说评奖是一次具有历史意义的象征性事件,表明了新时期文学的到来,使1950年代至1970年代的文学成为历史。但是,从这一评奖中也能明显地感受到延安文艺对文学批评与文学奖励机制的影响,这种影响制约了新时期文学发展的方向。但是,1978年全国优秀短篇小说评奖将人民群众是检验真理的唯一标准的思想贯彻落实到文学体制之中,实事求是地从作品出发,从受众的角度着眼,而不是简单粗暴的政治干预,无疑是当代文学机制的一种进步。

文学评奖作为一种文艺激励措施,与文学批判和政治干预完全不同。一方面,文学评奖对作家和作品而言,是鼓励而非惩戒;是柔性引导,而非强制性

---

[1] 茅盾:《在一九七八年全国优秀短篇小说评选发奖大会上的讲话》,载《人民文学》1979年第4期。
[2] 袁鹰:《第一簇报春花》,载《人民文学》1979年第4期。

措施。从另一个方面来说，由《人民文学》《文艺报》等机关刊物出面举办全国性文学评奖，当然在一定程度上也是对文学的干预。由此可见，新中国成立以来的文艺政策，受延安文艺以来的解放区文艺政策的影响，是其一体化的延续。所谓一体化，有研究者是这样认为的："在当代，对'一体化'的文学格局的构造和维护，从较长的历史过程看来，最主要，也最有成效的保证并非来自对作家和读者的思想净化运动，而是来自文学生产体制的建立。这一体制，是完整、严密而有成效的。"[1] 文学奖励机制作为延安文艺体制的一部分，推动了延安解放区文学活动逐渐走向体制化，而文艺奖励也逐渐成为推动文学发展的制度化、规范化的力量。当解放区建立了以意识形态为主要标准的文艺奖励制度时，文艺评奖就开始了对当代文学发展的规范和影响。延安时期创建的文艺奖励制度在当代中国文坛不断延续，在潜移默化中引导当代文学走向规范化，而意识形态的介入，评奖内容又是以贯彻文艺政策为目的，因此，文艺评奖不可避免地接受了意识形态的规范。

众所周知，延安文艺是在战时条件下形成的，文学为政治服务的最终目的是最大程度地发挥文学的意识形态功能。在《讲话》的号召下，延安及各抗日民主革命根据地的作家与人民群众打成一片，在深入体验群众生活的基础上，为工农兵大众创作出了他们喜闻乐见的文艺作品，在当时的客观条件下确实起到了一定的社会作用。同时，解放区政权经过广泛的实践，制定了一系列的文艺政策和作家管理举措，为抗战的胜利做出了贡献，也为新中国成立后的文艺政策制定奠定了基础。社会的主要任务发生了变化，文艺政策当然也要适应新的形势而进行调整。也就是说，延安文艺体制和文艺实践经验能否指导新中国成立之后的文艺活动，这是一个需要继续深入探讨的问题。但非常可惜的是，新中国的文艺活动完全沿用了延安的文艺体制以及延安文艺实践中的一些做法，没能与时俱进的文艺体制显然在一定程度上违背了文艺自身的发展规律，也极大地影响了作家的创作观念和创作热情。所以，可以看到，新中国成立后

---

[1] 洪子诚：《当代文学的"一体化"》，载《中国现代文学研究丛刊》2000年第3期。

的文艺经过短暂的辉煌后，陷入了题材单一和表现手法程式化等方面的困境。这正说明了，当代文学要发展，需要及时总结和正视延安文艺制度正反两方面的经验、教训，应该根据文艺创作的自身规律进行改革，与时俱进，这样才能有利于中国文艺事业的发展。

第七章 延安文艺的重要传播载体

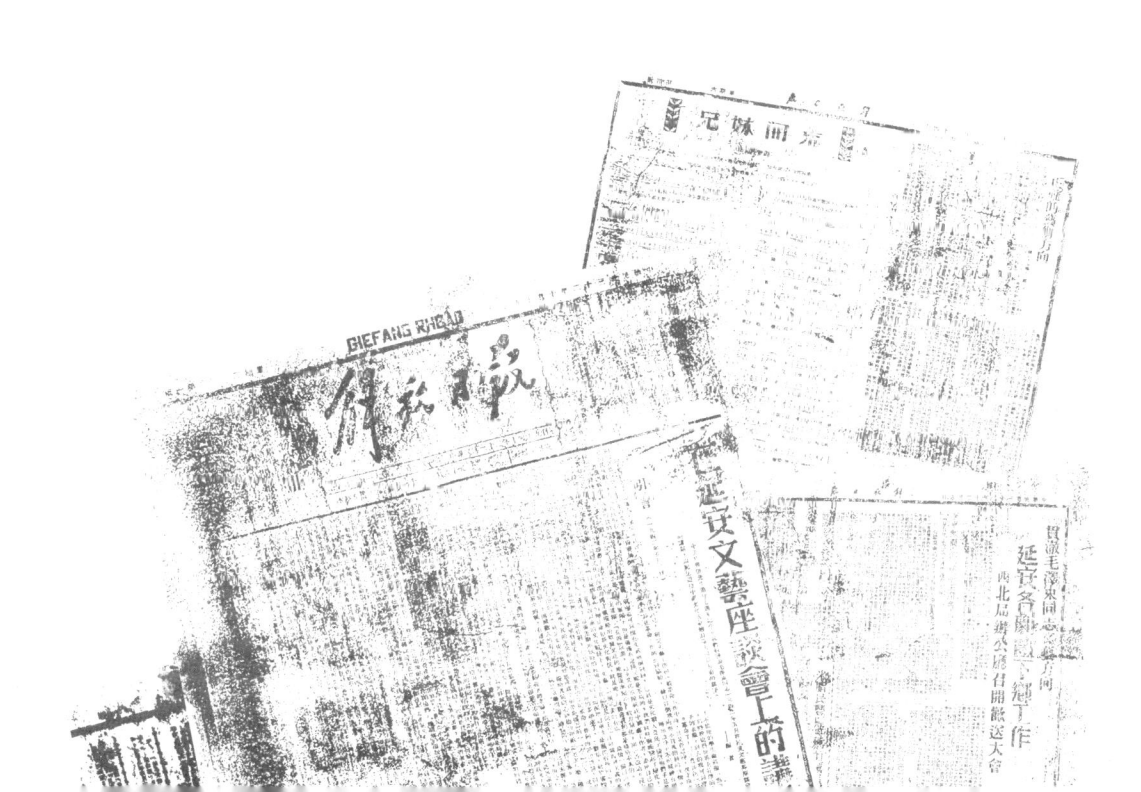

在中国近现代文学的发展历程中,报刊作为最重要的传播媒介,不仅动态地、立体地、鲜活地呈现着文学的历史面影和轨迹,同时促进了文学的繁荣和发展。报刊在现代文学的传播中留下了自己特殊的印记。从某种角度看,中国现代文学发展的历史,就是报刊传播与作家书写互动的历史。

延安报刊的繁荣与延安特殊的地域空间密切相关,较为封闭的地理环境和以大众作为对象的受众群体,不仅成就了延安文艺的发展,而且促成了文学传播媒介——报刊的空前繁荣。延安文人社团及刊物在现代中国文学史上构成了极为重要的独特的文化现象,期刊既是延安文人自觉地将文艺与革命联系起来进行文艺界的精神总动员的传播载体,又是延安文人话语交融、思想汇聚甚至碰撞的媒介空间。同时,在革命战争的传播环境生态中,大量的延安文艺期刊不仅鲜明地标示着延安文人的美学姿态和风范,而且最终汇入了波澜壮阔的现代中国革命的洪流,和它的传播主体一道成为革命的重要组成部分。因此,将延安文艺期刊回归历史现场的考察,以原始史料为依据,以期展示在特殊的战争环境中,延安文人的创作与生活、思想与交流,是不可或缺的。

一、报纸

（一）《红色中华》及其副刊

1.《红色中华》

1931年12月11日，《红色中华》创刊于江西瑞金，最初为中华苏维埃共和国临时中央政府（简称"中华苏维埃政府"）的机关报，周刊，铅印，八开大小。从第50期起，改为中共苏区中央局、中华苏维埃中央政府、中华全国总工会、共青团中央等四单位的联合机关报，初为三日刊，后改为周三刊。周以栗、梁柏台、沙可夫、任质斌等先后任主编。该报共出版二百四十期，最多时发行四万余份，长征开始后休刊。

1935年11月25日，《红色中华》在瓦窑堡复刊，作为中华苏维埃共和国临时中央政府西北办事处的机关报。《红色中华》由任质斌任主编，社址设在瓦窑堡，由红中社（红色中华社，新华社的前身）编辑出版。在陕北复刊后的报纸编号，与长征前江西的报纸序号相衔接，所以，第1期为二百四十一号，共出八十四期，油印，周刊。初销七千份左右，后达四万余份。该报报名由毛泽东题写，这是毛泽东到达陕北后题写的第一份报名。

2.《红中副刊》

《红中副刊》是陕北苏区的第一个文艺园地。1936年11月30日，《红中副刊》由中国文协在《红色中华》报上创办，徐梦秋任主编。1937年1月29日，《新中华报》创刊，《红色中华》停刊，《红中副刊》亦随即停刊。之后，改出《新中华副刊》，继续发表文艺作品。

《红中副刊》共编四期，其中，创刊号发表了八篇文章。第一篇是《中国文艺协会的发起》。这篇文章宣告了中国文协的宗旨和任务，即"培养无产者作家，创作工农大众的文艺，成为革命发展运动中一支战斗力量，是目前的

— 213 —

重大任务；特别在现时全国进行抗日统一战线的民族革命战争中，把全国各种政治派别、各种创作倾向的文艺团体、文艺工作者团结起来，以无产阶级的文学思想来推动领导，扩大巩固在抗日统一战线中的力量，更是党和苏维埃新政策下的迫切要求"。第二篇是《毛泽东讲演略词》。第三篇是《十一月二十二日召开成立大会》（消息）。第四篇是《第一次干事会》（消息）。第五篇是《洛甫同志讲演略词》。第六篇是《博古同志讲演略词》。第七篇是《欢迎二、四方面军歌》。第八篇是丁玲的《刊尾随笔》。在这篇文章中，丁玲写道："战斗的时候要枪炮，要子弹，要各种各样的东西，要这些战斗的工具，用这些工具去打毁敌人。但我们也不应忘记使用另一样武器，那帮助着冲锋侧击和包围敌人的一支笔！"

1936年12月8日出版第2期，占用报纸一个版。1936年12月28日出版第3期，占用两个版。该期发表有丁玲的《广暴纪念在定边》（特写）、莫休（徐梦秋）的《张士保想不通》（小说）等。1937年1月29日出版第4期，占用两个版。该期发表有《苏区的一日》征文两篇以及歌曲一首。

（二）《新中华副刊》及《动员》《新生》

1.《新中华副刊》

1937年1月29日，《新中华副刊》创刊。《新中华报》是由《红色中华》更名而来的，报纸编号续接《红色中华》。初为中华苏维埃民主共和国中央政府（后改为陕甘宁边区政府）机关报。1939年2月7日，改组成为中共中央机关报兼陕甘宁边区政府机关报。向仲华任该报社社长。《新中华报》报名由毛泽东题写。《新中华副刊》接《红中副刊》序号。报纸开始为手刻蜡板油印报，1939年9月9日改为铅印出版。社址初在延安城内，后迁至延河东岸的清凉山上。

《新中华副刊》十分重视文艺作品和消息的发表。创刊后的第5期，实为《新中华副刊》第1期，刊登了两篇散文，分别为郭滴人的遗作《广西瑶民》和丁玲的《记左权同志话山城堡之战》；第2期刊登丁玲的《速写彭德怀》、莫休的《深夜》（小说）、洪水的《我们的生活》（诗歌），以及中国文协的诗

《徐教育部长特立同志六十大寿》等。

"新中华副刊"这一名称只用了两期,后来名称不断变化,且有时交叉:《青年呼声》(1937年2月19日至1938年6月25日,共六十一期)、《特区文艺》(创刊日期不详,今可见1937年11月26日第2期)、《边区文艺》(与《特区文艺》期号连续,今可见1938年1月25日至2月25日的第4、5、6三期)、《边区文化》(1938年3月5日至7月20日,共八期)、《动员》(1938年7月30日至12月25日,共十八期)、《新生》(1939年2月7日至2月28日,共四期)。此后,《新中华报》不再标示专门的副刊,但仍注重刊发文艺作品和理论文章。

2.《特区文艺》

1937年11月下旬,《特区文艺》创刊。该刊是《新中华报》副刊《青年呼声》停刊之后创办的又一个副刊。该刊共办三期,刊有诗歌、散文、故事和文艺消息等,占第3版的四分之三个版面,由《特区文艺》编辑室编辑。编辑室在《为征求文学通讯员号召》中介绍了该副刊创办的缘由:一是以文艺的形式感动人们,教育人们,坚决抗战到底;二是通过文艺的形式,使全国人民都知道边区的好处,"都愿意依照我们这榜样来改变他们自己","将生活在几百万人民心中的'特区',变为生活在四万万五千万人民心中的'特区'"。《特区文艺》鼓励用速写、特写、通讯、报告等形式来反映特区的生活。

3.《边区文化》

1938年3月5日,《边区文化》在《新中华报》创刊,由边区文化界救亡协会主编,暂定每月出二期,占报纸第4版的整版,刊名由毛泽东题写。该刊共出八期,最后两期各占半个版。1938年7月30日,《新中华报》的副刊《动员》创刊,取代了《边区文化》。

《边区文化》创刊号发表了《发刊词》、艾思奇的《谈谈边区的文化》、《〈血祭上海〉座谈会摘要》。其中,《发刊词》阐明了该刊物出版的任务有三项:一是,反映边区生活,尤其是抗战生活,在配合政治军事活动中,发展和提高边区文化;二是,反映边区的文化工作,向全国介绍边区的文化经验,并将外地的文化介绍进来,成为双方交流的桥梁;三是,使文化界的范围扩大，发展工农兵文化。

4.《动员》

1938年7月30日，《新中华报》副刊《动员》创刊。编辑部启事说："我们将以前的各种副刊合并，产生了这个综合性的《动员》。"其版面较之前缩小，仅占五分之四版，但依然刊发文艺作品和消息。创刊号发表有柯仲平的《应该实践的话》、唐起的散文诗《黎明》、民娱的《关于民众娱乐改进会》，另有两篇政治方面的文章。其中柯仲平的《应该实践的话》，传达了经毛泽东亲自审订的一段关于文艺的话。至1938年12月25日，《动员》共出十八期。当时的文艺活动和作品，大都能在《动员》副刊中得到反映。

5.《新生》

1939年2月7日，《新中华报》进行改革，并发表社论《〈新中华报〉改革的意义》。该文指出："《新中华报》过去是陕甘宁边区政府的机关报，从今天——民国二十八年二月七日起，《新中华报》改组为中国共产党中央委员会的机关报之一。同时，它也是陕甘宁边区政府的喉舌。……过去是五日刊，从本刊起，改为三日刊，同时，向着日报的方向努力。"与此同时，作为该报的第七个副刊——《新生》创刊，原来的副刊《动员》停刊。

《新生》第1期发表了柯仲平的《谈"中国气派"》，这是响应毛泽东1938年10月谈民族形式、中国作风和中国气派后的第一篇文章。另外，刊有丁东的散文《生活剪影》、胡考的《识字运动与"讲演文学"（上）》。1939年2月16日第2期，刊有陈伯达的《关于文艺的民族形式问题杂记》；1939年2月28日第4期，刊有刘白羽的《关于旧形式的二三意见》、莎寨的《利用旧形式》。《新生》共出四期，后停刊。此后，《新中华报》不再出版标有栏头的副刊，但依然发表副刊类的文章。

（三）《边区群众报》

1940年3月25日，《边区群众报》在延安创刊。该报由陕甘宁边区文化协会大众读物社主办，毛泽东题写报名。该报初为中共陕甘宁边区党委机关报。1941年5月，陕甘宁边区党委改为中共中央西北局后，它即成为中共中央西北局机关报。1942年2月18日，因陕甘宁边区实行精兵简政，加之社长周文工作调动，大众读物社结束活动。边区群众报社随即成立，谢觉哉任社长，胡绩伟任主编。1948年1月10日，《边区群众报》在陕北绥德更名为《群众日报》。同年4月21日，报社迁回延安。1949年5月27日，报社迁至西安编辑出版。1954年10月16日，该报更名为《陕西日报》，编辑出版至今。

《边区群众报》作为大众读物社创办的一份大众化报纸，一开始就将边区基层农村干部和农民群众作为主要读者对象，积极宣传党的方针政策，反映群众呼声，密切联系党和群众。报纸注重报道群众关心的政治、军事和社会、生产新闻及相关的文化评论和发展动态，还经常刊登许多为群众所熟悉的陕北民间艺术形式及大众化文艺作品，受到了广大读者的欢迎。

（四）《新诗歌》

1.《新诗歌》（延安版）

1940年9月1日，《新诗歌》（延安版）创刊。该刊由陕甘宁边区文化协会领导，创刊号由延安战歌社和山脉文学社合编，从第2期起，由新诗歌会编辑出版，萧三任主编。陕甘宁边区的文艺期刊《新诗歌》，先后在延安和绥德出版。延安版《新诗歌》采用油印，因此被称为油印本；绥德版《新诗歌》采用铅印，因此被称为铅印本。《新诗歌》（延安版）为报纸型刊物，每期两版，刊登约三千字，一百多行诗。原定每月一期，但从第4期起，由于纸张、印刷等原因，成了不定期刊物。至1941年5月21日，《新诗歌》（延安版）共出版八期十二版，现仅见五期，缺第5期。

《新诗歌》刊登的诗作有古体诗词、新诗、民歌、翻译诗等，还利用有限的篇幅讨论诗歌的普及和民族形式问题，如萧三的《诗到难成便是才》和公木的《论"发辫小脚"与"圆颅方趾"》等。现在可见的五期油印本《新诗歌》，共发表四十二位作者的新旧诗作六十五首，译诗三首，诗歌活动消息和短论四篇。

《新诗歌》的出版，引起了延安和国统区的广泛反响和关注。1941年1月8日，张惊秋（殷白）在《新华日报》发表《陕甘宁边区新文化运动的现状》

一文,其中介绍了延安版《新诗歌》:"在延安还可以看到很精美的油印诗刊物。过去有《诗建设》、《山脉诗歌》、《诗歌总会》等等,现在又出了《新诗歌》,是在萧三领导下的新诗歌会的会刊。"

2.《新诗歌》(绥德版)

1941年6月,《新诗歌》(绥德版)创刊。它是继油印本《新诗歌》(延安版)之后,在绥德创刊的不定期诗歌刊物,是延安时期出版的第一份铅印诗刊。该刊由延安新诗歌会绥德分会主编,绥德警备区文化协会出版,绥德西北抗敌书店经售。

《新诗歌》(绥德版)是在时任绥德警备区司令员王震和绥德地委宣传部部长邹文轩的支持与赞助下出版的,四开单面铅印报纸型刊物,高敏夫任主编,张蓓、郭小川等参加编辑。刊名由毛泽东题写。该刊没有发刊词,但第5期刊载的张蓓《边区青年作者的新地》一文称:"我们愿意而且有这种意图,把《新诗歌》成为边区青年诗作者,陈列他习作的场所。……我们想《新诗歌》应当和青年群众密切联系着,成为他们的心声,和谐着他们的情感。它应当像东方刚升起的太阳,是新鲜的,亮着耀眼的色素。它是粗野而茁壮的,像大风回旋在陆地上。它是广阔而深沉的,渲染着我们斗争的信念。"

《新诗歌》(绥德版)共出版八期,目前仅见六期,缺第1、7期。除第1期外,其他七期共发表二十九位作家的诗三十五首,译诗四首,理论三篇。如启明的《劳山一日——献给我们在劳山生产中的小鬼》、朱子奇的《我歌颂伟大的七月》等。其中第3、4期编发《反德援苏特辑》,有公木的《希特勒底十字军》、隐夫的《褐色的猪》、费格娜(朱子奇)的《飞蛾》等。这些作品在解放区和国统区都产生了很大影响,有的还转载到胡风主编的《七月》上,萧三的一些诗则被苏联翻译介绍。

1942年5月,刊物出版至第8期,边区文协绥德分会决定,《新诗歌》与另一刊物《文艺生活》均停刊,改为综合性的文艺月刊《青苗》。

1942年7月,陕甘宁边区文协绥德分会决定将《新诗歌》与《文艺生活》合并为全新的综合性文艺月刊《青苗》,并于是年8月出版。

（五）《解放日报》副刊

1941年5月16日，《解放日报》在延安创刊。该报为中共中央机关报，博古（秦邦宪）任社长，杨松任总编辑。毛泽东撰写的《发刊词》申明："本报之使命为何？团结全国人民战胜日本帝国主义一语足以尽之。这是中国共产党的总路线，也就是本报的使命。"《解放日报》初为四开两版。中央政治局决定，从9月16日起，扩为对开四版，并要求报纸今后的文字，应力求活泼，尖锐有力，反对党八股。

《解放日报》第4版为副刊版，副刊组长为艾思奇。该版发表科学、医学、卫生、农业、教育、文艺等文章。《解放日报》重视文艺的重要作用，自创刊伊始就发表文艺作品，但无专门的刊头。1941年9月16日，报纸第4版下半版采用"文艺"这一刊头，副刊《文艺》第1期正式面世，不定期，每期发表文艺类文章五千多字，包括作品、理论、翻译等。中央任命丁玲任《文艺》栏目主编，丁玲、舒群、林默涵、白朗、刘雪苇、陈企霞、黎辛、张谔、陈学昭先后任栏目编辑。《文艺》栏目的稿件几乎都经社长博古、总编杨松过目。《文艺》栏目每周出四五期，每期占半个版面。但当时该栏目也存在不少缺点，1942年整风期间，毛泽东亲自对栏目做了重大改革。

1942年3月16日，中宣部发布《中共中央宣传部为改造党报的通知》，解放日报社开展了整风改版运动，并根据党中央的相关要求，决定《解放日报》第4版改为以文艺为主的综合版面，以及将《文艺》《中国妇女》《中国工人》《青年之页》《军事》等副刊专栏合并为一个综合性文化副刊。1942年3月30日，《文艺》出版至第111期后终刊。同年4月1日，新创办的综合性文艺副刊，在《解放日报》第4版整版刊出，并成为此后报纸副刊的基本样式。为帮助工农兵提高写作水平，1943年3月26日，报纸在第4版开辟《大众习作》专栏。1946年11月20日，《解放日报》由四版改为两版。后来，为增加报纸综合性文化稿件及文艺作品刊发的版面，自1947年2月2日起，每个周日增加第3版、第4版两个版面创办《星期增刊》，集中刊登国内外文化述评文章，各地文化运动消息，以及小说、报告文学、诗歌、散文、木刻等文艺作品和作品批评论文。同年3月2日,《星期增刊》编辑出版至第5期后终刊。

作为党报的文艺副刊,《文艺》栏目在存续的半年多时间里,前后共编辑出版了一百一十一期,发表四十余篇小说、五十余篇散文、近四十首诗歌、六十余篇文艺理论及作品批评论文以及数十篇翻译文学作品。栏目的主要撰稿人为许多知名的延安文艺工作者,而且它发现并培养了一批青年作家,如李季、孔厥、葛洛、邢立斌、叶克、平若等。《文艺》栏目在延安文艺运动及创作活动中产生了深远的影响,并且在延安文艺报刊编辑出版史上占有重要的地位。

二、刊物

(一)《解放》

1937年4月24日,《解放》于延安创刊。该刊为中共中央机关理论刊物,张闻天任社长兼主编,廖承志任秘书,吴亮平任责任编辑,凯丰、徐冰等任编辑。该刊初为周刊,铅印出版,后改为半月刊,在西安、上海设立翻印所,故在国统区、沦陷区也有发行。1941年停刊,共出版一百三十四期。

《解放》十分重视文艺,先后发表了六十篇文艺作品,包括小说、诗歌、通讯、速写、歌曲、木刻、论文等。主要作者有丁玲、成仿吾、李初梨、吴奚如、舒群、周扬、张庚、萧三、艾青、劫夫、温涛、沃渣、胡蛮、夏风等。此外,发表了如理论家艾思奇、陈伯达,党的领导人张闻天(洛甫)、林伯渠等人的文艺类文章。该刊发表的重要作品有:丁玲的《一颗未出膛的子弹》(小说),白浪的《白杨树下》(小说),吴奚如的《土地在笑着》(小说),从贤的《现阶段的文化运动》,周扬的《新的现实与文学上的新任务》《一个伟大的民主主义现实主义者的路》,张庚的《剧本创作问题》,艾思奇的《社会主义革命与知识分子》,洛甫的《抗战以来中华民族的新文化运动与今后的任务》,边区文协的《我们关于目前文化运动的意见》《边区文协第一次代表大会宣言》,等等。

（二）《前线画报》

1938年7月1日，《前线画报》创刊于延安，由国民革命军第八路军政治部前线画报社编辑，江丰、蔡若虹等先后担任主编，八路军政治部出版发行。该刊为三十二开本，读者以战士为主，内容上以画为主，并配以文字说明，有时也发表短文。《前线画报》自创刊之日起，即在艰苦条件下进行编辑、出版和发行，后"因寄往前线不便，前方材料亦难收集，加之纸张缺乏"，于1942年4月停办。

《前线画报》的内容主要是反映革命军队前后方的战斗、生产和学习情况。同时，报道世界各国对中国抗日战争进行支持和援助及国际形势方面的内容。刊物每期还发表揭露日、汪、托派、汉奸罪行的作品，以达到教育战士的目的。国内外的政治情况、各敌后抗日民主革命根据地的斗争形势、革命军队战绩、敌寇暴行等，都得到了反映，内容颇为充实。

从艺术上看，《前线画报》生动活泼、丰富多彩，它既有单幅画，也有组画和连环画；既有战争形势地图，也有军政人物像。此外，刊发适合战士歌唱的群众歌曲、绘画基础知识和通俗自然常识等。

当时，延安和各抗日民主革命根据地的著名美术工作者，如华君武、陈叔亮、朱吾石、郑西野、马达、陈钧、王曼硕、钟惦棐、焦心河、蔡若虹、杨廷宾等，经常在该刊发表作品，予以了《前线画报》很大的支持。

（三）《文艺突击》

《文艺突击》是在毛泽东的支持与鼓舞下，在延安最早诞生的一个文学刊物。1938年9月中旬，《文艺突击》于延安创刊，由抗日军政大学奚定怀（后名系原）、柯仲平、刘白羽等发起创办，刘白羽任主编，边区文化界救亡协会文艺突击社编印，社址设在延安城北门外杨家岭，刊名由毛泽东题写。该刊原定每月出三期，每期定价五分，由各书店零售。刊物最初以油印本出过两期，但由于战争环境艰苦，致使出版过的这两期油印原件后来难以找到，仅可于1938年9月20日和30日的《新中华报》的报缝中看到相关消息和目录。该刊宣称："它是：延安文艺的拓荒者！抗战文艺的突击队！文艺青年的好粮食！"刊物发表小说、诗歌、散文、理论、批评、通讯等。

1938年10月16日，该刊出版铅印版创刊号，三十二开本，竖排，仍采用毛泽东题写的刊名，第1—4期多为文艺作品，前三期为半月刊，每月1日和16日出版，每期二十四个页码，均设《工厂文艺》专辑。第4期起，改为月刊，增设《短论》栏目，共四十八个页码。此四期合为第一卷。该刊自1939年5月25日出版第5期起，出版革新号，改为十六开本，每期四五十个页码，竖排，采用毛泽东题写的另一刊名。革新号在创刊词中说："它将不是单纯登载文学作品的刊物，它将是延安、边区以及延安中心所能达到的地区里的一切文学艺术者的镜子"，是"以文艺为主的综合刊物"。它不仅刊发文学、戏剧、音乐、美术作品及各方面的文艺活动，而且鼓励文艺上的创新和探索，注重讨论和批评，不断反映前线和民间文艺工作者的创作、活动及其经验教训，"它愿以突击的精神参加到文艺工作总动员的活动中来"。革新后的《文艺突击》共出两期，合为新一卷。最后一期出版于1939年6月25日。原计划从第3期起扩大组织，"除文协负责编辑外，还请鲁艺、音协、美协、剧协、抗大、八路军总政治部来共同参加编辑事宜，希望在编辑上能做得更完善些"。但因财、物力限制，不得已而停刊。后来，为满足广大读者的迫切要求，"尤其各工厂、各机关的文艺小组，部队里的中级干部和许多文艺工作者"的强烈要求，催生了1940年4月15日《大众文艺》的创刊。

（四）《山脉诗歌》

1938年10月底，《山脉诗歌》由山脉文学社编辑出版，是延安和陕甘宁边区的第一个诗歌刊物。该刊是由山脉文学社准备铅印出版的综合性文艺刊物《山脉文学》改刊而来的。《山脉诗歌》为油印三十二开本，刊名有时竖排，有时横排。刊名题字移用了毛泽东原为《山脉文学》题写的刊名中的"山脉"二字，再配以艺术体的"诗歌"二字。

奚定怀、徐明先后负责该刊的编印，劳森也参加过一段时间的刊物工作。撰稿者多为山脉诗歌社的社员，但也不限于此。当时，参加山脉诗歌社的主要是抗日军政大学鲁艺的教职学员。此外，有马列学院、边区政府、八路军总政治部和后方留守兵团等单位的诗歌爱好者。他们以普及群众文艺为宗旨，以诗歌为武器，讴歌党领导下的人民群众的伟大事业。后来，由于山脉诗歌社的大部分成员陆续离开延安，《山脉诗歌》便停刊了。

（五）《戏剧工作》

1939年1月1日，《戏剧工作》创刊。该刊由鲁迅艺术学院编审委员会编辑，是鲁艺的专业性刊物之一。该刊为油印，三十二开本，单面横行刻印，封面刊名为艺术字体。每月一期，每期页码不等，共出两期。刊物主要用作内部研究和对外交换，少量外售，后并入鲁艺的综合性刊物《艺术工作》。

《戏剧工作》主要刊登戏剧作品和理论文章，兼及些许剧运消息。从目前可见的两期来看，该刊以戏剧理论和戏剧运动研究为主，主要内容分别为：1939年1月1日第1期刊登有张庚的《戏剧的实践和戏剧理论》、王震之的剧本《红灯》、姚时晓的《怎样导演〈红灯〉》、鲁艺实验剧团的《给全国各地演剧团体的信》、钟敬之的《怎样制作效果》以及《鲁艺征募图书启事》；1939年2月1日第2期刊登有韩塞的《对抗战戏剧的意见》、张庚的《戏剧工作者怎样利用旧历新年》、钟敬之的《舞台照明的汽灯试用》、王震之的《移动剧团讲座》、徐萍和地子的《新年中的新杂耍》，以及《戏剧问题座谈会》《消息一束》。

（六）《八路军军政杂志》

1939年1月15日，《八路军军政杂志》创刊。该刊由八路军政治部主办，二十四开本，毛泽东题写发刊词。1942年3月终刊，共出版三十九期。

该刊经常发表文艺作品，包括报告文学、特写、战地通讯、访问记、诗歌、歌曲、木刻等，总计一百二十四篇。为该刊供稿的有刘白羽、康濯、雷加、萧三、殷三、纪坚博、晋驼、马加等文学家，胡一川、刘岘、马达、陈钧等木刻名家，朱德也在该刊发表过诗歌。所刊作品中，肖向荣的《六天日记》、穆青的《红灯》、刘白羽的《三颗手榴弹》、雷加的《记国际友人白求恩》等都是名篇。此外，中央文委、总政治部的重要文件《关于部队文艺工作的指示》由该刊发表。

（七）《文艺战线》

1939年2月16日，《文艺战线》创刊。该刊为月刊，十六开本，竖排铅印。每月16日出版，共出六期。1940年2月16日，该刊终刊。《文艺战线》编辑委员会是在延安文艺界抗战联合会领导下组成的，周扬任主编，丁玲、成仿吾、艾思奇、沙可夫、沙汀、李伯钊、何其芳、周扬、柯仲平、陈荒煤、刘白羽、夏衍、陈学昭、卞之琳、周文、冯乃超等为编委会成员，夏衍为发行人，文艺战线社负责出版，桂林生活书店负责印刷、经售，代售处为各地生活书店。通讯处是延安文艺界救亡协会转文艺战线社。

《文艺战线》创刊号上刊发的周扬的《我们的态度》一文，实际上为该刊的发刊词。该文对刊物的性质、任务和当前文艺问题的主张都做了说明。周扬指出："正如它的名字所表示出的，它是一个战线，整个抗日民族统一战线的一部分，民族自卫战争的意识形态上的一个战斗的分野。""《文艺战线》本身就是一个统一的战线"，"在战争的紧急情况下，集合大家的力量，在文艺的领域内来做一点切切实实于民族有益的工作"，"杜绝一切宗派思想的复萌，促进作家间的更进一步的团结，以增厚文艺在抗战中的力量，这就是我们首先所要努力的方向"。周扬提倡现实主义，主张作家上前线去，鼓励作家提高修养，倡议加强文艺理论和批评。

《文艺战线》十分重视报告文学、文艺理论和批评以及木刻等作品的发表，这被文艺界视为该刊的三大特色。刊物出版后产生了很大的作用和反响。

（八）《中国青年》

1939年4月，因长征而停刊的《中国青年》在延安复刊。该刊由全国青年联合会延安办事处宣传部主办，刊名为毛泽东题写，三十二开本，竖排。初为半月刊，后改为月刊。1941年3月，出至第3卷第5期后，遵照中共中央关于调整刊物出版的决定，停刊。

该刊发行期间，为配合当时的政治形势和党的路线，发表了许多富有号召力的政治文章。此外，针对青年的特点，刊发了许多文艺作品，如诗歌、小说、散文、歌曲、木刻等八十六篇。萧三、陈学昭、韦君宜、师田手、雷加、卞之琳、柯仲平、李又然、余修、曹葆华、殷参、袁烙、何其芳、井岩盾、严文井、李雷等一批文学家，力群、古元、焦星河、华山、夏风、马达等木刻家，都是该刊的重要作者。此外，刊物发表冼星海、胡乔木、艾思奇等的文章。这些作品都受到了青年的欢迎。

（九）《中国妇女》

1939年6月1日，《中国妇女》杂志在延安创刊。该刊由中共中央妇女运动委员会主办，十六开本，编辑部设在中国女子大学。1941年3月8日，出版第22期后，遵照中央的决定"暂时停刊"，共出版两卷二十二期，完成了历史使命。

该刊以妇女运动，特别是妇女参加抗日斗争的内容为主。此外，刊有外国妇运、妇女生活介绍等。同时，发表了不少文艺作品，如诗歌、小说、故事、报告文学、木刻等，计三十四篇。刊物的作者有丁玲、魏巍、高敏夫、魏伯、危拱之、纪坚博等文学家，江丰、马达等木刻家。其中，丁玲的《秋收的一天》和沙平的《访女区长》《纪念一个死者》等，都是名篇。

1939年6月1日出版的《中国妇女》第1卷第1期首页上刊登了毛泽东的一首四言诗：

妇女解放，突起异军，两万万众，奋发为雄。
男女并驾，如日方东，以此制敌，何敌不倾？
到之之法，艰苦斗争，世无难事，有志竟成。
有妇人焉，如旱望云，此编之作，伫看风行。

该诗是毛泽东为贺《中国妇女》创办而作的，诗后书"题中国妇女之出版"，并有"毛泽东"签名。这首诗真切地表达了毛泽东对妇女在革命中的重要作用、取得斗争胜利的方法，以及对出版《中国妇女》杂志的殷切期望。

（十）《共产党人》

1939年10月4日，《共产党人》创刊。该刊为中共中央的机关刊物，由中共中央宣传部编辑出版，内部发行，大三十二开本，不定期出版。1941年8月，刊物停刊，共出版十九期。它主要刊登党的决定、政策，以及党的领导人撰写的阐释党的政策、方针的重要文章。

毛泽东为该刊题写了刊名和发刊词，指出《共产党人》的任务是："帮助建设一个全国范围的、广大群众性的、思想上政治上组织上完全巩固的布尔什维克化的中国共产党"，"统一战线，武装斗争，党的建设，是中国共产党在中国革命中战胜敌人的三个法宝"。该刊发表了不少有关文化方面的文件，如《中共中央关于吸收知识分子的决定》（载第3期）、《中央宣传部、中央文化工作委员会关于各抗日根据地文化人与文化团体的指示》（载第11期）、《各抗日根据地文化教育政策讨论提纲》（载第14期）、《中央宣传部关于各抗日根据地报纸杂志的指示》（载第19期）。同时，配发相关部门负责人撰写的解释性文章，如赵毅敏的《反对恐惧与排斥知识分子的现象》、艾思奇的《共产党与知识分子》等。

（十一）《中国工人》

1940年2月7日，《中国工人》创刊。该刊由中共中央职工运动委员会编辑出版，三十二开本，月刊，共出版十三期。1941年3月3日，根据中央调整刊物的决定暂时停刊。

毛泽东为《中国工人》题写刊名和发刊词。发刊词指出："团结自己和团结人民，反对帝国主义和封建主义，为建立新民主主义的新中国而奋斗，这就是中国工人阶级的当前的任务。《中国工人》的出版，就是为了这一个任务。""《中国工人》应该成为教育工人、训练工人干部的学校，读《中国工人》的人就是这个学校的学生。"

毛泽东在发刊词中就《中国工人》的语言文字提出了具体要求，希望"多载些生动的文字，切忌死板、老套，令人看不懂，没味道，不起劲"。编者不孚众望，将刊物办得生动活泼，深受职工欢迎。著名作家茅盾在延安看了几期《中国工人》，特撰写《喜悦和希望》（载第11期）一文表示祝贺。

《中国工人》发表了包括通讯、回忆录、报告文学、诗歌、木刻等在内的许多文艺作品，共七十三篇。著名木刻家张望、马达、钟灵、陈钧、张谔，诗人刘御等，都有作品在该刊发表。值得一提的是，该刊辟有《工人习作》专栏，发表习作十六篇，深受工人喜爱。

（十二）《中国文化》

1940年2月15日，《中国文化》月刊于延安创刊，由陕甘宁边区文化协会主办，接受中共中央书记处书记兼中宣部部长张闻天直接领导，艾思奇任主编，林默涵等负责编辑。毛泽东为该刊题写刊名。刊物的印刷初在延安，后在安塞。《中国文化》共出版十五期，发表各种文章一百四十三篇，一百四十多万字，作者达四五十人，产生了很大的作用和社会影响。

作为综合性的文化学术刊物，《中国文化》刊载的文章涵盖了文学、艺术、哲学、政治、经济、历史等方面，以文学艺术为主，编排方面也独具特色。它先后开辟了许多栏目，如《社论》《专论》《研究》《创作》《杂感》《讲座》等。其中，《创作》栏专门发表文学创作，先后发表了沙汀、何其芳、野蕻、陈荒煤、曹葆华、贾芝、丁玲、刘白羽、黄钢等的报告、诗歌、小说作品。刊发的文学艺术方面的研究文章有艾思奇、茅盾、周扬、柯仲平、何干之、胡蛮、冼星海、萧三、周文、李伯钊、张庚等人的论文。

《中国文化》是延安及陕甘宁边区文化理论工作者发表学术理论作品的园地，承担着发展文化理论、指导文化实践的重大任务。该刊一经创刊，就集中刊载了边区文协第一次代表大会的报告，如创刊号推出毛泽东的《新民主主义的政治与新民主主义的文化》（即《新民主主义论》），第2期发表洛甫的《抗战以来中华民族的新文化运动与今后任务》和艾思奇的《抗战中的陕甘宁边区文化运动》。这些都是指导解放区文化发展的重要文件。

此外，茅盾于1940年5月26日到达延安后所写的三篇谈文学的民族形式问题的文章，即《关于〈新水浒〉——一部利用旧形式的长篇小说》《论如何学习文学的民族形式》《旧形式、民间形式与民族形式》，分别发表在《中国文化》第1卷第4期、第5期和第2卷第1期上。

《中国文化》重视对马克思主义学说的介绍，以及对马克思主义经典著作的研究。关于马恩列斯的哲学思想、文化艺术思想、批评方法等，刊物都有文章予以论述。另外，关于鲁迅、高尔基的美学观点，刊有研究文章。这些都说明，该刊是从中国文化发展这个宏观意义上进行编辑工作的。

该刊出版第3卷第2、3期合刊后，于1941年8月20日停刊。

（十三）《大众文艺》

1940年4月15日，《大众文艺》在延安创刊。由中华全国文艺界抗敌协会延安分会主办，其下属的大众文艺社编辑，萧三任主编，八路军印刷所印刷。该刊由《文艺突击》衍变而来，其创刊、创作和编辑受到了党政领导和文艺家的热忱支持。毛泽东题写刊名，朱德在第1卷第5期发表《移太行侧》《出太行》《太行春感》《贺友人诗》等四首古体诗，茅盾、丁玲、林默涵、萧三、曹葆华、艾思奇、何其芳等也在该刊发表多篇文艺评论，具有相当高的学术价值，对文艺工作者有较大的指导意义。

该刊刊载包括诗歌、小说、散文、剧本、报告、故事、日记、歌词等在内的文学作品，从不同角度反映广大人民群众特别是根据地百姓的斗争生活，具有强烈的时代精神和浓厚的乡土气息。刊物设有《文艺问答》《写作讲话》等专栏，回答读者和新作者提出的有关问题，指导他们的文学创作活动。

该刊也发表对外国优秀作家进行介绍的文章，如介绍了高尔基、马雅可夫斯基、罗曼·罗兰等作家及其作品。

1940年12月25日，该刊第2卷第3期出版《戏剧专号》，刊发张庚的《什么是戏剧》一文，从多个方面普及戏剧知识。此外，刊发史行的一组"演剧杂谈"文章和马瑜的《漫谈化装》等戏剧艺术专论文章。

出版第2卷第3期后，《大众文艺》停刊。

（十四）《大众习作》

1940年8月1日，《大众习作》在延安创刊，由陕甘宁边区大众读物社编辑出版，边区印刷厂和八路军印刷厂印刷，三十二开本，竖排铅印，毛泽东题写刊名。该刊先后出版六期，共计四本：1940年8月1日出版第1期，1940年11月15日出版第2、3期，1941年2月15日出版第4期，1941年9月15日出版第5、6期。其中，第1期、第4期系单独出版，第2、3期和第5、6期均为合刊。该刊于1941年9月15日终刊。

《大众习作》作为通俗的、大众化的文艺刊物，主要对象是边区县、区、乡级干部，小学教师，工厂、军队、农村的通讯员和广大的初学写作者。主要任务在于推进边区文艺大众化。

该刊从工农大众的水平和需要出发，开辟众多栏目，有《论文》《大众习作》《公开信》《原作与改作》《工作往来》等。《论文》栏目主要介绍大众化、新闻及写作理论，《大众习作》主要发表群众写作的故事、报告、诗歌、小说等作品，《公开信》主要讲解写作方法和知识，《原作与改作》主要发表群众的原作与由编辑部修改过的作品，《工作往来》主要发表各地通讯员的来信、编辑部的答复以及对通讯员的要求等。

为了丰富工农写作者的文学知识，提高文学修养，借鉴和学习名家的写作经验，《大众习作》从第2期起增辟《工作经验》栏，刊发群众的写稿、读书、办墙报、建立读报栏的经验和体会。

从第4期起，刊物增辟《名著研究》栏，刊登文学名著及评析文章。另外，各期封面均有精美的木刻画，内文栏头有装饰设计，版面编排生动活泼。编者为了充分利用版面，尽量多给读者传播知识，摘编了列宁、毛泽东、张闻天以及鲁迅的文艺语录，作为重要补白，表现了该刊的正确办刊目标和方向。

（十五）《歌曲月刊》及其他

1.《歌曲月刊》

1940年9月，《歌曲月刊》在延安创刊。该刊为陕甘宁边区音乐界协会（原名为陕甘宁边区音乐界救亡协会）的机关刊物，油印，十六开本，原计划月出一期，但由于印刷、纸张的困难，实际成了不定期刊物。编辑部设在鲁艺音乐系，每期十二页至三十四页不等。由于办刊极端困难，《歌曲月刊》出版四期后便休刊。1941年4月，《歌曲月刊》更名为《歌曲旬刊》继续出版。

《歌曲月刊》是延安第一个音乐刊物，是根据边区音协1940年8月召开的代表大会决议创刊的。初定为以歌曲研究为中心，兼发歌曲作品。编者在《稿约》中说："本刊以歌曲艺术的研究为中心，内容包括创作或翻译的歌曲（歌词）以及有关歌曲艺术的论著或翻译"。正式出版时，该刊变为以发表歌曲作品为主、理论研究为辅的刊物。

《歌曲月刊》办刊艰难，一无专业编辑人员，二无出版经费，全靠几个同志利用业余时间编辑刻印。但每期内容都比较丰富，既有歌曲作品，又有理论文章。歌曲作品大多是配合斗争而创作的，思想性都比较强。如百团大战发生后，即刊登《百团大战进行曲》（朱子奇词，向隅曲）；11月，刊登《斯大林之歌》，等等。此外，发表歌颂领袖的《毛泽东》，歌颂延安的《延河颂》（朱子奇词，杜矢甲曲），以及歌词《自力更生》《抗日军歌》，等等。作品形式多样，有群众歌曲、独唱、轮唱三部、混声四部等。理论文章则有《十月革命后苏联歌曲对中国音乐的影响》《谈歌咏运动的消沉》《我写歌词的几个原则》等。除歌曲理论之外，《歌曲月刊》还刊登有关音乐运动的消息。

2.《歌曲旬刊》

1941年4月1日，《歌曲旬刊》创刊于延安，由延安作曲者协会编辑，陕甘宁边区音乐界协会出版部出版，油印，十六开本，每期六个页面。该刊共出三期，发表二十首作品。该刊于1941年4月下旬停刊，第3期《启事》做了说明："本刊自五月一日起，改为半月刊。"停刊后，出版《歌曲半月刊》。

该刊是由《歌曲月刊》更名而来的，创刊号的一则《启事》说明了出版缘由："由于广大群众的需要，我们感觉到有将《歌曲月刊》改为《歌曲旬刊》的必要。"

该刊主要刊登供群众歌唱的歌曲，改变了其前身"创作、理论并重"的编辑方针，除在第1期和第3期有三条极短的启事外，其他均为歌曲。该刊所刊作品，体裁较为简单，主要是群众歌曲，且作品的题材内容比较广泛，适应了1941年上半年中国共产党反对国民党的反共高潮的斗争需要。此外，刊物刊发表现青年题材、儿童题材和自力更生等内容的作品。

3.《歌曲半月刊》

1941年5月16日，《歌曲半月刊》在延安创刊。该刊由《歌曲旬刊》更名而来，由延安作曲者协会编辑出版，边区音协出版部发行，共出六期，发表歌曲三十九首，文字十二篇。

该刊《征稿条例》说明："本刊以介绍并研究群众歌曲为中心"，"歌曲以形式短小为最适宜"，同时发表评论、音讯等文字稿。该刊要求"文字以一千字以内的音乐短评为最适宜"。刊物没有稿费，"来稿选用者，可以本刊为酬"。

该刊发表的作品，战斗性很强，每期都有一个中心内容。音乐家任光在1941年的皖南事变中牺牲。1941年5月16日，该刊第1期为《悼任光》专号。除发表两首悼歌外，还刊登了任光遗作六首。第2期以刊发抗日歌曲为主。第3期以刊发文字为主。第4期为《纪念"七一"与援苏反德专号》。第5期以纪念"七一"为中心。第6期以反对德日法西斯为主。

1941年8月16日，《歌曲半月刊》出版第6期后，刊登《本刊紧要启事》，称："本刊因人力、物力和各种困难，决定从下期起与《中国音乐》合并，改名《音乐月刊》，铅印出版。"于是，《歌曲半月刊》终刊。

（十六）《文艺月报》

1941年1月1日，《文艺月报》创刊于延安，是延安文抗文艺月会的会刊，由延安文艺月会编辑。该刊为十六开本，竖排，各期页数不等，少则四页，多则二十八页。

《文艺月报》是在丁玲、舒群、萧军等发起成立的文艺月会第一次座谈会上商定创办的。刊物第1期记载了当时开会讨论办刊的情况："讨论会刊（大家把它定名为《文艺月报》）的时候，发言便更热烈了。荒煤、何其芳、立波、萧军、雪苇、周文、舒群都争着说了很多意见，归纳起来：《文艺月报》应该是一个短小精悍、斗争性要强一些的刊物。内容包括：批评、杂义、小说、通讯、诗歌、月会记录、中外文坛报道。总之，要严肃而有趣味。"刊物编辑人选也在此确定下来，"丁玲提议由荒煤、舒群、萧军三人负责，但结果成为舒群的狄克推多（独裁）"。由于刊物的调性及办刊者在文坛的较大影响力，《文艺月报》一经刊出便对延安文艺界产生了一定的积极影响。

《文艺月报》以各文艺小组、星期文艺学园、文艺月会会员、学校、机关和图书馆等为对象，刊登小说、诗歌、批评、短论、杂义、剧作、通讯、月会记录等，重视文艺理论和文学知识问题，刊发了如魏东明的《论作家的气质》、罗烽的《高尔基论文学与思想》、张仃的《谈美》、冯牧的《欢乐的诗和斗争的诗》、严文井的《关于使人读不下去的文章》、萧军的《文学常识三题》等作品。其中短论多于作品，文艺消息较多，记载当时延安文艺团体的成立、活动、论争等情况。该刊主要撰稿者有萧军、丁玲、艾青、罗烽、吴伯箫、逯斐、周立波、高阳、方纪、陈企霞、何其芳、陈荒煤、周文、韦君宜、冯牧、贾芝、严文井、欧阳山、周扬等。此外，刊物发起稿约，扩充作者队伍，丰富刊物内容，引导和培养了一些潜在的创作者。

该刊第1期至第12期由萧军负责，第13期至第15期由舒群负责，第16期由雪苇负责，第17期又由萧军负责。第17期虽然预告了第18、19两期的编辑负责人及主要文章，但并未出版。从第7期起，该刊开始在第1版辟出目录栏。第14期至第16期有封面。第14期至第17期为双月刊，以前各期为月刊，以后亦拟出月刊。每期约两万四千字，印五百份。

1942年9月1日，《文艺月报》终刊，共出版十九期。

（十七）《中国文艺》

1941年2月25日，《中国文艺》创刊于延安。该刊前身为《大众文艺》，由中国文艺社编辑，中国文艺界抗敌协会延安分会出版，通讯处设在延安鲁迅艺术文学院，周扬任主编。该刊为十六开本，竖排铅印，毛泽东题写刊名。

《中国文艺》密切关注重大政治事件，重视理论问题，有着鲜明的立场。创刊号封二刊登《我们的抗议》，将其作为首篇，旨在表明该刊代表解放区广大文艺工作者对皖南事变的强烈抗议态度。创刊号共发表十二篇文章，除《我们的抗议》外，还有理论三篇：周扬的《抗战以来创作的成果和倾向（上）》、周立波的《谈阿Q》、丁玲的《什么样的问题在文艺小组中》；小说一篇：邢立斌的《夜景》；诗两首：何其芳的《叫喊》、贺敬之的《生活》；报告文学两篇：陈荒煤的《新的一代》、葛陵的《宿处》；童话故事一篇：严文井的《小松鼠》；剧本一篇：姚时晓的《竞选》；翻译作品两篇（诗一首，创作经验一篇）。

1941年2月,《中国文艺》出版创刊号即停刊。

(十八)《草叶》

1941年11月1日,《草叶》创刊。该刊由延安鲁迅艺术文学院草叶社编辑,延安华北书店发行,双月刊,逢单月1日出版。该刊为十六开本,铅印横排,在第一页左上方有横排集鲁迅手写体"草叶"二字为刊头。每期少则十六页,多则二十三页。

《草叶》取自美国人文主义诗人惠特曼的诗集《草叶集》,意在表达诗人力图创作最平凡也最有生命力的作品。该刊编委会由周立波、何其芳、陈荒煤、严文井等组成,前后发表作品约二十万字,署名作者计三十余人。该刊创刊之初,"只有一个异常朴素的目的,就是用它来发表鲁艺从事创作的同志们的作品,而且主要是同学们的作品,好像外面那些学校的陈列室里的装在玻璃柜里的手工或者图画的成绩展览一样"。刊物的选稿标准有两条:"第一,要使读者能够读下去,就是说要有一定水平的技巧而不是乱七八糟的连语言文字都成问题的作品。第二,要使读者读后多少能够得到一点东西,就是说要有一定分量的艺术性和革命性结合起来的内容,既反对空洞无物的概念化、公式化,也不赞成对于新的现实采取一种消极的态度。"从第3期开始,《草叶》突破只发表鲁艺从事创作者作品的局限,刊登艾青的诗歌,以后陆续发表翻译作品。第4期的《编后》中明确写道:"以后篇幅还可能增加","还打算登短的理论文章,并不把刊物限制为纯创作性质的了"。这些设想在1942年出版的第5、6期中得以实现。

1942年9月15日,《草叶》编辑出版至第6期后终刊。

(十九)《谷雨》

1941年11月15日,《谷雨》在延安创刊。该刊是延安文抗的机关刊物,由中华全国文艺界抗敌协会延安分会编辑出版,舒群、丁玲、艾青、萧军、何其芳等轮流主持刊物的编辑工作。该刊为十六开本,铅印竖排,马兰纸印刷,每期页码不等,少则二十四面,多则七十面。刊物编排比较正规,每页天头都有刊名、期数和页码。创刊号刊名"谷雨"二字为繁体艺术体。从第2期开始,刊名改为隶书，仍为繁体字。《谷雨》基本上为双月刊，隔月15日出版，先后共出六期。其中第2期和第3期为合刊，故六期刊物共五本。

《谷雨》刊登的作品以文学创作为主，兼及文艺评论和翻译作品，文学创作以小说为主，诗歌、散文和特写次之。该刊共发表作品六十四篇，其中小说二十一篇，诗十首，报告与特写三篇，散文六篇，理论十篇，翻译十三篇，其他一篇。

《谷雨》可以说是延安文抗作家的创作园地，丁玲、周扬、何其芳、艾青、舒群、萧军、罗烽、刘白羽、雷加、黑丁、厂民（严辰）、周立波、马加、严文井、吴伯箫等知名作家都在上面发表作品。一般说来，该刊作品的篇幅比较长。《稿约》限定每篇作品的字数在万字以内，特稿可以例外，而当时延安其他刊物多把作品的字数限制在三五千字以内。《谷雨》六期既没有发刊词，也没有编后记之类的文字，除作品外，其他如文艺动态之类的信息也极少刊登。它是靠刊物发表的作品来体现性质和方向的，没有任何自白。作品的好坏和编发意图，全靠读者去理解，编者不做任何交代。创刊无"见面话"，终刊无"告别辞"，十个月，未与读者"交谈"一句，作品就是一切，显得十分严肃。刊物建立各单位的群众文艺小组，设立顾问委员会，创办星期文艺学园，编《大众文艺》《文艺月报》等，都是面向工农兵群众的工作，而且卓有成效。

《谷雨》每期刊载文艺理论文章。第4期发表了三篇理论文章，包括王实味的《政治家·艺术家》。第5期实际为《理论特辑》，发表六篇理论文章，比较集中地论述了当前文艺运动的问题。第5期出版于1942年6月15日。其时，正是延安文艺座谈会之后不久，因而这组文章比较多地谈到了文艺工作者的立场和态度问题，以及对毛泽东《讲话》的理解，如丁玲的《关于立场问题我见》、艾思奇的《谈延安文艺工作者的立场、态度和任务》、刘白羽的《对当前文艺上诸问题的意见》、萧军的《杂文还废不得说》等。另外，萧军为《谷雨》撰写的《对于当前文艺诸问题的我见》，《解放日报》征得《谷雨》编委会和作者同意后，提前在1942年5月14日进行了发表。《谷雨》还重视对国外文艺理论的介绍，第1期刊载周扬翻译的《艺术与现实之审美关系》，第2、3期合刊刊载曹葆华翻译的《列宁与艺术创作的根本问题》。此外，对国外的一些评论著作进行了介绍。

1942年8月15日，《谷雨》编辑出版至第6期后终刊。

（二十）《诗刊》

1941年11月，《诗刊》创刊于延安，隶属诗歌总会，由诗刊社编辑，艾青任主编，新华书店发行，华北书店代售。该刊为二十四开本铅印月刊，封面左侧为竖排的艺术体刊名，其余版面偏下部分为竖排目录，内文也为竖行。据现有材料可知，《诗刊》共出版六期，目前仅见第6期，其他各期暂缺。1942年5月5日，该刊终刊。

艾青于1941年初夏到延安后，要求编一个专门的诗歌刊物，发展延安和陕甘宁边区的诗歌创作。经过一段时间的酝酿，1941年9月6日，由艾青、萧三、柯仲平、严辰、王禹夫等发起，延安诗歌作者在文化俱乐部召开新诗作家座谈会，就诗歌创作、诗坛意见进行交流，筹划出版《诗刊》。经过讨论，会议议决《诗刊》由艾青任主编。党中央和边区政府当即批准，并帮助解决经费、纸张和印刷问题。

1941年11月5日，《诗刊》出版创刊号，发表艾青的创刊词《祝——写给〈诗刊〉》："诗是民主精神的焕发，是人类理性的最高表现。诗的发达是一个国家和民族的文化发达的必然结果。""没有完成的革命事业需要诗，新中国的创造需要诗——需要高度的表现了现实的，表现了战斗的英勇与坚强的，深刻的，感人的诗。"

1941年12月11日，延安诗歌组织延安诗会成立随后，推选艾青为该会编辑股负责人。延安诗会会刊出版前，《诗刊》实际成了该会的会刊。按照延安诗会成立大会之决议精神，刊物要大量介绍外国诗歌理论与创作。《诗刊》组织编发介绍外国诗歌作品和理论的翻译稿件，目的就是要帮助边区的诗歌创作者开阔眼界，了解国外优秀诗歌，进而学习借鉴，提高诗歌创作的水平和质量。这一宗旨在各期刊物中得到了体现。以第6期为例，共发作品十三首，形象而义凝练地表达了作家对生活的认识和理想，没有标语、口号之类，翻译了雪莱、马雅可夫斯基等的诗歌四首，翻译了马雅可夫斯基的诗论一篇。

1941年12月24日，诗刊社参加在作家俱乐部召开的延安各文艺刊物编辑会议，与延安其他文艺刊物交流编辑经验，建立友谊联系。诗刊社有时还作为一个社团，参加延安文艺界的活动。如1942年5月1日，延安六个文艺刊物联合召开的萧红逝世追悼会，诗刊社就是其中的发起单位之一。

《诗刊》的出版，使延安的诗歌运动开创了新局面，是文艺界的一件大事。在此之前，延安还没有一个杂志式的铅印的专门诗歌刊物，在它之后，也没有出现过这样的刊物。它一创刊，《解放日报》就做了报道。《诗刊》在当时产生了很大的影响，发表的作品有些被《文艺阵地》和《七月》等国统区刊物转载，在国统区读者中也产生了较大的影响。

（二十一）《部队文艺》

1941年12月，《部队文艺》创刊于延安，是中央军委直属队政治部文艺工作室（简称"军直文艺室"）的机关刊物，也是延安时期部队较早的文艺刊物之一。该刊由军直文艺室主任公木担任主编，承担编辑工作的人员分工为：晋驼，负责小说稿件；朱子奇，负责诗歌稿件；方杰，负责散文和杂文稿件。《部队文艺》为不定期刊物，十六开本，铅印，军直政治部主任胡耀邦题写刊名，总政宣传部文艺科科长吴奚如撰写发刊词。每期容量十万字，印一千份。创刊号于1941年12月出版，第2、3期为合刊，于1942年4月出版。该刊共出三期。后因军直文艺室和编辑工作人员把主要精力转向整风运动，《部队文艺》终刊。1947年4月1日，东北部队继承延安文艺的光荣传统，于哈尔滨创办新的《部队文艺》。

《部队文艺》创刊号刊登晋驼的小说《生长》和黄既的小说一篇，第2、3期合刊上发表晋驼的《时代的尾巴》等。另外，该刊先后发表的作品有公木的长篇叙事诗《鸟枪的故事》，朱子奇、侯唯动等的诗歌，方杰等的杂文和散文等。此外，地方文艺小组成员和作家也为《部队文艺》撰写稿件。

军直文艺室和该刊编辑部为提高和改进刊物的编辑工作，扩大部队文艺的影响，召开了多次座谈会，如特约写稿人会议、军内外评刊座谈会等。这些活动体现了《部队文艺》正确的编辑方针和路线。部队各级领导同志对办好《部队文艺》十分关怀。

《部队文艺》是当时军内唯一一个以文学为主要内容的综合性刊物。该刊还参加延安文艺界的一些活动，如1942年5月1日，以部队文艺社的名义，与其他五个文艺刊物联合举行女作家萧红逝世追悼会。

（二十二）《民族音乐》

1942年4月1日，《民族音乐》于延安创刊。该刊由边区音协编译出版部与边区作曲者协会编辑，延安新华书店出版发行，铅印横排，三十二开本，每册定价三角。至10月1日，《民族音乐》共出八期。后来，经边区音乐协会第三次常委会决议，该刊自第2卷起改名为《群众音乐》继续出版，《民族音乐》停刊。

作为综合性的音乐刊物，《民族音乐》将作品与理论并重。刊物发表的文章主要分为四类：一是音乐理论。这类义章比较有分量，大都结合音乐运动和创作实践中的问题进行探讨，如《目前歌曲创作上的几个问题》（马可）、《歌曲中国化的实践》（焕之）、《略论聂耳的群众歌曲》（麦新）、《怎样搜集民间音乐》（张鲁）、《民歌的节拍》、《试论歌词的八股》（安波）等。二是音乐技术和基础知识。这类文章大都面向群众音乐工作者和音乐爱好者，讲解一些音乐技术和基础知识，如《关于人声之发达及其分类》（尹子）、《阶名读法》（元庆）、《指挥技术的基础》（焕之）、《怎样吹口琴》（任虹）、《简谱上的调子记号》等。三是外国音乐家介绍及外国音讯。这类文章在延安的文学艺术刊物中独具特色。只有《民族音乐》系统地介绍外国音乐家，并对外国音乐动态给予重视。刊发如《西洋历代音乐家传略》《苏联作曲家在战争中》《自习的音乐家在苏联》《美国乐坛拾零》等文章，表明编者在文艺问题上具有开放意识，说明战争年代的延安也注意借鉴外国文艺，发展民族音乐，不搞排外主义。四是边区音讯。《民族音乐》第8期刊登鲁艺音乐研究室成立，边区作曲者协会代表大会召开，"聂耳创作奖金"举办启事，边区音协座谈会举办等消息,发挥了沟通了解、推介宣传的作用。

该刊发表的歌曲作品题材十分丰富,有歌唱生产的,有赞颂青春的,有歌颂领袖的,有歌唱练兵习武的。作品体裁以群众歌曲为主。该刊对促进创作、发展音乐运动发挥了重要作用。

(二十三)《青苗》

1942年10月,《青苗》创刊。该刊是陕甘宁边区文协绥德分区创办的综合性月刊。

1942年7月,绥德分区召开扩大常委会,传达边区文协关于今后工作的指示,其中包括"出版适合目前要求的综合性刊物",决定将《新诗歌》与《文艺生活》合并为一个全新的综合性文艺月刊《青苗》。随后,《青苗》的筹备工作紧张进行,于1942年10月初出版。刊物由边区文协编辑,十六开本,马兰纸印刷,每期定价为二元五角。

(二十四)《新少年》

1946年7月15日,《新少年》创刊,该刊由边区文协分会主编,大众书店出版发行,三十二开,月刊。因战事不断,《新少年》大约只出了三期就停刊了。

该刊为综合性刊物,主要面向边区少年、学生,内容生动活泼。其中,文艺作品占有相当的比例,如诗歌、故事、歌曲等,深受少年的欢迎。

(二十五)《延安生活》丛刊

1946年8月25日,全国文协延安分会和边区文协召集延安文化界举行座谈,发起编印《延安生活》丛刊,到会的有李卓然、张仲实、欧阳山、柯仲平、周文、曾三、张季纯、鲁直、林山等。边区文协主任柯仲平提出,鉴于各地读者需要了解延安生活情形,特发起印行《延安生活》丛刊,内容多方面,形式不拘。会议推选李伯钊、欧阳山、张仲实、艾思奇、柯仲平、鲁直、秦川等七人组成编委会,欧阳山为主编。

10月25日,《解放日报》刊发《〈延安生活〉发刊缘起》:"延安是'民主中国的中心'。延安是首席解放区。延安是中共中央所在地。在中国青年和进步人士的心目中,延安是中国革命的圣地。对于这个地方,全中国人民都爱护她；这个地方的生活，全中国和全世界的人都想了解她。而反动派却尽力污蔑她，掩盖和歪曲她的真相。""为了满足解放区内外广大人民的要求，咱们要把这个工作赶快做起来。"内容上，此刊范围广泛，包括整个边区的党政军民学、工农商学兵等方面，且形式不限，写法自由，篇幅短小精悍。

（二十六）《延安文艺》

1946年8月30日，全国文艺协会延安分会和陕甘宁边区文化协会会刊《延安文艺》定于双十节出版，柯仲平任主编，李伯钊、胡蛮、欧阳山、贺绿汀、柯仲平、张季纯、马健翎等十一人组成编委会。刊物每期四五万字，主要对象为边区小学教师、地方剧团、中学生和干部。

有关《延安文艺》的稿件内容，1946年9月2日、3日的《解放日报》登出《延安文艺》征稿启事："欢迎戏剧、秧歌、说书、唱本、诗歌、民间故事、歌谣、小调、小说、杂文、报告文学、文艺动态、木刻、连环画及研究、总结等各种形式的文艺稿件。"

全国文艺界协会延安分会、陕甘宁边区文化协会于9月3日在《解放日报》上刊登《〈延安文艺〉需要什么稿子？》一文，具体阐明办刊方针，指明刊物是大众的文艺月刊，"大众写，大众看（不会看的，可以听。），大众批评，大众关心"，要把刊物"变成广大人民精神上的一种粮食。……变成瞄准敌人射出去的子弹，杀出去的刺刀"，要写延安和陕甘宁人民的生活，写文艺活动，写心得，写经验。

由于材料缺乏，《延安文艺》是否如期出刊，或出刊后的情况，都不得而知。

三、壁报

（一）《轻骑队》

1941年4月，大型壁报《轻骑队》创刊。它是由中央青委机关主编，陈企霞、李锐、童大林、于光远、许立群、王若望等人业余编辑的墙报，立在文化沟路边。每周出一期，有故事、杂文、诗歌、漫画、短论、顺口溜等形式，还有小道消息等。稿件都用毛笔大字抄写，张贴在大木板上。每期出报后，还要油印一些稿件，分送毛泽东和中央各机关参考。毛泽东对《轻骑队》很重视。后来，壁报又在南门外进行张贴，围观者甚多。

壁报主要是对延安的不良现象进行批评、讽刺。毛泽东不仅看油印的或抄来的《轻骑队》，而且亲自到南门外看壁报。朱德曾向编委会提出批评，希望壁报注意态度和方式，多做有利于革命团结的事。《轻骑队》编委会公开登报，做自我批评，表示将调整编辑方针。

（二）《蒺藜》

1942年2月，军直文艺室大型壁报《蒺藜》在文化沟口创办。文化沟原名大砭沟，在延安北门外，党中央进驻延安后，大砭沟逐渐成为一个文化中心区，于是更名为文化沟。中央党校、民族学院、青年艺术剧院、中国女子大学、文化俱乐部、八路军政治部、留守兵团宣传部等都在这里。沟口延河对面的杨家岭、王家坪，是党中央和中央军委所在地。

军直文艺室看到文化沟的《轻骑队》吸引了不少读者，于是创办了《蒺藜》壁报。稿件用毛笔大字抄写，贴在木板上，同样吸引了许多人观看。《蒺藜》发表的作品以短文为主，短小精悍，小品、杂文、寓言、诗歌兼收。其中有讽刺，也有歌颂。但是，在当时讽刺之风猛烈的背景下，壁报同样发生过偏差，公木创作的《大围墙·小围墙》就将讽刺的矛头指向了革命首长。随后，延安整风运动开始，《蒺藜》便停刊了。

（三）《文艺》

1944年12月29日，延安鲁艺文学系开会，讨论筹办《文艺》墙刊问题，决定于1945年元旦创刊。创刊号为《关于文艺形式问题》特辑，执笔者有陈荒煤、舒群、严文井、公木、邵子南等。

四、其他

（一）《大众化工作研究》

1941年5月，为了推进文艺大众化工作，延安大众读物社编辑的《大众化工作研究》由新华书店出版。收录的文章有：鲁迅的《文艺的大众化》，周文的《大众化运动历史鸟瞰》和《大众化的写作问题》，张守一的《一年来的报纸编辑科》和《我们怎样编辑〈边区群众报〉》，金照的《编〈大众文艺〉的经验》，杨蜚声的《一年来的木刻工作》，王牧的《〈大众习作〉是怎样一个刊物》，林今明的《谈谈我们的丛书工作》，等等。该书不仅在边区受到了热烈欢迎，而且流传到国统区，同样受到好评，并被不断翻印。

（二）《桥儿沟画报》

《桥儿沟画报》由鲁艺美术系创办，定于1945年新年出特刊，由华君武等主编。美术系人员力求通过绘画反映桥儿沟一年来的各种活动及劳动英雄、模范工作者的事迹。为庆祝著名美术家毕加索与科学家居里同时加入法国共产党，《桥儿沟画报》拟出一批墙报专刊，介绍毕加索作品及美术活动，以示崇敬。

第八章 延安时期重要文艺团体活动述略

在中国现代文学场域中,延安时期的文艺社团及演出活动创造了延安这一特殊政治和文化环境中的奇特景观。延安文艺的传播载体及传播方式除报刊以外,又以活跃的演出活动促进着文艺的繁盛。由于特别强调文艺在现实生活中直接的战时宣传的鼓动作用,亦即追求生活和艺术的某种同一关系,这使得延安文艺更看重能够直接介入生活的艺术样式,因为它将静态的阅读转化为动态的行动参与。这样,秧歌、戏剧、歌舞、新戏以及各剧团的演出活动就成为延安文艺最重要的传播方式。

在延安名目繁杂的演出活动中,秧歌剧最为显眼,因为秧歌剧的广场演出,在传播上接近受众,接近生活,更接近受众的经验范围,也就更能起到战时组织民众、鼓舞民众的作用。秧歌剧广场表演对传播者和受众界限的突破,促使其由传统艺术形式的单向度传播转化为一种狂欢化的民间传播形式。对于接受者来说,空旷的广场,没有了舞台的藩篱,传受双方的时空界限阻隔没有了,广场演出成为一个可以从多个维度充分展示传播主体与受众情绪的艺术舞台。

延安文艺社团及其演出活动的空前活跃,不断促使民间艺术的形式与抗战、革命主题高度契合,新的话语言说方式与地域文化形态的交融以及广场演出的大众狂欢传播效应,构成了延安社团演出的鲜明特征,也为中国现代文学及传播形式增添了不可多得的一页。

一、戏剧团体及其活动

（一）工农剧社

1935年11月，工农剧社在瓦窑堡成立。工农剧社是党中央到达陕北后成立的第一个戏剧团体，前身是1935年春成立于陕西延川县的列宁剧团，属中共西北工委领导。党中央接收列宁剧团后，将其更名为工农剧社，由中央局宣传部部长吴亮平和中央教育部部长徐特立直接领导。团员包括长征到陕北的十多名文艺工作者和"红小鬼"、原列宁剧团人员、在延长县搞教育工作的李志钦带来的董芳梅等，近四十人，分为歌舞班、戏剧班。长征干部危拱之任剧社主任，原列宁剧团团长兼党支部书记杨醉乡任戏剧班班长，刘保林任歌舞班班长。戏剧班里有杨醉乡（善演老太婆）、刘振武（善演老头）、董芳梅、董芳春（董芳梅之兄，善演汉奸、特务等反面角色）等几位著名演员。

工农剧社除在党中央所在地瓦窑堡演出外，还到保安慰问过红十五军团。在瓦窑堡演出时，毛泽东、张闻天、周恩来、董必武、徐特立等中央领导同志和战士、群众一起露天看戏。工农剧社在陕北活动两个多月，先后为部队和群众演出十多个剧目，如成仿吾的《三姐妹》，冯雪峰的《苏维埃活报剧》，王世荣的《军事活报剧》《海军活报剧》《统一战线活报剧》，危拱之的《生产舞》，等等。

（二）人民抗日剧社

1936年1月，党中央决定将工农剧社更名为人民抗日剧社，简称"人民剧社"，以适应瓦窑堡会议提出的建立广泛抗日民族统一战线、反对主要敌人日本帝国主义的要求。

同年7月，人民剧社随党中央从瓦窑堡迁往保安，原剧社仍由危拱之、杨醉乡、刘保林三人负责。根据新的形势要求，剧社的工作内容由过去协助地方工作为主，转为以宣传演出为主。

演职人员由七八岁的娃娃到二十多岁的青年组成。成仿吾、冯雪峰等人经常帮助指导剧社，使剧社演出的水平不断提高。当时，剧社主要是为部队演出，鼓舞士气，同时为驻地群众演出，以帮助扩充红军，因此，节目多为短小的戏剧、舞蹈、歌曲等。为了宣传建立抗日民族统一战线，该团在各地巡回演出了《亡国恨》《侵略》《丰收舞》《红色机器舞》等节目。

（三）一一五师的战士剧社

1936年10月，一一五师的战士剧社在陕北演出。1930年，战士剧社成立于中央苏区，隶属红一方面军第一军团政治部。1935年10月，长征到达陕北，剧社改名为红一军团政治部宣传队，后更名为战士剧社，人员得到补充，演出能力进一步加强。全面抗战爆发后，战士剧社隶属八路军一一五师，活动于陕西、山西、河北、山东、苏北（江苏）等广大地区。剧社重视创作新剧，深入部队和农村演出，先后演出了活报剧《打到敌人后方去》，话剧《木头人》《马县长》《圣战的恩惠》《铁牛与病鸭》《十字街头》《生日》，以及山东快书《武松传》，等等。

（四）战号剧社

1936年底，战号剧社在保安成立。它是由中国人民抗日红军大学爱好戏剧的人员组成的业余戏剧、歌咏组织，经常在戏剧开演之前或集会时演唱或教唱歌曲。剧社先后与其他剧团联合演出了《矿工》《秘密》《阿Q正传》等话剧，单独演出了《没有祖国的孩子》《汉奸的子孙》《本地货》等剧目。1937年3月，战号剧社划归人民抗日剧社总社领导。

（五）1936年的戏剧演出情况

1936年是延安文艺的初创期，只有人民抗日剧社和战号剧社组织活动，演出不多，剧目都是配合现实斗争现编现演的。具体剧目如下：

《亡国恨》（小歌剧）　廖承志编剧　初夏　人民抗日剧社在保安演出

《侵略》（独幕剧）　　　　　　　初夏　人民抗日剧社在保安演出

《红色机器舞》（集体舞）　　　　初夏　人民抗日剧社在保安演出

《红军会师》（活报）	10月	人民抗日剧社在会宁会师现场演出
《长征颂歌》（歌舞）	10月	人民抗日剧社在会宁会师现场演出
《矿工》（话剧）	年底	战号剧社在保安演出
《秘密》（话剧）	年底	战号剧社在保安演出
《阿Q正传》（话剧）	年底	战号剧社在保安演出
《没有祖国的孩子》	年底	战号剧社在保安演出
《汉奸的子孙》	年底	战号剧社在保安演出
《本地货》	年底	战号剧社在保安演出

（六）中国文协演出话剧《矿工》《秘密》

1937年2—3月，中国文协戏剧组由黄植、廖承志、朱光负责，举办演出活动。第一次公演的是话剧《矿工》。该剧根据日本的同名剧改编，描写日本矿工的悲惨生活与资本家的残酷压迫，最后因矿山发生爆炸激起了矿工的大罢工。廖承志饰老矿工，朱光饰矿工的儿子，黄华（王汝梅）和邓颖超也受邀在剧中扮演角色，其他角色大多由北平来的学生担任。

剧社还演出了反映西班牙工人斗争的独幕剧《秘密》。该剧讲述的是，在警察的秘密审讯室里，警长正在审讯两个工人，逼迫他们说出工人军械库的地点，以阻止当晚的工人起义。其中一个工人因被迫服药，神经错乱，可能会说出军械库的地点。另一个工人要求警察枪毙工友，表示自己愿意交代秘密。待工友死后，他并没有说出秘密。全剧共五个人物，廖承志饰警长，黄华、黄植饰警察，朱光饰工人，王玉清饰半疯工人。朱德、博古夸赞平时熟悉的干部是好演员，毛泽东看后对廖承志说："你们好好努力，多排些好的新戏出来，让我们多看几出好戏。"

（七）延安演出《广州暴动》

1937年12月11日，是广州起义十周年纪念日。为纪念广州起义十周年，沙可夫、朱光、左明等集体编导并演出了活报剧式的话剧《广州暴动》。剧中有插曲、朗诵，塑造了广州起义领导人张太雷（沙可夫饰）的艺术形象，以及工人、农民、战士各种人物形象。

（八）民众剧团

1938年7月4日，陕甘宁边区民众剧团在延安正式成立，亦称边区民众剧团，简称"民众剧团"，属陕甘宁边区文化界救亡协会领导，柯仲平、马健翎先后任团长。这是一个运用陕西地方戏剧艺术形式如秦腔、眉户等，编演革命现代戏、宣传党的方针政策的文艺团体。

1938年4月，毛泽东在陕甘宁边区工人代表大会的晚会上观看了秦腔《升官图》《五典坡》和京剧《二进宫》等。会后，根据毛泽东的建议，柯仲平筹建了一个改进民众娱乐的团体——陕甘宁边区民众娱乐改进会。7月4日，改进会在延安火神庙戏台上演出《一条路》《回关东》，反响热烈。延安市商会捐款支持，边区教育厅给予具体帮助，一些文艺工作者表示愿意参加演出。这时，组建正式剧团的条件已经成熟。后来，民众剧团就把7月4日定为团庆日。7月22日，边区文协召开第一次剧团筹备会，会议商定，成立专业化的民众剧团。团长为柯仲平，副团长为刘克礼。

党的各级领导人非常关心和支持民众剧团。毛泽东捐赠三百元。剧团拿出两百元买了驮道具的毛驴和服装、汽灯等。贺龙从晋西北回来，捐了二十元法币。柯仲平听取李富春的建议，写信向周恩来和博古求援，收到捐款各五十元法币。贺龙特意把缴获日军的战利品如钢盔、皮鞋、军刀、军大衣等，托刘白羽、林山从前线带回，赠予剧团做道具。张鼎丞也赠送了许多战利品。陈云送给剧团一个小电影机。

1939年2月3日，民众剧团从延安出发，首次到陕北各县巡回演出。演出的剧目有，马健翎的《一条路》《查路条》《好男儿》，快板剧《有办法》，张季纯的《回关东》，等等。经过四个月的演出活动，路经延安、延川、定边、盐池、志丹等地，于6月16日返回延安，剧团人员扩充到四十一人。民众剧团计划扩充到三个团，经过一两个月的训练，再次出发，到外地演出。

1939年2月5日，柯仲平在《团结》杂志第12、13期上发表《民众剧团出发》一文。3月19日，鲁藜在《新中华报》发表《我们在窑店子》，介绍民众剧团下乡演出的情况。

1940年7月11日至12月15日，民众剧团由延安出发，到陇东分区的华池、庆阳，北上到三边分区的定边、盐池，经志丹、安塞，终回延安，历时五个月零五天，行程两千五百里，一路进行紧张的演出活动。马可从鲁艺音乐系被派到民众剧团工作，帮助该团提高音乐文化，并学习陕北民间音乐。1940年12月17日，马可在《在"民众剧团"五个月的工作总结》一文中介绍了剧团的主要干部：团长为柯仲平，剧务部主任为马健翎，宣教部主任为尚伯康，乐队伴奏由王晓明（抗日军政大学）负责。这一时期，马可作曲的作品有《陇东中学校歌》《打顽固》《我们笑》《歌唱吧，中国的儿女们》《我们是留守兵团》《开盐田》《克服难关》，大合唱《盐工大合唱》，歌剧《军民之间》，等等。

1941年，柯仲平调到文协后，民众剧团由马健翎负责。马健翎创作了大量现代戏，如宣传民族气节、动员抗战的《好男儿》《查路条》《一条路》《中国魂》《回关东》《中国拳头》，表现民族斗争和阶级斗争的《三岔口》《抓破脸》《八千马》《官逼民反》《血泪仇》《一家人》《穷人恨》，赞扬边区人民生产自救、军民一家的《十二把镰刀》《大家喜欢》《两亲家》，反封建的《神神打架》《桃花村》《三妯娌》，等等。

1944年11月9日，边区文教大会表彰民众剧团，颁发"特等模范"奖旗。大会授予马健翎个人特等奖和"人民艺术家"称号，表扬杨醉乡领导的抗战剧团和丁玲领导的西北战地服务团。

1945年11月5日，民众剧团为庆祝苏联十月革命节，在边区政府礼堂公演新编秦腔剧《官逼民反》。该剧共三十三场，约三小时，表现了广大人民群起反抗国民党反动派的压迫剥削的社会现实。

1946年9月26日，林间在《解放日报》发表通讯《民众剧团下乡八年》。文章认为，在全面抗战过程中，下乡最多的是民众剧团，平均八天中有三天在乡间，共走了二十二个县（全边区三十一个县市），一百九十处市镇村庄，演出一千四百七十五场戏,平均两天演一场,观众二百六十万人。民众剧团先后演出《查路条》《好男儿》,场场叫好。八年中,剧团共创作四十九出戏,改编十五出,上演团外戏剧十五出。

1948年1月,民众剧团排演大型秦腔现代戏《穷人恨》,该戏由马健翎创作并导演。《穷人恨》演出后,文艺界有争论。由边区文协主办、胡采主编的《群众文艺》,登出几篇争论文章。胡大纲在《为天下穷人报仇》一文中认为,该剧对解放战士所起到的教育作用是成功的。而王玉胡在《对当前剧作主题、人物的意见》中,则提出否定意见。张季纯在《〈对当前剧作主题、人物的意见〉读后记》中,不同意王玉胡的意见和评价。林山在《〈穷人恨〉的时代和人物》中认为,该剧"看不到群众内在的力量,看到的主要是痛苦和眼泪"。钟纪明在《〈穷人恨〉在新区演出的反映》中认为,对于以老刘和安老婆为代表的农民思想落后的一面,处理得有些过分。胡采在《关于〈穷人恨〉》一文中,既肯定了剧作的成功之处,也指出了它的不足和待解决的问题。

(九)鲁艺实验剧团

1938年8月1日,鲁艺实验剧团成立,这是鲁艺直接领导下的戏剧团体。剧团的宗旨是"要用艺术的武器来和日本帝国主义搏斗","不仅是要加深研究戏剧的理论,而且要成为抗战戏剧实际行动的模范"。先后任剧团正、副团长的是王震之、田方、钟敬之、王滨、于敏、沙蒙。鲁艺副院长沙可夫特为剧团写了团歌《鲁迅艺术学院实验剧团团歌》,由吕骥作曲。

鲁艺实验剧团是与鲁艺戏剧系教学工作相结合的艺术实践组织,其工作与戏剧系的教学关系密切。1938年,纪念全面抗战一周年的时候,鲁艺演出改编的京剧《松花江上》,新歌剧《农村曲》,话剧《流寇队长》《团圆》《血晏》,等等。7月底,鲁艺第一届学员毕业,第二届学员入学。为了适应广大群众对话剧的要求,也为了更好地进行理论联系实际的教学,鲁艺决定将第一届毕业生中的部分学员留下,再吸收一部分其他机关、学校水平较好的业余演员,成立实验剧团。这些团员在剧团里一面学习,一面工作,主要任务就是排戏、演戏和组织晚会。从剧团成立到1939年2月，剧团演出了《农村曲》《一心堂》《松林恨》《松花江上》《打虎场》等戏剧以及一些活报。此外，为了扩大影响及交流，剧团还利用鲁艺新编刊物《戏剧工作》同全国各地演剧团体取得联系。为了更好地配合前方的抗日战争，实验剧团于3月中旬组织了四十多名团员，由王震之率领，到晋东南抗日战场做流动演出；而另一部分团员，仍留在延安，与戏剧系师生共同进行戏剧演出。

来到抗日前线的剧团团员出入火线，走进农村，深入部队和群众。两个月后，他们的任务更复杂了：一方面是用戏剧的形式动员群众，帮助军队抗战，如空室清野、拆城破路、组织游击小组、锄奸、带路及进行整个反"扫荡"的斗争；另一方面则是推动战地的民主民生运动，如选举、减租减息、保卫秋收、慰劳抗属、反对贪污与逃跑等。后来，他们在太行南区做民运工作，介绍戏剧到农村，辅导和帮助地方剧团和歌咏队，等等。直至1940年2月，鲁艺实验剧团才返回延安。

1940年3月4日，鲁艺实验剧团重新组建。团长为田方，副团长为王滨。经过整顿改组的实验剧团，马上开始写剧本、抓排练、学理论的紧张活动。

1941年12月26日，鲁艺实验剧团演出苏联包戈廷的三幕话剧《带枪的人》，中国舞台上首次出现列宁、斯大林的形象。该剧由王滨、张水华导演，钟敬之舞台设计。演员有于学伟、严正、田方、于亚伦、于蓝、王家乙、张成中、李丽莲、张昕、邸力、张平、张守维、土一达、杜印、杜德夫、刘炽、迪之等。

1942年1月14日，萧三在《解放日报》发表《谈〈带枪的人〉在延安的演出》。文章指出，十月革命二十周年之际，苏联演出了几个直接描写列宁、斯大林的戏剧和电影，以《带枪的人》为最好。鲁艺实验剧团演出的《带枪的人》，于学伟演的列宁是形容毕肖的，主人公的形象也是逼真的。导演王滨、张水华处理前几场比较细致，但稍欠条理和节奏。全剧十三场的布景漂亮也简单，这在当时困难条件下是不容易的。表演上的不足是"只见列宁的外表、动作，看不见列宁的内心生活"，"表现列宁平凡、亲切、可爱也不够"，"演

— 253 —

员说话声音太低、太快、吐词不清楚"。

（十）工余剧人协会

1939年10月21日，边区剧协组织的工余剧人协会成立，隶属全国剧协陕甘宁边区分会领导。它的任务是："集合多数艺人的才力，集体地创造反映这伟大时代的剧本。同时，介绍世界戏剧名著，进行试验性演出，来培养艺术干部和提高延安戏剧艺术的水平。"参加成立大会的有延安戏剧家及各机关各学校代表三十余人。会议共同商讨了协会的内部组织及工作问题。经讨论，选出艾思奇（列席指导）、江青、张庚、钟敬之、徐一新、田方、陈明、夏革非、抗日军政大学代表等九人为常委。

1939年12月28日，工余剧人协会在延安北门外中组部礼堂预演曹禺的四幕话剧《日出》。王滨为导演，钟敬之为舞台设计，李丽莲（饰陈白露）、张成中（饰方达生）、王一达（饰潘月亭）、干学伟（饰张乔治）、韩冰（饰翠喜）、林白（饰小东西）、田方（饰黑三）、颜一烟（饰顾八奶奶）、范景宇（饰胡四）、方琛（饰李石清）、石畅（饰小顺子）、刘镇（饰黄省三）等参加演出。

1940年1月1日，正式公演《日出》。1月17日，《新中华报》报道：《日出》自元旦演出以来，八天内观众近万人。演出效果甚佳，获得一致好评。毛泽东、洛甫等对于剧作者曹禺先生备予赞扬。毛泽东还派人送来一碗猪油，让演员们卸妆用。工余剧协将致电曹禺先生，表示敬意。1月24日，戏剧评论家于敏在《新中华报》发表《评〈日出〉公演》。文章指出，《日出》公演测验了戏剧工作者的能力，测验了延安观众的欣赏水平。最重要的是毛泽东、洛甫对这一部戏的一致赏识和对曹禺先生的倍加赞许，使我们更加深刻地认识到《日出》的反资本主义的倾向和曹禺先生的艺术的远大前途。导演、演员们二十多天的排练，取得很好效果。1月31日，《新中华报》发表《本报启事》：《日出》公演以后，得到延安各界推许，现有于敏同志作短文发表，但这是于同志个人意见。希望能引起各界热烈讨论和批评，最后将由本报加以总结。

2月14日，工余剧协致电曹禺先生。

四川江安国立剧校转曹禺先生：

敝会已选定先生之《日出》为第一次公演剧本，业于本年元旦起上演，地僻道远，未克先期奉闻，万望原谅。所有敝会关于此次演出之纪念册，总结文字等件，一俟印就，当即奉寄，望能赐予教言，先生如有新作，祈早赐寄，以慰渴望。

此候

撰祺！

全国剧协陕甘宁边区分会工余剧人协会启皓

6月23日，边区剧协召开成立后的第一次各戏剧团体代表会议。在这次会上，决定结束工余剧人协会。

（十一）鲁艺平剧团

1940年4月5日，鲁迅艺术文学院平剧团（简称"鲁艺平剧团"）成立。

1938年7月，鲁艺演出仿照《打渔杀家》结构改编的《松花江上》及新编的《松林恨》等平剧。其后，组成鲁艺旧剧研究班，先后演唱新编平剧，如《夜袭飞机场》《钱守常》《刘家村》等。负责人是阿甲（符律衡，鲁艺美术系的学生）。

鲁艺平剧团是在鲁艺领导下的以研究和改革平剧为宗旨，理论与实践并重的专业性的戏剧组织。当时，鲁艺正在调整及改进各专业组织，便决定成立平剧团。

1940年5月3日，鲁艺平剧团演出《甘露寺》。6月9日，鲁艺成立二周年纪念晚会上，平剧团做了专场演出。为了迎接10月10日的戏剧节，平剧团参加了边区剧协组织的演出活动。10月11日至12日，在八路军大礼堂演出《宋江》。10月中旬，演出《玉堂春》《宋江》，慰问延安一些机关和本院秋收人员。11月10日至12日，在边区政府礼堂公演《打棍出箱》《宝莲灯》《古城会》等。

1941年4月，鲁艺经过全院性的工作检查之后，对组织机构和干部做了调整，平剧团的建制属于鲁艺戏剧部直接领导，仍由阿甲负责，后又决定由罗合如负责。

1942年春节期间，平剧团演出了《四进士》《群英会》《宋江》《鸿鸾禧》《玉堂春》《奇双会》《空城计》《六月雪》等。1942年10月，中央将鲁艺平剧团和延安业余平剧团、一二〇师战斗平剧社、胶东平剧团等单位合并，正式成立了延安平剧研究院。

（十二）1940年的大戏演出情况

大戏一般是指延安之外，包括国统区、外国历史上进步的名剧。从1940年初演《日出》开始，至1942年初，延安戏剧舞台上逐渐形成演大戏之风，以演大戏为荣、为高。许多剧团不顾自身条件，互相攀比，竞演不衰，追求"提高"，轻视普及，严重脱离现实，脱离群众。对此，一直是有争论的。1940年，以各种名义演出的大戏，以时间为序列举如下：

《日出》——四幕话剧，曹禺编剧。1月1日，边区剧协工余剧人协会为锻炼演员技术、开阔观众视野演出。

《塞上风云》——多幕话剧，阳翰笙编剧。4月1日，西青救总剧团为延安蒙古文化促进会成立演出。

《婚事》——两幕话剧，俄国果戈理作。6月9日，鲁迅艺术文学院毕业生为校庆演出。

《一年间》——多幕话剧，夏衍编剧。7月1日，八路军总后工余剧社演出。

《雷雨》——四幕话剧，曹禺作。8月上旬，西青救总剧团与青干校学生会联合演出。

《钟表匠与女医生》——独幕剧，苏联罗穆作。9月中旬，鲁艺实验剧团为欢迎周恩来、董必武、徐特立由大后方回延安演出。

《蜕变》——四幕话剧，曹禺编剧。9月19日，陕北公学文工队为三周年校庆演出。

《钦差大臣》——多幕话剧，俄国果戈理编剧。10月10日，延安几个文艺单位为戏剧节联合演出。

《马门教授》——多幕话剧，德国沃尔夫著。11月7日，马列学院为庆祝苏联十月革命节演出。

《破坏》——多幕话剧,俄国拉夫列涅夫著。11月7日,中央党校为庆祝苏联十月革命节演出。

《伪君子》——多幕剧,法国莫里哀著。12月21日,西青救总剧团为八路军大礼堂建成揭幕演出。

《求婚》《蠢货》《纪念日》——均为独幕剧,俄国契诃夫著。1940年,鲁艺实验剧团演出。

(十三)延安市少年剧团

1941年4月初,延安市青联在"四四"儿童节前成立延安市少年剧团,各机关学校成立分团,参加者千人以上。不久,少年剧团划归中央青委儿童工作部领导。少年剧团在"四四"儿童节公演《公主旅行记》《勇敢的小猎人》两个童话剧。剧团与边区政府教育厅订立协议,每年至少为延安市儿童公演三次。后来,成立儿童之友社。少年团编辑了《新少年》半月刊,出版了鲁艺编著的《儿童歌曲》,并决定在文化沟附近建设儿童俱乐部和儿童图书馆。7月24日,延安市少年剧团排演童话戏剧《它的城》。该戏剧由美国左翼作家宙非亚所著,由胡沙改编并导演,是一部诅咒资本主义、讽刺资产阶级自大狂的童话喜剧。9月20日,此剧演出,同时演出儿童话剧《糊涂将军》。

(十四)延安业余剧团

1941年5月4日,延安业余剧团成立,归延安文化俱乐部领导。剧团的宗旨为:利用业余时间发挥和提高艺术才能,推动延安的戏剧运动,活跃群众的文化生活。业余剧团第一任团长是抗日军政大学的义工团原团长缪正心,副团长是中央青委宣传部负责青年文艺工作的金紫光。演出大型话剧《新木马计》以后,缪正心调往前方,金紫光调到中央研究院文艺研究室工作。后来,文化俱乐部的副主任陈明接任剧团团长。

业余剧团成立初,团员有二十多人。后因排演大型话剧,发展到四十多人,包括中央青委、马列学院、抗日军政大学、中国女子大学、自然科学院、俄文专修班、中央医院、解放社印刷厂等机关团体的业余戏剧爱好者。剧团还设立了一个常务委员会，由缪正心、金紫光、陈明、陈振球、章炳南、王以成等组成。

业余剧团成立后，经常组织演出活动，先排演了《人约黄昏》等两个小戏，然后就筹备排演法国萨度编剧的民族革命悲剧《祖国》。剧团特邀请著名戏剧家塞克担任导演，鲁艺舞台美术专家钟敬之负责舞台布景、服装、道具的总设计。6月10日，在文化俱乐部召开排演此剧的动员大会上，中央财经处拨款三千元，帮助剧团购置布景、服装和道具设备。为了便于群众了解和观看此剧，剧团编印了《祖国进行曲》以介绍剧情。

另外，为了普及戏剧知识，业余剧团创办了《业余剧团半月刊》，除报道延安各界文化活动外，刊登系统介绍戏剧理论知识的文章。但是，剧团后来改变计划，排演了四幕戏《新木马计》。剧团还经常召开座谈会，讨论和研究戏剧技术、理论、剧运等问题。

1941年10月25日，业余剧团参与边区剧协为戏剧节举办的各剧团轮流公演，演出德国作家沃尔夫的多幕话剧《新木马计》。这是一出描写德国工人反法西斯的统一战线，反映公开与秘密工作的配合行动的戏。萧三为翻译，陈波儿为导演，张仃、王以成为舞台设计，杜矢甲创作插曲，演员有金紫光、陈振球、汪鹏等。

10月23日，《解放日报》发表成思的文章《介绍〈新木马计〉》。10月27日，丁玲在《解放日报》发表《〈新木马计〉演出前有感》，认为，业余剧团的年轻演员以极大的热情和努力排演该剧，为革命贡献了自己的青春，但应该注意提高艺术技巧。不过，对于业余剧团的热情工作，任何挑剔都是错误的。11月20日，陈亦在《解放日报》发表《论〈新木马计〉》，认为，《新木马计》表现了一群人一个共同的反对希特勒的性格和意志，在艺术技巧上也是非常成功的。毛泽东也看了这部戏，后来在文章和讲话中谈到《新木马计》，认为剧作对现实斗争有重要的借鉴意义。

（十五）一二〇师战斗平剧社

1941年6月，一二〇师战斗平剧社成立。该剧社是在师长贺龙的关怀下，于师部直属的战斗剧社内组建的，共有五六十人。平剧社首任社长为王镇武，副社长为张一然，政治指导员为薛恩厚，成员包括会哼会唱平剧的连长、指导员、战士，以及一些平津流亡的学生和旧艺人，如孙振、栗金池、萧甲、白炳奎、牛树新、刘秀林等。此后，剧社演出了《嵩山星火》《四进士》等。

1942年，战斗平剧社被并入延安平剧研究院。

（十六）延安业余平剧团

1941年8月初，延安各单位的平剧爱好者经过联络协商，自愿组成延安业余平剧团。剧团利用业余时间排演平剧，互唱互听，切磋唱腔和演技，或是交流平剧知识，主要唱演传统剧目或选段。为了提高演唱技巧，剧团经常请鲁艺平剧团的教师来指导。9月13日晚，延安业余平剧团在八路军大礼堂售票演出《风波亭》《斩经堂》。为了演出这两出剧目，延安业余平剧团有近百人登场。除此之外，一些部队、机关、学校建立了业余平剧小组，在本单位进行一些演唱活动，有时也参加延安业余平剧团的演出。

（十七）青年艺术剧院

1941年9月下旬，青年艺术剧院（简称"青艺"）在延安成立，属中央青委领导。它的前身是西北青年救国联合会总剧团。

剧院设在延安北门外的文化沟。成立之初，由青联和文委共同研究，设立了青年艺术剧院理事会，由冯文彬、艾思奇、塞克、萧三、蒋南翔、邓洁、徐以新、吴雪、王真（土止之）等九人组成，冯文彬为理事长。9月23日，青年艺术剧院召开首届理事会，凯丰亲临指导。会议详细讨论了剧院今后的工作方针和发展方向。

剧院院长为塞克，副院长为王真、吴雪，党支部书记为高沂。剧院设立了如下部门。

研究室　在全院的艺术工作上起着火车头的作用，负责戏剧的编导工作，包括剧本、美术、舞蹈、音乐的创作及导演等；还负责收集、整理和研究各国的剧运及剧作家，由塞克兼管。先后具体负责该室的为戴碧湘、李之华、赵石影等。

剧务部——负责剧院的演出安排、对外接待及有关演出的工作。

教育部——负责全院演员的政治和业务学习的安排，如课程设置、教员分工等。先后负责该部的为陈戈、丁洪、胡果刚等。

院务部——在院长的领导下，负责全院的行政工作，由于洋负责。

人事部——负责全院干部的调动和使用。

戏剧服务社——负责剧院的演出设计，对业余剧团的演出进行辅导。先后负责此项工作的为王永年、张一鸣等。

该院的工作范围：一是积极反映现实，介绍国内优秀创作，鼓励新兴剧作家从事戏剧工作；二是有系统地介绍世界名剧理论，接受各国的戏剧遗产；三是发展剧场的各种专门技术，整理及提炼我国新旧剧近年来之经验，以建立民族的时代的演剧风格；四是对外有计划地帮助业余戏剧活动，提高群众演剧的艺术水平。

11月，青年艺术剧院的中层机构又做调整，设立编导室：戴碧湘、李之华、赵石影等先后负责；演员室：陈戈、丁洪、胡果刚等先后负责；设计室：王永年、戴碧湘、张一鸣等先后负责；儿童艺术学园：张一鸣负责。新增成员有贺绿汀、欧阳山尊、逯斐、王琳、张仃、田雨、陈布文、庄言等。

1941年11月，青年艺术剧院开始排练夏衍的多幕剧《上海屋檐下》。

1942年1月7日，克明在《解放日报》发表《介绍〈上海屋檐下〉》。1月10日，《解放日报》报眼提前登出大幅公演《上海屋檐下》的广告：剧作夏衍，导演吴雪，装置许珂。地点：八路军大礼堂。广告还特别注明："该剧生动地剖析出各种类型的小资产阶级的情愫，如实地揭发出被损害民族灵魂深处的隐痛。""是民族的恨，是生活的诗，是包含着酸泪的笑，是埋藏在心底的火。"参加演出的演员有白凌、陈戈、周来、雷平、李之华、王震之、丁洪、张建珍、田蓝、胡果刚等。1月12日晚，剧院公开售票演出此剧。

1943年8月，青年艺术剧院演出四川方言剧《抓壮丁》。这个戏原为1939年四川旅外演剧队创作的一个讽刺剧，原名《亮眼瞎子》。由吴雪重新整理，1942年春在延安演出，反响良好。该剧主要揭露国民党的黑暗统治，贫农姜国富身背重债，为免儿子被抓壮丁，借钱贿赂王保长，但儿子仍被抓做壮丁。姜国富与王保长理论，被打致死。最后，壮丁们群起惩罚了王保长和抓丁队卢队长。参加演出的有吴雪、尹文媛、雷平、邓止怡、陈戈等。《抓壮丁》连续在杨家岭、王家坪等中央机关所在地演出，成了剧院的保留剧目。

（十八）部队艺术学校实验剧团

1941年12月，部队艺术学校实验剧团成立。王震之任团长，翟强任副团长，晏甬任政治指导员。剧团分以下专业队：戏剧队、音乐队、文学队和美术队，分别由张强、何其仁、陈辛火、纪叶、马烽任队长或指导员。此外，组建了一个少年儿童队，由王麦、杨啸空、凌信之负责，培养小演员。剧团以演出为主，学校其他各队以教学为主。学员的实践，都到剧团来进行。之后，再带着问题回到学校学习提高。

1942年2月21日，剧团为响应"留守兵团文化年"的号召，赶排陈白尘的七幕话剧《太平天国》，邀请在延安的一些剧团参加，并聘请徐特立、范文澜、塞克、钟敬之、张仃、许珂、石畅、江明、王彬、张季纯、张水华等亲临指导。5月2日，该剧公演。导演为翟强，舞台设计为徐一枝，演员有宋啸、王地子、李实、马瑜、庄焰、晏甬、宋兴中、乔振民、李进、薛涛等百余人。该剧在上海、重庆等地演出。5月7日，《解放日报》发表黄照的评论文章《〈太平天国〉小引》。

（十九）1941年的延安大戏演出情况

1941年，延安的大戏热继续升温，往往是两三个文艺团体同时或反复演出某些大戏，诸如：

《铁甲列车》——八幕话剧，苏联伊凡诺夫著。5月1日，青年艺术剧院演出。

《雾重庆》——五幕话剧，宋之的编剧。5月2日，陕北公学文艺工作团为纪念五一演出。

《生活在召唤》——多幕话剧，苏联别洛克夫斯基著。8月，陕北公学文艺工作团演出。

《悭吝人》——多幕话剧，法国莫里哀著。10月1日，烽火剧团、部队艺术学校联合演出。

《新木马计》——多幕话剧，德国沃尔夫著。10月25日，文化俱乐部业余剧团演出。

《法西斯细菌》——多幕话剧，夏衍编剧。10月，西北文艺工作团演出。

《婚礼进行曲》——话剧，苏联卡塔耶夫著。11月，文化俱乐部业余剧团演出。

《上海屋檐下》——多幕剧，夏衍编剧。11月16日，青年艺术剧院试演。

《带枪的人》——三幕十三场话剧，苏联包戈廷著。12月26日，鲁艺实验剧团演出。

（二十）延安1942年春节期间的平剧演出

1942年2月2日，一二〇师平剧社由晋西北抵绥德，在绥德公演四天，节目有《珠帘寨》《汾河湾》《古城会》等。此外，演出《嵩山星火》一剧，该戏为新编平剧，全剧四十余人登台，历时四小时。1942年春节期间，鲁艺平剧团公演《四进士》《群英会》《鸿鸾禧》《玉堂春》《六月雪》等剧。

（二十一）延安平剧研究院

1942年10月10日，延安平剧研究院（简称"平剧院"）正式成立。它是由鲁迅艺术文学院平剧团、延安业余平剧团、一二〇师战斗平剧社及胶东平剧团等单位联合组建起来的。

延安平剧研究院第一任院长由中央社会部部长康生兼任，副院长由中央办公厅行政处处长邓洁兼任，秘书长为罗合如。第二任正、副院长由张经武、柯仲平兼任，秘书长为王镇武。第三任院长由中央党校教务处副主任刘芝明兼任。最后，专职院长为杨绍萱，副院长为罗合如。协理员先后为朱云峰、慕生才、徐世平、余平若、孙方山、刘继久等。平剧院最初演出的多为抗日内容的平剧，如《松花江》《松林恨》《钱守常》《刘家村》《赵家镇》《夜袭》《学不够》《小过年》等。后来，演出张一然编剧、王一达导演的《上天堂》，李纶编剧、张一然导演的《难民曲》，张梦庚和萧甲编剧、王一达导演的《回头是岸》，张一然编导的《张学徒过年》，魏晨旭编剧、王一达导演的《边区自卫军》，王一达编导的《鬼变人》。影响较大的是任桂林、李纶、魏晨旭合编的《三打祝家庄》和王一达、邓泽、石天等编的《北京四十天》。

延安平剧研究院建立各种组织，探索平剧改革。1938年，在鲁迅艺术学院实验剧团内建立平剧小组。后来，在鲁艺戏剧系组织平剧研究班，成员大半是戏剧系的同学及其他系爱好平剧的同学和工作人员。随后，调集延安各机关、学校爱好平剧的同志，于1940年10月15日，组织鲁艺平剧团。这时，平剧演出机构初具规模，先后编演具有新内容的平剧，如《松花江》《松林恨》《钱守常》《赵家楼》《学不够》《小过年》《刘家村》《夜袭》等。但在性质上，它还是鲁艺的一个半研究、半工作的艺术团体，受鲁艺整个的教学方针和计划的制约。鲁艺平剧团是组建延安平剧研究院的基本力量。贺龙领导的一二〇师建立战斗平剧社，社长为王镇武，副社长为张一然，政治指导员为薛恩厚。成员有平津一带的流亡学生和一部分职业旧艺人，他们编演新平剧，在战争环境中为部队演出。演出的剧目有传统平剧《珠帘寨》《汾河湾》《古城会》和新编平剧《嵩山星火》等。全团五六十人，1942年2月，抵达延安。在上述平剧组织及其活动的基础上，党中央决定将几个平剧组织集中起来，建立一个比较正规的、阵容强大的机构——延安平剧研究院。

1942年2月初，延安平剧研究院开始筹备工作。首先公布筹备启事，称："为团结全边区旧剧工作者，从事旧剧研究工作，延安鲁艺平剧团、延安业余平剧团、一二〇师平剧社、胶东平剧团等，最近正进行筹备成立平剧研究院，计划设立研究室、剧场、教学三部"。同时，拟定创立缘起、工作目的和任务、组织规程和告各界书等。4月，延安平剧研究院筹建完成。其目的和任务有三：培养平剧干部，推动平剧普及，进行平剧改革。院内在正、副院长之下，有一个院务委员会，下设研究室、教务处、剧场、院务处四个部门，并设一办公室。5月19日，该院刊登启事，称：本院由一二〇师战斗平剧社与鲁艺平剧团组织而成的，现在一面从事整顿三风学习，一面以少数时间排演《清风亭》《一疋布》《长坂坡》三剧，准备于学习检验结束后，举行成立晚会。7月，演出较多。8月，为加强延安整风期间的文化娱乐活动，每星期六在中央大礼堂演出一次，剧目有《一疋布》《长坂坡》和《辕门射戟》。在平剧院的带动和帮助下，当时，延安各机关、学校，如中央党校、南区大众俱乐部、延安大学、学生疗养院、西北党校、八路军印刷厂等，纷纷建立业余平剧研究会。鉴于这种情况，该院在教务处下面专门设立指导科，统一指导各平剧研究会的活动，定期派人辅导演出。此外，平剧院创作一批新戏，进行排练，准备演出。新剧作有任桂林的《卢俊义》，卜三的《江油关》《渡阳平》，李纶的《秦桧》，孙震的《瓦岗山》，等等。8月31日下午，平剧院"学风部分"的学习结束，学习分会主席阿甲做了总结。

10月10日，平剧院在杨家岭新落成的中央大礼堂举行开学典礼。延安各机关、学校、部队负责人及文艺界、戏剧界近千人出席。会上，报告平剧院组建的经过、宗旨和任务。平剧院准备多出京戏，连演五天，招待延安各界。10月10日，招待来宾和杨家岭机关，演出《翠屏山》和《甘露寺》；11日，招待文艺界、戏剧界同志；12日，招待中央直属各机关学校；13日，招待西北局、边区政府和留守兵团；14日，招待军事系统及其所属机关、学校，先后演出《翠屏山》《女起解》《珠帘寨》《武家坡》《断臂说书》等。10月10—14日，举办展览会，包括京剧脸谱（石膏塑成的），演出剧照和排戏、练功、化装等照片，戏装和化装程序的说明，京剧书刊，各种统计图表，中国戏剧舞台演变模型，等等。

为了祝贺平剧院成立和促进平剧改革，中央许多领导同志或题词，或撰写祝词和关于平剧改革的文章。这些题词、文章和有关文件，有一部分选登在《解放日报》1942年10月12日的《延安平剧研究院成立特刊》上。后来，平剧院将有关文件辑印成一本《延安平剧研究院成立特刊》出版。

1942年12月29日，延安平剧研究院为辞旧迎新，安排新年演出日程，共演出九天，招待各界人士：1943年1月1日、2日，在中央大礼堂演出，招待中央各机关；1月3日，在中央大礼堂演出，招待中央医务机关；1月4日、5日，在八路军大礼堂演出，招待军事机关；1月7日，在参议会礼堂演出，招待西北局；1月

8日，在参议会礼堂演出，招待边区各机关；1月9日，在旧中央大礼堂演出，招待本院特请嘉宾；1月10日，在参议会大礼堂演出，招待军队系统医务人员。晚会节目为新排的《得意缘》《巴骆和》和田汉创作的《岳飞》等。1943年2月2日，《解放日报》发表田汉的《〈岳飞〉代序》，介绍平剧《岳飞》。《岳飞》则于2月9日公演，春节期间演出二十场，约一个月。同时，在文化沟口出售《〈岳飞〉公演特刊》，包括剧情介绍、技术研究、演职员表等。李纶撰写《〈岳飞〉剧情介绍》，让观众提前对该剧有所了解，以便更好地观看演出。

1943年11月10日，为纪念十月革命节及执行党的文艺政策，平剧院开展新剧本创作运动。经过四天突击，共创作十七个新剧本。内容包括反映河南难民生活、边区防奸运动、移民、生产、丰衣足食和保卫边区等现实题材，形式上采用各种地方戏和民歌小调。经审查和讨论，决定先排练《难民曲》《上天堂》和王一达编导的平剧活报《鬼变人》，随后在杨家岭大礼堂上演。此外，平剧院对一些单位的平剧活动进行辅导，帮助排戏。

1944年1月10日，平剧院到安塞公演《难民曲》《刘二起家》《参加自卫军》《回头是岸》等剧。观众反映，表演得十分真实，打动了老百姓的心，并渴望能够到边区生活。平剧院秧歌剧的表演，启发和帮助了当地农村的秧歌改造。

1945年1月26日晚，平剧院在中央党校礼堂彩排《三打祝家庄》前两幕，进一步征求各界意见。该剧较长，分两次演出，每次演出需要四个小时。2月22日、23日，全剧排完，在中央党校礼堂正式公演。24日、25日，在杨家岭为中央机关演出，毛泽东、朱德、林伯渠等同群众一起观看。《三打祝家庄》连演两个月，并为七大专场演出。毛泽东写信向作者、导演、演员表示祝贺，说，"我看了你们的戏，觉得很好，很有教育意义。继《逼上梁山》之后，此剧创造成功，巩固了平剧革命的道路"。后来，毛泽东在党的七大总结报告中肯定这个戏的集体创作方式。9月8日，任桂林在《解放日报》发表戏剧评论《从〈三打祝家庄〉的创作谈到平剧改造问题》。10月2日，李纶在《解放日报》发表《谈历史剧的创作》。1947年3月，党中央撤离延安，此剧演出活动结束。

1945年至20世纪80年代,《三打祝家庄》累计演出一千四百多场。

1946年1月1日,延安各界共千余人在杨家岭中央大礼堂举行团拜晚会,平剧院演出《武松》。在热烈的掌声中,毛泽东、朱德和其他领导同志步入会场。朱德、刘少奇讲话,号召大家放手发动群众、保卫和建设解放区。李纶在《解放日报》发表《介绍后部〈武松〉》。该剧由平剧院王一达编写。它塑造了一个嫉恶如仇、善良机智的武松人物形象。这是延安时期上演的另一出《水浒》戏,戏中的武打动作和场面设计,既符合传统程式,又有新的创造,导演和演员的努力取得了理想结果。

1946年2月28日,蓝钰在《解放日报》发表剧评《看〈大名府〉后》,说,延安平剧工作者把《水浒传》搬上舞台已有多次了,这一次又演出了《大名府》,是一出好戏。它勾画出一个动摇的中间分子的典型,说明梁山和官府都知道这一中间阶级的重要性,都在争取,有极大的教育意义。它富于历史的真实性,一方面写出了卢俊义的阶级地位,从动摇到转变的全部过程,另一方面写出了梁山泊好汉的气魄和英雄作风。

1946年8月3日,《解放日报》报道:延安平剧研究院利用假期,总结半年来的业务学习。学员实习演出三天,节目有《刺汤》《穆柯寨》《定军山》《二进宫》等十余出。《升官图》一剧已翻印完竣,演员正在研究剧中人物,拟于8月15日开始排演。8月18日,林间在《解放日报》发表《〈升官图〉的导演》,称,说五幕喜剧《升官图》在重庆和上海演出时,不知震撼了多少观众的心。现在和这个剧本一起来到延安的,还有它原来在渝首次演出时的导演刘郁民。这该是延安观众所热烈期待的吧。《升官图》连演三十八场。10月4日,石天在《解放日报》发表《〈升官图〉在排演中》。10月16日,冯牧在《解放日报》发表剧评《关于〈升官图〉》。魏深的剧评《〈升官图〉观后感》认为,该剧深刻地揭露了国民党独裁集团的罪恶。10月23日,刘郁民在《解放日报》发表《我怎样导演〈升官图〉》,认为,该剧把国民党官老爷的贪污腐化描写得有声有色,所以在重庆不准出版、不准上演;说自己的创造性工作从延安开始。

1947年，平剧院离开延安后，转移到河北省张家口、阜平等地，改组为华北平剧研究院。1955年，在其基础上组建中国京剧院。

（二十二）大型秦腔剧《血泪仇》

1943年10月，马健翎创作大型秦腔剧《血泪仇》。全剧共三十场，讲述抗日战争时期，河南闹灾荒，国民党官兵和地方保长勾结，借摊派粮款、抓壮丁肥己。该剧由民众剧团演出，后由鲁艺以及延安和各解放区的艺术团体演出，传播范围广，影响极大。民众剧团参加演出的有张云、黄俊耀、张克勤、王承祥、大郎、王志义、李刚、廖春花、党培英等。

1944年6月21日，马健翎在《解放日报》发表《〈血泪仇〉的写作经验》一文，说：《血泪仇》的材料，是我在过去（在旧社会里生活时）和后来，看到的听到的（报章杂志里看到的，也算听到的。）许多人物与事件。它们，有些本身就刺激我感动我，……在旧社会里，我不仅看到听到人家的被压迫受痛苦，我自己就是其中的一个。……可以说《血泪仇》是使我憎恨、怜惜、悲伤、激愤、愉快、赞美的一部分人物与事件，组织结合起来的东西。……那些受难人的情景和哀鸣，在我脑子里演映与哭诉时，我自己禁不住滚滚泪下，常常滴湿了稿纸，……我写《血泪仇》的时候，我自己想出来的几句话，时刻在指挥我，纠正我："近情近理，红火热闹，教人看得懂，受感动；看完了，明白世事，懂得道理。"

剧作家马健翎，陕西米脂县东街小巷人。1938年，参加革命，1941年，加入中国共产党。历任陕甘宁边区民众剧团编导主任、团长，陕甘宁边区参议员。在米脂中学读书和河北清丰师范教书期间，喜欢编演新戏。1937年，在延安师范任教，组织学生成立乡土剧团，排演他写的小型话剧《中国拳头》《上海小同胞》《冲上前去》《白胡子老头》，秧歌剧《有办法》和秦腔剧《一条路》。1938年，民众剧团成立，创作秦腔剧《好男儿》《查路条》《中国魂》《三岔口》《干到底》《小精怪》，眉户剧《两亲家》《十二把镰刀》《大家喜欢》。后来，创作秦腔剧《抓破脸》、《血泪仇》、《一家人》（又名《保卫和平》），还改编了不少历史戏。在边区文教大会上，马健翎荣获特等奖状

— 267 —

和"人民艺术家"称号，民众剧团荣获特等模范奖旗。

（二十三）《逼上梁山》演出

1944年演出的新编历史剧《逼上梁山》的初稿，是中央党校历史研究室研究员杨绍萱，根据《水浒传》第六回至第十回的故事，于1943年9月至10月间写成的。该剧由中央党校俱乐部的业余平剧组织大众艺术研究社一批具有平剧修养的同志排练、讨论、修改完成。导演组以齐燕铭为主，并有李波、王琏瑛、贺瑞林参加。演员有李波（饰高俅）、王琏瑛（饰鲁智深）、贺瑞林（饰李铁与老张）、金紫光（饰林冲）、王禹明（饰高五）、徐树南（饰福安）、齐瑞堂（饰陆谦）等。经过反复讨论修改，剧本逐渐完善。懂平剧的齐燕铭出力较多。大家主要认为，原作对林冲没有阶级分析，没有写出他的思想转变过程。为此，剧本压缩了前七场，充实了《野猪林》以下几场的内容，写出了当时的社会背景。修改后的《逼上梁山》，为三幕二十七场。第一幕十一场：动乱、升官、捕李、献策、阅兵、肉市、家叙、救曹、菜园、庙门、设计；第二幕八场：刀诱、白虎堂、刺配、长亭、追林、宿店、野猪林、汇报；第三幕八场：酒馆、借粮、草料场、结盟、察奸、山神庙、除奸、上梁山。

1944年1月2日晚，《逼上梁山》正式彩排，与观众见面。党校领导指定教务主任刘芝明负责，杨绍萱、齐燕铭组成编导组，从全校四个部抽调人员参加演出。当时，采用领导、行家、群众三结合的方法，人人可以对剧情、台词、表演、化装提出修改意见。彩排时，朱德、周恩来、彭真等都来观看，并提出修改意见。

1944年1月8日，崇基（艾思奇）在《解放日报》发表文章《逼上梁山》，指出，中央党校新编平剧《逼上梁山》是平剧改革中大有成绩的一部作品。它在旧故事的基础上添进了新的观点、新的内容，从而发挥了进步教育作用。这个戏，对定型化的平剧形式做了相当的改革：一是多了群众场面；二是改了脸谱，将被压迫的群众小花脸改为眉清目秀的英俊后生，把统治者改为丑角。演员也很努力，尤其几个丑角演员极为出色。演鲁智深的王琏瑛，把人物性格刻画出来了，使观众赞不绝口。演林冲的金紫光也很有表演能力，表现出了人物坚韧卓绝的气概，具有很大的感染力量。

1月9日上午，中央党校得到中央办公厅通知，毛泽东要来看戏，并要求先送去剧本。剧组全天加紧准备。当晚，毛泽东与中央领导朱德、陈云、李富春、凯丰、任弼时、谢觉哉等，来到中央大礼堂看演出。第二天，毛泽东给中央党校杨绍萱、齐燕铭写信：

绍萱、燕铭同志：

看了你们的戏，你们做了很好的工作，我向你们致谢，并请代向演员同志们致谢！历史是人民创造的，但在旧戏舞台上（在一切离开人民的旧文学旧艺术上）人民却成了渣滓，由老爷太太少爷小姐们统治着舞台，这种历史的颠倒，现在由你们再颠倒过来，恢复了历史的面目，从此旧剧开了新生面，所以值得庆贺。郭沫若在历史话剧方面做了很好的工作，你们则在旧剧方面做了此种工作。你们这个开端将是旧剧革命的划时期的开端，我想到这一点就十分高兴，希望你们多编多演，蔚成风气，推向全国去！

敬礼！

毛泽东
一月九日夜

齐燕铭表示，回忆毛泽东观看演出并收到他的来信后，坚定了把戏搞好的决心。

此后，延安平剧研究院接过《逼上梁山》这个戏，继续演出，仅1944年，就演出五十多场。

1945年2月26日，刘芝明在《解放日报》撰文介绍《逼上梁山》的创作经过，文章名为《从〈逼上梁山〉的出版谈到平剧改造问题》。

1945年6月，毛泽东在七大总结报告中说：《逼上梁山》，集体创造，有何不好？发言权不是一个人，要公诸大家。也是在这一年，延安出版了《逼上梁山》剧本。

(二十四）中央党校文工团演出《同志，你走错了路》

1944年7月15日，中央党校文工团在该校大礼堂演出话剧《同志，你走错了路》。

剧本的背景是抗战初期，国共两党统一战线初建。剧本描写党内代表正确路线的八路军某部政治部主任与代表右倾错误路线的吴志坚之间的两种军事思想斗争，提醒人们，在与敌人谈判时，不要丧失警惕，不要丧失原则和斗争。剧目塑造了吴克坚、潘辉、胡胜、李东平等人物形象。这个戏由姚仲明编剧，陈波儿导演。演员均由在党校学习的党政军干部担任。剧本在延安印行，并由古元作木刻插图。党校领导指定罗瑞卿、朱瑞、陈赓、孔原等军事指挥员担任本剧顾问。该剧的名字，曾有《敌后游击战》《路》等方案，首次公演开幕前，导演组定名为《同志，你走错了路》。

12月15日、16日，姚仲明在《解放日报》发表长篇文章《〈同志，你走错了路〉的创作介绍》，介绍该戏的主题、结构、人物、语言等问题。

12月17日、18日，电影演员陈波儿在《解放日报》刊发长篇文章《集体导演的经验》。她以导演《同志，你走错了路》为例，重点阐述了放下个人思想包袱，加强集体导演，改进导演方法，增进导演和群众结合，等等问题。最后说："这一次演出的优点是把共产党八路军的气质演出来了。这是在文艺方向上知识分子与工农干部结合的成功。"

(二十五）延安日本工农学校演出反战戏剧

1944年8月29日，杨思仲（陈涌）在《解放日报》发表《〈岛田上等兵〉在延安演出》一文，评述延安日本工农学校（一所教育和改造日本战俘的学校）的演出。

1941年5月15日，延安日本工农学校正式开学，至抗战胜利，学校结束，共存在五年的时间。学校为了丰富学生的课外生活，组织了校文艺演出队，聘请鲁迅艺术学院的教师指导，排练文艺节目，并在校内和校外一些单位演出。1942年5月11日，在边区政府礼堂演出日语话剧《前哨》，日本民间舞蹈《捉泥鳅舞》。1943年2月8日（农历正月初二）晚，在边区政府礼堂演出《前哨》

《某中队长》，招待八路军官兵。《解放日报》评论学校的演出：新颖独特，别开生面。此外，组织秧歌队，加入延安的闹秧歌运动。1944年中秋节，演出《侠客弥次喜多》《希特勒的威风》《岛田上等兵》等节目。

《〈岛田上等兵〉在延安演出》一文盛赞《岛田上等兵》这一大型反战剧："演员都曾经是日本的士兵，现在是我们的战友。他们把亲身经历过的生活重现于舞台，因此那情形是再真实不过的了。我想它是应当留给我们延安的戏剧工作者以深刻的印象的。……日本人民自己演出的尖锐的反对日本法西斯的戏剧，这在延安有这样规模的，是第一次，在全中国，是第一次的。……《岛田上等兵》回日本去演出的日子，也不会很远。"

（二十六）中央党校和鲁艺合演话剧《前线》

1944年11月15日，为了配合干部教育，党中央指示中央党校和鲁艺，联合演出反映苏德战争期间前线高级干部思想问题的三幕五场话剧《前线》。

该剧在5月19—26日连载于《解放日报》，苏联考涅楚克作剧，萧三翻译。本剧以思想进步、不断接受新事物的少将军张欧涅夫取代了不肯学习的"功臣"戈尔洛夫担任前线总指挥为结局，这正适应了当时进行的反对教条主义、提倡学习竞赛的需要。该剧由王滨、沙蒙为导演，许珂、钟敬之为舞台设计。演员有凌子风、王大化、舒强、田方、邵惟、陈强、牧虹、赵起扬、吴坚、方琛、王亚凡、陈振球、曼里、朱平康等。

（二十七）茅盾《清明前后》在延安演出

《清明前后》创作于1945年中秋前后，是茅盾的唯一剧作。该剧共五幕，取材于1945年轰动重庆的"黄金案"，描写了怀揣爱国思想的民族工业家林永清的遭遇和挣扎，以揭露国民党反动派的罪恶。关于创作缘由，茅盾在《清明前后·后记》中说："清明前的某一天，把一天之内报上的新闻排列一看，不禁既悲且愤！这是个什么世纪，而我们在做着怎样的梦呵！……我不相信有史以来，有过第二个地方充满了这样的矛盾、无耻、卑鄙与罪恶；我们字典上还没有足量的诅咒的字汇可以供我们使用。"剧本于1945年8月6日至10月1日在重庆《大公晚报》《小公园》副刊连载。9月26日起，该剧由中国艺术剧社在重庆

— 271 —

青年馆正式演出，由赵丹导演并主演，演出盛况空前，影响巨大。当时，延安《解放日报》也刊发了重庆演出的消息。1946年2月，延安西北文工团开始公演《清明前后》，并在《解放日报》发表评介文章。

1946年2月9日，方杰在《解放日报》发表《谈谈〈清明前后〉》，论及茅盾的剧作《清明前后》在延安上演的基本情况。作为延安演出的参与者，特别是听到该剧在重庆上演所遭遇的种种困难以后，不能不使人感慨。该剧教育意义极大，现实地刻画了国统区社会，告诉人们，只有争得政治上的民主，民族工业才有出路。我们期望今后能有更多像这样代表人民呼声的作品被创作出来。

2月13日，杨思仲在《解放日报》发表剧评《看〈清明前后〉以后》。认为，《清明前后》的演出得到延安观众的普遍重视和欢迎，这是不难理解的。因为，它大胆地暴露了国统区不民主的情况，官僚资本的腐败，民族工业受摧残以及人民的痛苦生活。指出，只有争取民主自由才是唯一出路，从而激励我们为中国彻底民主的早日实现而努力奋斗。

2月16日，何其芳在《解放日报》发表《〈清明前后〉的现实意义》。文章认为，该剧是一部力作，有着尖锐而丰富的现实意义。对生活中的各种戏剧片段，有些人习而不察，有些人感而不深，当艺术家把它们集中地反映出来，它们的意义才明确、突出，容易使更多的人战栗和愤怒。剧作选取了大时代的小插曲，提出并解决了民族工业的出路问题——参加民主斗争。同时，这个剧本是旧中国罪人的罪行录。抗战胜利了，但功罪还未大白于天下，人民的功劳和民族败类的罪行，还未得到应有的记载。该剧的成功处，就在于它能让观众或读者把罪行归于真正的罪犯。

3月13日，解清在《解放日报》发表剧评《谈〈清明前后〉的演技》。他认为，《清明前后》在延安公演六七次，得到观众热烈欢迎，这是西北文工团全体同志努力的结果。王亚凡扮演资本家走卒余为民，动作熟练，很会做戏。阮艾芹扮演唐文君，王汶石扮演李维琴，都给观众留下深刻印象。林丰演工厂经理，陈若绯演赵自芳，舟冰演玛丽，都表现了各人的性格。戴临风掌握了金澹庵的特性。方杰演陈克明教授有些呆板，刘燕生演交际花黄梦英自然沉着，很有表演才能。其他演员，大体上也都称职。

（二十八）苏联剧作《望穿秋水》在延安演出

1946年5月初，延安各剧团及机关的优秀演员和舞台工作人员，经过两个月排练，演出苏联西蒙诺夫著、曹靖华译的三幕十二场话剧《望穿秋水》（又名《等着我吧》）。邵惟、张季纯、金紫光、冯白鲁、王一达、张颖组成导演团，王一达、李波、王亚凡、陈若绯、任均、阿良、萧甲、齐心等演出。该剧是西蒙诺夫根据《等着我吧》一诗写成的，表现一个女子等待丈夫从前线胜利归来的故事。她一面坚信丈夫的归来，一面投入抗击德寇的工作。她坚定地说："不管生活多么艰难，我要等到他，他一定会回来！"剧本充满浪漫主义情调，给人以鼓舞。

5月8日，桂秀山、王亚凡在《解放日报》发表《介绍〈望穿秋水〉》。文章指出，《望穿秋水》三幕剧在延安公演了，反映了苏联战时生活，从中启示我们："要用工作来忘记自己。"正如作者所说，这个剧本是写爱的力量，表现信仰的内心呼声。当周围的人都说"他死了"的时候，你却说"他活着"。

6月4日，中央党校文艺工作研究室召开座谈会，讨论《望穿秋水》一剧的演出。出席者有党校文工室及各部代表、联政宣传队、西北文工团等二十余人，李伯钊主持讨论会。会上，邵惟、翟强、张季纯、姚尔觉、刘火等发言。李伯钊说：这是苏联人民保卫祖国战争中的一部成功的作品，人物形象都是活生生的，对打垮法西斯德国，有坚定不移的信念。他们英勇的行动，对我们有很大的鼓舞和教育，许多观众受了感动。会上，大家也提出一些改进意见，希望注意向观众介绍剧情，以便于观看。

（二十九）陈白尘《升官图》在延安演出

1946年7月7日，中央党校文工室戏剧组与延安平剧研究院，联合演出陈白尘的著名讽刺剧《升官图》。该剧在重庆、上海演出了七十余场。此次在延安演出，由刘郁民导演。该剧除序幕外，共分三幕，通过两个流氓强盗的梦境，对国民党统治时期的官场做了淋漓尽致的暴露与讽刺。作者说："我知道《升官图》这剧本将要刺痛某一小部分人，但它是一个普遍存在的现实，谁能否认它，那是讳疾忌医。谁要承认它的真实，谁才有勇气去改进它。"演出时，观众不断发出嘲讽的笑声。

（三十）延安演出话剧《李国瑞》

1946年10月13日，延安教导旅剧团首次在延安演出杜烽的六幕话剧《李国瑞》，导演是刘肖芜、地子、章力辉等。该剧1944年创作于河北省阜平县，1945年由晋察冀日报社出版，写一个落后战士、怪话大王李国瑞的转变过程。

1946年10月19日，章力辉在《解放日报》发展《排演〈李国瑞〉以后》。10月20日，岳镇发表剧评《看〈李国瑞〉有感》。10月28日，永生发表剧评《"一双鞋"——看〈李国瑞〉的一点感想》。解清发表剧评《一出为兵服务的好戏——〈李国瑞〉》，指出，晋察冀边区抗敌剧社杜烽的名剧，是作者在部队"参加一切集体活动，和他们一起出操、开会、游戏、唱歌"，和战士打成一片，这样才"结识了不少战士朋友——李国瑞便是其中之一"。有了这种生活基础，他才创作了这个好戏。

（三十一）延安戏剧的新面貌

1946年11月以来，延安舞台不断上演新戏。

边保剧团演出《平鹰坟》。该剧是张棨赓根据一个真实的故事编写的秦腔剧。故事写地主庄阎王打猎时，他的猎鹰被贫苦农民魏老头误认为野鹰打死。庄阎王将魏老头抓去打得死去活来，要他偿命，逼他为鹰建坟。魏老头卖地买棺，披麻戴孝为鹰出殡。民主政权建立后，党领导农民铲平了鹰坟，为魏老头报仇申冤。该剧于11月9日在边区参议会大礼堂演出。

延安平剧研究院新排杨绍萱的《中山狼》、任桂林的《孟姜女》、石天的《红娘子》等。

中央党校文艺工作室演出由程秀山编剧的广场剧《保卫杨家沟》。

联政宣传队演出歌舞剧《邯郸起义》和《打石门墕》。

西北文艺工作团演出柯仲平的《无敌民兵》。

（三十二）陕甘宁晋绥联防军平剧院

1948年5月，晋绥平剧院返回延安。经整顿后，更名为陕甘宁晋绥联防军平剧院（曾用名为西北军区平剧院），下设研究室、演剧队两部分，另有总务股。剧院积极排练新剧目《红娘子》，以配合解放战争即将胜利、进入大城市的新形势。《红娘子》由石天编剧，集体修改，在延安演出。作者创作该剧目的意图是，讲述如何争取知识分子走向革命。该剧以农民运动作为故事背景，以李信和红娘子的结合为线索，表现李信从对统治阶级抱有幻想，到加入农民起义行列的曲折历程。

6月4日，陕甘宁晋绥联防军平剧院从山西兴县出发，经临县、大武、离石、柳林、穆村、宋家川等地，一路演出十七场。后来，在延水关、延川为群众演出三场。7月12日，抵达延安，开始演出。剧院先后为机关、学校及群众演出二十一场。另外，在大众剧院售票演出五场。上演的节目有《三打祝家庄》《古庙钟声》《白水滩》《四进士》《长坂坡》《八大锤》《凤还巢》等六十多个新旧剧。连续演出告一段落后，剧院转入学习、创作阶段。

（三十三）边区文协成立戏剧工作委员会

1949年3月29日，边区文协成立戏剧工作委员会，聘请马健翎为主任委员，张一然、苏一平为副主任委员，王元方、林丰、史曼尼（杨公愚）、钟纪明、田益荣、高歌、岳松、王辉等为委员，并函请西北野战军政治部派两位同志参加戏剧工作委员会。

戏剧工作委员会的具体任务：一是组织剧本创作，包括新编历史剧；二是介绍与推广剧作，出版戏剧丛刊；三是组织戏剧批评，加强对戏剧运动的指导；四是审查新旧剧本和电影节目。戏剧委员会成立后，很快开展工作。决定选出一批剧本，供各剧团、宣传队使用。同时，举办剧本创作和讨论会，帮助修改剧本。

二、秧歌剧创作及演出活动

（一）鲁艺秧歌

1943年2月9日，鲁艺秧歌队百余人连续在杨家岭、中央党校、文化沟、联防司令部等处表演。领头是工农形象，手持斧头镰刀。新节目是王大化、李波演出的《兄妹开荒》，毛泽东、朱德、周恩来、任弼时、陈云同志看后，认为很好。毛泽东对朱德等说："这还像个为工农兵服务的样子，方向对了，你们觉得怎样？"朱德说："不错，今年的节目和往年大不同了！革命的文艺创作，就是要密切结合政治运动和生产斗争啊！"周恩来看了《兄妹开荒》，对王大化说："马门教授（王大化在《马门教授》一剧中扮演马门教授）也开起荒来了，这可是一个很大变化啊！对传统秧歌要学习，要改造，去掉不健康的化装和表演，充实新内容，与老百姓的新生活结合。"演出的节目还有《七枝花》（四人花鼓），由贺敬之作词，杜矢甲谱曲，李刚、江雪、韩冰、杜锦玉表演。秧歌剧《二流子变英雄》，由韩冰、王家乙表演，载歌载舞。还有快板、狮舞、旱船、推车等。内容均以庆祝废约、拥军、拥政、爱民及生产运动为主题。鲁艺宣传队每天在延安农村演出五六场秧歌，群众奔走相告："鲁艺家来了！"鲁艺副院长周扬对队员说："现在群众高兴地说'鲁艺家来了！'过去你们关门提高，自称为'专家'，可是群众不承认这个'家'。如今你们放下架子，虚心向群众学习，诚诚恳恳地为他们服务。刚开始作了一点事，他们就称呼你们是'家'了，可见专家不专家，还是要看他与群众结合不结合。这头衔，还是要由群众来封的。"

2月21日，黄钢在《解放日报》撰文《皆大欢喜——记鲁艺宣传队》，指出，该宣传队一百五十人，演出四十余场，观众达两万人。从延安南门外到北门，从古老的城墙外到东区的乡村，人们都跟随它观看。乐队除锣鼓铜钹外，还有七把小提琴，百姓称之为"洋琴"。演出《旱船》《花鼓》《推车车》《四川连响》《快板》等。到东乡罗家坪演出时，打花鼓的人唱道："猪呀、羊呀，送到哪里去？"老百姓接着唱："送给那英勇的八路军。"宣传队到各机关、医院、保育院、学校、部队演出，每次都是观众云集，笑语连天。宣传队唱的歌曲，很快被传唱开来。老百姓说，过去鲁艺的戏看不懂，这回都懂了。

（二）秧歌剧《兄妹开荒》

1943年春节，各界军民两万余人在延安南门外广场举行春节联欢活动，鲁迅艺术学院师生组成秧歌队进行文艺演出。其中，由鲁艺教员王大化、学生李波表演的《兄妹开荒》首次公演。该剧由王大化、李波和路由编剧，安波作曲，王大化扮演哥哥，李波扮演妹妹。公演前，该剧取名《王二小开荒》，后以群众通称《兄妹开荒》定名。剧作反映的是解放区大生产运动，依据当时陕甘宁边区开荒劳动模范马丕恩父女的事迹编写而成。该剧一经演出，就受到边区群众的喜爱，随即轰动了延安和整个陕甘宁边区。1943年4月24日，《解放日报》发表社论《从春节宣传看文艺的新方向》，肯定《兄妹开荒》是一个"很好的新型歌舞短剧"。

1943年4月25日、26日，《解放日报》连载秧歌剧《兄妹开荒》。该剧由王大化、李波、路由集体编剧，路由写词，安波配曲。在《正确的艺术方向》标题下，发表了延安县委宣传部及某团全体指战员给鲁艺秧歌队的信，表示，演出的《改造二流子》《兄妹开荒》等秧歌剧"发挥了革命艺术工作者的威力"。

4月26日，王大化在《解放日报》发表长篇文章《从〈兄妹开荒〉的演出谈起——一个演员创作经过的片断》。文章探讨了如何演好人物、生活与艺术、广场剧的效果、演出说白等问题。特别指出，这个秧歌剧的主调，是表现边区人民自由生活的快乐和生产热情。剧名原来叫《王小二开荒》，演出后群众都叫它《兄妹开荒》，作者便照改之。

7月5日，重庆《新华日报》转载王大化在《解放日报》发表的谈《兄妹开荒》演出经验的文章《一个秧歌剧演员的创作经验谈》。转载前言称："秧歌，是中国各地农民都爱好的一种艺术。当抗战和民主生活创造了新的农民的时候，这人民所喜闻乐见的艺术，就生长出了更新的内容，发出了更灿烂的光辉，在北方赢得了人民衷心的爱好，收到莫大的成功。这一篇是演出《兄妹开荒》的演员自述，从这里我们可以看到一个艺术民族化的实例。"同版刊登街头秧歌剧《兄妹开荒》的最后两段。

（三）延安八大秧歌队大会演

1944年2月23日，延安八大秧歌队在杨家岭延安文艺座谈会召开地举行大会演。演出单位和节目有：保安处的《红军万岁》《冯光琪锄奸》，延安直属分区的《红军大反攻》，枣园机关的《动员起来》（演员有李高峰、张婷乙、杨啸空等），行政学院的《好庄稼》，西北局的《女状元》（《一朵红花》），留守兵团政治部的《刘连长开荒》，中央党校的《牛永贵挂彩》，西北局党校的《刘海生转变》。多数演出场次有党中央负责同志莅临，干部观众达两千余人。

上午11时，会演开始。为庆祝苏联红军建军二十六周年，会演特以保安处的《红军万岁》开头，以延安直属分区的《红军大反攻》结尾。其他节目是反映边区生产劳动、军民关系、部队建设、改造旧思想等方面的内容。《解放日报》指出，这次会演是对《讲话》发表以来，"延安文艺运动新方向的一次检阅"。证明了，在毛泽东新文艺方向的指引下，革命文艺已经和广大群众逐渐密切结合起来。由原来的几个文艺团演出秧歌，发展到各机关、团体、学校都成立秧歌队，体现了文艺大普及的新气象。据不完全统计，延安现有秧歌队三十余个，队员两千多人。

（四）重庆演出秧歌剧

1945年2月8日，重庆《新民报》消息：自去年中外记者团来延参观后，"扭秧歌"一词已带到了重庆。周恩来从延安返重庆时带来了《兄妹开荒》等秧歌剧，所以郭沫若说："秧歌舞之到重庆，就是随着恩来飞来的。"周恩来组织延安来的文艺工作者和八路军办事处、《新华日报》工作的同志，在周公馆的过道里，演出小型歌剧。接着，在新华日报社的空场和红岩八路军办事处的草地上，举行两次大规模的秧歌演出，招待国统区文艺界人士。节目有《兄妹开荒》《牛永贵挂彩》《一朵红花》。当演到集体秧歌舞时，周恩来和几位领导首先加入秧歌队跳舞，随后，在座的多数演员也插进队伍。广场围墙外的报馆，附近的居民，也进来观看表演。

2月17日，文化界在重庆近郊举办春节同乐大会，满山居住的人都来观看。先由一个秧歌队扮成不同行业的人物，在锣鼓的伴奏下，进进退退地扭起来。围场扭了几圈，开始变换各种队形。接着，演出秧歌剧《兄妹开荒》《一朵红花》《牛永贵挂彩》。

2月26日，重庆《新华日报》登出凡僧的诗《化龙新村听秧歌六绝》、许幸之的《秧歌舞与广场演剧》。凡僧的诗这样歌颂三个秧歌剧："司马无足投乱国，少陵有妹隔钟离。谁知地老天荒外，别有豳风七月诗。"（《兄妹开荒》）"一朵红花非富贵，全家赤足起庄园，十龄妞妞争先帮，劳动英雄女状元。"（《一朵红花》）"北方健儿牛永贵，西汉文艺马相如，写来见血不见墨，忽觉有戏如看书。"（《牛永贵挂彩》）许幸之说，我看完了秧歌舞演出之后，从心灵深处激起一种新鲜、活泼而又亲切的共鸣，这些秧歌舞"使今日的演剧运动踏上了一个新的旅程"。

（五）马可发表秧歌剧《夫妻识字》

1945年2月18日，马可的秧歌剧《夫妻识字》在《解放日报》刊出。该剧表现农民在政治、经济上翻身后，追求文化翻身的强烈愿望。故事说，刘二从前不识字，"糊里糊涂受人欺"；新社会"三天两头闹笑话"，不仅买卖找错钱，还无法订出生产计划。现在认识到，"受苦人做了当家人，睁眼的瞎子怎能行？"于是，他与妻子比赛学文化。夫妻二人互考互问，互帮互学，争当识字英雄。该剧歌词通俗，音调流畅，迅速流传开来，成为群众百看不厌、赞不绝口的节目。其中，"黑格隆咚天上，出呀么出星星；黑板上写字，放呀放光明……"被到处传唱。

（六）十一个秧歌队庆新春演出

1946年春节期间，延安各机关组成十一个秧歌队，每日流动演出，有中央党校、西北党校、延安大学、西北文工团、解放社、联政等秧歌队。新编秧歌剧有《就是他》《夫妻劳军》《瞎子打荒》《蜜蜂和蝗虫》《山药蛋》《保卫和平》《一把镢头》《回娘家》《打斑蝥》《神神怕打》《傻瓜》《老婆娘住训练班》《张连卖布》等十三个。桥镇乡秧歌队在鲁艺的帮助下，演出《反对买卖婚姻》《小姑贤》《败家子商人》《跑红灯》等剧目。

（七）延安南联宣传队会演

1947年1月27日，延安南门外八个机关团体开会，经过商讨组成的南联宣传队，首次在西北局大院举行会演。节目有王琳的《模范妯娌》（由作者亲自导演并参加演出），钟纪明的《王昭儿招祸》，胡采的《送子参军》，张季纯的《到延安去》，齐开章的《胜利大鼓》。

（八）秧歌演出遍城乡

1947年2月2日，延安裴庄机关及所属单位组织两支秧歌队，在驻地附近的十二个村庄，巡回演出《送郎参军》《送公粮》等秧歌节目。2月27日，两支秧歌队和本部全体演员，特意到党中央驻地枣园，向毛泽东、朱德拜年。领袖勉励大家努力工作，加强学习，树立必胜信念，把文艺工作搞好。联政宣传队在"镇远"部六支队练兵场，演出《邯郸起义》《打石门垴》《解放宁条梁》等。

三、音乐创作及团体活动

（一）《军民进行曲》的创作与演出

1938年12月，冼星海在延安创作了第一部大型音乐作品《军民进行曲》。剧本由天蓝、安波、韩塞集体创作，王震之作词，冼星海作曲。该剧的主题是：只有军民团结一致，才能取得抗日战争的胜利。12月19日，吕骥、向隅、杜矢甲、李焕之、安波等开会讨论剧本，并推举冼星海为剧本谱曲。12月31日，冼星海完成了歌曲总谱。

1939年1月15日，该作品在陕北公学礼堂为边区参议会开幕首演。张庚、冼星海等组成导演团，张庚担任执行导演，冼星海担任乐队指挥。鲁艺教师杜矢甲、张颖、李群、刘漠、徐一新、干学伟、陈锦清、高鲁等参加演出。3月，《军民进行曲》与鲁艺创作的第一部歌剧《农村曲》，合为鲁艺丛书《歌剧集》，连同它们的剧本与总谱，由上海辰光书店出版。1940年，《歌剧集》再版。《军民进行曲》为《黄河大合唱》的诞生奠定了基础。

（二）《黄河大合唱》的创作及演出

1939年3月26日，冼星海开始创作《黄河大合唱》，由光未然作词。

1939年春天，光未然率领抗敌演剧三队在晋西吕梁游击区进行救亡宣传时受伤，就近到延安的边区医院治疗。在鲁艺教作曲和指挥并担任音乐系主任的冼星海看望老朋友光未然期间，两人商议合作创作歌曲。光未然想写黄河，1938年、1939年为救亡宣传两次渡过黄河，并在沿岸活动，陆续写作长诗《黄河吟》。这时，冼星海的提议触发了他的灵感，《黄河大合唱》的题材就这样诞生了。当时，光未然左臂肿胀，行动不便，于是自己口授，邀请演剧三队的胡志涛同志写歌词。光未然在病床上，以长诗《黄河吟》为基础，口授了五天，八首共四百行的《黄河大合唱》歌词完成。

3月11日晚，光未然、冼星海、鲁艺和演剧三队的七八个专业人员借西北旅社一间宽敞的窑洞，开了一个小型歌词朗诵会，借以听取意见，做歌词的进一步修改。光未然用湖北腔朗诵了四十多分钟，冼星海表示有把握写好。

从3月26日起，冼星海投入紧张的谱曲工作。每天早上，光未然派田冲到鲁艺取冼星海前一天写出的部分，由演剧三队试唱并提意见。第二天，去冼星海那里取新写的稿子时，再把意见反馈给他。有些曲子，如《黄河船夫曲》《保卫黄河》《怒吼吧！黄河》都是一次完成的；而《黄河颂》《黄河怨》，大家提的意见较多，冼星海毫不迟疑，推倒重写，第二天就拿出新稿。人家对第二稿《黄河颂》仍不满意，冼星海就撕掉重写，第三天又拿出全新的第三稿。

至3月31日，冼星海经过六天的日夜奋战，在延安窑洞的小炕桌上完成了大合唱作品《黄河大合唱》。

冼星海在延安期间，亲自指导或指挥了四场《黄河大合唱》演出。

1939年4月13日，抗敌演剧三队和鲁艺联合，在陕北公学礼堂首次公演《黄河大合唱》。合唱队、乐队各五十人，合唱队以三队为主，乐队以鲁艺为主，冼星海担任艺术指导，乐队指挥是抗敌演剧队的邬析零。光未然带伤观看。

经过总结和多次排练，5月11日，为纪念鲁艺成立一周年演出。这次，合唱队扩大至百人，女队员化了装。毛泽东、刘少奇、陈云等中央领导人莅临观看。冼星海登台指挥。

6月28日，举行欢迎周恩来、秦邦宪回延安大会，冼星海指挥献演《黄河大合唱》，规模与5月11日的演出相当。之后，周恩来题词称赞冼星海："为抗战发出怒吼，为大众谱出呼声！"

1940年2月16日，冼星海最后一次指挥演出《黄河大合唱》以欢迎国民政府军委政治部三厅电影队，演出地点是空间较大的中央大礼堂，合唱队增加到五百人。

1940年5月4日，冼星海奉党的派遣，同电影家袁牧之一起，携带延安拍摄的纪实片《延安与八路军》，到苏联完成后期配音制作，因为当时延安没有这些条件。不久，苏德战争爆发，冼星海身患多种疾病，颠沛流离，吃尽苦头。

1945年10月30日，冼星海病逝于莫斯科，年仅四十岁。

（三）边区音协

1939年，边区音协的工作有声有色地展开着。

3月，边区音协出席边区文协召开的各团体联席会议，报告过去的工作与今后的工作计划。4月13日晚，与从重庆来延安的军委会抗敌演剧三队联合举办大型音乐晚会，一千多人出席。吕骥代表边区音协致辞，报告音协成立以来的工作，并说明今后边区音乐的发展方向。会上，演出《生产大合唱》《黄河大合唱》《延水谣》等音乐节目。4月16日，边区音协改选，选举冼星海、向隅、吕骥等七人为临时执委。6月中旬，边区音协产生正式执委会，并创办星期音乐会，利用星期日在鲁艺练习唱歌，研讨歌咏上的各种问题。

从六七月份开始，少数负责同志到敌后工作，边区音协工作一度停顿。8月，重新整顿组织，选冼星海继续担任主席，并决定，与延安的抗战剧团、烽火剧团、民众剧团取得密切联系，推进音乐运动。同时，决定每月在延安举办一两次音乐会，出版音乐刊物，讨论音乐理论，提高技术水平，等等。但是，由于种种原因，这些计划未能全部实现。

（四）延安青年歌咏团

1940年5月10日，五四筹委会举行音乐晚会，节目有小提琴、口琴等独奏和《青年大合唱》《牺盟大合唱》等合唱。晚会后，陕甘宁边区青年救国联合会发起组建延安青年歌咏团，从事歌咏音乐研究。参加歌咏团的有中国女子大学、抗日军政大学、青年干部学校、马列学院、鲁艺、陕北公学等十余个单位。同时，着手准备有百余人参加的各种大合唱。

（五）延安青年大合唱团

1940年5月15日，延安青年大合唱团在王家坪桃林公园正式成立。

4月初，西北青年联合会领导筹备纪念第二届中国青年节音乐会时，开始筹建。隶属中华青联宣传部和中央青委宣传部，部长是胡乔木。延安青年大合唱团的宗旨是：联合延安各界青年中的歌咏爱好者，从事群众音乐研究，提高音乐修养和演出水平，开展群众性的音乐活动，繁荣音乐创作，为活跃青年的文化艺术生活而工作。

延安青年大合唱团内设总团部。总团长是《青年大合唱》的词曲作者兼指挥金紫光，副总团长是中央党校俱乐部主任姚铁和抗日军政大学政治部宣传科的汪鹏。总团下设八个分团，中央党校合唱团、抗日军政大学合唱团、中国女子大学合唱团、陕北公学合唱团、行政学院合唱团、医科大学合唱团、自然科学院合唱团、印刷厂工人合唱团等，总人数约五百人，其中骨干团员（从各分团选拔出的水平较高的人）约两百人。该团第一次演出是纪念五四青年节的音乐会，节目有齐唱、小合唱、独唱、口琴、小提琴、民歌、器乐合奏，最后是《青年大合唱》。团内分工是：金紫光负责指挥，姚铁负责歌咏，汪鹏负责乐队。经常参加活动的有各分团的骨干团员。此外，特邀鲁迅艺术学院的音乐家向隅、杜矢甲、任虹、时乐濛等进行指导。

合唱团成立后，即着手排练各种大合唱。有的以分团为主，有的是联合演唱。排练节目有《抗大大合唱》《女大大合唱》《黄河大合唱》《生产大合唱》《牺盟大合唱》《八路军大合唱》《吕梁山大合唱》等。

1940年6月，爱国华侨领袖陈嘉庚等一行来延安访问。欢迎晚会上，鲁艺演出《黄河大合唱》，延安青年大合唱团演出《青年大合唱》。9月27日，延安合唱团成立后，延安青年大合唱团即与之合并，由时乐濛任团长，继续开展群众音乐活动。

（六）鲁艺音乐工作团

1940年7月15日，鲁迅艺术文学院音乐工作团成立，简称"鲁艺音乐工作团"。它是鲁艺音乐系（后改为音乐部）领导的一个研究与工作并重的音乐团体，团长由鲁艺音乐系主任吕骥兼任。

音乐工作团与音乐系不同。音乐系主要从事音乐基本知识的教学，学生学习三年即可毕业；音乐工作团则偏重自修及研究，研究没有期限。工作团同志大部分是音乐系毕业的学生，小部分是曾经受过音乐教育有相当基础的同志。工作团同志有时和音乐系的同学一起学习中国问题、社会科学、新文学论等必修科目，音乐方面的学习则分为理论组（音乐运动、音乐史等）、作曲组（主要是和声）、指挥组、钢琴组和声乐组。每人可参加二三个组，组里的学习偏重自修和讨论。团长吕骥按期给团员做报告或是参加讨论，指导学习和研究。

音乐工作团除自修讨论外，还有一半时间是工作——实习。团里的同志都有实习机会，常常被派到各机关、学校（延安或边区各地）指导歌咏工作，或组织歌咏队和小型训练班。此外，有一个大的合唱团，主要是音乐系与音乐工作团的同志，也有戏剧系或是文学系、美术系的同学参加。概而言之，音乐工作团的工作分三个方面：一是研究音乐理论与技术；二是进行群众性的音乐组织和发动工作，普及音乐知识，推进音乐运动；三是举办音乐会，进行演唱、演奏。

1941年4月，鲁艺全院经过工作检查后，对组织机构和干部配备做了调整。音乐工作团团长改称音乐工作团主任，由音乐部主任冼星海兼任。冼星海出国未归期间，具体工作由吕骥代理。

（七）延安合唱团

1940年9月27日，延安合唱团成立。它是延安音乐爱好者的业余组织，属延安文化俱乐部领导，时乐濛任团长。

为了活动方便，首先将延安南区的音乐活动积极分子组织起来，利用业余时间（主要是星期日）学习音乐知识，练习合唱。参加活动的有机关干部、工人、学生和市民。边区音乐协会派人教授延安合唱团音乐知识和组织训练。

1941年6月起，延安合唱团增加新（西洋）唱法学习，提高团员的西洋音乐知识水平。8月，又决定发展新团员，扩大组织。按照音乐水平高低，分为合唱与歌咏两部分。8月31日，在边区银行礼堂成立延安合唱团第二团。

（八）延安业余国乐社

1942年6月27日，延安业余国乐社成立。该社由边区音协及文化俱乐部领导，李鹰航为负责人。

6月初，延安业余国乐社开始筹备工作，文化俱乐部召集延安十多位爱好民族器乐的同志举行座谈。经过讨论，当即决定筹备成立延安业余国乐社，并推举李鹰航、梁寒光、高波等负责筹备工作。先后报名参加该社的有二十多人，都是各机关的工作人员。国乐社利用星期六晚上及星期日全天的时间进行练习。乐器有二胡、笛子、箫、三弦、洋琴、笙等，其中不少乐器是社员自造的。之后，国乐社开始练习《小桃红》《一代艺人》等十多首广东音乐名曲，准备在成立典礼上演奏。6月27日（正值周末），在延安中央大礼堂举行成立大会，并举行首次民族音乐演奏会。

8月1日，国乐社为纪念八一，在延安北区举行国乐演奏。8月15日，延安文化俱乐部举行音乐晚会，招待在延安的国际友人，特邀国乐社演出器乐合奏。8月16日，国乐社参加文化俱乐部召开的各业余文化团体联席夏季茶话会。会上，还对延安市的街头文娱活动做了进一步研究和部署。10月上旬，国乐社参加文化俱乐部在文化沟口修建的艺术台的开幕式。10月下旬，国乐社发出征求社员及有关书谱资料和乐器的启事，进一步扩大组织。此后，国乐社每隔几周在文化沟口艺术台举行一次演奏。再后来，由于社员的本职工作紧张，国乐社的活动逐步结束。

（九）《东方红》

1944年3月11日，陈柏林在《解放日报》发表《移民歌手》一文，谈歌曲《东方红》的诞生，指出，《移民歌》是《东方红》的雏形。

陕北佳县城关贫苦农民李有源和侄子李增正，积极响应毛泽东的号召，1943年冬，带领着七十人的移民大队，从佳具到延安。他们一路走一路唱，自编移民歌《毛主席领导穷人翻身》（共九段），并配以骑白马调。第一段是：东方红，太阳升，中国出了个毛泽东，他为人民谋生存，呼海呀，他是人民大救星。第二段是：山川秀，天地平，毛主席领导陕甘宁，迎接移民开山林，咱们边区满地红。

5月24日，马可在《解放日报》发表《群众是怎样创作的》，讲述李有源和侄子李增正如何编写"东方红，太阳升，中国出了个毛泽东……"的歌曲。第一个带头唱"东方红，太阳升"的是李增正。贺敬之将李有源的《移民歌》加以整理，变为三段，改名《东方红》，在《解放日报》发表。

后来，《东方红》不断完善。作曲家贺绿汀将它改编成混声合唱，为党的七大演出。1945年9月，以鲁艺师生为主的东北文艺工作团，从延安向东北进发的路上也唱《移民歌》。随行的公木写了一首诗《出发》，开头是："共产党，像太阳，照到哪里哪里亮；哪里有了共产党，哪里人民得解放。"到沈阳演出时，刘炽、王大化、高阳、田方、严文井等把《移民歌》加工改编成一首可以集体演唱的《东方红》。此后，这支歌曲迅速传播开来。建国初期，《东方红》首次刊登在《人民画报》上。

四、电影团体活动

（一）陕甘宁边区抗敌电影社

1938年4月1日，陕甘宁边区抗敌电影社在延安成立。

1937年8月，该社开始筹备工作。1938年3月28日，边区青年救国会会议上召开发起人会议，出席者有郭洪涛（霍士廉代）、向仲华、李桂南、曹菊如、杜国林、温涛、沙可夫、李槐、雷经天、赵品三、高郎山、艾丁、黄庆熙、徐肖冰、谢翰文等。会议决定了电影社的工作总方向，并推举高郎山、沙可夫、曹菊如、朱光、王若飞、赵品三、谢翰文等七人组成筹备委员会。29日和30日，召开了两次筹备会，决定了工作人员和计划，推举高郎山为陕甘宁边区抗敌电影社主任，赵品三为副主任，艾丁为秘书长兼总务部长，徐肖冰为技术部长，并请沙可夫为技术顾问，康生为政治顾问。

电影社成立后，即发表启事公告各界，宣布该社的任务：一是用抗战中血的经验来激励全国人民更坚决地抗战；二是告诉全世界人民，中华民族在为正义而战，以博得他们的同情和援助。电影社除拍摄抗战影片外，还将摄制前方抗战和边区生活的新闻照片，并表示，愿与全国电影界取得密切联系，将拍摄作品供各报馆或画报社采用。该社联络地点为八路军汉口办事处或西安办事处。

1938年4月初，电影社即派员赴西安、汉口购置电影机械，筹备电影放映工作，并计划5月中旬在延安开始放映电影。但是，因为战事吃紧，国民党盘查严密，没有购到所需器材。6月，又派人赴香港购置。由于种种客观上的困难，电影社实际未能顺利开展工作。9月，在八路军总政治部属下，延安成立电影团的组织，陕甘宁边区抗敌电影社的活动即告结束。

（二）八路军总政治部电影团

1938年9月，八路军总政治部电影团在延安成立，简称"总政电影团"。电影团是在周恩来的帮助下诞生的。全面抗战爆发后，战火蔓延到上海，电影制片业被迫停业，一些进步电影工作者纷纷到内地拍摄抗日影片。袁牧之、陈波儿、钱筱璋到武汉找到周恩来，周恩来鼓励他们到解放区，并帮助他们到延安和华北敌后拍摄八路军抗战事迹的影片。

1938年夏季，袁牧之奉党的指示，先赴香港购买一台摄影机和一批洗印、放映器材及胶片，随后，邀吴印咸从上海赴汉口参加筹备拍摄。当时，荷兰电影艺术家伊文思到华北摄制战地影片的计划受到国民党的阻挠，经过联络，他便将一台手提摄影机和一些胶片赠送给吴印咸。

1938年秋，袁牧之和吴印咸带着摄影器材一同到延安。他们到达延安后，党将已在延安的摄影师徐肖冰与袁牧之、吴印咸、李肃、叶昌等六人调到一起，并配备政工干部，在八路军总政治部属下正式成立中国共产党最早拍摄电影的组织——八路军总政治部电影团，后通称"总政电影团"。

电影团团长由八路军总政治部副主任谭政兼任。初建时，电影团只有六个人：党组织派长征干部李肃任政治指导员，负责政治和行政工作，袁牧之为艺术及编导负责人，吴印咸和徐肖冰负责摄影和技术工作，还有场记叶苍林和总务负责人魏起。

— 287 —

（三）大型纪录片《延安与八路军》

1938年10月1日，延安电影团的大型纪录片《延安与八路军》在黄帝陵开机。该片由袁牧之编导，吴印咸、徐肖冰等摄影，历经近两年完成拍摄。袁牧之撰写拍摄提纲，陈波儿帮助修改。影片共分为四个部分：第一部分，表现全面抗战爆发后，全国各地抗日爱国的进步知识青年从四面八方来到当时抗日民主的圣地延安；第二部分，表现延安在政治、经济、文化等方面的崭新面貌；第三部分，反映八路军在延安和各抗日根据地的战斗生活；最后一部分，表现从延安这个大熔炉里培养出来的一批又一批热血青年奔赴前线的盛况。

1939年初，《延安与八路军》完成延安部分的拍摄。为了使影片的内容更加丰富，摄制组兵分两路进行拍摄，袁牧之、吴印咸一行到晋察冀，徐肖冰一行到冀中。后来，吴本立到晋东南，拍摄了大量抗日根据地和八路军的镜头。

（四）总政电影放映队

1939年9月28日，八路军总政治部在延安成立电影放映队。放映队最初的成员有余丰、吴德礼、席珍、唐泽华四人，余丰任队长。八路军总政治部先把放映队成员送到中央军委三局，进行电讯技术培训。经过三个月的学习，掌握了放映技术。为加强技术力量，又将三局电台的专业人员罗光（罗和清）调至放映队。至此，放映队基本组成。不久，又调来赵天培、吴献忠（鲁克）、张鹏等。初成立时，放映队只有一套苏联造35毫米便携式放映机，三台发电机，十多部苏联故事片，如《列宁在十月》《夏伯阳》《十三勇士》等，后来增加了《列宁在一九一八》。

（五）西北电影队在延安

1940年2月14日，国民政府军委政治部三厅领导的中国电影制片厂西北电影队，在前往内蒙古拍摄阳翰笙的《塞上风云》外景时路过延安。电影队三十多人，在队长、导演应云卫的带领下，于1月4日离开重庆。行前，周恩来指示电影队人员，尽力拍好电影，注意离开和返回的人数一样，且不对毛泽东、朱德的接见谈话做记录，以免国民党无事生非。同时，周恩来写了一封给延安接待部门的介绍信。

2月15日，毛泽东、朱德设晚宴招待电影队。毛泽东听取领队应云卫介绍《塞上风云》的内容和拍摄计划后，表达了对《塞上风云》的赞颂，并亲笔题词："抗战、团结、进步。"从上海来延安访问的青年画家沈逸千应邀出席，并即席为毛泽东画速写，毛泽东签名留念。朱德介绍了解放区战场八路军的胜利喜讯。

2月16日晚，文化界与电影队举行座谈会。延安方面出席者有吴玉章、吴亮平、艾思奇、周扬、李初梨、冯文彬、张庚、丁玲等，宾主共百余人。文委主任吴玉章致欢迎辞，艾思奇介绍边区文协代表大会。吴亮平、周扬、丁玲，以及应云卫、舒绣文、周伯勋相继发言。应云卫谈自己的工作经验，张庚谈敌后戏剧运动，也谈了《日出》在延安的演出。同时，在中央大礼堂召开欢迎晚会，吴玉章致欢迎辞，应云卫讲话，表示要为抗战、团结、进步而努力。一度谣传遇害而今自前线归来、安然无恙的袁牧之，简略地讲了前线见闻。晚会的节目有鲁艺的独幕话剧《闲话江南》，烽火剧团小朋友表演的《烽火舞》。最后，冼星海指挥五百人演出《黄河大合唱》。

（六）延安电影团改组

1940年5月初，八路军总政治部对电影团进行改组。首先，电影团的隶属关系由八路军政治部，改属八路军陕甘宁晋绥联防军政治部，由宣传部部长肖向荣直接领导。其次，将1939年秋组成的边区电影放映队（八路军总政治部的电影放映队）并入电影团，分设摄影队和放映队。摄影队由吴印咸任队长，人员有所增加，由六个人发展到十几个人。放映队队长为佘丰，队员有席珍、吴德礼、张鹏、土振东、丁一、赵天培、鲁克、罗光等。当时，放映队有从苏联带来的35毫米放映机和16毫米放映机各一架，以及三台发电机。另外，有一批苏联的原版影片，如《列宁在十月》《夏伯阳》《十三勇士》《假如明天发生战争》《祖国女儿》《保卫斯大林格勒》，以及16毫米的默片《列宁在一九一八》，等等。此后，电影团担负起拍摄新闻纪录片、放映电影、拍摄照片等方面的任务。

1942年，电影团开办摄影训练班，成员发展到四十余人。在此前后，摄影队在延安拍摄了《延安庆祝百团大战胜利大会和追悼会》《国际青年节》《陕甘宁边区第二届参议会》等新闻片。

（七）电影《南泥湾》

1942年，八路军总政治部电影团完成了纪录片《南泥湾》的拍摄。该片为四大本，周从初担任洗印，钱筱璋担任影片编辑和解说词撰写，席珍担任配音，放映由唐泽华、罗光、赵天培负责。影片主题为毛泽东与朱德号召的"生产与战斗结合起来"的屯田政策的实施情况，表现三五九旅开辟南泥湾的辉煌成绩。画面从荒无人烟的南泥湾开始；接着是三五九旅到达南泥湾与荒凉贫瘠的自然做艰苦斗争的经过，终于改变了南泥湾的面貌；其后为部队整训、健儿们的英姿和活跃的军中生活；最后是大规模的野战演习，显示了革命军队坚强的战斗力。

影片《南泥湾》是电影团在延安期间摄制完成并公开放映的唯一一部影片。拍摄过程中，电影团用正片代替底片，用放映机改装代替拷贝，用自然光来感光代替发电机，用手摇马达带动扩音器代替录音设备，用留声机播放唱片，用小喇叭播送音乐和解说，终于完成了这部有声影片的摄制。其中，电影团觉得毛泽东应该在影片中出现，以增强感召力。于是，吴印咸专程去见毛泽东，表达了将拍摄毛泽东为影片题词的过程融入影片的请求，毛泽东欣然同意。

1943年2月4日，影片《南泥湾》在直属政治部大礼堂举行首映，朱德、叶剑英、贺龙、徐向前、谭政、甘泗淇、肖向荣等数百人出席首映式。朱德、叶剑英、贺龙等称赞《南泥湾》为纪录片中不可多得的佳作，叮嘱电影团负责同志将影片在延安放映，进行广泛宣传。遵此指示，电影团决定于2月5日，在总政军民联欢会上放映影片。2月6日，在八路军大礼堂招待劳动英雄及文化界。2月7日，招待部队直属单位。2月8日至12日，招待中央直属单位。2月13日，在杨家岭大礼堂招待中央机关。

1944年春节期间，留守兵团政治部电影团为活跃群众文化生活，在延安各处放映电影。延安观众看到边区摄制、反映边区生产生活的电影《南泥湾》，看到毛泽东、朱德出现在银幕上，认为八路军与老百姓是一家人了。

（八）延安电影团先遣组出发东北

1945年9月下旬，延安电影团东北先遣组组成，成员有钱筱璋、徐肖冰、侯波、张建珍，任务是到东北接管敌伪电影产业。10月16日，先遣组踏上征程，向东北进发。

1946年1月，进入东北郑家屯（今双辽市）。2月，先遣组抵达抚顺，向东北局宣传部部长凯丰汇报所承担的任务。凯丰调来延安鲁艺戏剧家田方、美术家许珂，组成电影接收小组。4月18日，先遣组对长春的伪"满映"实施正式接管，使这个设施较好的电影制片厂回到人民手中。5月13日，先遣组开始向哈尔滨搬迁电影厂的主要器材。之后，分四批将器材搬到合江省兴山（今黑龙江省鹤岗市），先遣组与其他解放区来东北的电影干部会师。10月1日，成立东北电影制片厂。

（九）五省联防军司令部政治部军电影团放映苏联影片

1946年春节期间，五省联防军司令部政治部电影团放映刚从重庆寄来的苏联影片，如《奥勒尔大会战》《红军攻入保加利亚》《红军克复明斯克》《红军收复布卢斯克》《红军在罗马尼亚》等。这些全部是有声影片，并附有中文说明。影片在延安几个地区轮回放映，观众观影踊跃，对苏德战争有了形象的认识。

（十）延安电影制片厂

1946年7月底，延安电影制片厂成立。它是为拍摄故事影片《边区劳动英雄》而筹建的。该片编剧为陈波儿。1944年末至1945年初的陕甘宁边区劳动英雄与模范工作者大会后，陈波儿就开始酝酿写一个电影剧本，表现农民劳动英雄吴满有，并提出在延安自筹摄制。合作者伊明还去吴家枣园生活过一段时间。1946年春，陈波儿、伊明合写的电影剧本《边区劳动英雄》完成后，陈波儿到处奔波，请求组织赞助，动员原电影团留守延安的程默、周从初等参加这项工作。不久，陈波儿得到中央组织部门的批准，前往重庆得到周恩来的支持，转赴上海购买了35毫米手提摄影机一台，电影胶片一万余英尺（约3050

米），以及几个弧光灯和灯泡。这些器材，后来由程默和伊明辗转带到延安。不久，陈波儿前往东北参加建设东北电影制片厂的工作。她写的剧本，则由伊明接手带回延安，继续完成编写和拍摄。

这时，党中央决定由西北局领导在延安筹建电影机构，进行影片的摄制工作。先由柯仲平、江青、高朗山、孔厥、翟强、冯白鲁及编剧伊明等人，组成剧本修改委员会，征询各方意见。同时，指派陈永清等负责制片厂的筹建工作。

1946年7月，延安电影制片厂宣告成立，由习仲勋（董事长）、陈伯达、安子文、李伯钊、江青、鲁直等人组成董事会，由陈永清（厂长兼党支部书记）、伊明、钟敬之三人组成厂的领导小组。西北局拨款一亿元边币，作为摄制的经费。

影片《边区劳动英雄》当时被称作纪录电影，由陈波儿、伊明编剧，伊明任导演，翟强、冯白鲁任副导演，程默任摄影，钟敬之任美术设计兼制片，高维进任场记，凌子风饰主角吴满有，其他演员都是向延安各单位借调来的。从中央党校、平剧院和枣园机关调来阿甲、李波、韩冰、孙嵩（李嵩峰），从西北文工团和民众剧团调来刘燕生、裴然、王文、黄俊耀、王岚等，还从延安保育院小学调来几个小朋友当儿童演员。这部影片讲述农民吴满有的事迹和经历，其中插入了1935年陕北土地革命、红军整编北上抗日、大生产运动及保卫边区等热烈场面。

为了拍好影片，延安电影制片厂组织编导、演员到吴家枣园深入生活，为摄制做必要的准备；又在延安南门外七里铺山沟里找到一个村庄，将原来的窑洞等加以改建，并开辟两个土窑面，作为拍外景的基地。1946年9月，《边区劳动英雄》正式开拍。但是不久，因国民党对陕甘宁边区发动新的入侵和轰炸，拍摄工作无法进行。经西北局领导决定，暂停拍摄影片。

1947年1月，为了适应解放战争的新形势，延安电影制片厂转入新闻纪录影片的拍摄工作。程默和凌子风随军到了前线。之后，在七个月的拍摄中，记录了革命军队从撤离延安到西北战场转入反攻的重大史实，其中，有毛泽东、周恩来、彭德怀等转移行军和深夜不眠指挥作战的镜头，有解放军英勇作战和群众支援前线的纪录。这部《保卫延安和保卫陕甘宁边区》的新闻素材，后来分别收辑在大型纪录片《红旗漫卷西风》和短纪录片《还我延安》之中。

（十一）延安电影工作者在东北

1947年3月16日，解放区首次自制影片——东北电影制片厂摄制的《追悼李兆麟将军》和《活捉谢文东》两部新闻纪录片，在哈尔滨公演。该厂厂长袁牧之说：已派编导、演员和工作人员深入农村，参加实际工作，不久将摄制反映群众生活的故事片。

（十二）西北电影工学队

1947年10月，西北电影工学队在西北局及晋绥分局驻地晋西北的兴县北坡村成立。它是为创建西北电影基地，培养人才，并完成西北战场战迹影片而组织起来的，是一支学习和工作并重的队伍。

当时，延安电影制片厂《边区劳动英雄》影片的摄制工作已经停止，一些同志在西北战场上随军拍摄的有关保卫延安和保卫边区战绩的新闻素材，急需洗印制片。同时，考虑需要送一些人去东北电影制片厂学习专业技术，为将来在西北建立电影基地做准备，钟敬之、凌子风、程默三人经过商议，将上述情况，作为建议向领导做了汇报。经周恩来、陆定一等中央领导同意，并指示中共中央西北局和中共中央晋绥分局负责筹办。在西北局和军区首长习仲勋、贺龙的支持下，由西北局宣传部副部长周文直接领导，明确方针和任务，立即调集人员，制定简则，成立西北电影工学队。

西北电影工学队《简则》规定：它受西北中央局领导，主要任务是完成西北战场纪录片的洗印，学习电影技术，为西北电影厂培养干部。该队的领导核心是队务委员会，负责全队的工作方针、教学计划及干部任免。到东北学习时间为两年，以学习电影各种技术为主。之后，回到西北来工作。

当时，西北电影工学队的成员，包括延安电影制片厂的成员，以及先后从陕北地区的抗战剧团、绥德文工团和绥德地区的战斗剧社、七月剧社等单位调来的文艺青年，共约三十人。来自延安电影制片厂的有钟敬之、凌子风、程默、高维进、石联星、王岚，从陕、晋两省文工团调来的有成荫、刘西林、赵伟、孙谦、张沼滨、高田、苏云、李秉中、杜生华、林景、王炎、申伸、张琪、郝玉生、朱革、彭虹、拓新等。队务委员会的队长为钟敬之，党支部书记为成荫，凌子风负责教学部，程默负责技术部，队秘书为赵伟。

10月，西北电影工学队在完成了组织上、思想上的准备工作之后，又补充行军装备，于24日从晋西北地区的兴县北坡村出发，开始了向东北解放区进发的长途行军。当队伍到达晋察冀边区的阜平县时，已接近隆冬。加之，去东北的路途、形势吃紧，不宜继续前进。负责沿途领导工作的中共中央华北局宣传部决定，让电影工学队暂停待命。队伍在冀中的深泽县东北马村，与晋察冀军区政治部电影队（亦称"华北电影队"）同地驻扎，达四个月之久。

这段时间里，西北电影工学队的主要活动：一是，在中共中央华北局宣传部的直接领导下，配合1947年冬开始的整党整军运动，全队同志也集中进行了"三查""三整"：查阶级、查工作、查斗志，整顿组织、整顿思想、整顿作风。队伍以查思想为主，对立场、作风和艺术观进行了检查，使每个人都受到极大教育。二是，在以汪洋为首的华北电影队的帮助下，利用简陋的设备，以手工操作的方法，将带来的十四本西北战场纪录片素材底片冲洗出来。三是，全队组织观看了多场电影，其中包括几部苏联电影名片，得到不少学习机会。四是，学习了电影方面的专业知识。请华北电影队的两名日本技师，比较系统地讲授了一些电影方面的基础知识。录音技师高明讲了七八次课，内容有电影的历史、录音的方式及种类、光的学说、胶片化学、一般电影厂的机构情况等。美工技师小野讲了五六次课，内容有画面结构、线的基本型、摄影的构图等。此外，程默讲了摄影的技术基础，内容包括摄影的种类、摄影与照明、镜头和滤色镜的种类及用途、新闻摄影与战地摄影等。五是，组织了文化知识方面的学习。

1948年3月3日，西北电影工学队离开冀中深泽县东北马村，除程默、凌子风、石联星留在华北电影队和石家庄市文联工作外，其他同志奔赴东北解放区。队伍从冀中转入冀西，北上经平西游击区到达平北，又经冀热辽边区，向北到内蒙古的赤峰,再经过通辽、齐齐哈尔到达东北解放区。1948年6月,终于到达东北解放区的首府哈尔滨。向中共中央东北局报到后,随即转赴鹤岗矿区的东北电影制片厂。

至此,西北电影工学队长途行军八个月,护送影片素材及人员终于到达目的地,在东北电影制片厂开始了新的学习和工作,之后,分头战斗在人民电影的岗位上。

五、诗歌团体活动

(一)战歌社与街头诗运动

1937年12月底,战歌社在延安成立。这是延安最早的群众性诗歌组织,属陕甘宁边区文化界救亡协会领导,柯仲平兼任社长。战歌社由边区文协文艺部下属的一个诗歌组扩大而来,成员包括抗日军政大学、陕北公学以及一些机关与团体的诗歌作者。

战歌社的名称和组织,最早出现在陕北公学。1937年的一二·九晚会上,刘御朗诵的诗吸引了林山、吕剑等几位诗歌爱好者,他们商议成立战歌社,公推刘御为社长。战歌社成立之后,出版《战歌》诗墙报,印发诗传单,开展诗歌朗诵活动。战歌社开展的活动,受到陕北公学校长成仿吾和当时在校工作的吕骥的大力支持。后来,边区文协负责人柯仲平建议,以陕北公学战歌社为基础,同时吸收其他单位的诗歌作者,建立一个更加广泛的群众性诗歌组织——战歌社。1937年12月底,战歌社召开成立大会,二十几位诗歌作者出席,周扬、吕骥、柯仲平等到会祝贺。

战歌社成立之后,首先发动了延安的诗歌朗诵运动。在不到两个月的时间内,举办了二十多次诗歌朗诵会。不久,在各单位建立了战歌社分社。抗日军政大学副校长罗瑞卿、政治部主任张际春,经常关心和指导战歌社的活动。一次,毛泽东来校讲持久战问题,看到战歌社的诗墙报,说:"好得很!抗大出抗日军人,也出抗日诗人!"

1938年8月初,柯仲平、林山等与西北战地服务团的田间、邵子南等联合发表《街头诗歌运动宣言》，商定8月7日为街头诗运动日。宣言一开头引用四句诗："高山有好木，平地有好花。人家有好女，无钱莫想她"，作为大众诗进行宣传。

8月7日，延安街头的墙壁、岩石、门板上，城中心鼓楼南北两壁和通道，以及东大门街的天主教堂前的墙壁上，都写满诗歌。同时，诗人还散发诗传单。柯仲平、林山、田间、邵子南、史轮、高敏夫等，是街头诗运动的中坚。业余诗歌作者张季纯、刘御，工人作者赵鹤、贾嘉，也积极参加活动。此外，编印关于街头诗歌的小册子《街头诗运动特刊》，并且使这一运动在晋察冀等根据地开展起来。此次街头诗运动有三十几位诗人参加，创作诗歌近百首。8月10日，延安《新中华报》的《动员》副刊发表了《街头诗歌运动宣言》，并刊登"街头诗歌选（一）"，有田间的《假使敌人来进攻边区》、骆方的《我们向你们敬礼》、贾嘉的《哨岗》、余修的《开大会》、高敏夫的《边区自卫军》、史轮的《儿歌》等。8月15日，《动员》副刊刊发"街头诗歌选（二）"，有柯仲平的《保护我们的利益》、刘御的《小脚婆姨》、张季纯的《给我一支枪》等。

（二）路社

1938年8月，鲁艺的诗歌组织路社成立。该社以鲁艺文学系学员为主，是该院文学爱好者参加的全院性业余组织，主要进行以诗歌为主的文学研究和创作活动。主要负责人有雷烨、田蓝、康濯等，指导教师有何其芳、严文井、陈荒煤等，参加编辑工作的有黄钢、柯蓝等。

路社成立后，组织不断发展，社员最多时达百人以上。路社经常利用课余时间组织各种活动：一是出版诗歌墙报和诗刊。路社在鲁艺院内和延安街头创办街头诗墙报，名曰《路》。社员积极配合形势写诗，抒情言志。《路》编委择其佳者，用大字抄在纸上，张贴在延安城门洞内的诗墙报前。在校内，则出版油印诗刊《路》。二是发动社员创作。路社规定，社员每月至少写出一篇作品交社委会。有时还利用全院组织的社会活动，要求社员围绕一个中心题材，分头进行创作。如路社成立不久，延安开始秋收，于是要求社员以边区农民生活和秋收为题材进行创作。三是召开文学创作研讨会。路社经常召开文学座谈会。有时由社员朗读自己的作品，大家互相学习，互相批评，并帮助修改。有时讨论创作中的理论问题，借以增长知识，提高理论水平，明确创作思想。有时分析研究鲁迅、高尔基等作家的名作，以资学习，提高创作水平。有时则请文学系的老师做辅导报告，促使社员学习更多的文学知识。四是参加诗歌朗诵活动。1939年4月9日晚，路社派社员参加由来延安的演剧三队与边区诗歌总会共同主办、抗日军政大学文工团等单位参加的延安文学晚会。路社社员在文学晚会上朗诵自己的作品。此外，他们单独组织朗诵活动。

路社吸引了不少文学爱好者参加，不仅有院外同志入社，晋东南也有分社。路社后来以独立文学社团的名义参加延安文艺界的活动。例如，1939年3月26日下午，路社出席边区文化界救亡协会召开的各文化团体联席会议。会上，路社报告了过去的活动情况与今后的工作计划，并与其他文艺团体，如边区音协、边区美协、边区剧协、诗歌总会、山脉文学社、边区文联等，交流经验。同时，重庆编辑发行的《新华日报》、茅盾主编的《文艺阵地》对路社进行介绍，如方然的《延安的文艺工作》等。

路社的活动得到鲁艺院方和文学系的支持与指导。教师何其芳、周立波、陈荒煤、严文井等，常审读社员的作品，为他们修改和指导；有时，应邀给社员做创作辅导报告。特别是1939年1月，毛泽东给路社的复信，对全体社员是一个很大的鼓舞。路社的活动持续到1940年，前后达两年多的时间。后来，由于常委工作调动频繁等原因，路社的活动便逐步结束了。

（三）边区诗歌总会

1938年9月，边区诗歌总会在延安成立，属陕甘宁边区文化界救亡协会领导。在此之前，边区已成立了战歌社和西战团的战地社等诗歌组织，开展街头诗创作和诗歌朗诵活动，但尚无一个诗歌方面的总组织。为此，在边区文协的领导下，9月，成立边区诗歌总会，包括战地社、战歌社、路社以及其他诗歌团体。田间、史轮、刘御等是边区诗歌总会的骨干。边区诗歌总会除开展一般的诗歌活动外，还编印机关刊物《诗歌总会》。该刊为半月刊，10月5日出了第1期。另外，边区诗歌总会注意搜集民间歌谣，吸收其中的营养，促进会员的创作。

边区诗歌总会的活动持续到了1939年。由于成员经常流动，实际工作难以落实，边区诗歌总会便在无形中结束了。

六、广播电台演播活动

（一）延安新华广播电台

1940年12月30日，延安新华广播电台首次播音。该广播电台于1940年3月开始筹建，机房和播音室设在延安城以西约二十公里的王皮湾村山坳里，以防敌机轰炸，也便于保密，呼号为XNCR。初办时，电台每天播两小时（上下午各约一小时）的时政和军事节目，如中共中央重要文件、报刊重要社论和文章、国内外新闻、名人讲演、科学常识、革命故事，还放一些唱片。由于播音单调且缺乏录音和播放设备，电台增加了一些靠播音员演唱的文艺节目。最早播出的革命歌曲《五月的鲜花》《游击队之歌》《大刀进行曲》《延安颂》等，都是播音员对着话筒演唱播出的。

1943年春，因广播发射机使用的大型电子管失效，电台暂停广播。

1945年8月中旬，电台恢复播音。9月5日，电台播放音乐，直播联政宣传队演唱的歌曲。演唱曲目有贺绿汀改编的合唱《东方红》，贺绿汀指挥的《游击队之歌》，梁寒光的《欢庆胜利》，荒草作词、李航鹰编曲的《争取民主》，《三边风光好》选段。器乐曲有广东音乐《小桃红》、贺绿汀的《山中新生》《森吉德玛》。各解放区、国统区的老百姓都听了这次广播，影响极大，反响极好。

1946年2月2日，时值春节，电台于中午12时播放音乐和平剧节目。音乐节目由鲁艺戏剧音乐系演唱，有对唱《打花鼓》，秧歌剧《夫妻劳军》，民歌《夸女婿》《信天游》《划旱船》，等等，并有小提琴、二胡、大提琴独奏。平剧节目由延安平剧院演出，有《长亭》《探庄》《珠帘寨》等。一切唱词均在播送前逐一诵出，以便听众收听。

（二）延安广播电台

1945年10年13日，陈紫创作的歌曲《全国人民一致要求和平》在延安广播电台播出，《解放日报》刊发报道。编者说：延安广播电台，从9月11日起，开始用普通话广播。播报节目有国事新闻、解放区消息、时评、名人演讲等，每星期六晚播送娱乐节目。本版特辟《广播》栏，专选择一些广播稿在这里发表。广播电台11月6日晚，特请鲁艺文工团播送文艺节目，内容有《庆祝胜利》《有吃有穿》《东方红》《兄妹开荒》。电台公告：从11月开始，每星期六下午6时半至7时，都有文艺节目播出，希望各界注意收听。

1946年9月5日，延安广播电台请联政宣传队参加电台文艺节目，即时向全国播出。演出的节目有贺绿汀改编的合唱《东方红》，由欧阳山尊、李丽莲、西虹等八人组成的小合唱队演唱。此外，有女生小合唱、男女生独唱和器乐演奏。

七、综合性文艺团体活动

（一）一二〇师战斗剧社

1936年10月，一二〇师战斗剧社到达陕北。战斗剧社由1934年10月成立的战斗宣传队发展而来。1936年6月，贺龙将红二方面军的文艺宣传队改建为战斗剧团。剧团下设三个分队：一分队为戏剧分队，二分队为音乐分队，三分队为舞蹈分队。后来，正式成立战斗剧社。10月，红军三大主力会师陕北后，贺龙邀请中央红军人民剧社的危拱之前来指导，给了战斗剧社很大帮助。遵照周恩来的指示，两个剧社联合演出，互相学习，共同提高。西安事变发生后，他们编了活报剧《活捉蒋介石》，上街演出。不久，战斗剧社和人民剧社的一百多位人员，作为红军的先头部队，随周恩来、叶剑英进入延安，向群众做宣传，迎接党中央移驻延安。他们在延安进行了二十多天的演出，同西北军、东北军的留守人员开了十来次联欢会，为党中央进驻延安做了政治上的准备。

1942年8月3日，战斗剧社奉贺龙的命令，由前方来延安，一行七十余人，安抵桥儿沟。鲁迅艺术文学院和部艺联合举行欢迎会。在鲁艺大礼堂公演并举行战时艺术工作座谈会,借以交换前后方有关艺术工作的意见。当晚,举行月夜舞会和话剧演出。战斗剧社的任务是为延安新市场集市开幕大会演出。剧社献演的节目有音乐,舞蹈,话剧《放哨》《勤务班》,小歌剧《荒村之夜》,活报《反对法西斯蒂》,乐器合奏《战场乐》,等等。8月22日,战斗剧社儿童演剧队在八路军大礼堂,与留守兵团联欢演出。

1942年9月初,一二〇师战斗剧社在参议会礼堂预演《丰收》,招待在延安文化界的人士及各文艺团体。9月4日,司空达在《解放日报》载文《丰收》,介绍战斗剧社编写和演出《丰收》一剧的盛况。9月10日,张水华发表剧评《看〈丰收〉以后的感想》。9月13日,王震之发表剧评《〈丰收〉观后感》。10月2日,吴雪在《解放日报》发表《关于〈丰收〉》一文。

1947年2月10日,《解放日报》报道刘胡兰英勇牺牲的事迹。战斗剧社随军工作的魏风,路过刘胡兰家乡云周西村,参加刘胡兰的追悼会,收集有关材料。经剧社集体讨论,由魏风、朱丹执笔,创作四幕话剧《刘胡兰》。彭德怀对话剧《刘胡兰》给予了很大的支持和鼓励。

1948年春,魏风、刘莲池、朱丹、严寄洲、董小吾将四幕话剧《刘胡兰》改写为三幕十二场歌剧,突出其"表扬气节,激发斗志"的主题,增补了刘胡兰领导全村妇女打饼子、做军鞋、冒雪劳军、掩护伤员、发动清算斗争、帮助孤寡穷人、争取敌兵回家等情节。曲作者是罗宗贤、孟贵斌、黄庆和、董起、李桐树、王左才。歌剧演出后,群众一致表示,向刘胡兰学习,为刘胡兰报仇。歌剧在西北前线总指挥部演出时,西北文工团、民众剧团、联政宣传队为其提供了很多帮助。

1948年7月1日至7日,在前方工作的战斗剧社联合其他剧社,在韩城开展宣传周,演出《刘胡兰》《血泪仇》《白毛女》《红娘子》《九宫山》等戏剧,以及其他小节目。之后,开办有六七十人参加的艺术训练班,学员包括部队艺术爱好者和韩城中学、韩城师范的学生。

1949年冬,战斗剧社随军入川,在重庆与第二野战军文工团合编为中国人民解放军西南军区战斗文工团。

（二）鲁迅剧社

1936年11月10日，为纪念鲁迅，陕甘省工委成立鲁迅剧社。会上，选举正、副主任，产生由五个人组成的编委会，以及教育科长、总务科长。同时，决定每隔十天在下寺湾（当时团中央驻在这里）演出一次新剧。11月26日，剧社举行第一次演出，共演出歌舞、活报剧等八个节目。

（三）中央剧团

1937年3月，中央剧团成立。该剧团是陕北苏区的老剧团，后定名为中央剧团。团员有五十多人，大半是儿童，都在剧团歌舞组学习，会跳许多舞，会排许多活报，如《乌克兰舞》《叮铃舞》《儿童舞》《工人舞》《网球舞》《统一战线活报》《创造活报》《海陆空军总动员活报》《机器活报》等。中央剧团还有一个戏剧组，成员是年纪比较大的团员，大多来自农村，擅长排演农村和游击战争的话剧。后来，中央剧团排练了新的歌舞活报和新的话剧。

1937年3月，人民抗日剧社总社成立以后，中央剧团即成为总社的分团，名称和建制不变，但隶属总社领导，继续进行宣传演出活动。6月25日，剧团深入陕北各地区演出，在蟠龙演出普及教育和选举运动的节目。另外，剧团辅导和帮助锄头剧社学习歌舞和戏剧等节目。

中央剧团经常到各县区乡村、部队演出，或者把自己学习的新剧和舞蹈教给青年、儿童。中央剧团随时随地练习，随时随地排演新剧。剧团的许多剧目和舞蹈都是依照当地的风俗习惯和环境而编排的。数年来，剧团走遍了整个陕北苏区。

（四）人民抗日剧社总社

1937年1月，人民抗日剧社随党中央进驻延安。许多干部为剧社编剧本，支持演出，如邓洁创作话剧《小先生》，温涛创作《叮铃舞》，李柯创作陕北道情《送郎上前线》，杨醉乡创作快板剧《消灭汉奸》《三姐妹》，左明创作《梦游北平》，等等。

根据形势需要，剧社决定招收社员，扩大组织。1937年3月7日，上级决定，成立人民抗日剧社总社，下辖中央剧团、中央机关工作人员的平凡剧团、铁拳剧团、延安的青年剧团等戏剧组织。人民抗日剧社总社是苏区戏剧运动的中心组织，在各地设分社，设社长一人，内分组织、编审、剧舞、总务四部。此时，人民抗日剧社总社成员已发展至二百人，能够演出话剧、歌舞剧、歌舞、活报和吹口琴等。

6月20日，总社开始巡回演出《亡国恨》《秋阳》《放下你的鞭子》《平地登天》《李七嫂》《没有祖国的孩子》《汉奸的子孙》《本地货》《古庙钟声》等节目，内容多为学习文化、参加选举、抗日救国等。本次巡回演出，总社在陕北各地活动将近一个月。

中央及各界人士对人民抗日剧社总社十分关怀，指导并帮助剧社的政治思想学习和演出方向确立，发动干部为其写剧本。1937年夏，人民抗日剧社总社演出改编的短剧《阿Q正传》，这是党领导的革命根据地为纪念鲁迅演出的第一个鲁迅的作品。

1937年7月23日，杨醉乡在《新中华报》发表《谈谈剧社巡回表演》。文章称，人民抗日剧社总社在陕北演出近一个月来，效果较好。

1937年8月，党中央为了宣传抗日的旗帜更加鲜明，将人民抗日剧社总社更名为抗战剧团。至此，配合革命形势而紧张演出一年多的人民抗日剧社总社完成了它的使命。

（五）抗战剧团

1937年8月，党中央将人民抗日剧社总社更名为抗战剧团。剧团原属边区教育部领导，后来属陕甘宁边区文协领导。

剧团吸收杨笑萍率领的锄头剧社演员二十多人、傅永虎率领的陕甘宣传队二十来人以及红四方面军送来一些小演员，人员扩大到二百多人。这时，党对剧团的机构做了较大的调整。团内设总部，叶石任主任，杨醉乡、李柯任副主任。全团人员编为三个大队，一大队队长由杨醉乡兼任，二大队队长由叶石兼任，三大队队长由墨一萍担任。各大队配备指导员和秘书，设立剧务科（负责编排节目、选择剧本、训练演员），宣教科（负责思想教育和学习），交际科（负责对外联络），总务科（负责物资供应、服装道具购置）。

1937年底,抗战剧团遵照中央的指示,全部出动,进行宣传演出。

1938年2月10日,抗战剧团分赴各地演出。此时,团长为杨醉乡,指导员为黄植。剧团分为两个队:戏剧队,有刘志荣、曹洪、方宪章、王瑜、董芳梅等;舞蹈队,有胡秀英(曼丽)、刘炽、李灵心(李琦)、张庆云(沙青)、刘烽、白定洲、高田、张焰手、杜德明(李若冰)、张沼滨、王凯音等。教师有李伯钊、危拱之、王世荣。此外,有一批业余演员,如赵品三、廖承志、朱光、王玉清、吴光伟、左明、孙强等。

三大队中,二、三混合队前往绥德演出了两三个月,帮助地方建立了一个有四五十人的冲锋剧团。2月上旬,到山西淇口演出。新年期间,第一队到关中的云阳、三原一带演出《放下你的鞭子》《亡国恨》《消灭汉奸》等节目,后来,在富平、韩城、西安演出。抗战剧团留在延安的人数较少,新年时,创作《天皇的恩惠》《谁的罪》两剧,并公演。这次剧团出发演出,持续到1938年9月前后,才陆续返回延安。

除了以上剧目,剧团还演出李伯钊从苏联带回的舞蹈《乌克兰舞》《海军舞》《网球舞》《儿童舞》《工人舞》《农民舞》等,美术家、音乐家兼舞蹈家温涛编排的《叮铃舞》《音乐活报》《机器活报》等,杨醉乡编的戏剧《亡国恨》《三姐妹》,丁玲编的戏剧《一颗未出膛的子弹》,左明编的戏剧《梦游北平》,根据鲁迅《阿Q正传》改编的同名剧,田汉的《回春之曲》,沙可大等的《广州暴动》,以及崔嵬改编的陈鲤庭的作品《放下你的鞭子》。

1938年12月,抗战剧团再次出发,开展宣传演出。二人队去延川一带,后来转到汉中。

1939年1月20日,杨醉乡率领一大队四十余人到赤水县进行宣传,表演救亡话剧及歌舞、活报等,动员群众踊跃上前线,捐募毛袜子和手套,鼓励缴纳救国公粮,慰劳前方将十。演出归来,党政领导为剧团补充演出服装和道具。1939年3月3日,一大队到关中分区新正县演出歌舞和话剧,鼓励青年上前线,慰劳抗属。而且,在生产运动中编写民众易于接受的歌曲和短剧,到乡村共演出六十一场,宣传六十五次,组织了八个儿童剧团。该队到新宁县协同县委、县政府进行扩大生产运动宣传。3月16日至18日，演出三天，表演话剧、活报剧，观众达三千多人。3月31日，一、二大队返回延安，连续演出了四个月，当地机关驻军为其赠送了许多礼物和多面锦旗。1939年6月，抗战剧团第一、二两队，在关中连续工作半年后返回延安。

此后，领导对剧团进行整顿，由杨醉乡任团长，张子春任指导员，全团干部及小演员进鲁艺专修科及普通科学习提高。半年后，剧团恢复工作，这时，全团成员达六十四人。剧团决心，走遍边区各县，进行广泛的宣传工作。

1941年春，剧团长期巡回演出后，返回延安，入鲁艺学习提高业务知识和技能。约半年后，剧团再次开始演出活动。

1942年3月，陕甘宁边区文协决定，以抗战剧团为基础，招收边区各地方艺术干部，创办边区地方艺术学校，柯仲平任校长，张季纯任副校长。5月1日，边区地方艺术学校开学。同时，发布《抗战剧团结束启事》。至此，抗战剧团便告结束。

（六）西北战地服务团

1937年8月12日，西北战地服务团（全称为"第十八集团军西北战地服务团"，简称"西战团"）在延安正式成立。它是党领导下的一个半军事化、以宣传为主的团体。

1937年7月23日，毛泽东在《反对日本进攻的方针、办法和前途》一文中指出，"新闻纸、出版事业、电影、戏剧、文艺，一切使合于国防的利益。禁止汉奸的宣传"，号召人们投入抗战的伟业。毛泽东在抗日军政大学操场上做报告时说："只要是不怕死的，都有上前方去的机会，你们准备着好了，哪一天命令下来，哪一天就背起毡子走。延安并不需要你们，并不需要这么多的干部。我们欢送你们出去，到前方去也好，到后方去也好，把中国弄好起来，把日本赶出去，那时再欢迎你们回来。"从8月3日起，延安大批人员出发上前线。

当时正在抗日军政大学工作的丁玲、吴奚如等人，根据抗战形势的需要，倡议组织一个战地记者团，宗旨是：只要很少的人，花很少的钱，走很多的地方，写很多的通讯。消息传出后，不少抗日军政大学同学纷纷要求参加这个组织。后来，根据上级的指示，原拟组成宣传队的抗日军政大学四大队演出《母亲》和《回春之曲》的主要演员，与准备成立的战地记者团合并，组成一个战地服务团或宣传队性质的团体，由丁玲和吴奚如分别担任主任和副主任。

党对这个团体非常重视，毛泽东先后几次对丁玲讲："这个工作重要，对你也很好，到前方去可以接近部队，接近群众，宣传党的政策，扩大党的影响。组织上嘛，在延安属军委管，到了前方由总政管。出发以前，需要什么，找肖劲光同志。宣传工作，问中宣部。组织机构可以小一点，你们几个领导同志，称呼团长可以，称呼主任也可以。下边就不要设'部'、'科'，我看叫'股'就行了。宣传上要作到群众喜闻乐见，要大众化。现在很多人谈旧瓶新酒，我看新瓶新酒、旧瓶新酒都可以，只要对抗战有利。"这些话，丁玲都向团员做了传达。此外，中宣部部长凯丰同丁玲谈了好几次话。

8月12日，西战团召开成立大会，成员二十三人，全是20岁左右的青年。会上，朱光代表中宣部讲了西战团的任务、筹备经过和组织机构。接着，代表中央宣传部宣布了干部任命：丁玲为主任，吴奚如为副主任，陈克寒为通讯股长，陈明为宣传股长，李唯为总务股长。通讯股采访战地消息，撰写通讯报道，编辑发行油印出版物《战地》。成员有王玉清、戈矛（徐光霄）、张天虚、高敏夫、黄竹君等。宣传股下设戏剧、歌咏、演讲等组，成员有吴坚、陈正清、李劫夫、苏醒痴、朱焰等。西战团最早一批女团员有夏革非、朱慧、洛男（罗兰）、李君裁、王钟、吴光伟（吴莉莉，史沫特莱访问毛泽东时担任翻译）等。会议确定了西战团的性质，讨论通过了行动纲领和本团规约，并决定发一个成立宣言和通电。

西战团建立了党支部，吴奚如任书记，丁玲和陈克寒分别任宣传干事和组织干事。由于团员中有许多是民族解放先锋队队员，所以，团里成立了一个"民先"分队部，任务是"保障服务团一切工作的完成。无论在工作、在生活、在学习上都要起模范作用"。此外，团里几名爱好文艺的同志组织了一个文艺研究会，"除了研究与通讯、作曲、编剧以外，并经常开会讨论文艺上的诸问题,计划写稿出刊物,与外边之文艺团队发生关系,开座谈会,组织文艺人等"。后来,在西安和晋察冀成立研究会,名为战地社。

1937年9月22日,西战团在主任丁玲、副主任吴奚如带领下从延安出发。美国作家、记者史沫特莱因坠马受伤,未能同行。10月1日,西战团东渡黄河到达山西,途经十六个市县和六十多个村庄,辗转三千里,于1938年到陕西潼关、西安等地。团员大都是抗日军政大学学生、文艺青年,有周巍峙、塞克、陈明、邵子南、史轮、戈矛、田间、夏革非、李劫夫、高敏夫、吴坚、李唯、张可、朱慧、洛南、朱焰、宋干友、杨伍城、林国权、吴理、天山、程远明、王琪、王钟、张百顺、张如亭、吴光伟、王玉清、朱星南、张强林等三十三人。西战团以话剧、歌剧、京剧、大鼓、说书、双簧、地方小调、快板等多种文艺形式,创作出二十多个节目,进行演出。

10月13日,丁玲在山西太原大礼堂发表演讲,宣传党的抗日主张,吁请各界支持西北战地服务团的工作。她还撰写二十多篇速写,介绍西战团整个历程,有《成立之前》《第一次大会》《政治上的准备》《工作的准备》《我们的生活纪律》《民先与文研》《河西途中》《临汾》《冀村之夜》《孩子们》《一次欢送会》《杨伍城》《忆天山》《马辉》《关于自卫队感言》等。丁玲随着西北战地服务团名声的扩大而受到中外新闻界、文化界的广泛关注,不少人为她著文,如《最近的丁玲》《丁玲在西北》《长征中的丁玲》《丁玲领导的战地服务团》《和丁玲一起在前线》等。

10月29日,中共中央宣传部征调战地服务团员外出演出。

1939年1月,西北战地服务团奔赴前线,路经陕北清涧、绥德、米脂、乌龙堡到达葭县(今佳县)时,在每个地方都进行演出。

(七)先锋剧团

1937年底,先锋剧团(即八路军一二九师宣传队)组建,它是由红四方面军的几个宣传队合并成立的。当时,除四个刚参加红军的学生外,大部分成员是长征"红小鬼",平均年龄为十四五岁,最小的12岁,最大的不过20多岁。全面抗战爆发后,先锋剧团在前方吸收了一批知识分子,人员扩大到八十多人。剧团主要是慰问部队和向群众宣传，经常行军几十里，不停地转移地点进行演出，教歌，开座谈会，宣传抗日。经常演出的节目除十个活报剧外，还有小歌剧《抗日去》，舞蹈《叮铃舞》《海军舞》，话剧《游击队》《一包毒药》，等等。

（八）鲁迅艺术学院

1938年4月，鲁迅艺术学院在延安成立，简称"鲁艺"。它是在党中央的直接领导与关怀下创办的一所综合性高等艺术学院，也是当时中国共产党培养艺术干部的唯一一所学校。

鲁艺的诞生，经历了一个较长的过程。1937年11月，党计划在陕北公学内增设一个艺术训练班，责成沙可夫、任白戈、吕骥、左明、温涛负责筹备。

1937年1月28日，为纪念一·二八淞沪抗战六周年，延安文艺界联合编演话剧《血祭上海》。该剧连演二十天。2月下旬，中宣部举办招待会，设宴慰劳和感谢演职人员。同时，举行座谈会，总结演出经验，以推动今后的工作。毛泽东出席会议。会上，有人提议创办艺术学校培养艺术人才，毛泽东发言表示支持。会议推选沙可夫、朱光、徐一新、吕骥、左明等组成艺术学校筹备委员会。1937年8月，上海救亡演剧五队左明等抵达延安。1938年初，上海救亡演剧一队的丁里、王震之、崔嵬等，北平学生流亡宣传队的姚时晓等，上海蚁社流动宣传队的张庚等艺术家，先后来到延安。这就为创办一所艺术学校提供了有利条件。此前，中央计划在陕北公学设一个艺术训练班，终未落实，此次宴会却促成了一所专门艺术学校的诞生。

筹备工作首先是确定艺术学校的名称，以沙可夫为首的各筹委草拟《创立缘起》《成立宣言》，成立董事会。2月底，董事会确定初步方案，由沙可夫直接到凤凰山向毛泽东汇报。校名定为鲁迅艺术学院，为高等艺术院校，简称"鲁艺"，暂设美术、戏剧、音乐三个系。一些文件草案和名单，由毛泽东修改后，又召集几位发起人讨论通过。毛泽东领衔并担任发起人，发起人依次是毛泽东、周恩来、林伯渠、徐特立、成仿吾、艾思奇、周扬。

《创立缘起》和《成立宣言》在全国多家报刊发表后，董事会收到一些支持鲁艺成立的信函。鲁艺的成立引起一些文艺家的注意。不久,《鲁迅艺术学院院歌》谱成,沙可夫作词,吕骥作曲。中宣部拟订并经中央书记处审议通过鲁艺教育方针和计划,规定:"以马列主义的理论和立场,在中国新文艺运动的历史基础上,建设中华民族新时代的文艺理论与实际,训练适合今天抗战需要的大批艺术干部,团结与培养新时代的艺术人才,使鲁艺成为实现中共文艺政策的堡垒与核心。"

与此同时,学院的校址、干部、教师和学员等逐项得到了落实。鲁艺暂借凤凰山麓的鲁迅师范学校的几间房子开始办公和招生。学院几天时间就从陕北公学、抗日军政大学,以及刚到延安的文艺青年中,招收了六十多名学生。不久,校址选定为延安旧城北门外西侧一个山洼的半山上,原有的上、下两排二十来孔东南向的土窑洞作为校部和主要教学活动场所,同时,在半山坡修建了十余间简陋的平房,做宿舍、食堂。

关于鲁艺学员的来源情况,茅盾在《记"鲁迅艺术文学院"》一文中有这样的描述:鲁艺"聚集着全国各省的青年。他们的身世多式多样:有在国内最富贵式的大学将毕业的,也有家景平平、曾在社会混过事的,更有些是'南洋伯'的佳儿女,偷偷从家庭里跑出来的,有海关邮局的职员,有中小学教员,有经过战斗的'平津流亡学生'。他们齐集在鲁艺,为了一个信念:娴习文艺这武器的理论与实践,为民族之自由解放而服务!"

1938年4月19日,武汉《新华日报》登载邓友民的《鲁迅艺术学院访问记》。鲁艺创立的消息被介绍到国外后,也引起国际文艺人士的关注,例如,莫斯科出版的《艺术》杂志,就曾征集关于鲁艺的文章。

鲁艺首届仅设戏剧、音乐、美术三个系,系主任分别是张庚、吕骥和沃渣。沙可夫为副院长(院长暂缺)兼教务主任,徐一新任训育处处长,魏克多任秘书处处长。院务委员会由沙可夫、周扬、朱光、徐一新、吕骥等组成。此外,设有校董事委员会、编审委员会和晚会委员会。自招收第二届学员开始,增设文学系,周扬兼任系主任,校名遂改为鲁迅艺术文学院。学院的其他机构与人员也有了相应的变化。之后,相继招收了三届学员,组织机构以及教学计划都有调整和充实。鲁艺前后招生五届，共培养各专业学生总数为六百八十五名。同时，学院根据前方和地方的需要，先后创办了普通部、前方艺术干部班、地方艺术干部班等，培养和训练了大批为抗战服务的文艺干部。

鲁艺起初学制为九个月，按"三三制"安排：入学学习三个月，到前方抗日根据地或部队实习三个月，再回到学院学习三个月。在校学习时间分两段，也称两个学期。由于形势的发展，以后几届的学制有了相应的变化。

鲁艺的培养目标，先是规定"培养抗战艺术工作干部，研究艺术理论，接受中国与外国各时代的艺术遗产，以创造中华民族的新的艺术"。第三届教学计划中规定："一、培养坚持长期抗战、坚持统一战线，为民族解放事业而奋斗的能吃苦耐劳的、适应与前后方的艺术工作者及干部。二、培养党的坚强的艺术干部，为了加强、扩大党在艺术方面的影响和领导，奠定新艺术的初步基础。"

课程设置分必修、专修与选修三种，必修课有列宁主义、哲学、政治经济学、艺术概论、中国文艺运动等。

鲁艺的教员随办学规模扩大增加至二三百人之多。如周立波、何其芳、沙汀、艾青、萧军、陈荒煤、严文井、舒群、曹葆华、邵子南、吕骥、贺绿汀、吴晓邦、张贞黻、向隅、马可、李元庆、麦新、周巍峙、李焕之、瞿维、唐荣枚、潘奇、何士德、杜矢甲、任虹、孟波、寄明、张庚、塞克、王滨、田方、姚时晓、许坷、钟敬之、张水华、袁文殊、舒强、沙蒙、邵惟、工大化、于敏、凌子风、牧虹、江丰、蔡若虹、沃渣、王曼硕、王式廓、马达、力群、胡一川、张仃、石泊夫、古元、王朝闻、华君武、莫朴、彦涵、罗工柳、刘岘等，分别在各系或各研究室担任领导或教学工作。此外，聘请院外的同志如齐燕铭等来院讲课，请作家丁玲、欧阳山、艾青、草明等做创作经验报告。作家茅盾曾在鲁艺讲授"中国市民文学"专题课。许多中央首长，如毛泽东、朱德、洛甫、凯丰等，经常来鲁艺做报告，有的还担任讲座课的教学工作。

为了使理论与实践密切联系，鲁艺还先后成立木刻研究班、实验剧团、漫画研究会、美术工场、平剧团、战时文艺运动资料室、俱乐部、美术供应社等团体，增设音乐、戏剧、美术、文学四个研究室，组织各种宣传队、秧歌队、访问团、工作团，编辑出版文学刊物《草叶》，等等。

为了培养坚持长期抗战、为民族解放事业而奋斗的能吃苦耐劳的、适合于前后方的艺术工作者及干部，鲁艺响应毛泽东关于"一面学习，一面生产"的号召，实行教育与生产劳动相结合的措施。鲁艺的师生不仅在建校初期开荒、种地、挖窑洞、修校舍，而且经常帮助附近农民播种、锄草、收割。为了加强生产劳动的计划性，学校总务处、秘书处、救亡室、同学会等推举代表组成生产委员会，徐一新任生产委员会主任，钟光任副主任。

1938年7月，边区党委和抗敌后援会决定，举行庆祝中国共产党成立十七周年和抗战一周年活动，演出文艺节目。刚成立的鲁艺组建以副院长沙可夫为主任的演出筹委会，决定创作三个新戏。7月7日，在中央大礼堂举行的纪念抗战一周年文艺晚会上，鲁艺戏剧系教员首演了6月底由李伯钊（鲁艺编审委员会主任，撰写歌词）、温涛、潘建、吕骥、程安波、高敏夫、向隅（谱曲）等集体创作完成的歌剧《农村曲》。毛泽东和其他中央领导人前来观看，他对李伯钊说，这个新歌剧是"亭子间来的与农民的结合"。此后，该剧连演二十余场。歌剧《农村曲》流传甚广，曾在东南亚的缅甸、新加坡、马来西亚等地演出，剧名后改为《女儿英雄》。该剧还流传至冀中、山东、晋东南等抗日根据地。1939年3月，《农村曲》被编入《鲁艺丛书》，由上海辰光书店出版。1942年12月，该剧在桂林、重庆、柳州等地演出。1948年，在台湾演出。

1938年，为纪念全面抗战一周年和庆祝建党十七周年，鲁艺公推王震之创作新编平剧《松花江上》。该剧是按照传统京剧《打渔杀家》的结构编写的，为当时"旧瓶装新酒"的作品之一。

1944年9月14日，鲁艺戏剧部在中央党校大礼堂预演由陈荒煤、姚时晓、张水华创作的四幕六场话剧《粮食》（又名《沁源围困》）。

1945年6月10日，鲁艺在中央大礼堂为党的第七次全国代表大会首演大型歌剧《白毛女》。毛泽东、朱德及全体中央委员、七大代表观看了八次《白毛女》演出。当戏演到高潮，喜儿从山洞里被救出，后台唱出"旧社会把人逼成鬼，新社会把鬼变成人"的歌声时，毛泽东和其他中央领导每次都一同起立鼓掌。《白毛女》在延安演出了三十多场。1946年，到张家口演出，并根据群众意见做了重要修改，使剧本日臻完善。1951年，歌剧《白毛女》获得斯大林文艺奖二等奖。

1948年12月，由延安鲁艺改组的四个东北文艺工作团集中到沈阳，正式复校，成立东北鲁迅文艺学院，简称"东北鲁艺"。设文学研究室、美术部、戏剧系、音乐部、舞蹈班。

1958年，以音乐部为主成立沈阳音乐学院，以美术部为主成立鲁迅美术学院。

（九）抗战文艺工作团

1938年5月中旬，抗战文艺工作团成立。该团属陕甘宁边区文化界救亡协会和八路军总政治部领导，由毛泽东命名。

1937年七七事变后，抗日战争全面展开，全国各地陆续出现作家战地访问团、作家战地工作团、战地服务团等组织。在这一历史背景下，延安的抗战文艺工作团于全面抗战一周年产生。

1938年4月下旬，毛泽东同意在延安的美国参赞卡尔逊实地考察中国共产党领导下的抗日武装力量和人民斗争的情况。同时，毛泽东约见刘白羽、金肇野、汪洋、林山等人谈话，同意他们去前方工作，希望他们立即准备，与卡尔逊一起出发。临别，毛泽东写了一封介绍信，让他们持信去敌后工作，以便得到各地方、各部队的支持和帮助。介绍信的内容大意是：现有抗战文艺工作团刘白羽诸同志赴前方工作，望大力支持协助，提供一切方便。这样，毛泽东命名的抗战文艺工作团便产生了。抗战文艺工作团出发后不久，毛泽东与中央军委总政治部副主任谭政又给各政治部发去电报，要求接待文艺工作团。

根据毛泽东的意见，边区文协与八路军总政治部联合研究了抗战文艺工作团的组织、领导、工作及安全等具体问题，决定统一领导并不断发展这个组织。当时，确定抗战文艺工作团的任务是搜集战地材料，反映前线生活，推动文艺运动，建立文艺组织。该团先后派出六组人员赴前方工作。

第一组是毛泽东接见的刘白羽等人和欧阳山尊。组长刘白羽，成员有金肇野、林山、汪洋、欧阳山尊四人。1938年5月中旬，该组赴前方工作。沿途受到各地军政机关的支持和关怀，获得了极丰富的战地材料。返回延安后，该组整理带回的材料，于8月21日开始，在边区文协举办展览会七天，每天参观者达四五百人。毛泽东也来参观展览会，并应刘白羽之邀，题词："发展抗战文艺，振奋军民，争取最后胜利。"接着，抗战文艺工作团派出几组人员到敌后工作。

第二组共分两部。甲部由雷加领导，共三人。8月，从延安出发，到五台山一带参加抗击敌人多路围攻的战斗，后去河北一带工作。乙部包括四人，是9、10月间，日寇向晋陕间黄河岸上的军渡进攻时临时组建的。该部赶赴黄河之滨的宋家川一带工作，敌人的进攻被粉碎后，便返回了延安。

第三组由卞之琳领导，共五人，即卞之琳、吴伯萧、白晓光、野蕻、林山。11月，该组经西安，转陇海线，到达晋东南。1939年1月，东转河北一带，继续向敌人后方挺进。1939年4月，回到延安。

第四组组长为刘白羽，由二人组成，即刘白羽、莎寨。4月13日，该组从延安出发，赴陇海线工作。

第五组由周而复领导，赴晋察冀工作。

第六组由萧三领导。

（十）烽火剧团

1938年10月，烽火剧团成立。该剧团即八路军后方留守兵团政治部宣传队，简称"后政宣传队"，亦称"留守宣传队"。

烽火剧团是从1936年成立的红军大学宣传队发展而来的。1936年6月，中国共产党在陕北瓦窑堡创办红军大学。为了活跃学校的文艺生活，成立一个小型宣传队，隶属宣传科，蔺子安任队长，队员多数当过红军的宣传员。宣传队主要在学校搞文艺活动，为中央机关晚会进行演出。党中央迁移到保安后，将红军大学的第三科和游击营合并，成立红军步兵学校，原来的宣传队便改由红军步兵学校领导。宣传队曾举办晚会，欢迎美国友人斯诺，还参加1936年10月红军一、二、四方面军大会师的庆典。为了提高文艺宣传能力，学校宣传队主动向红军大学的危拱之学习乌克兰舞、海军舞、工人舞等。西安事变后，红军步兵学校进驻陇东庆阳，并改为红军教导师。随之，宣传队改属教导师领导，继续在部队进行文艺宣传活动。

1937年10月，教导师宣传队奉命奔赴延安，接受新的任务；八路军后方政治部主任谭政、副主任张际春以它为基础，建立新的宣传大队。在教导师宣传队未到达之前，筹建工作已由后方政治部宣传科科长李兆炳负责进行。李兆炳从各部队物色了几名同志，交宣传干事高波管理，暂送到杨醉乡领导的抗战剧团学唱歌和跳舞。蔺子安率领的教导师宣传队到达延安后，高波带领几名同志合并过来。这时，根据八路军后方留守兵团政治部的决定，正式宣布，后方留守兵团政治部宣传大队成立。蔺子安任大队长，杜百应任支部书记。此时，西路军一部分同志回到延安，李兆炳便派杜百应挑选陈其通、魏玉晶、萧光华、吴彪等人充实后政宣传队的力量。同时，考虑到宣传科科长李兆炳主办了《烽火报》，便将宣传队正式定名为烽火剧团。

1938年初，为统一领导八路军后方留守的部队，党中央决定，成立八路军后方留守兵团司令部，萧劲光任司令员兼政治委员，莫文骅任政治部主任，李兆炳任宣传部部长，于是，烽火剧团划归留守兵团领导，对内则叫"留政宣传队"。

烽火剧团成立后，进行了大量的宣传演出活动，第一个节目为《枪毙托派张慕陶》。后来，烽火剧团吸收了一批政治、文化水平较高且爱好文艺的青年。恰在此时，成立不久的西北战地服务第二团要撤销，该团成员大多是陕北公学第1期刚毕业的青年学生，领导人是仃白戈。该团人员被一分为二：一部分去参加筹建中的鲁艺，一部分补充烽火剧团。加入烽火剧团的有向隅、唐荣枚、徐信、邓友民、张勃、王久晨、张东川、黄偶、萧敬若、羊路由、陈耀华等，包括作曲、声乐、京剧、写作、美术等方面的人才。烽火剧团人才增多、队伍壮大后，进行了一次整编，编为五个分队。同时，根据文艺活动的需要，全团分设戏剧股、歌咏股、舞蹈股、通讯股、美术标语股。由蔺子安作词，向隅作曲，谱写《烽火剧团团歌》。

1938年上半年，烽火剧团高唱团歌，宣传团结抗战，驰骋在延安、延川、清涧、绥德、吴堡、米脂、佳县、府谷、神木直到榆林一线。剧团深入前沿阵地，实地了解部队战地情况，写通讯，画连环画，演出《游击队》《黄河岸上》（陈其通编导）等节目。烽火剧团还为白求恩率领的援华医疗队进行演出，并到国统区宣传团结抗日。

1938年秋，剧团领导和成员发生变化：团长蔺子安和党支部书记杜百应因调动离团，高波接任团长，任思忠任协理员；调出了一些老团员，补充了一些新团员。这时，高波改编歌舞剧《小放牛》，陈其通编写平剧《过关》，张勃编写秦腔剧《烈妇除奸》，徐信编话剧《野孩子》。剧团还利用灯影制造土电影，宣传抗日，并学习秧歌舞。

1939年3月14日，烽火剧团奉命开赴河防前线进行宣传，配合共产党粉碎国民党制造的军事摩擦。同时，辅导帮助各部队开展文娱活动。有些工农干部经过锻炼，也能够写出很好的剧本。剧团持续工作三个多月，于6月29日返回延安，开展教育训练，总结第四次"长征"的成绩和缺点，以利再战。

（十一）抗大文工团

1939年元旦，抗日军政大学文艺工作团于延安成立，简称"抗大文工团"。团长初为缪正心，后为欧阳山尊。

在此之前，抗大只有救亡室，而无专门的文艺组织。救亡室每个大队都有，由学员推举主任和各种委员，下设股或组。每半月举行一次娱乐晚会，进行音乐、戏剧、魔术、谜语、笑话等表演。抗大第3期由教职员参加演出《血祭上海》，第4期演出京剧、话剧、歌剧《台儿庄》《火焰》《海之歌》《樱花曲》等。1938年春，曾在中华留日戏剧协会和上海救亡演剧二队演出的颜一烟来到延安，在抗大第4期五大队学习。大队长何长工安排她负责救亡室的工作。时值保卫大武汉，她受命负责编导并演出大活报剧《保卫大武汉》。九一八事变七周年时，她写了独幕话剧《炼弹》，演员从抗大各队的学员中抽取组成。之后，罗瑞卿副校长下令：以《炼弹》剧组为基础，立刻筹备组建抗大文工团。于是，参加《炼弹》演出的人员被调到校部，协助宣传科到各大队选调团员，先后调集四十来人。经过筹备，抗大文工团正式成立。团长缪正心，创作组长颜一烟。主要成员有吕班、夏莎、徐行、任苏、裴东篱、苏里、拱明等。抗大文工团的主要任务是：紧密配合当前形势，及时编排节目，到抗大各大队巡回演出，鼓舞士气，为抗日战争服务。全团同志接到任务后，连夜突击完成独幕话剧《凶手》。为了声援西班牙的反法西斯正义战争，文工团编《保卫马德里》（吕班编导），邀请在四大队学习的著名演员田方参加演出。此外，创作演出我国戏剧史上第一个描写煤矿工人参加抗日斗争的话剧《窑黑子》（颜一烟编导），其他独幕剧有新编平剧《平型关》（裴东篱编剧）等。

1939年春季，抗大文工团参加《延安三部曲》的演出。这是一个五场戏，袁牧之编导，没有剧本。由袁牧之向演员讲解剧情大意、场次，演员即兴表演，参加演出的有马海德（美籍医生）、吕班、郑律成等。这次演出，在延安舞台上第一次使用电灯（小磨电机发电），运用电影的暗转手法。2月10日，边区剧协成立，抗大文工团团长缪正心当选为理事。在庆祝剧协成立的晚会上，抗大文工团演出吕班编导的《保卫马德里》。3月16日，参加剧协组织的延安戏剧界联合公演。4月6日，抗大文工团演出话剧《火》《弟兄们》。为纪念一二·九运动四周年，颜一烟与鲁艺的史行、刘茵三人合写了五幕大戏《先锋》。因为抗大文工团奉命赴前方工作，所以演出时邀请抗大学员和中国女子大学同学参加。

1945年3月10日，抗大总校文工团演出平剧《廉颇和蔺相如》和自编的《三打祝家庄》。文工团经过整风和学习《讲话》，文艺方向更加明确，以新的精神面貌投入演出。《三打祝家庄》是文工团配合战术教育自编的，主题是说明由内部破坏敌人堡垒策略的重要性。在总政演出后，赴抗大各大队演出。此间，文工团创作《模范管理员》《吃了什么亏》《摸索着前进》等，排演京剧《败走麦城》，准备创作《李自成》。5月5日，文工团美术组在《解放日报》发表《幻灯宣传》一文。5月中旬，文工团到抗大三大队演出。到达后即分散到各班，和学员生活在一起。在连队生活十几天后，文工团创作反映连队生活的《领导得好》《学习得好》两个活报,并组织连队干部、教员、学员讨论修改。

抗战胜利后,抗大离开延安,在各抗日革命民主根据地建立新的军事学校,抗大文工团将近七年的活动遂告结束。

(十二)鲁艺文艺工作团

1939年3月10日,鲁迅艺术学院文艺工作团成立,简称"鲁艺文艺工作团"。团主任是陈荒煤。

鲁艺文艺工作团的筹备工作是从1939年2月下旬开始的。当时,延安文艺界掀起文艺工作者到前方去的热潮,鲁艺师生积极响应,着手组建一个适应前方工作的团体。3月10日,鲁迅艺术学院贴出"迅字第九号"公告,全文如下:

> 本院为开展前方文艺工作,特由文学系代理主任荒煤同志领导成立一文艺团体,定名为"鲁艺文艺工作团"出发前方工作。该团成员如下:
>
> (一)主任:荒煤
>
> (二)团员:黄钢、杨明、梅行、乔秋远、葛陵。
>
> 希即加紧准备,待命出发。
>
> 三月十日

同日,鲁艺发布"迅字第十号"公告:

> 兹奉紧急通知:本院实验剧团及文艺工作团须于明晨出发,特此通知。希该团人员于今日准备完毕。下午五时,本院在城内机关合作社欢宴各出发同志;七时,在中央大礼堂举行欢送大会。明晨五时在本院授旗出发。
>
> 三月十日

1939年3月11日,鲁艺文艺工作团出发到前方工作,主要是在部队中开展文艺工作,同时从事文学创作。

鲁艺文艺工作团到达晋东南后,与八路军前方总政治部共同拟定《部队文艺工作纲要》,并以此为指导开展工作。鲁艺文艺工作团的工作方式为,在战斗时搜集材料，在部队休整时开展部队文艺工作。鲁艺文艺工作团在部队实验组织各级文艺学习会和习作小组，帮助部队排戏、讲课、教歌；编辑文艺刊物、教材、部队各级的政治机关报、士兵读物等；建立文艺通讯网，培养文艺通讯员；帮助部队在沦陷区做民运工作。

鲁艺文艺工作团此行共创作各种形式的作品达三十多万字，搜集到的材料则为以后的创作积累了素材。

1940年2月，鲁艺文艺工作团返回延安，历时十一个月。回到延安后，鲁艺和边区文协组织了一系列座谈会，学习和推广鲁艺文艺工作团的经验。

1940年7月10日，鲁迅艺术学院做出决定：

> 以今年2月间自前方归来之文艺工作团为基础，增调文学系助教及毕业同学等十二人，扩大文艺工作团。并于原有创作组之外，增设理论组，仍以荒煤同志为团长。

之后，鲁艺文艺工作团成为学院的一个独立单位，主要开展个人写作和理论研究。

1941年9月10日，鲁艺文艺工作团的建制被撤销，所有同志，除分配到文学部、编译处等部门工作外，其余人员到文学部之下的文学研究室从事文学理论与批评工作。至此，鲁艺文艺工作团存在了两年半的时光。

（十三）鲁艺工作团下乡

1944年4月9日，鲁艺工作团返回延安。

该团由四十二人组成，团长为张庚，副团长为田方。从1943年12月2日离开延安，到1944年4月9日返回延安，历时四个多月，走遍绥德、米脂、佳县、吴堡、子洲等许多乡村，演出专场六十八次，创作大小剧本十六个，歌曲七首，做调查六十六次，收集民间歌曲（如《三十里铺》《赶牲灵》等）、剧本四百个，民间剪纸一百六十幅。工作团成员有田方、王大化、华君武、张水华、王元方、丁毅、贺敬之、于蓝、唐荣枚、张平、马可、刘炽、时乐濛、韩冰、王家乙、林农、陈克、张鲁等。

1944年3月15日，张庚在《解放日报》发表《鲁艺工作团经验》一文，说明工作团到绥德分区三个月来，先后在绥德、米脂、子洲、佳县、吴堡等地演出二十五场，观众达五万人。节目有《血泪仇》《妇纺》《夫妻逃难》等剧。其中，不少戏加入了工农斗争的内容，观众称这是"斗争秧歌"。秧歌队努力吸取民间艺术养分，向眉户、道情学习，向吹手、歌手请教。工作团共创作七个剧本（其中《血泪仇》是改编的）、六个秧歌领唱，修改《赶毛驴》《推小车》两个剧本。不足的是，反映部队生产、工人生活的作品比较少。

（十四）边保剧团

1939年8月，陕甘宁边区保安司令部剧团即边保剧团成立。后来，边区保安司令部改为边区政府保安处，剧团随之更名为边区政府保安处剧团，直接受保安处领导，保安处处长为周兴。

边保剧团成立的宗旨是活跃边区保安部队的文娱生活，开展部队和边区地方的文化活动。剧团成立后，经常到陕甘宁边区的一些县区进行演出。1939年，先后出访两次，长达六七个月，在甘泉等九个直属县演出。

1940年6月初，边保剧团返回延安，进行业务集训。训练期间，除学习业务课外，还演出数十次，排练了八九个节目。8月底，到绥德及其他一些县进行演出，先后演出八十多次，观众达十三万人。完成此次演出任务后，12月下旬，返回延安。经过一段时间的演出，1941年5月，出发陇东开赴盐池演出。

1941年10月10日戏剧节，边保剧团参加边区剧协组织的演出活动，在中央大礼堂演出《武家坡》《杀驿》。延安整风运动开始后，边保剧团积极响应。在秧歌运动中，边保剧团也做出了不少成绩。

1946年5月，边保剧团张棣赓根据一篇通讯，创作秦腔剧《平鹰坟》。之后，剧团即加紧排练。11月8日，在边区参议会礼堂正式公演。

1947年，由于战争形势紧张，边保剧团的活动便告结束。

（十五）烽火剧社总社

1939年8月3日，后方政治部为加强各留守兵团及保安部队宣传队的工作，将烽火剧团改为烽火剧社总社，各部队原有的宣传队分别改为烽火剧社支社或分社。李兆炳、高波等九人为总社工作委员会委员，领导三个支社和十多个分社的工作。烽火剧社总社确定工作宗旨为：以完全适应部队政治工作为原则，发扬部队宣传队的优良传统。同时，将各支社文艺骨干调来受训，提高文艺创演水平。

9月，烽火剧社总社由北门外迁到延安市统一规划的文化区——桥儿沟。此时，高波调任留政文化科科长，陈明接任总社主任，内部机构也做了调整。按专业进行编队：以朱云璋为首的分队，主要负责戏剧工作；以朱仲夷为首的分队，主要负责音乐、舞蹈工作；以张勃为首的分队，主要从事宣传工作；以林朋为首的分队，主要从事文学创作。另外，设立女生分队，由穆肖任分队长。同时，补充了队员。为提高留守兵团各文艺宣传队的水平，留政宣传部将其调回延安，和烽火剧社总社一起办训练班。在萧劲光的协调下，鲁艺派翟强、李鹰航等专家来辅导。烽火剧社总社给辅导老师以团级干部待遇，每月发放津贴五元（一般人员是两元）。在鲁艺的帮助下，训练班先后排演《流民三千万》《治病》《纪念十月革命》等大戏，并在延安演出。

1939年11月7日，烽火剧社总社演出歌舞活报剧《庆祝十月革命节》。毛泽东看了演出，又从留守兵团司令员萧劲光处得知，此剧演出花钱很少，于是赞扬该社演出的节约和正确方向，同时，提出殷切希望：革命文艺工作者要为人民立言，为人民服务，以后要多编多演像《庆祝十月革命节》这样的好戏。临别，毛泽东开了一张两百元的支票，用自己的稿费支持和援助剧团，签名是"李进如"。随后，陈明将毛泽东的支票交给政治部，并汇报了毛泽东接见的情况。经批准，剧团用这笔钱购置了一些乐器和过冬的棉鞋。

1941年1月24日，烽火剧社在延安八路军大礼堂公演《李秀成之死》，招待延安各界。该剧系阳翰笙编写的四幕话剧，内容为太平天国史实，不仅是哀悼一个民族英雄的悲壮殉国，而且批判了太平天国的战略错误。

（十六）西北青年救国联合会总剧团

1940年4月，西北青年救国联合会总剧团（简称"西青救总剧团"）成立。其前身是西北青年救国联合会（简称"西青救"）安吴青训班的艺术连，属于西青救和中央青委领导。

西青救成立于1937年4月12日，是西北地区爱国进步青年的群众性团体。为了开展敌后文化工作与动员广大民众参加抗战，西青救于1939年7月组织剧团第一团和第二团，开赴晋东南各地工作。第一团于8月1日出发，第二团于8月中旬出发。后来，又组织少年剧团等进行演出活动，宣传抗日救国。少年剧团先后演出儿童歌舞和儿童歌剧《公主旅行记》《勇敢的小猎人》《它的城》《糊涂将军》《笑吧，孩子》等。1939年8月，剧团按照统一规划，与抗战剧团、烽火剧团一起，迁至延安城东的桥儿沟。8月21日，由鲁艺主持召开联欢晚会，招待迁来之各文化单位。剧团在鲁艺的帮助下，进行了两个月的学习和训练，提高了艺术水平。

1940年4月，西青救为了加强对各剧团的领导，成立西青救总剧团。总剧团的团务委员会由高沂（任总团长）、吴雪、李之华、靳志光（金紫光）、丁洪、苏琦、陈千一七人组成。此外，在新成立的泽东青年干部学校设立直属剧团。它由西青救第一团和由吴雪领导的从大后方来延安的四川旅外剧队联合组成。4月1日，延安蒙古文化促进会成立大会上，总剧团演出《塞上风云》。之后，总剧团即投入五四青年节演出的紧张准备工作。5月19日，为庆祝抗大三分校开学，总剧团演出三幕剧《启蒙者》。

8月10日，总剧团为救济绥德等地灾胞，与青干校学生会在延安联合义演《雷雨》，连演七场，观众达七千多人。总剧团将所售票款除支出演出费外，所余之四百二十元零二角一分全部捐出。

8月27日，叶澜在《新华日报》发表长篇剧评《关于〈雷雨〉的演出》。文章认为：继鲁艺演出《日出》之后，西青救总剧团又演出《雷雨》。此剧是曹禺先生在同一时代的前后两部"姐妹作"。我们应从历史的观点对《雷雨》做一正确的认识和评价。作者用一支锋利的现实主义的笔，来发掘中国旧社会制度隐藏的黑暗角落，使观众看到旧制度必然的没落、崩溃、死亡，代之以新生的、光明的一面。在《雷雨》里是寄托在出走的工人鲁大海身上。剧中的悲惨结局，不是哪个人的罪恶，而是整个社会的罪恶。正如作者所说："我在发泄着被压抑的愤意，毁谤着中国的家庭和社会。"曹禺试图在一个大家庭里，用一根巧妙的亲骨肉的线索来贯穿剧中所有人物,要他们在这条线索上翻筋斗。这似乎"巧"了一点,同时《雷雨》是部暴露文学的力作,全剧中心点在说明旧制度的没落毁灭。但毁灭的另一方面,新的力量的滋长,对于光明面的处理,只是一个简单的模糊的侧影。作者的艺术技巧达到了高度的水准,语言运用获得了很大成功。这次演出获得相当大的成功,演员阵容整齐,有创造性和苦干精神。

周恩来多次观看西青救总剧团演出的《雷雨》,给予高度评价,并指示,将《雷雨》补入1945年七大召开期间的晚会节目。

1940年12月21日,延安八路军大礼堂落成典礼之日,西青救总剧团演出新排之法国莫里哀的《伪君子》。

1941年9月,西青救总剧团奉命改为延安青年艺术剧院。

(十七)陕北公学文工队

1940年8月27日,为庆祝建校三周年,正在筹建中的陕北公学文工队赶排曹禺的四幕名剧《蜕变》。此剧由史行导演,演出者有张云芳、黎虹、袁静、李建彤、王亚凡、阮艾芹、李慕林、韩戈鲁、刘方、胡岚、石鲁、阎明智等,多为以前的戏剧工作者。为赶排《蜕变》,文工队副队长彦军到西北局工委,申请到一百二十元法币作为经费,购买必要的服装道具;到中央党校向邓颖超借剧中人物穿的旗袍;请来鲁艺的史行、何文今做艺术指导。同时,校长李维汉常来看排练,随时指导。

1940年9月1日,陕北公学文工队正式成立,由四十多个青年以五孔窑洞、五块钱在陕北公学驻地杨家湾起家。陕北公学文工队的任务主要是开展西北少数民族的文化教育工作,由王亚凡任队长,彦军任副队长,苏一平任指导员。文工队内分为戏剧组、文学组、音乐组、美术组、时事组。成员有朱丹、石鲁、闻捷、李建彤、刘迅、碧波、林丰、张涛、高歌、沈霜等,多是戏剧工作者。9月19日,公演陕北公学文工队赶排的《蜕变》。

(十八)陕北公学文艺工作团

1940年12月上旬,陕北公学文工队与来延安的关中七月剧团合并,成立陕北公学文艺工作团。它是一个演出与学习并重的团体，学习一般为政治课程和音乐、美术、戏剧、文学等课程，并聘请名作家丁玲、萧三、张庚、萧军等担任教员。

1941年1月，皖南事变后，工作团排演宋之的的《雾重庆》，演出多场。工作团还与鲁迅艺术文学院联合演出蒙古歌剧《塞北黄昏》，该剧由王亚凡创作，以蒙汉团结为主题。1941年8月初，正值中央公布关于改进干部学校的新决定，工作团公演苏联别洛克夫斯基的《生活在召唤》。工作团为了提高艺术水平，特聘请戏剧家塞克为艺术指导。

（十九）延安部队艺术学校

1941年4月10日，延安部队艺术学校（简称"部艺"）成立，属八路军后方留守兵团政治部领导。

1940年3月间，留守兵团政治部征得军委和总政的支持，鲁艺等单位的协助，开始筹建部艺。部艺校长由八路军留守兵团政治部主任莫文骅担任，副校长兼教务主任由鲁艺派出的王震之担任，教务处副主任是史行和晏甬，政治委员为刘禄昌、黄元礼，政治处负责人为任思忠、江波。教员包括原来烽火剧社的翟强、侣朋、李鹰航、梁寒光、王地子、庄焰，从鲁艺调来的黄照、马瑜、徐一枝、史行、张林镕、李实、李葳、叶克等，以及从抗大等单位调来的晏甬、王麦、高首善、林里、凌信之、谢力鸣、李溪、洪秋、高鲁、陶然、夏静、陆地（陈寒梅）等。学员以烽火剧社总社和鲁艺的部队艺术干部培训班为基础，又从部队的其他文艺宣传单位吸收一批学员，先后来校学习的有留守兵团下属各旅宣传队、八路军炮兵团的怒吼剧社、边区保安司令部的边保剧团，以及奋斗剧社、吕梁剧社、七月剧社、前线剧社、长城演剧队、战士剧社、火星剧社等单位送来的学员，约八百人。

1940年4月10日，部艺在鲁艺大礼堂举行隆重的开学典礼，校门口挂出"部队艺术学校"的牌子，朱德和许多来宾光临祝贺。典礼上，校长莫文骅阐述办部队文艺学校之目的是培养军内艺术干部。随后，朱德登台讲话，说："部队艺术要从打仗着手，方法要艺术。八路军天天打仗，离不开对敌人及群众的宣传。因此，部队的学员应练习战斗的生活与宣传的才能。"接着，谭政、萧劲光及周扬、吕骥等讲话。最后，由教职学员代表致答谢词，表决心。当晚，举办庆祝晚会，由鲁艺实验剧团演出《公事》《审判》，还有歌舞等节目。

部艺仿照鲁艺分四个系（戏剧、音乐、文学、美术）和一个培养剧团演员的普通班。1941年冬至1942年初，部艺在延安、陇东、鄜县（今富县）设立三个分校。一分校在鄜县，1941年9月18日开学，排演《秋收》《钦差大臣》；二分校在庆阳，排演《悭吝人》；三分校在延安，1942年1月开学，学员一百五十人，排演《李秀成之死》。

全校学员混合编队，共分三个队。第一队由杜育民任队长，先后由崔一和张绍杰任政治指导员，学员多是水平较高又有实践经验的文艺骨干。其中分设四个专业班：一为戏剧班，翟强任主任教员，以编、导、演课程为主，兼学戏剧概论；二为音乐班，张林籺为主任教员，以学习视唱、作曲、指挥为主，兼学发声、练耳和乐器；三为文学班，黄照任主任教员，以学习写作方法与创作实习为主，兼学名著选读和作品分析；四为美术班，徐一枝任主任教员，以学习素描、写生与创作宣传画为主，兼学漫画木刻。

第二队由陈正亮任队长，陈刚任政治指导员，王地子和普耳为正、副主任教员。学员多是各宣传队、各剧团的中级干部。该队不分专业，主要培养适合部队需要的一专多能的干部。

第三队由徐信任队长，张勃任政治指导员，高首善任主任教员，张昆柳任副指导员。学员多是青少年儿童，学习内容为文化课和艺术课，以文化课为主。文化课主要学语文和数学，艺术课除学习戏剧、音乐等基础知识外，也重视歌舞的学习。

校方聘请鲁艺各方面的专家来兼课，如戏剧系的张庚、钟敬之，音乐系的吕骥、杜矢甲、任虹、向隅、李焕之、时乐濛，美术系的华君武、古元、王朝闻、陈叔亮等。此外，鲁艺开设的一些课程，部艺学员都可以自由旁听。校方还请抗战剧团的张季纯每周讲剧作法和戏剧名著选读，邀请柯仲平、马健翎等做专题报告。军委、总政、留政及其他方面的领导同志，经常到校指导工作，做形势政治报告，引导学校沿着正确方向前进。

理论联系实际是部艺的指导原则之一。部艺经常结合形势和延安中心工作，走出校门进行宣传演出活动，如配合币制改革、反法西斯宣传、征粮宣传周等。同时，部艺响应党中央"自力更生"的伟大号召，开荒种地，挖窑修屋，开办窑厂，烧制瓷器，以克服经济困难。

1943年冬，部艺长达两年的活动宣告结束。

（二十）西北文艺工作团

1941年8月底，中共中央决定将陕北公学、中国女子大学、泽东青年干部学校合并，成立延安大学。同时，原陕北公学文艺工作团更名为"西北文艺工作团"，归西北局领导。

西北文艺工作团团部由苏一平、朱丹、白衣、王亚凡、慕琳等五人组成，下设组织科、总务科，包括文学、美术、音乐、戏剧四个组，团员共计四十余人。

西北文艺工作团主要演大剧、独幕剧、歌剧以及组织纪念晚会和其他各种文化活动，如在延安北关文化沟口演出音乐节目，在街头教歌，张贴宣传画，写街头诗，等等。工作团积极参加1942年的新年文艺活动。1月3日，在文化俱乐部朗诵歌剧剧本《佳偶天成》。

1942年5月1日，西北文艺工作团在参议会大礼堂首次公演三幕话剧《北京人》。该剧由曹禺编剧，张季纯导演，石鲁舞台设计，林丰、苏一平、朱丹、乌兰、闻捷、周冰、王贤敏、陈若绯、阮艾芹、闵力生、张涛、沈霜等演出。演出时，美术组担任舞台装置，文学组担任宣传，音乐组担任效果。当天，《解放日报》在报眼登出大幅演出广告。

4月27日，江布在《解放日报》发表《读曹禺的〈北京人〉》。4月29日，田方在《解放日报》发表《走向农村——记西北文艺工作团》（重庆《新华日报》6月8日予以转载），认为，《北京人》的演出在剧情与技巧上超过了《日出》和《雷雨》。8月12日，茅盾在《解放日报》登出评论《读〈北京人〉》，胡风刊出《关于〈北京人〉的速写》。

1949年1月1日，西北野战军总部在澄城举行团拜会。彭德怀讲话，向大家拜年、祝贺，并概述解放战争的大好形势。会后，聚餐、联欢。西北文艺工作团演出文艺节目，合唱队高唱王汶石、彦军创作的《祝贺新年》。接着，高唱苏一平作词、航海作曲的《彭老总下了动员令》。之后，是跳舞晚会。

（二十一）大型歌剧《无敌民兵》公演

1946年10月24日至11月19日，柯仲平创作的十六场大型歌剧《无敌民兵》，在《解放日报》连载二十二天。该剧原名《马渠游击队》，集中描写边区人民自愿组织自卫军，英勇击退国民党骚扰的事迹。剧作比较形象地塑造了游击小组长王登高、地主分子何国昌，以及张大发、张火、马营长等人物。剧本告诫人们，只有彻底消灭反动派，才能过上安宁的日子。

12月11日，西北文艺工作团在边区参议会礼堂首次公演长达三小时的《无敌民兵》。该剧由裴然导演，岳松、彦军、刘烽、川静作曲，苏一平、王汶石、陈若绯、韩维琴、胡岚、王凯音、陈居文等参加演出。

12月24日，《解放日报》的《〈无敌民兵〉笔谈》刊登三篇评论。狄耕在《一幅英雄图》中说，看了《无敌民兵》特别振奋。剧中人路长贵、王登高等，豪爽、坚决、勇敢，给人留下不可磨灭的印象。林间在《性格的创造》一文中指出，该剧充满诗人的热情，非常熟悉游击小组的人物和事件。它成功地创造了几个不同的民兵的个性。金紫光在《还可能搞得更好》一文中，批评该剧写得"事情太多"，"有点松散，不够紧凑"；音乐方面"缺乏一条音乐情感发展的红线"，与剧情结合不紧，"有点平淡，没有高潮"；表演手法不够统一，缺乏真实感；地主服装穿得不够恰当。

1949年6月，柯仲平在《无敌民兵》前言中说：这个剧本开始写的是真人真事，剧中那个游击小组曾和西北文工团一起扭过秧歌。写得不像，演得不像的地方，曾被他们纠正过。写真人真事，因材料现成，比较容易，但很受束缚。人事本身的典型性不够，使作品的典型性也不够。后来我把原剧本当作基础，不用真名实姓，重新搞过。在重排时，得到李卓然、张德生同志的指导和秦川同志的帮助。始终与我合作的有导演和演员苏一平、裴然、戴临风、王汶石、岳松等。

(二十二) 部队艺术工作团

1942年11月19日，为执行精兵简政政策，部队艺术学校奉留守兵团政治部命令召开整编会议，将部队艺术学校改为部队艺术工作团。工作团下分剧社、文艺社两部分，决定今后多举行小型晚会，创作通俗的战士读物和短小的通讯、歌曲等，真正做到"面向士兵，到部队去"，使艺术更大众化、战斗化，成为艺术大军中的一支轻装部队。工作团随即分为几批到部队帮助工作，一部分教职员和多数学员，则分配到新的工作岗位上工作。工作团为了配合粉碎国民党的反共高潮，鼓舞人民，开始《保卫边区》的创作。这是一个以话剧与歌舞相结合为艺术形式的歌舞活报剧，共四幕，分别表现边区生产生活、整军、开辟南泥湾、拥护党的一元化领导四个主题，共二十多场。《保卫边区》由谢力鸣、侣朋、晏甬、马瑜和乔振民编剧，李鹰航、张林稷作曲，刘炽编舞。主要演员有马瑜、李实、乔振民、李溪、李强、李章儿、薛滔、李长华等约百人。1943年新年，工作团正式演出《保卫边区》。

此外，工作团编演一些小型节目，在延安和外地演出。1943年12月1日，工作团与青年艺术剧院合并，组建成立联政宣传队。从此，部队艺术工作团便结束了独立的活动。

(二十三) 西北局宣传部动员各剧团下乡

1943年11月21日，中共中央西北局宣传部召集各剧团负责人开会，动员和组织剧团下乡。宣传部部长李卓然做报告。他首先总结了边区过去一年的文艺运动经验，并提议组织剧团下乡。然后，指出，自《讲话》发表和中宣部指示下达，文艺界做了很大努力，尤以鲁艺的秧歌剧、民众剧团的《血泪仇》、青年艺术剧院的活报剧等，最受百姓欢迎。今后，仍要坚持这一方针，任务是到实际工作中学习，帮助各分区的文艺运动，使之认真贯彻毛泽东所指出的文艺方向。决定下乡的有鲁艺秧歌队、文协的民众剧团、西北文艺工作团、留守兵团政治部的青年剧院、延安平剧研究院。它们将分别到各个分区工作，带去二十几个新节目，体现普及与提高相结合。节目内容主要反映生产运动、丰衣足食、军民团结、保卫边区等现实生活。

（二十四）西北文艺工作团二团的演出活动

1948年6月底，西北文艺工作团二团五十余人从延安出发，赴新区开展文艺工作。他们带去的节目有：秦腔剧《穷人恨》《一家人》等，秧歌剧《双报仇》《红缨枪》《军民关系》《兄妹开荒》，歌剧《白毛女》等，以及小节目说书《平鹰坟》、歌曲等。9月，该团在洛川、河津地区四十余天，演出十八场。之后，到十个部队单位演出二十场，观众达八万余人。

（二十五）延安西北儿童剧团

1948年9月，延安西北儿童剧团成立。这是一个在西北文艺工作团杂技组的基础上组建的以杂技为主的综合性儿童剧团，由边区文协主任柯仲平和副主任张季纯提议设立，直属陕甘宁边区文协领导，文协副主任张季纯主要负责。地址在西北文工团的原址杜甫川。张明坦任团长，李正明任副团长，陈若绯任政治和艺术教员，柯仲平和张季纯教语文课。全团四十余人，既有新招的少年，也有原西北文艺工作团的演员。

9月17日，逢农历中秋节，延安西北儿童剧团在王家坪向八路军总部做首场汇报演出，彭德怀、贺龙、习仲勋等前来观看。节目有《顶宝塔碗》《走钢丝》《柔术》《钻圈》《手铃舞》等。

1949年8月，延安西北儿童剧团奉命离开延安，进驻西安，进行训练演出，迎接全国解放。

八、其他文艺团体及其活动

（一）1937年演出活动

《亡国恨》（小歌剧）　廖承志编剧　人民抗日剧社演出

《秘密》（话剧）　反映西班牙工人斗争　人民抗日剧社演出

《阿Q正传》（话剧）　廖承志等演出　中央、平凡、战号三剧团演出

《矿工》（话剧）　改编自日本戏剧　中央、平凡、战号三剧团演出

《创造舞》（集体舞）　人民抗日剧社演出

《叮铃舞》（集体舞）　人民抗日剧社演出

《我们是抗日的》　温涛、杨醉乡创作　抗战剧团演出

《陆海空军》（集体舞）

《统一战线舞》（集体舞）　沙可夫、朱光编　联合演出

（二）大众美术研究会

1940年10月，大众美术研究会在延安成立。研究会是延安美术工作者自愿结合的群众性美术团体，以开展美术理论研究与创作实践为宗旨。10月18日，研究会招待从晋西北来延安写生的战地写生队的画家沈逸千，展示该会创作的作品，研讨和交流美术创作经验，同时，就写生队在延安展出的作品进行座谈。为开展群众美术运动，研究会在延安街头编辑出版《大众美术》墙报。

1941年1月19日，研究会在前线画报社召开会员大会，对26—27日展出的作品进行审查和讨论。会后，与漫画家张谔及鲁艺美术工场钟敬之、江丰等进行交谈，共商加强边区美协的工作之策。1月26日至27日，研究会在文化沟青年俱乐部举行美术作品展览会。

（三）延安业余杂技团

1941年4月20日，延安业余杂技团成立。杂技团是在毛泽东、周恩来的关怀下成立的，并得到团中央书记冯文彬，陕甘宁边区留守兵团司令员萧劲光，鲁艺院长吴玉章、副院长周扬的支持。它隶属延安市青联所辖的延安青年俱乐部及边区文协领导。

杂技团共有六十余人，王地子为团长，宗池、石畅为副团长，张金奎为团委委员。主要演员有：王地子、张金奎、杨啸空（白晞）、张哑军、安波、高波、钟灵、李靖、齐瑞棠、张松涛、谷纳、彦军、阎铁、姜虹、杨健平、边疆、齐开章等。杂技团聘请塞克、翟强任指导，徐一枝任美术设计，胡俊德任剧务，丁洪负责灯光，马瑜负责化妆，部队艺术学院负责幕布。

杂技团成立过程较长。1941年1月3日，延安青年俱乐部组织的晚会上，第一次演出武术、魔术、口技、相声等节目，反响较好，于是，青年俱乐部联络一些有杂技技术的同志，继续开展此类文娱活动，并开始筹备业余的杂技团

体。筹建工作得到延安市青联和边区青联的支持。4月20日，杂技团召开成立大会。杂技团成立后，于五四青年节第一次正式公演，演出近四个小时。以后，很多机关都争相邀演。演出过程中，杂技团陆续吸收很多同志加入。晋西北行署还派人来，请求杂技团帮助其建立晋西北分团。

（四）三边文工团

1945年1月1日，为了执行文教会提出的任务，七七剧团改编为三边文工团。

上午，举行文工团成立典礼。当晚，演出《把眼光放远点》《河神娶妻》等节目。同时，派人员下乡帮助群众闹秧歌。文工团在乡下连续工作两个多月，帮助组织秧歌队十二个，闹秧歌四十多场，观众近万人。另外，文工团搜集民歌、民曲和故事五十多个。

（五）陕甘宁边区文协说书组

1945年4月，陕甘宁边区文协说书组成立。文协说书组由安波、陈明、林山、柯蓝、高敏夫、王宗元等组成，林山为组长。

陕北说书，是深受陕北群众喜爱的一种民间艺术，在陕北颇为流行。有些盲人串村赶庙，以说书谋生。为了迎合群众中一些人的低级趣味和招徕听众，旧社会，常说一些庸俗的书段，不少心传口授的书段含有封建迷信的内容。边区文协的林山等人，在农村搜集民间故事的过程中，开始注意到说书这种艺术形式的群众性及其内容问题，便考虑改造这种民间艺术，使其为人民、为革命服务。于是，经过筹备，成立陕甘宁边区文协说书组。大约经过两个月的改造旧说书实践，文协说书组明确了工作任务和方针："联系、团结、教育、改造民间说书艺人，启发、引导、帮助他们编新书、学新书和修改新书，发挥他们自己的天才，鼓励他们自己创作。"具体做法是个别访问、选择对象、培养典型，然后通过他们来联络和推动其他说书人，并且采用个别传帮带和办培训班等方式，推动说新书，并扩大其影响。

文协说书组成立后，发现并培养了盲人说书典型韩起祥。韩起祥，米脂人，3岁失明，14岁说书，此时31岁。边区文协说书组了解和分析了韩起祥的思想、生活、创作才能、演唱艺术,以及在群众和说书人中的影响,采用多种方式帮助他提高思想水平和创作水平。短短的四个月内,韩起祥的思想和艺术发生了很大的变化,编了许多新书。这些新说书是《红鞋女妖精》《反诬神》《四岔捎书》《掏谷槎》《二流子转变》《王五抽烟》《阎锡山要款》《血泪仇》《合家欢》《张家庄祈雨》《刘巧团圆》《张玉兰参加选举会》等。7月12日,韩起祥第二次到延安,文协招待并介绍他到西北局、边区政府、新市场说书,共五天,说了七次,得到西北局和教育厅的奖赏。8月5日,林山在《解放日报》发表《改造说书》,介绍延安地区改造说书工作的情况和经验,重点介绍了韩起祥编新书的经验。傅克发表特写《记说书人韩起祥》,介绍韩起祥改造旧说书、说生产备荒新书的事迹。8月7日,《解放日报》刊登由韩起祥编写、林山整理的新书《张家庄祈雨》。另外,七八月间,报纸多次介绍韩起祥说新书的事迹。

1946年5月25日,韩起祥在林山的陪同下,到绥德、米脂说新书,以资提倡推广。他们先后在米脂中学、街头、高小、女小,说唱经过林山、高敏夫、程士荣帮助整理的《刘巧团圆》《张玉兰参加选举会》《四岔捎书》《红鞋女妖精》《张维正请巫神》《吃洋烟二流子转变》《栽树》《狼牙山五神兵》等书。其中,《刘巧团圆》说了三次。有几个老汉每场必到,成为新书迷。6月2日,韩起祥到绥德,帮助分区文协筹备说书人座谈会。6月20日,吴江平在《解放日报》发表《绥德分区人人欢迎韩起祥》,介绍韩起祥在米脂说了六天书,受到大家一致称赞。

1946年8月,韩起祥积极说书,并创作多篇作品。他的作品由林山、高敏夫、程士荣抄写整理,出版《刘巧团圆》《王丕勤走南路》《战斗英雄刘四虎》《打神仙》等五种。8月2日,韩起祥在绥德帮助分区文协筹备说书人座谈会,有六个盲说书人参加学习座谈会,分区文工团派薛增禄记谱和学说新书,地委宣传部部长吴文遴鼓励大家编新书。9月7日至9日,韩起祥、王宗元合编的说书《时事传》在《解放日报》连载三天。

结语

传播学视角下的延安文艺研究，依托传播学理论中关于传播环境、传播主体与受众、传播形式以及传播效果等要素，立足延安文艺的宏观精神文化内涵和微观文学文本价值的发掘，对延安文艺的传播性质、具体表现形态及其传播的多种历史经验做了深度研究。

延安文艺的传播环境生态奠定了延安文艺走向世界之必然性，即作为全世界范围内均处边缘与落后地位的地理区域，以其粗犷形态、原始风貌和遒劲精神，创构了延安文艺从本土化转向世界化的文学创作与想象空间。极度局限的传播环境，备受挤压的传播空间，与文学传播影响的深远意义形成了强烈的反差。延安文艺的传播主体与受众呈现出两相结合与深层互动的总体特点，构建起延安文艺整体有机的核心价值，不仅在创作主体上成就了中国普通民众的首次发声，更为中国文学民族化、人民化、大众化之肇始，建构起延安文艺实用性与知识化的文学价值。

在延安文艺传播的历史经验中，可以看到传播主体与受众之间密切且灵活的联系，使文学传播过程在一个良性的、深度的基础上进行，其传播效果也呈现出极强的包容性、广泛性与渗透性。延安文艺的传播媒介与传播形式在运用与创新方向发展显著，为文学艺术与人民大众的紧密结合、深度融合提供了多样化、多形式的路径，在扩展延安文学传播载体与传播方向的基础之上，逐步丰满了延安文艺的两翼——民族性与现代性的丰富内涵。以知识分子与大众的频繁接触，运用集体智慧创作的大量文学艺术作品，以及全民参与的秧歌剧、街头诗等多种形式的艺术实践，扩展艺术与生活的边界，汇通知识分子与人民大众的关系，也推进文学艺术的民族化、大众化进程，促使延安文学与艺术得到最为有力且影响深远的传播。处于救亡图存历史时期的中国，延安文艺的传播不仅具有文学价值与文化意义，更具有历史性与现实性的战斗价值与重生意义。

通过传播媒介与传播载体的方式，延安文艺所提供的文学价值与艺术资源不仅对世界文学的发展格局产生了一定的影响，同时，潜移默化地贯彻于中国当代文学的体制生成、组织建设与评奖机制等诸多方面。这种来自延安文艺的宏观话语资源、现实意义的宏大叙事、对民族与国家乃至世界发展态势的整体把握等方面的语境传统，令中国文学在讲述中国故事、分享中国经验、传承中国遗产，并最终以延安文学为起点，进而引领世界文学等旨归，发挥了积极且持久的作用。中国当代文学面对延安文艺以来的民族化、大众化等历史语境，所呈现的多样形态，显示出中国文学内蕴的生机与活力，彰显出中国文学自由的创作空间与丰富的创作资源，也昭示了作为文学创作主体的中国当代作家的独立判断与主观归属。

延安相对闭塞与边缘化的地理位置，纸张等物资的匮乏状况，以及被压制的政治地位导致的信息长期封闭，使得延安文艺的传播以原始的人为传播为主，纸媒等媒介传播为辅。延安时期，文学与艺术在传播过程中，三重身份同一的知识分子与《讲话》指导下的工农兵和人民大众，两者在传播主体与受众身份上呈现出互动与回返的特点，使得受众与传播主体均具有极强的参与热情，积极发挥其主动性与灵活性，这无疑保证了传播内容及其效果的客观性、准确性与完善性。与以延安时期为代表的传统文学传播方式相比，今天的文学传播借助发达的媒介系统收获了极高的传播速度和广度，但也携带着诸多问题与隐患。

从延安时期处于主流地位的文学作品集体创作形式，到新中国成立初期中国文学史编写的高校教师或大学生群体参与，再到当下个人话语权膨胀导致的信息冗杂，传播媒介的价值始终发挥着举足轻重的作用。在本土文学发展与文艺走向世界的过程中，传播媒介的意义一方面使得文学的价值、地位与影响得到了最大化的提升，另一方面却敞开了文学的边界，模糊了文学的面目。

因此，本书力图在肯定具有示范意义的延安文艺民族化的基础上，对延安文艺在文学与人民的关系、文学大众化的实践方向等方面的世界意义进行有意义的尝试。其中，延安文艺的传播结果与影响方面涉及国外文学界的接受与反馈，本书在梳理文学作品与文艺纲领性文献等方面的同时，探讨从国际共产主义阵营到资本主义国家对延安文艺的接受路径，重点以文学作品与指引文学发展方向的《讲话》为主要内容。

世界范围内，延安文学艺术与延安时期的政治、经济、社会、文化等方面的研究呈蔚为大观之势，以延安文艺为肇始的新中国文学研究在海外汉学界收获了丰硕的成果，因此，传播学角度观照下的延安文学研究便具有极强的历史价值与现实意义。在海外中国研究的凝视之下，中国文学创作与研究在深刻审视自我与他者的过程中，逐渐融汇世界眼光与国际视野，在民族身份认同、国际形象建构与世界文学追求等方面得到了显著的提升与扩展。

时至今日，在融合和变通延安文艺传统与中国当代文学的信息化发展的过程中，传播媒介的平衡意义、利用方式以及对其效果的态度和判断，亟待深入地研究与探讨。正如延安文艺传统影响下的文学制度建设可能造成的文学与政治权力的合谋，今天，迅猛发展的传播媒介也可能带来文学与市场、经济权力的合谋。延安文艺传播与当下文学传播作为两个不同的发展路径，在传播效果与影响方面发生抵牾时，重新思考扩大化的、普遍存在的、具有压倒性力量的传播媒介的意义，就具有显在的现实价值。

参考文献

[1] 中共中央马克思恩格斯列宁斯大林著作编译局.马克思恩格斯全集［M］.北京：人民出版社，1956-1979.

[2] 中共中央马克思恩格斯列宁斯大林著作编译局.列宁选集［M］.北京：人民出版社，1972.

[3] 毛泽东.毛泽东选集［M］.北京：人民出版社，1991.

[4] 中共中央文献研究室.毛泽东年谱：1949—1976 第5卷［M］.北京：中央文献出版社，2013.

[5] 中央文献研究室.毛泽东文集：第2卷［M］.北京：人民出版社，1993.

[6] 中共中央文献研究室.毛泽东文艺论集［M］.北京：中央文献出版社，2002.

[7] 周恩来.周恩来选集：下卷［M］.北京：人民出版社，1984.

[8] 周恩来.周恩来论文艺［M］.北京：人民文学出版社，1979.

[9] 胡乔木.胡乔木回忆毛泽东［M］.北京：人民出版社，1994.

[10] 邓小平.邓小平文选［M］.北京：人民出版社，1994.

[11] 瞿秋白.瞿秋白文集：第4编［M］.北京：人民文学出版社，1986.

[12] 瞿秋白纪念馆.瞿秋白研究［M］.上海：上海社会科学院出版社，2005.

[13] 刘少奇.刘少奇选集：上卷［M］.北京：人民出版社，1981.

[14] 李大钊.李大钊文集［M］.北京：人民出版社，1999.

[15] 鲁迅.鲁迅全集［M］.北京：人民文学出版社，1981.

[16] 张闻天文集：第1卷［M］.北京：中共党史出版社，1990.

[17] 张闻天.张闻天文集：第3卷[M].北京：中共党史出版社，1994.

[18] 周扬.表现新的群众的时代[M].[山东新华书店]，1949.

[19] 周扬.周扬文集：第3卷[M].北京：人民文学出版社，1990.

[20] 艾青.艾青全集[M].石家庄：花山文艺出版社，1991.

[21] 胡风.胡风全集：第6卷[M].武汉：湖北人民出版社，1999.

[22] 董大中.赵树理年谱[M].太原：北岳文艺出版社，1994.

[23] 陈荒煤，黄修己，等.赵树理研究文集[G].北京：中国文联出版公司，1998.

[24] 黄修己.赵树理研究资料[G].北京：知识产权出版社，2010.

[25] 赵树理.赵树理文集[M].北京：人民文学出版社，2005.

[26] 复旦大学中文系《赵树理研究资料》编辑组.中国当代文学研究资料：赵树理专集[M].福州：福建人民出版社，1981.

[27] 杨志杰.赵树理小说人物论[M].太原：山西人民出版社，1983.

[28] 黄修己.赵树理评传[M].南京：江苏人民出版社，1981.

[29] 戴光中.赵树理传[M].北京：北京十月文艺出版社，1987.

[30] 丁玲.丁玲论创作[M].上海：上海文艺出版社，1985.

[31] 张炯.丁玲全集[M].石家庄：河北人民出版社，2001.

[32] 孙犁.孙犁文集[M].天津：百花文艺出版社，2002.

[33] 刘宗武，阎庆生，段华.孙犁选集·理论[M].西安：陕西师范大学出版社，2003.

[34] 周立波.周立波文集：第5卷[M].上海：上海文艺出版社，1985.

[35] 何其芳.何其芳文集：第6卷[M].北京：人民文学出版社，1984.

[36] 沈从文.沈从文全集：第14卷[M].太原：北岳文艺出版社，2002.

[37] 郭沫若.郭沫若全集：文学篇[M].北京：人民文学出版社，1992.

[38] 茅盾.茅盾评论文集[M].北京：人民文学出版社，1978.

[39] 邵荃麟.邵荃麟评论选集[M].北京：人民文学出版社，1981.

[40] 柳青.柳青文集[M].北京：人民文学出版社，2005.

［41］周扬.中国新文学大系：1927—1937 文艺理论集一［M］.上海：上海文艺出版社，1987.

［42］陈荒煤.中国新文艺大系：1937—1949 理论史料集［M］.北京：中国文联出版公司，1998.

［43］李庚.中国新文学大系：1949—1966 评论集［M］.北京：中国文联出版公司，1994.

［44］张炯.中国新文学大系：1949—1966 理论史料集［M］.北京：中国文联出版公司，1994.

［45］蒙万夫，王晓鹏，段夏安，等.柳青写作生涯［M］.天津：百花文艺出版社，1985.

［46］史沫特莱文集：4［M］.陈文炳，苗素群，孟胜德，译.北京：新华出版社，1985.

［47］克朗.文化地理学［M］.杨淑华，宋慧敏，译.南京：南京大学出版社，2003.

［48］瓦岱.文学与现代性［M］.田庆生，译.北京：北京大学出版社，2001.

［49］王德威.被压抑的现代性：晚清小说新论［M］.宋伟杰，译.北京：北京大学出版社，2005.

［50］王德威.想象中国的方法：历史·小说·叙事［M］.北京：生活·读书·新知三联书店，1998.

［51］吉登斯.现代性的后果［M］.田禾，译.南京：译林出版社，2000.

［52］哈贝马斯.现代性的哲学话语［M］.曹卫东，译.南京：译林出版社，2011.

［53］伯曼.一切坚固的东西都烟消云散了：现代性体验［M］.徐大建，张辑，译.北京：商务印书馆，2003.

［54］德波顿.身份的焦虑［M］.陈广兴，南治国，译.上海：上海译文出版社，2007.

［55］马尔库塞.审美之维［M］.桂林：广西师范大学出版社，2001.

［56］佛克马，蚁布思.文学研究与文化参与［M］.俞国强，译.北京：北京大学出版社，1996.

［57］斯诺.斯诺眼中的中国［M］.王恩光，申葆青，徐邦兴，等译.北京：中国学术出版社，1982.

［58］鲍伊.宗教人类学导论［M］.金泽，何其敏，译.北京：中国人民大学出版社，2004.

［59］本雅明.机械复制时代的艺术［M］.李伟，郭东，编译.重庆：重庆出版社，2006.

［60］吴冶平.空间理论与文学的再现［M］.兰州：甘肃人民出版社，2008.

［61］李书磊.1942：走向民间［M］.济南：山东教育出版社，1998.

［62］王力.赵树理与中国40年代农村小说研究［M］.北京：中国社会科学出版社，2011.

［63］朱立元，等.马克思主义文艺理论中国化研究［M］.北京：经济科学出版社，2009.

［64］艾晓明.中国左翼文学思潮探源［M］.长沙：湖南文艺出版社，1991.

［65］方维保.红色意义的生成：20世纪中国左翼文学研究［M］.合肥：安徽教育出版社，2004.

［66］陈建华."革命"的现代性：中国革命话语考论［M］.上海：上海古籍出版社，2000.

［67］韩晓芹.体制化的生成与现代文学的转型：延安《解放日报》副刊的文学生产与传播［M］.北京：中国社会科学出版社，2012.

［68］杨匡汉.20世纪中国文学经验［M］.上海：东方出版中心，2006.

［69］李欧梵.中国现代文学与现代性十讲［M］.上海：复旦大学出版社，2002.

［70］李欧梵.现代性的追求［M］.北京：生活·读书·新知三联书店，2000.

［71］王一川.中国现代性体验的发生：清末民初文化转型与文学［M］.北京：北京师范大学出版社，2001.

［72］逄增玉.现代性与中国现代文学［M］.长春：东北师范大学出版社，2001.

［73］中华全国文学艺术工作者代表大会宣传处.中华全国文学艺术工作者代表大会纪念文集［C］.［新华书店发行］，1950.

［74］刘建军.单位中国：社会调控体系重构中的个人、组织与国家［M］.天津：天津人民出版社，2000.

［75］李洁非，杨劼.共和国文学生产方式［M］.北京：社会科学文献出版社，2011.

［76］张均.中国当代文学制度研究（1949—1976）［M］.北京：北京大学出版社，2011.

［77］程光炜.文学想象与文学国家：中国当代文学研究 1949～1976［M］.开封：河南大学出版社，2005.

［78］吴秀明.当代历史文学生产体制和历史观问题研究［M］.北京：中国社会科学出版社，2011.

［79］万安伦.二十世纪中国文学的奖励机制研究［M］.北京：北京师范大学出版社，2012.

［80］鲁湘元.稿酬怎样搅动文坛：市场经济与中国近现代文学［M］.北京：红旗出版社，1998.

［81］陈明远.知识分子与人民币时代：《文化人的经济生活》续篇［M］.上海：文汇出版社，2006.

［82］李遇春.权力·主体·话语：20世纪40—70年代中国文学研究［M］.武汉：华中师范大学出版社，2007.

［83］贺桂梅.转折的时代：40～50年代作家研究［M］.济南：山东教育出版社，2003.

［84］蔡翔.革命/叙述：中国社会主义文学：文化想象 1949～1966［M］.北京：北京大学出版社，2010.

［85］李杨.50～70年代中国文学经典再解读［M］.济南：山东教育出版社，2003.

［86］王建刚.政治形态文艺学：五十年代中国文艺思想研究［M］.北京：中国社会科学出版社，2004.

［87］於可训，吴济时，陈美兰.文学风雨四十年：中国当代文学作品争鸣述评

[M].武汉：武汉大学出版社，1989.

[88] 丁帆，王世诚.十七年文学："人"与"自我"的失落[M].开封：河南大学出版社，1999.

[89] 钱谷融.钱谷融论文学[M].上海：华东师范大学出版社，2008.

[90] 朱晓进."山药蛋派"与三晋文化[M].长沙：湖南教育出版社，1995.

[91] 师永刚，刘琼雄，肖伊绯.革命样板戏：1960年代的红色歌剧[M].北京：中国发展出版社，2012.

[92] 戴嘉枋.样板戏的风风雨雨：江青·样板戏及内幕[M].北京：知识出版社，1995.

[93] 李松."样板戏"：编年与史实[M].北京：中央编译出版社，2012.

[94] 李松，筱沣.红舞台的政治美学："样板戏"研究[M].哈尔滨：黑龙江人民出版社，2013.

[95] 沈国凡.《红灯记》的台前幕后[M].北京：当代中国出版社，2008.

[96] 金春明，黄裕冲，常惠民."文革"时期怪事怪语[M].北京：求实出版社，1989.

[97] 杨鼎川.1967：狂乱的文学年代[M].济南：山东教育出版社，1998.

[98] 白士弘.暗流："文革"手抄文存[M].北京：文化艺术出版社，2001.

[99] 陈小津.我的"文革"岁月[M].北京：中央文献出版社，2009.

[100] 冯雪峰.论文集：下[M].北京：人民文学出版社，1981.

[101] 黎先耀，袁鹰.百年人文随笔：中国卷[M].长春：吉林人民出版社，2003.

[102] 顾彬.20世纪中国文学史[M].范劲，等译.上海：华东师范大学出版社，2008.

[103] 黄修己.中国现代文学发展史[M].2版.北京：中国青年出版社，1997.

[104] 洪子诚.问题与方法：中国当代文学史研究讲稿[M].增订版.北京：生活·读书·新知三联书店，2015.

[105] 洪子诚.中国当代文学史[M].北京：北京大学出版社，1999.

［106］洪子诚.中国当代文学史：史料选　1945—1999［G］.武汉：长江文艺出版社，2002.

［107］钱理群，温儒敏，吴福辉.中国现代文学三十年：修订版［M］.北京：北京大学出版社，1998.

［108］陈思和.中国当代文学史教程［M］.上海：复旦大学出版社，1999.

［109］陈思和.中国新文学整体观［M］.上海：上海文艺出版社，1987.

［110］孔范今.二十世纪中国文学史［M］.济南：山东文艺出版社，1997.

［111］王晓明.二十世纪中国文学史论［M］.上海：东方出版中心，2003.

［112］罗振亚，李锡龙.现代中国文学：1898～1949［M］.天津：南开大学出版社，2009.

［113］沈卫威.东北流亡文学史论［M］.郑州：河南人民出版社，1992.

［114］北京市艺术研究所，上海艺术研究所.中国京剧史［M］.北京：中国戏剧出版社，2005.

［115］谢伯梁.中国当代戏曲文学史［M］.2版.北京：高等教育出版社，2006.

［116］丁帆，许志英.中国新时期小说主潮［M］.北京：人民文学出版社，2002.

［117］许志英，邹恬.中国现代文学主潮［M］.福州：福建教育出版社，2001.

［118］温儒敏，李宪瑜，贺桂梅，等.中国现当代文学学科概要［M］.北京：北京大学出版社，2005.

［119］艾克恩.延安文艺史［M］.石家庄：河北教育出版社，2009.

［120］艾克恩.延安文艺运动纪盛：1937.1—1948.3［M］.北京：文化艺术出版社，1987.

［121］艾克恩.延安文艺回忆录［M］.北京：中国社会科学出版社，1992.

［122］刘增杰.中国解放区文学史［M］.开封：河南大学出版社，1988.

［123］刘增杰，赵明，王文金，等.抗日战争时期延安及各抗日民主根据地文学运动资料［M］.太原：山西人民出版社，1983.

［124］袁盛勇.历史的召唤：延安文学的复杂化形成［M］.北京：中国戏剧出版社，2007.

[125] 汤洛，程远，艾克恩.延安诗人［G］.西安：陕西人民教育出版社，1992.

[126] 程远.延安作家［M］.西安：陕西人民教育出版社，1992.

[127] 王志武.延安文艺精华鉴赏［G］.西安：陕西人民教育出版社，1992.

[128] 武继忠，贺秦华，刘桂香.延安抗大［M］.北京：文物出版社，1985.

[129] 陕西师范大学教育研究所.陕甘宁边区教育资料：教育方针政策部分［G］.北京：教育科学出版社，1981.

[130] 金城.延安交际处回忆录［M］.北京：中国青年出版社，1986.

[131] 朱鸿召.延安文人［M］.广州：广东人民出版社，2001.

[132] 朱鸿召.延安曾经是天堂［M］.西安：陕西人民出版社，2012.

[133] 朱鸿召.延安日常生活中的历史：1937—1947［M］.桂林：广西师范大学出版社，2007.

[134] 朱鸿召.众说纷纭话延安［M］.广州：广东人民出版社，2001.

[135] 萧军.侧面：从临汾到延安［M］.北京：中国国际广播出版社，2013.

[136]《延安自然科学院史料》编辑委员会.延安自然科学院史料［G］.北京：中共党史资料出版社；北京工业学院出版社，1986.

[137] 朱泽，等.新四军的艺术摇篮：华中鲁艺生活纪实［M］.南京：江苏文艺出版社，1992.

[138] 陕西省延安地区革命委员会政工组.知识青年在延安：第2集［G］.西安：陕西人民出版社，1972.

[139] 王培元.延安鲁艺风云录［M］.2版.桂林：广西师范大学出版社，2004.

[140] 王培元.抗战时期的延安鲁艺［M］.桂林：广西师范大学出版社，1999.

[141] 蔡若虹.赤脚天堂：延安回忆录［M］.长沙：湖南美术出版社，2000.

[142] 温济泽，李言，金紫光，等.延安中央研究院回忆录［G］.长沙：湖南人民出版社，1984.

[143] 黎之.文坛风云续录［M］.北京：人民文学出版社，2010.

[144] 贺志强.现代作家与延安［M］.西安：三秦出版社，1995.

[145] 黄科安.延安文学研究：建构新的意识形态与话语体系［M］.北京：文

化艺术出版社, 2009.

[146] 寇国庆.延安时期及其以后的文学趣味[M].银川:阳光出版社, 2010.

[147] 吴敏.宝塔山下交响乐:20世纪40年代前后延安的文化组织与文学社团[M].武汉:武汉出版社, 2011.

[148] 斯诺.西行漫记[M].董乐山, 译.北京:解放军文艺出版社, 2002.

[149] 陈平原, 山口守.大众传媒与现代文学[M].北京:新世界出版社, 2003.

[150] 王本朝.中国现代文学制度研究[M].重庆:西南师范大学出版社, 2002.

[151] 王本朝.中国当代文学制度研究[M].北京:新星出版社, 2007.

[152] 麦奎尔, 温德尔.大众传播模式论[M].祝建华, 武伟, 译.上海:上海译文出版社, 1987.

[153] 李彬.传播学引论[M].北京:新华出版社, 1993.

[154] 赛佛林, 坦卡德.传播理论:起源、方法与应用[M].北京:华夏出版社, 2000.

[155] 邵培仁.传播学[M].北京:高等教育出版社, 2000.

[156] 罗钢, 刘象愚.文化研究读本[M].北京:中国社会科学出版社, 2000.

[157] 莫斯可.传播政治经济学[M].胡正荣, 张磊, 段鹏, 等译.北京:华夏出版社, 2000.

[158] 王岳川, 尚水.后现代主义文化与美学[M].北京:北京大学出版社, 1992.

[159] 赵凌河.国统区文学传播形态[M].沈阳:辽宁人民出版社, 2006.

[160] 王兆鹏, 尚永亮.文学传播与接受论丛[M].北京:中华书局, 2006.

[161] 孟繁华.传媒与文化领导权:当代中国的文化生产与文化认同[M].济南:山东教育出版社, 2003.

[162] 程光炜.大众媒介与中国现当代文学[M].北京:人民文学出版社, 2005.

[163] 周海波, 杨庆东.传媒与现代文学之间[M].北京:中国社会科学出版社, 2004.

[164] 王富仁.延安文学有重新加以研究的必要[J].学术月刊, 2006(2).

［165］黄曼君，王泽龙.论延安文艺的文化价值［J］.华中师范大学学报（哲学社会科学版），1992（3）.

［166］赵学勇，李明.左翼文学精神与20世纪中国文学的现代化论纲：上、下［J］.兰州大学学报（社会科学版），2003（1/2）.

［167］赵学勇.重新认识"延安文艺"研究的价值和意义［J］.延安大学学报（社会科学版），2010（6）.

［168］赵学勇.延安文艺研究：历史重评与当代性建构［J］.陕西师范大学学报（哲学社会科学版），2012（3）.

［169］李继凯.论延安文人与书法文化［J］.陕西师范大学学报（哲学社会科学版），2012（3）.

［170］王荣.宣示与规定：1949年前后延安文艺丛书的编纂刊行：以"北方文丛"与"中国人民文艺丛书"的编辑出版为例［J］.陕西师范大学学报（哲学社会科学版），2012（3）.

［171］王荣.关于延安文艺史料学研究的设想［J］.延安大学学报（社会科学版），2010（6）.

［172］田刚.鲁迅精神传统与延安文艺新潮的发生［J］.陕西师范大学学报（哲学社会科学版），2012（3）.

［173］田刚.鲁迅与延安文艺思潮［J］.文史哲，2011（2）.

［174］李明德，任虹，张双.延安文学：当代文化视域下的价值重估［J］.西安交通大学学报（社会科学版），2011（3）.

［175］袁盛勇.《讲话》的边界和核心［J］.文艺争鸣，2012（5）.

［176］袁盛勇.延安时期工农写作的话语指向：提倡工农同志写文章［J］.西南民族大学学报（人文社科版），2005（1）.

［177］袁盛勇.重新理解延安文学［J］.西南民族大学学报（人文社科版），2006（5）.

［178］萨支山."延安文艺"与"当代文学"［J］.中国现代文学研究丛刊，2003（2）.

[179] 孟长勇.延安文艺与新中国十七年文学的历史联系[J].人文杂志,1998(5).

[180] 孟远.延安文艺的现代性选择[J].徐州师范大学学报(哲学社会科学版),2012(1).

[181] 李跃力.延安文艺研究:价值困惑与现代性难题:"延安文艺与二十世纪中国文学"国际学术研讨会综述[J].文史哲,2012(6).

[182] 赵步阳,曹千里,章澄,等."现代文学",还是"民国文学"?[J].金陵科技学院学报(社会科学版),2008(1).

[183] 张福贵.从"现代文学"到"民国文学":再谈中国现代文学的命名问题[J].文艺争鸣,2011(13).

[184] 林焕平.延安文学刍议[J].文艺理论与批评,1992(3).

[185] 鲁振祥."马克思主义中国化"解读史中若干问题考察[J].中国特色社会主义研究,2006(1).

[186] 华金余."左翼文学"与"延安文学"异同论[J].北京工业大学学报(社会科学版),2010(6).

[187] 石凤珍.左翼文艺大众化讨论与延安文艺大众化运动[J].文学评论,2007(3).

[188] 王瑶.从现代文学的发展看《在延安文艺座谈会上的讲话》的历史意义[J].社会科学战线,1982(4).

[189] 王贵禄.谁是接受主体:《在延安文艺座谈会上的讲话》再解读[J].文艺理论与批评,2011(2).

[190] 王贵禄.论延安文艺大众化的历史演变与实践[J].陕西师范大学学报(哲学社会科学版),2013(1).

[191] 朱晓进.政治文化心理与三十年代文学[J].文学评论,2000(1).

[192] 李陀.丁玲不简单:革命时期知识分子在话语生产中的复杂角色[J].北京文学,1998(7).

[193] 郭剑敏."十七年"文学创作中的话语权问题[J].文艺争鸣,2011(9).

[194] 黄科安.批判立场与潜在女性话语：论丁玲在解放区前期的小说创作[J].海南大学学报（人文社会科学版），2005（1）.

[195] 吴遐.中苏二国建国初期文学组织制度的比较分析[J].河南师范大学学报（哲学社会科学版），2005（1）.

[196] 陈伟军.著书不为稻粱谋："十七年"稿酬制度的流变与作家的生存方式[J].社会科学战线，2006（1）.

[197] 郭国昌.文艺奖金与解放区的文学大众化思潮[J].中国现代文学研究丛刊，2002（4）.

[198] 孙国林.延安时期的稿费制度[J].文史精华，2007（12）.

[199] 刘苏华.延安出版物的稿酬研究[J].出版科学，2009（4）.

[200] 刘延年.毛泽东与新民歌运动[J].江淮文史，2002（2）.

[201] 郭玉琼.发现秧歌：狂欢与规训：论二十世纪四十年代延安新秧歌运动[J].中国现代文学研究丛刊，2006（1）.

[202] 雷世文，郑春.中国现代文化生产中的媒介角色论略：以报纸文艺副刊为中心的考察[J].北方论丛，2008（2）.

[203] 杨劼.延安文学：深层的面对[J].艺术评论，2008（10）.

[204] 杨劼.旧形式与"延安体"[J].文艺理论与批评，2003（6）.

[205] 周维东."突击文化"与延安文学引论[J].中国现代文学研究丛刊，2008（2）.

[206] 张健，周维东."突击文化"的历史内涵及其对延安文学研究的意义[J].南开学报（哲学社会科学版），2008（3）.

[207] 胡玉伟."十七年文学"的爱情叙事与解放区文学传统[J].南方文坛，2006（1）.

[208] 李里峰.土改中的诉苦：一种民众动员技术的微观分析[J].南京大学学报（哲学·人文科学·社会科学版），2007（5）.

[209] 侯松涛.诉苦与动员：抗美援朝运动中的诉苦运动[J].党史研究与教学，2012（5）.

[210] 郭金华.有差异的诉苦与土改目标的实现：作为一种社会主义运作机制的公共表达［D］.北京：北京大学，2001.

[211] 李婷.现代性视域下的延安文艺［D］.西安：陕西师范大学，2013.

[212] 张颐武.重估"现代性"［J］.黄河，1994（4）.

[213] 中国左翼作家联盟的成立［J］.拓荒者，1930（3）.

[214] 中国无产阶级革命文学的新任务［J］.文学导报，1931（8）.

[215] 何其芳.论文学上的民族形式［J］.文艺战线，1939（5）.

[216] 茅盾.关于《李有才板话》［J］.群众，1946（10）.

[217] 赵树理.从曲艺中吸取营养［J］.人民文学，1958（10）.

[218] 江青.谈京剧革命［J］.红旗，1967（6）.

[219] 初澜.中国革命历史的壮丽画卷：谈革命样板戏的成就和意义［J］.红旗，1974（1）.

[220] 周扬.对旧形式利用在文学上的一个看法［J］.中国文化，1940（1）.

[221] 阎纲.作家与稿费［J］.文史博览，2004（10）.

[222] 赵浩生.周扬笑谈历史功过［J］.新文学史料，1979（2）.

[223] 王维玲.柳青和《创业史》［J］.延河，1980（8）.

[224] 唐弢.关于重写文学史［J］.求是，1990（2）.

[225] 艾青.我对于目前文艺上几个问题的意见［J］.解放日报，1942-05-15.

[226] 艾青.了解作家，尊重作家：为《文艺》百期纪念而写［J］.解放日报，1942-03-11.

[227] 黎辛.丁玲和延安《解放日报》文艺栏［J］.新文学史料，1994（4）.

[228] 秋山洋子.再读《我在霞村的时候》［J］.陈苏黔，译.中国现代文学研究丛刊，2001（1）.

[229] 周扬.马克思主义与文艺：《马克思主义与文艺》序言［N］.解放日报，1944-04-08.

[230] 周扬.文学与生活漫谈［N］.解放日报，1941-07-17-19.

[231] 张一柯.文学中的典型人物［N］.大晚报，1934-12-31.

［232］汪信砚.马克思主义中国化时代化大众化有关命题辨析［N］.光明日报，2011-01-17.

［233］大后方青年致书延大同学［N］.解放日报，1944-10-28.

［234］陈学昭.边区是我们的家！［N］.解放日报，1943-08-03.

［235］舒群.必须改造自己［N］.解放日报，1943-03-31.

［236］严辰.关于诗歌大众化［N］.解放日报，1942-11-02.

［237］柯仲平.从写作上帮助工农同志［N］.解放日报，1942-10-17.

［238］丁玲.作为一种倾向来看：给萧也牧同志的一封信［N］.文艺报，1951（8）.

［239］杨梨.争取小市民层的读者［N］.文艺报，1949（1）.

［240］本报副刊征稿启事［N］.新中华报，1938-07-20.

［241］征求外文稿件启事［N］.解放日报，1941-12-11.

［242］《延安文艺》征稿［N］.解放日报，1946-09-02.

［243］"七七七"文艺奖金缘起及办法［N］.抗战日报，1944-03-02.

［244］陈白尘.稿酬·出版·发行：给文汇报记者的一封信［N］.文汇报，1957-05-04.

［245］本报评论员.怎样看待稿费［N］.人民日报，1958-10-05.

［246］柳青.谈谈生活和创作的态度［N］.文艺报，1960（13/14）.

［247］黄欧东.一定要下决心到群众中去安家落户［N］.人民日报，1957-12-12.

［248］周扬.一位不识字的劳动诗人：孙万福［N］.解放日报，1943-12-26.

［249］丁玲.文艺界对王实味应有的态度及反省［N］.解放日报，1942-06-16.

［250］沐阳.从邵顺宝、梁三老汉所想起的……［N］.文艺报，1962（9）.

［251］《文艺报》编辑部.关于"与中间人物"的材料［N］.文艺报，1964（8/9）.

［252］生产突击［N］.新中华报，1939-03-22.

［253］辛萍.毛泽东与延安《文艺突击》、《山脉文学》［N］.西部时报，

2005-08-26.

[254] 华夫.集体创作好处多[N].文艺报,1958(22).

[255] 华夫.文艺放出卫星来[N].文艺报,1958(18).

[256] 荒煤.向赵树理方向迈进[N].人民日报,1947-08-10.

[257] 王元化.论样板戏及其他[N].文汇报,1988-04-29.

[258] 文化部批判组.评"三突出"[N].人民日报,1977-05-18.

[259] 邓小平.在中国文学艺术工作者第四次代表大会上的祝辞[N].文艺报,1979(11/12).

[260] 茅盾.新的现实和新的任务[N].文艺报,1953(19).

[261] 冯雪峰.英雄和群众及其它[N].文艺报,1953(24).

[262] 艾青.现实不容歪曲[N].解放日报,1942-06-24.

[263] 罗烽.还是杂文的时代[N].解放日报,1942-03-12.

[264] 赵学勇."延安文艺"与当代文化建设[N].陕西日报,2011-08-22.

[265] 《延安文艺丛书》编委会.延安文艺丛书:小说卷[M].长沙:湖南人民出版社,1984.

[266] 《延安文艺丛书》编委会.延安文艺丛书:诗歌卷[M].长沙:湖南人民出版社,1984.

[267] 《延安文艺丛书》编委会.延安文艺丛书:歌剧卷[M].长沙:湖南文艺出版社,1987.

[268] 《延安文艺丛书》编委会.延安文艺丛书:话剧卷[M].长沙:湖南人民出版社,1985.

[269] 《延安文艺丛书》编委会.延安文艺丛书:戏曲卷[M].长沙:湖南文艺出版社,1987.

[270] 《延安文艺丛书》编委会.延安文艺丛书:民间文艺卷[M].长沙:湖南文艺出版社,1988.

[271] 胡采.中国解放区文学书系:文学运动·理论编[G].重庆:重庆出版社,1992.

［272］阮章竞.中国解放区文学书系：诗歌编［G］.重庆：重庆出版社，1992.

［273］雷加.中国解放区文学书系：散文·杂文编［G］.重庆：重庆出版社，1992.

［274］葛洛，刘剑青.中国新文艺大系：1949—1966　短篇小说集［G］.北京：中国文联出版公司，1989.

后　记

　　本论著是由赵学勇教授主持的国家社会科学基金重大招标项目"延安文艺与20世纪中国文学研究"的子课题之一"延安文艺的中外传播与影响研究"的结项成果。

　　延安文艺作为20世纪中国文学史上极为重要的组成部分，它的传播是在极其艰苦的战时环境中形成的，延安文艺的传播不仅影响了它所属的时代，而且对新中国成立以后的当代文艺发展路向产生了持续性的、至关重要的影响。尤其是新世纪以来，在大众传媒迅速发展的大环境下，研究延安文艺传播的历史形态，借鉴延安文艺的传播经验，已经成为延安文艺研究向着纵深延展的一个重要课题。

　　延安文艺的传播研究，旨在从文化传播的角度出发，借助传播学的相关理论，对延安文艺的传播及其影响做全方位、多层面、多角度的历史观照，为延安文艺研究拓展出一个新的领域。通过考察延安文艺传播系统中具体的各个传播要素的存在形态以及它们之间的关系，梳理并勾勒出延安文艺传播的历史面影、性质和独特性，揭示、归纳进而总结延安文艺传播的历史经验与现实意义。

　　视角的设立，往往表征不同的看问题的眼界和方法。延安文艺的传播与影响研究，着眼点在于，呈现历史场域中的延安文艺，在具体的传播过程中，通过哪些切实有效的方法和途径最大化地实现了传播文艺的目的，如何实现对最直接的广大人民群众进行教育与鼓舞，从而达到传播最直接的目标，获取最为显著的传播效果，这些传播经验对当今中国文学以及文化建构均提供了宝贵的借鉴。

同时，考察延安文艺的具体传播实践活动、传播效果及受众效应和影响，目的在于探究延安文艺为中国文学在民族化、大众化、现代化的进程中所提供的值得借鉴的历史经验和省思资源。这对于认知新时期以来，中国文学对延安文艺传统的弘扬继承与持续深化，以及新世纪中国文学对延安文艺精神的传承与发展，具有重要的鉴取意义。深入研究延安文艺的传播及影响，将会促进延安文艺研究的学科交叉，丰富这一领域的研究方法，扩展研究内容，进而开拓一个新的领域。

感谢陕西师范大学文学院、社科处对课题研究的一贯支持，感谢陕西师范大学出版总社领导及编辑梁菲在本书出版过程中的辛劳、敬业和付出。希望学界同人对本著的不当之处批评指正。

2023年12月